ロウ・アンド・ロウ

村山由佳
Yuka Murayama

毎日新聞出版

Row & Row

いつの頃までだったろうか——男と女の間にあるという深くて暗い川を渡るべく、お互いに舟を出し合っていたのは。

先にあきらめたのがどちらだったか定かではない。

今ではもう、漕ぎ出そうにも舟底には穴が空き、櫂は朽ちてしまった気がする。

1

寝過ごしたかとハッとなって目を開けたとき、涼子は一瞬、そこがどこだかわからなかった。五年も暮らした家だというのに、旅先の宿で目覚めたかのようだ。

長い夢を見ていた。深くて暗い夢だった。どんな内容であったか思いだそうとする端から、誰かの背中が薄れて遠ざかってゆく。

カーテンの隙間からもれる朝の光がまぶしい。目を眇めながら見やった壁の時計は八時過ぎ。そういえば、昨夜はアラームをセットせずに眠ったのだった。

目覚めたのはたぶん、家の中が静か過ぎたせいだ。夫は今朝まだ暗いうちに起き出し、車に自転車を積んで出かけていった。ネットで知り合った仲間たちと群馬のどこだかに集合してロングライドを愉(たの)しむのだと聞いた。

枕元に置いて寝たスマートフォンを開き、目を瞬(しばたた)いた。視力で苦労した例しなどなかったのに、ここ一、二年、細かい字がまるで死んで丸まった蟻(あり)の列のように見える。

老眼鏡なんてまだ当分いやだと嘆くと、孝之(たかゆき)は言った。

〈いいじゃん、涼子なら眼鏡もきっと似合うよ。新しいアクセサリーを手に入れると思えばいいんじゃない?〉

出会った頃から変わらない、二枚目半といった感じの人なつこい笑顔を向けられると、確かに満更でない気分にはさせられるのだ。女性を褒める言葉を、孝之は数限りなく持っている。美容師というのは、客をいい気持ちにして帰すのが仕事だからだ。

でも、と涼子は思う。妻は、たまに訪れる客ではない――。

幸い、会社から緊急を要するメールは入っていなかった。カレンダーは一月の半ば、祝日というものは本来このように静かであるべきなのだ。今日はゴミ収集車も来ない。つまり、このまま気の済むまでベッドでぐずぐずしていてもいいということだ。

ダブルベッドを独り占めして、思いっきり伸びをする。なんと気持ちのいい朝だろう。こちらが休みの日に、家の中に誰の気配もないのは久しぶりだ。どんなにだらしない格好をしていようが、すっぴんで髪などぼさぼさだろうが、気にしなくていい。

ふだんなら五時半に起き、食事や身支度を済ませながら夫のブランチを用意して、七時には家を出なくてはならない。郊外のニュータウンから職場まで乗り換えが一度で済むのはありがたいが、片道だけで一時間半。広告代理店という生き馬の目を抜く仕事において、二十四時間のうちただ費やされるばかりの三時間を惜しいと思ったことは数えきれない。

それでも、

〈一階が店舗、二階が住居の一軒家を〉

という夫の夢を実現するには、都心からこれだけ離れなくては無理だった。

ものは考えようで、一時間半も電車に揺られている間に、行きは仕事モードへ、帰りは生活モードへと、頭のスイッチを切り替えられるのはありがたくもある。ただ、基本的には週末が休みの涼子に対し、孝之の定休日は月曜日。一緒に過ごせる時間はどうしても少ない。

〈土日にしか来られない客もいるからね。この仕事を選んだ以上、仕方ないよ〉

そのかわり彼は、たとえば突然のクライアントのゴリ押しで休日が吹っ飛ぶなどということはなく、定休日はきっちり店を閉められる。今日だってそうだ。祝日と重なっても月曜は確実に休みとわかっているから、あらかじめ人との予定を立てることができる。

〈あれ？　俺、行くって言ってなかったっけ？〉

どうだったろうか、と記憶を辿ってみる。聞いたような気もするし、聞いていなかったとしても文句は言えない。なにしろ今日こちらの休みが取れたのは本当にたまたまのことなのだ。日曜も祝日も返上で明日いっぱいまでかかる予定の仕事が、昨日のうちにひょっこり片付き、はて、と思っていたら上司が気づいてくれたのだった。

〈早瀬さん、明日は遠慮なく休んでいいよ。年末の出張の代休もまだ取ってなかったろ？　ついでに翌日も休みにして連休にしたら〉

久々に、一日だけでも夫婦の休日が重なる。晩はちょっといいレストランへでも出かけようか、それとも家でごちそうを作って、録画したまま溜まってゆくばかりの映画でも観ようか。

昨日、帰りの電車の中でそんなふうに思っていたことなど、孝之には言わない。かわりに涼子は、自分に言い聞かせた。三つ年下とはいえ今年四十の大台に乗ろうという夫が、ああして人生を謳歌してくれているのは良いことだ。仕事以外にも夢中になれる趣味があり、それが健康にも繋がっているならなおありがたいではないか……。

ふだんの月曜日、妻がいない毎週の休日も、彼は今日と同じく自由に過ごしているのだろう。こちらはそうはいかない。無事に休むことのできた週末、溜まっていた掃除や洗濯を朝のうちに済ませてしまおうとすると、まだ寝ている夫がうるさそうにする。開店は十時だから、それほど早起きの必要はないのだ。

日中も、階下の店舗にできるだけ生活の物音が響かないように気を遣いながら過ごす。それが窮屈で、べつに出かけたくもないのに駅前のスターバックスでコーヒーを飲み、本や仕事の資料を読む。そうしてふと目を上げ、賑わう街をガラス越しに眺めながら思うのだ。

(自分の家に、休みの日の居場所がないなんて)

もしかして世の多くの男たちも、こんなやるせない思いを味わっているのだろうか……。

寝返りを打ち、涼子は短い溜め息をついた。

やめだ、やめだ。考えごとも何もかも全部、今日だけはオフにしよう。モンスター・クライアントの信じがたい要求も、来週に迫ったCM撮影のための絵コンテも皆、頭から一旦追い出して自分を空っぽにしてやる。

勢いよく起き上がり、床に足を下ろす。パジャマのズボンが片側だけ膝までまくれ上がっているが気にしない。遠慮なく大あくびをしながら思いきって窓を開け放ち、寝室とリビングに風を通すと、全身の毛穴がきゅっと収縮した。

歯ブラシをくわえながら、スポンジで洗面台や水栓金具を磨いて拭きあげた。店の掃除やタオルなどの備品の洗濯はいつも、孝之と、通いの見習い兼助手である若いスタッフがする。夫からすれば、一軒の家のうち一階は自分で二階は妻、と公平に分担しているつもりらしい。子どもが自分の部屋だけ片付けるのと同じじゃないの、という言葉を涼子はいつも呑み込む。喧嘩をしたいわけではないのだ。

口をゆすぎ、ついでに風呂場を掃除しようとして思い直した。せっかくの一人、朝風呂の贅沢を自分に許しても咎める者はいない。気持ちが浮き立ってくる。

湯を満たしている間に身体を洗い、肩まで伸ばしている髪に孝之おすすめのトリートメントを揉み込む。当然というべきか、彼は妻の髪が傷んでいることだけは許してくれない。タオルで頭全体をくるんでから熱い湯に浸かると、思わず、魂が抜けてゆくような長い吐息が漏れた。

バスルームにも窓があるのが一戸建てのありがたいところだ。磨りガラスから射し込む光が、湯の揺らめきを照らす。隅々まで丁寧に洗ったおかげで軋む肌を、てのひらで撫でてみる。昔に比べれば乳房は張りを失い、柔らかくお湯に浮かぶようになったけれど、四十三という年齢にしてはよく頑張っているほうではなかろうか。

朝靄のように立ちこめた湯気を、胸の奥深く吸い込む。目をつぶり、バスタブの縁に後頭部を預けて片膝を立てると、指先がおのずと内腿を這う。まぶたを閉じていてもあたりはしらじらと明るい。こんな朝っぱらからひとりで何を、と思うと背徳感になおさら脈が疾る。

ぴちゃん、とシャワーの蓮口から雫が落ちる。

（お腹すいたな）

空腹の時ほど欲求が強まるのはどうしてなのだろう。三大欲求のうちの二つが混線するのだろうか。湯にそよぐ茂みをかき分けてゆく。最初にそこに触れるのはいつも中指だ。

こういう時に目を閉じて思い描く相手が夫ではなくなってしまってから、もうずいぶん長い月日が過ぎた。おそらく夫のほうでもそうなのではないか。最後に抱き合ったのは、たしか一昨年の結婚記念日……それすらも途中で彼がその気をなくしてしまったのだ。

〈ごめん〉

謝らないでほしかった。謝られるとよけいにみじめになった。お前が相手ではもう駄目なのだと言われている気がして。

指の先が、湯ではないものの潤みによって、奥へと誘（いざな）われてゆく。すくい取るようにして先端に塗り込み、ゆっくり円を描く。後ろめたい幻想の相手は、身近な誰かではないほうがいい。いつも挨拶しかしたことのない出入りの営業マンとか、宅配の若いドライバー、もう二度と会うこともない初恋の先輩、あるいは行きずりの男でもいい。あえて、ありがちなシチュエーションを思い描く。下着だけ下ろして慌ただしく繋がるセックス。それとも、めくるめく果てしない愛撫……。

声を殺し、水面を揺らしながらぐいぐいとのぼりつめてゆく。長いながい硬直の後に、どっと弛緩（しかん）がきた。あられもなく乱れてしまった息を整える。

ふだんの休日、何かの加減でふいにスイッチが入ってしまい、どうしてもたまらなくなって物陰でこっそり自分に落とし前をつける時もあるにはあるのだが、階下の店舗から聞こえる話し声が気になったり夫が急に階段を上がってくるのが心配だったりして集中できず、たいていは中途半端に終わる。今日のは完全燃焼と言ってよかった。

すっかり甘く痺れてしまった足を踏みしめて立ちあがると、もう一度ざっとシャワーを浴びてから身体を拭き、キッチンに立った。ふだんは開けない戸棚からレトルトのミネストローネ・スープを取り出し、鍋にあけて温めるついでに、冷蔵庫に残っていたセロリの切れ端を刻んで加える。硬くなったフランスパンをひたして頬張ると、空っぽの胃袋にセロリの風味がしみわたった。自分好みの味付けが嬉しい。孝之がいる時は、レトルトでは何となく気が咎めるし、いずれにせよセロリは入れられない。

ベランダの柵越し、冬枯れの寂しい風景の向こうに川が見える。ゆったりと蛇行する川面が真冬の朝陽を弾いて鏡のように光っている。

あれはこの家を建てている最中のこと、まだ床も壁もむき出しのままの二階に初めて上がった時、想像していた以上の眺めの良さに夫婦揃って歓声を上げたのを思いだす。今となっては、ずっと昔の出来事のようだ。

涼子は立ち上がり、ソファの上から虎ノ介を抱き上げた。虎ノ介は猫のぬいぐるみだ。大人の部屋に置かれることを意識して作られたのか、愛想のない、しかし野武士のような味のある風貌をしている。インテリアショップの片隅で彼を見つけた瞬間、連れて帰ることを決めていた。子どもの頃に可愛がっていた虎猫に、目もとの感じや手触りがそっくりだった。

窓辺に寄りかかり、シルクのような毛並みを撫でる。夫の前ではそこまでのことはしない。以前、並んで映画を観ている最中、無意識に膝にのせて愛撫していたら笑われたからだ。

〈いいけどさ、ちょっとイタい感じだよ〉

悪気はなかったのだろうが傷ついた。ほんものの猫を飼いたいと言った時、店のほうにまで毛が飛ぶから駄目だと禁じたのはあなたじゃないかと思った。自分の中のいちばん柔らかい部分が、また一段階、閉じてしまった気がした。

　でも——どれもこれも、ささいなことだ。

　好きな仕事を続けられて、それなりに理解のある夫と家を持ち、こんなふうに眺めの良い窓辺に肘をついて、たまにではあってもひとりきりの時間を愉しむことができる。これを幸せと思わなければ、きっとバチが当たる。

＊

　自転車は、学生時代に少しかじった。年の離れた従兄(いとこ)から譲り受けた、メーカーすら不明の古いロードレーサーだった。

　孝之が再び乗ろうと思い立ったのは、埼玉県のニュータウンに家を建ててからのことだ。駅までアップダウンをくり返しながら続く坂道を眺めるうちにふと、昔何度か味わったヒルクライムの辛さと快感がよみがえってきたのだった。

　自宅を兼ねた店舗にはずいぶんこだわった。煉瓦(れんが)敷きのアプローチから木製のドア、質感のある床材や、鏡や椅子のデザインまで、妥協したところはほとんどない。

が、いくら洒落(しゃれ)た雰囲気に調えていても、肝腎の美容師の腹が出っ張っていたのでは台無しだ。自転車なら、ただ走るだけで腹筋ばかりでなく全身を鍛えることができる。

　いわゆるママチャリにしか乗ったことがなく、ロードバイクとクロスバイクの違いもわかっていなかった涼子に、孝之は一つひとつわかりやすく教えてやった。同じようなスポーツタイプに見えても、路面に段差の多い街乗りにも対応できるようにしたハンドルバーのフラットなものがクロスバイク。一方、ひたすら速く走るという目的に特化して作られたのがロードバイク、昔で言うところのロードレーサーだ。ハンドルが羊の角のように湾曲した自転車は、一般のものと大差ないように見えて恐ろしく値が張る。スピードを優先に、細身かつ軽量であっても酷使に耐えるようにと作りこまれているせいだ。

二年前に新調した孝之のロードバイクはイタリアの有名なメーカーのもので、特にブランドを代表するチェレステ・グリーン（明るいターコイズカラー）を選んだため、納車まで数カ月待たなければならなかった。本体のほかカスタマイズのために揃えた各パーツも含めると、すでに五十万以上は散財している。

〈これでもまだ安いほうだよ。まだいろいろと不満はあるけど、ぼちぼち揃えていくさ。上を見たらキリがないしね〉

涼子は頷いただけで何も言わなかった。

お互い、ローンや生活費は半分ずつ負担し合っているものの、それ以外の財布は別々にと決めている。とはいえ不安定な自営業だ。引っ越してから五年の間には、涼子の貯金に頼らざるを得なかったこともある。幾度かある。それだけに正直、肩身は狭い。勤めに出ている妻が接待だったと言って酒のにおいをさせて帰ってくる時など、けして面白くはないのに文句を言えない。疲れた顔を見ればありがたいとも思うのだが、素直なその気持ちと男の沽券とが綯い交ぜになって、腹の底に澱のように溜まってゆくものがある。

もうどれくらい、妻を抱いていないだろう。そもそも最後のあれを、〈抱いた〉と偉そうに呼んでいいものかどうか――頑張ってはみたのだが、途中でこちらが駄目になってしまったのだった。あろうことか結婚記念日の夜、それすらもすでに一年半ほども前になる。どこから見ても立派なセックスレス夫婦だ。

しかし、だからといってなぜ男の側ばかりが罪悪感を抱かなければならないのか。妻の涼子に落ち度はないけれども、いや、ないからこそ、彼女に対してその気にならない自分だけが責められているような気がする。

たまたま夫婦で重なった休日に独りこうして出かけてきたことについても、何とはなし、後ろめたさがつきまとう。旗日に出勤の予定だった涼子のスケジュールに急な変更があったというだけの話で、こちらのグループライドの予定はもとから決まっていた。責められる筋合いはないし、もとより涼子も責めたりしないのだが、どうもすっきりしない。

〈あれ？　俺、行くって言ってなかったっけ？〉

昨夜そう告げた時、涼子の表情は一瞬、翳った。

〈あ、そうだっけ。ごめんごめん、聞いたかも〉

すぐに頷いてよこしたが、あの一瞬の間のおかげでこちらはせっかくの今日を百パーセントは愉しめずに、

「あれ、食欲ないんですか？」

はっとなって目を上げた。

向かいの席から、今日知り合ったばかりの若い女性メンバーがこちらの生姜焼き定食の皿を覗きこんでいる。集まったグループライド仲間は十人ほど、ほとんどは顔見知りだ。

「や……、ちょっと朝早かったもので」

曖昧に笑いかけ、豚肉を頬張る。冷えて固まった脂が舌の上でざらりと膜を作った。

「えーと、この後はどうしましょうかね、皆さん」

隣のテーブルから、萩原(はぎわら)というリーダー格の男が椅子の背に肘を掛けてふり返った。

「いっそのこと、車ごと移動して別の峠を攻めてみますか」

「えっ。いやあ、それは……」孝之のはす向かいにいた五十過ぎの川村(かわむら)が、苦笑いしながら異議を唱える。「午前中だけでもけっこうきつかったでしょ。メンバーさん一人、疲れて帰っちゃったくらいですもん」

ねえ、とこちらに話を振られ、孝之は慌てて口の中の豚肉を飲み下した。脂っぽいばかりでなく、じゅうたんのように硬い。

「まあ、そうですね。確かにけっこうな斜度でしたよね」

真向かいの若い彼女をちらりと見やるが、視線は合わない。空になったナポリタンの皿に目を落とし、汚れた口もとを拭いている。

午前中のヒルクライム、彼女は七分目ほど登ったところで足をつき、上まで登りきった他のメンバーが下ってくるのを待って再び合流したのだった。向こう側へ下るコースでなかったからできたことではある。

孝之は、萩原へ目を戻した。

「峠もいいんですけど、今日はせっかく女性もいることだし、川沿いの道をまっすぐ行くってのも気持ちいいんじゃないですか」

「まーた早瀬さんは」と萩原が苦笑いする。「フェミニストのふりして、自分がラクしようと思ってー」

「あ、ばれましたか」

座が沸く。皆、内心ほっとしたのだろう。孝之が向かいに視線を戻すと、紅一点の彼女は笑みを浮かべていた。こちらが微笑み返そうとするより早く、

「べつに、かばって頂かなくても峠でよかったのに」

口角だけがきゅっと上がり、目は笑っていない。どうやら怒らせてしまったようだ。勝手に見くびるなということか。

「すみません」孝之は、素直に頭を下げた。「や、じつのところ、萩原さんの言ったとおりでね。ついついダシに使ってしまってごめんなさい。でも実際、川沿いの道も気持ちいいと思いますよ、風は冷たいだろうけど」

女性が、戸惑ったように視線を落とす。

「……こちらこそ、ごめんなさい」

「え、どうして」

「失礼なことを言いました。ちゃんと付いていかなきゃって思うせいで力が入っちゃって」

「いや、たいしたもんですよ。あの峠を、あそこまで遅れずに登れたっていうだけで尊敬します」

「ありがとうございます」彼女は顔を上げた。「改めまして、小島ミドリといいます。よろしくお願いします」

「こちらこそ。早瀬孝之です。ふだんは美容師をやってます」

「あら」

そうなんですか、へーえ、と興味深そうに言った彼女が、ようやく目もとまでほころばせる。

キャップの下の髪型はどんな感じかな、と孝之は思った。女を前にすると、顔よりも服よりもまず髪型が気にかかる。

「さてと、皆さん、そろそろいいですか」萩原が、引率係よろしくそれぞれの顔を見渡し、ヘルメットとグローブを手にして立ちあがる。「お土産は帰りにまたゆっくり見て頂くとして。それじゃあ、ご要望のあったとおり川のほうへ向かいましょうかね」

明るい物言いの中に、わずかな棘、あるいは揶揄のようなものが含まれているように感じたのは気のせいだろうか。

孝之も、椅子を引いて立ちあがった。ぽろりと足もとに落ちた冬用グローブの片方を、ミドリがさっとかがんで拾ってくれた。

自転車好きがネット上で情報交換をしつつ、ゆるく集まろうというのがこのサークルの趣旨だ。名前は『Ring Ring』という。ベルを鳴らすという意味のRing Ringであり、二輪にひっかけたリンリンであり、いささか強引だが勇気凛々の意味合いも重ね合わせている……らしい。孝之が参加するようになったのは二年前、ちょうどチェレステ・グリーンの今の愛車に乗り換えた時分で、その頃にはもうすっかり常連が幅をきかせていた。

たいていの週末、関東近郊のどこかしらでライドが計画される。孝之は定休日と祝日が重なった時かごくたまに平日開催される場合しか参加できないし、他のメンバーもほとんどが仕事を持っているから、人数はそのつど大きく増減する。今日、昼飯の後で川沿いの道を走り始めたのは、午前中で途中離脱した者を除いた九人だった。

萩原率いる主要メンバーには先に行ってもらい、少し離れて孝之を含む四人がトレインを組み、間をおかずにぴったりと縦の列を作って続く。いちばん後ろが小島ミドリなのは、遅れているからではない。いわゆるドラフティングと呼ばれる走法で、前をゆく自転車と人が空気を押しのけるおかげで後ろを走る者への抵抗が少なくなり、楽に走れるようになるのだ。ヒルクライムでは難しいこの走法も、ひたすらまっすぐに続く道では効果的だった。時折ふり返る孝之に、ミドリが黙って笑顔で応える。

　予想したとおり、風が冷たい。イヤーウォーマーがなければ耳がちぎれそうだったろう。川原は一面、枯れた葦に覆われ、それを揺らした風が少し遅れて顔に吹きつける。

　冬場のウェアはひときわ大事だ。ひとつ間違えば命取りにもなり得るから、ウェアには自転車そのものと同じくらい気を配っている。性能と見てくれを両立させようとするとどうしても外国のメーカーが増えて出費はかさむのだが、それも仕方がない。ますます頑張って稼ぐしかない。

　今夜遅くに帰ったら、明日にはまた十時に店を開けなくてはならないのだと思うと、ペダルを踏みこむ力が鈍りそうになる。頭上には青く硬く澄みわたった空が広がっているというのに、心はそこまで晴れない。昨夜からの気分が後を引いている。

　ライドの約束くらいキャンセルして、今日は家でゆっくりしていたほうがよかったのだろうか。涼子と二人のんびり起きて、朝だか昼だかわからない飯で腹を満たした後は、彼女の好きな映画でも一緒に観てやればよかったのかもしれない。そうすれば彼女もきっと喜び、物言いも態度も穏やかになり、この先一週間の平和も約束されたろうに。

　――いや。映画だけでは足りないか……。

　すぐ前を漕ぎ進む川村の後輪を凝視しながら、孝之は思った。せっかく出かけてきてもこういう気分になるであろうことは、昨夜の時点でわかっていたのだから、せめて明かりを消した後で隣にそっと手を伸ばせばよかったのだ。

　できなかった。子どもはいないが夫婦仲は悪くない、ただ互いに忙しく、仕事のストレスはそれぞれにあって休日が重なることも少ない――そうした中で、夜、いざ出陣とばかりに妻の軀へ手を伸ばすのはなかなかに気骨の折れることなのだ。その点を向こうはどれだけわかっているだろう。

牡(おす)の能力が低下してきたとは思わない。好みのアダルトビデオをひとりこっそり眺めれば当たり前に勃起するし、たとえばの話だが今ふり返れば車輪が触れそうなほどすぐ後ろを走っている小島ミドリの、ウェアのおかげでくっきりとわかる腰から下のプロポーションを脳裏に描けば、おそらく彼女とならできるだろうとも思う。

といって、妻に女としての魅力を感じなくなった、といったような単純なことでもないのだった。自分と涼子、互いの間に、飛び越えなくてはならない溝のようなものが横たわっているのを感じる。たいした幅でもないから、こちらさえその気になればいつでも飛び越せると思っていたのに、そのクレバスの途方もない深さに気づいてしまったおかげで足がすくんで前へ出なくなった――喩(たと)えるならそんな具合だ。

もし、自宅の一階に作った美容室の経営がもっとうまくいっていたら……。たったそれだけで色んなことが変わっていた気がする。

もう少し早く軌道に乗るはずだったのだ。郊外とはいえ自分らにはいささか無理のあるローンを組んで、念願の店舗型住宅を建て、意気揚々と引っ越してきて五年。駅前の再開発は予定より遅れており、ニュータウンの建売住宅も売れ行き好調とはいかないらしい。東京のベッドタウンとしてもっと人口が増えてくれさえすれば、といくら願っても、インテリア雑貨店、ブティック、ジュエリーショップ、ケーキ屋、小洒落た構えの店から先に逃げるように姿を消してゆく。残るのは家電や紳士服や薬などのチェーン店か、せいぜい携帯ショップばかりだ。

予約がキャンセルされた日は胃を炙(あぶ)られる心地がする。今雇っている見習いの若者が、外を眺めながら溜め息などつくのが聞こえると、罪はないのに苛々(いらいら)して当たりたくなり、それを我慢するために前庭の草をうつむいて抜く羽目になる。

それでも——東京で雇われ美容師をしていた頃に比べれば、日々ははるかに充実しているのだった。妻が勤めに出ている間、家と店舗は自分だけの王国になる。

昨日は常連のマダムが来た。三年ほど前の初回来店の際、ひそかに自信のあるカット技術を駆使して頭頂部の薄くなった部分が目立たないよう毛流れを整えてみせると、次からはひと月に一度必ず通ってくれるようになった。有閑マダムの口コミは馬鹿にならない。その友人が常連になり、そのまた娘も来るようになった。

予約がたくさん入っている日の忙(せわ)しなさが好きだ。充実とはこのことだと思える。

ただし、一瞬たりとも気は抜けない。良い評判が広がる時の何倍もの速さで、悪い評判はどこまでも果てしなく伝播(でんぱ)してゆく。美容室紹介サイトにひどい悪口でも書き込まれたら、小さな店など一巻の終わりだ。すべての所作に気を遣い、さりげない会話の一言一言に神経を尖らせながら微笑み続け、パーマの一液と二液の間に出すコーヒー豆や茶葉の質にこだわり、マグカップも北欧製の高級なものを選んでいる。

それだけに、一日の仕事を終えて見習いを帰し、二階の自宅へ上がればもう愛想笑いなどひとつも浮かべたくないのだ。誰かと本音で話したい。誰かといっても相手は妻しかいない。が、広告業界で二十年来、男たちと肩を並べて働いてきた彼女は、家でもじつに頭脳明晰、言語明瞭、理路整然といったふうなのだった。

昨夜もそうだ。遅く帰ってきて、ぴしりとしたスーツとボウタイのブラウスから部屋着に着替えた涼子と、冷たいビールで〈お疲れ〉の乾杯をした後で、孝之はその日の出来事を話した。

〈今日は昼間、二宮(にのみや)さんが来てさ。カットと、あとカラーも入れたんだけど、ほら、前に紹介してもらった半崎(はんざき)さんとこの下の娘……話しただろ、ネットのお見合いサイトで知り合った人に一目惚れして結婚したっていう子ね。その子がなんと、まだ一年もたたないのに離婚したんだってさ。二宮さん相手にあんまり悪くも言えないからさ、俺、一応気ぃ遣って、それは気の毒でしたね、よっぽど難のある相手だったんでしょうねって言ったんだけど、そういうわけでもなくて、どっちもどっちだって言うんだよ。なんだかなあ……そういうのって、どう思う？　今どきの若い連中、に限ったことじゃないかもしれないけど、なんでそう急いで結論を出しちゃうのかね。簡単に別れるくらいならそもそも結婚なんかしなけりゃいいのに〉

するると、それまで黙ってビールを口に運んでいた涼子は言った。

〈しょうがないんじゃない？　そういうのって、それこそ夫婦にしかわからない事情があるんだろうし〉

あっさり言われてしまうと話が続かない。まず結論、それも正論から先に口にするのが妻の癖だ。結婚した当初はこんなふうではなかった。他愛のないことを何時間でも話し合っていられたし、互いに冗談も言い合った。良いことばかりでなく愚痴や人の悪口でさえも、二人だけの秘密としてこっそり分け合うことができたのに、あの頃の涼子はどこへ消えてしまったのだろう。

いや、それ以上に、と孝之は思う。

夫が話を聞いてくれないと言って焦れる妻たちのことはよく耳にするが、妻が話を聞いてくれないことに苛立ちを覚える自分はいったい何なのだろう。

＊

テレビ畑の人間は、総じてよく飲む。局のスタッフもタレントも、集まっては飲んで騒ぐことを厭わない。

厳密に言えばそれは、他の業種に比べればどちらかといえばそういう傾向が、といった程度の意味合いに過ぎないけれどもそこをあえて、

〈テレビ畑の人たちはよく飲む〉

説明抜きで言い切ってしまうほうが、少なくとも言葉の鋭さ・強さは増す。正確であるかどうかよりもインパクトが求められるのが広告業界だ。

テレビＣＭに始まり、新聞・雑誌、インターネット上の広告、街の看板、ダイレクトメールやイベントやキャンペーン……。精魂こめて形にしても、広告には賞味期限があり、過ぎてしまえば瞬く間に消える。達成感と虚しさはセットだ。それがまた悪くない。花は散るから美しいというのとどこか似ているかもしれない。

週半ばの夜九時過ぎ。ポスター撮りを済ませた若い男性芸人とそのマネージャーの乗った黒いタクシーが走りだした。続いてクライアントである食品メーカーの課長と担当者が乗ったタクシー。前後に連なった二台が、通行人の波をゆっくり押し分けながら繁華街の角を曲がってゆく。

完全に見えなくなったところで、涼子は、九十度近いお辞儀からようやく身体を起こした。今の今まで満面に浮かべていた笑みが、自分でもあきれるくらいの速度でフェードアウトしてゆく。

「やーれやれ」

隣で同じく見送っていた黒田（くろだ）部長が、ふうっと白い息を吐いた。

「お疲れ、早瀬さん」

「部長こそ、お疲れさまです」

自意識の肥大したタレントのわがままには慣れているが、それにしても扱いにくい男だった。クラ

イアントの課長がまた空気の読めない人物で、しょっちゅう不用意にタレントの神経を逆撫でするようなことを言う。フォローと会話の球拾いでくたくただ。

スタジオ撮影が終わったその足で来たから、何やかやで二時間ばかり飲み食いしていたことになる。贔屓にしているこの料亭の個室は、入口も他の客とは別になっており、ほぼ完全にプライバシーが保たれる。

竹と蹲踞を配した石畳の小道を入口まで引き返しながら、涼子は、黒田の後ろから言った。

「部長、ありがとうございました」

「うん?」

「同席して下さったおかげで、向こうに対しても立派に形がつきましたから」

「いや、べつに僕なんかはいてもいなくても」

「そんなわけないじゃないですか」

思わず苦笑がもれる。そう、そんなわけはない。タレント側もよく知っているのだ。食事の席に、クライアントや広告代理店側からいわゆる〈偉い人〉が出てくるか来ないかで自分の値段を量る。

「ま、わりと早く済んでよかったね。撮影チームの段取りのおかげだよ。どちらさんもご機嫌麗しく帰って頂けたようで何よりだ」

うう、寒っ、と首をすくめた黒田が、店の引戸を開け、涼子を先に通してくれる。とりたてて背が高いわけでも顔がいいわけでもないのだが、無駄のない身ごなしにふと目を惹かれ、

(——なるほど、こういうところですか)

涼子は、胸の裡で独りごちた。

経理部にいる同期の三枝美奈がこの黒田部長の大ファンで、つい二、三日前のランチの時にもたっ

ぷりと聞かされたばかりだった。

〈いいなあ、涼子は、しょっちゅう輝彦と一緒にいられてさ〉

輝彦、は黒田部長の下の名前だ。別段そういう仲なのではなく、美奈が勝手に呼んでいる。

そう言われても、同じ営業部で仕事をしているのだから一緒にいるのは当たり前ではないか。デキる上司であるのは認めるが、そんなに言うほどだろうか。涼子がいくら水を差そうとしても、美奈は納得しないのだった。

〈だって輝彦ってさ、すごく自然に女性を大事に扱ってくれるじゃない？　相手の立場とか身分とか関係なく。日本人でああいう心遣いをさらりと行動に移せて、それでいてイヤミにもキザにもならない男って、業界広しといえどそんなにはいないと思うんだよねえ〉

瞳をきらめかせながら、否、ぎらつかせながら、美奈はしきりに羨ましがるのだった。

〈あーあ、なんであたし、あんなジジイの下で電卓なんか叩いてるんだろ〉

〈宮下部長だってけっこう優しいってみんな言ってるよ？〉

〈そういう問題じゃなくて。同じ部長でも輝彦のほうがずっと若いじゃん。出世頭じゃん〉

若いといっても五十代前半のはずだ。涼子たちとは十ほども違う。

店内の通路の奥が、先ほどまで食事をしていた六畳ほどの個室だ。煤竹を組んだ上がりがまちで再び靴を脱ぐ。

「どうぞ、そのままお上がり下さい」

和服の仲居がさりげなく気遣ってくれる。

ちゃんとした靴を履いてきた日でよかった。社内だけならまだしも、急な会食で流れた先でこういう場面があるから気が抜けない。ヒールの底が斜めに減っていたり、くたびれて型崩れしていたりしたのでは、脱いだとき恥ずかしい。足もとを見られるとはこのことだ。

今度は上司を先に個室へ通し、ちらりとふり向くと、仲居がちょうど手に取った大きな革靴はガンチーニだった。

「あ、お帰んなさーい」

ちゃらんぽらんな声が出迎える。中で待っていたアート・ディレクターの矢島広志(やじまひろし)は、ずんぐりとした体軀(たいく)を左右に揺らしながら、たった五分ほどの留守番の間に熱燗(あつかん)をもう一本頼んだと言った。悪びれた様子もない。

「どう、あちらさん、機嫌良く帰った?」

タメ口はもちろん涼子に向けたものだ。

「おかげさまで」

「そりゃ良かった」

「やっぱり、きみにも居てもらってよかったよ」

助かった、という黒田部長の言葉に、矢島はにやりと笑った。

「にぎやかし要員なら任しといて下さいよ」

年は矢島のほうが涼子より三つ上なのに、一緒にいるとしばしば逆だと思われる。嬉しくないこと甚だしい。この男があまりに軽薄だからだと思うことにしている。

「しかしあれだよなあ」熱燗が来るまでの間、焼酎のお湯割りを自分で作って飲みながら、矢島は言った。「売れてる芸人が、プライベートでも面白いとは限らないんだなあ」

「そういうことを外で言うなよ」

黒田が釘を刺す。

「や、言いませんけどね。そう思いませんでした？」

「だとしても、それで当たり前なんですよ」涼子は言った。「あの人たちにとって面白いこと言うのはあくまで仕事なんですから、プライベートで私たちにサービスする義理はないんです」

「そうそう、その通り」

黒田が大きく頷くと、矢島は口をへの字にして肩をすくめた。

個室は、畳敷きの六畳に半間の床の間がしつらえられており、低いテーブルの下は掘りごたつになっていた。お座敷よりはありがたいが、正座から横座りになって脚を下ろす時、タイトスカートの裾がめくれるのが気にかかる。身につけるものや立ち居振る舞いにおいて、いちいち異性の目を気にしなくとも生きていける男たちが羨ましい。女がそうしたあれこれに気を配って費やす時間を、それこそ化粧まで含めて全部合わせたなら、人生のうちどれくらいを無駄にしていることになるのだろう。

もてなす相手がいた時より、話は俄然盛りあがった。運ばれてきた熱燗二合を、矢島と黒田が料理の残りをつつきながら空けてしまうまで待ってから、涼子は腕時計を覗いた。いつのまにか十時近い。

「すみません、私はそろそろ……」

「お、こっちこそ引き留めてすまん。せっかく早く終わったのにな」

黒田があぐらの尻を浮かせる。

「いえ、お二人はどうぞゆっくりしてって下さい」

「え、そう？」

にやける矢島を、黒田が見やって苦笑いした。

「終電は大丈夫かな」

「いま失礼すれば余裕で間に合います」

「ったく、家が遠いってのは不便だよなあ」憎たらしい口調で矢島が言った。「まだ宵の口じゃねえかよう」

実際そうなのだ。乗り継ぎのことまで考えると都内在住の同僚たちよりかなり早く切り上げなくてはいけない。自分がプロジェクト・リーダーとして担当している案件など、どうしても抜けるわけにいかない時には会社の仮眠室に泊まるなりカプセルホテルを取るなりすることも多いだけに、そうでない限りは走って飛び乗ってでも終電で帰るようにしている。今夜も泊まりになる、と連絡を入れるたび、電話の向こうに夫の声を聞くのが気詰まりだからだ。

孝之は外泊を禁じるわけでもなければ怒るわけでもない。ただ、応じる声がわずかだが低く硬くなる。それを聞くと責められているかのような気分になって、思わず「ごめんね」と口走ってしまう。そうしていつも後になって思うのだ。謝る必要がどこにあったのだろうと。

黒田と矢島を個室に残し、仲居が棚から出してくれたヒール靴を履いて、通路を出口へと向かった。預けてあったコートを受け取り、袖を通して外へ出る。

タクシーを拾おうと道路の左右へ目をやった時、

「おう早瀬、気をつけて帰れよ」

すぐ後ろからの声にふり向けば、黒田ではなかった。矢島だった。

「ちょ、何してるんですか」

思わず、必要以上に声が尖ってしまう。まるで意識しているかのようだ。涼子はわざと軽口を叩いた。

「わざわざお見送りですか」

「バーカ、そんなわけないだろ。ションベンだよ」

「トイレは中ですよ」

「知ってらあ、バーカ」

矢島が「バーカ」を連呼するのは、かなり酔っている証拠だ。

「さっさと戻ったらどうですか。風邪ひきますよ」

「うるせんだよ、バーカ。このバカ女」

いきなり、大きな手がのびてきて左手首を摑んだ。ふりほどこうとしても頑固に握りしめたままだ。びくともしない。

「ちょっと、もう！　放して下さい」

「冷たいこと言うなって」

「見られたらどうするんです」

「誰にだよ。黒田部長か？　何だよお前、部長に気があるのかよ」

「ふざけないで下さいよ。ちょっと矢島さん、ほんとにいいかげんにして」

少し、怯（ひる）んだようだ。

「怒りますよ」

涼子の手首から、渋々といった感じで指が離れてゆく。後には痛みが残った。

「なんだよう……。んっとに、冷たいんだよ、お前はよう」

図体の大きな駄々っ子のようだ。可愛くも何ともない。涼子は、相手にははっきり聞こえるようにため息をついた。

「いい大人が何やってるんですか」

「早瀬ぇ……」

「困るんですよね。こういうことされると、本当に」

「お前、恨んでんのか？　今でも俺のこと」

バーカ、とこちらが言い放ちたくなった。

「恨むわけ、ないでしょう」

「え、そう？」

「もうとっくの昔に終わってるんです。関係がじゃなくて気持ちがね」

「……お前ってさあ」矢島が、うつむいて呟く。しょぼくれた声だ。「あの頃もそうだったけど、残酷なこと平気な顔で言うよなあ。ほんっと冷たい女だよ」

寒空の下、薄着の男から冷たい冷たいと詰られて、苛立ちがこみ上げてくる。女々しいとは男のためにある言葉だと痛感する。

「そんなの私だけじゃありません」涼子は、コートの襟をかき合わせて言った。「女なんかみんなそうですよ。終わったことは終わったことなんです」

ちょうど右手から、空車のタクシーが来た。涼子は手を上げて停め、ものも言わずに乗り込んだ。ドアが閉まる時、窓越しに、口をへの字に結んだ矢島がしおしおときびすを返して店へ入ってゆくのが見えた。

家までの一時間半が、ここまでありがたく思えたのは初めてだった。まきびしを呑み込んだかのように胃壁がちくちく痛む。皮膚が邪悪な緑色に染まりそうだ。

途中からようやく座れた終電車に揺られながら、涼子は目を閉じ、鼻からの呼吸をくり返した。あんな男に、今さら乱されてたまるものか。矢島と関係があったのはもう十四、五年も昔、孝之と付き合うようになるよりも前のことだし、そういう相手がいたことを孝之も知っている。だから、夫への後ろめたさはない。ただただ、矢島から寄せてきた未練のようなものが腹立たしいだけだ。

男というのはどうしてあんなに無防備でいられるのだろう。一度でも心と軀を許した女は、どれだけ経っても自分を憎からず思っているものと信じられる、その鈍感さが疎ましい。

目を開け、コートの袖口をそっとずらして検(あらた)める。腕時計の上からきつく摑まれたせいで、手首のまわりに赤い跡が残っていた。

＊

型式は古くてもアウディを選んだのは、頑丈さもさることながら、自宅美容室の庭先にそれが停まっている景色を考えたからだった。煉瓦張りの外観に、小さな赤い外車。見栄えは大事だ。

駅前ロータリーの端、タクシー乗り場の後方に車を停めると、孝之はライトを消した。時刻を確認し、駅の階段へ目をやる。ロータリーをぐるりと回ってきた別の車が、すぐ後ろに停まる。タクシー乗り場の前方にも何台か連なっているのは、皆それぞれ終電で帰ってくる誰かを待つ車だ。

窓をわずかに下ろし、息を深く吸い込む。肺の内側がしん、と冷える。ふと煙草が恋しくなるのはこんな時だ。何年か前、自転車に再び乗り始めたのを機にやめると決めて、思うより楽にやめられたのだったが、ほんの時折たまらなく吸いたくなる。ニコチンを欲するというより、手持ち無沙汰で口寂しいのだ。何をするでもない、たとえばこうして遅く帰ってくる妻をただ待つだけの時間を埋めるのに、一本の煙草はぴったりなのに。

かわりにオーディオを操作し、涼子の好きなボサノヴァを選ぶ。画面に青白く照らし出された指先が荒れている。今日もパーマ液がひどくしみた。用いる薬剤の質に気を配り、触れる時はできる限りラテックスの薄い手袋をはめるようにしているが、お湯だけでも手は荒れるし、特にこの季節はひび割れて辛い。ハンドクリームごときでは追いつかない。

女性ヴォーカルの囁(ささや)くような歌声を聴きながら、孝之は身体を傾けてダッシュボードから傷薬の軟膏を取り出して擦り込んだ。子どもの頃から変わらない、油っぽくも甘い匂いに郷愁を誘われる。

〈働くひとの手、っていう感じがする〉

昔、まだ付き合い始めて間もない頃、涼子はそう言った。今でも覚えている。彼女のいちばん敏感な部分をこの指で愛撫していた時のことだ。

そっとしていたつもりだった。大切に思えばこそ、その先端に潤みを塗りこめては丹念に、丹念に、時間をかけて愛撫していると、ふいに彼女がこちらの手を押さえ、小さな声で言った。

〈痛い〉

慌てて手を引っ込め、謝りながらも胸が引き攣(つ)れて軋んだ。荒れた指先による愛撫は、女にとってはいわば目の中をタワシでこすられるような苦行だったようだ。

美容師、と名乗れば「モテるでしょう」などと言われてきたが、実際は3Kの肉体労働、この手荒れがすべてを象徴している。自分など所詮、お嬢様育ちで大学出の涼子とは釣り合わない、そんなことは最初からわかっていたのに……。勝手に僻(ひが)んで、そんな自分がまた嫌で、仰向けになり煙草を吸い始めた孝之に、涼子は温かな身体をぴったりと押しつけてきた。

〈こういう言い方、あなたは気に入らないかもしれないけど……〉

ついさっきまで自分の中心を愛撫していた指先を引き寄せて口に含み、千歳飴でもしゃぶるかのようにしながら囁いた。

〈私、あなたのこの指が好き。働くひとの手、っていう感じがする〉

〈誰と比べてんだよ〉

どこまでも卑屈に返すと、涼子の目もとが寂しく笑んだ。

〈誰っていうんじゃないけど。ただ、私の周りにいる人たちって、お金儲けはしても働いてる感じのしない人が多いから〉

そうして孝之のてのひらに頰を押しあて、もう一度呟いた。

〈ほんとに好き。大好き〉

――あの頃、涼子は二十九、自分は二十六。忙しいだけで代わり映えのしない日々に倦み、人生詰んだかのような気分でいたものだが、いま思えば二人ともなんと若かったことだろう。

入籍したのはその翌年のことだ。涼子は十代で母親を亡くしていたので、ささやかな結婚式には、遠い土地で再婚している父親だけがやってきてすぐにまた帰っていった。ふだんの行き来はほとんどないようだった。

〈私たちを本当の両親と思って、遠慮なく甘えてくれていいんだからね〉

孝之の母親の言葉に、涼子が涙をためて頷いていたのを覚えている。あの時は、これからどんどん家族が増えていくことを誰も疑っていなかった……。

と、駅の階段を人影が一つ、二つと下りてくるのが見えた。ほどなく、こちらへ向かって歩いてくる妻の姿を見つけた。重そうなバッグを提げ、片手でコートの襟元をかき合わせている。そうして肩をすぼめていてさえ、あたりからくっきりと浮きあがる独特の雰囲気が涼子にはある。家にいるよりも働いて帰ってきた時のほうが、彼女のまとうオーラは確実に輝きを増す。あれが妻であるということに誇らしさを覚えつつ、いい女だな、といまだに思ってしまう自分に苦笑したくなる。

店を閉めてから一人で晩飯を済ませることもしょっちゅうだし、あとでハンドルを握るとなるとビール一本飲めないのだが、もともとそれほど酒が好きなわけではないので苦にはならなかった。十年超えの夫婦、身体を重ねる機会はますます減っていくとしても、こうして駅までの送り迎えをしている間は大丈夫じゃないかと思える。

まっすぐ向かってきた涼子は、フロントガラス越しに微笑んでよこした。助手席のドアを開け、冷たい空気とともに乗り込んでくる。上質なウールのわずかに獣めいた匂いに混じって、愛用の香水がふわりと香る。

「お帰り、お疲れさん」

「ありがと、ただいま」

彼女の息から、今度は甘ったるいアルコールの残り香が寄せてくる。それを気にしたのであろうフリスクミントの香りもだ。

コートに皺が寄らないように座り直した涼子は、シートベルトを締めようとした手を止めて人差し指をのばし、オーディオのボタンを押して音量を絞った。

孝之は何も言わずに車を出した。疲れていると、音楽が耳障りな時もあるだろう。

「ごめんね、今日も遅くなって」

「ポスター撮りだったっけ。うまくいった？」

「いい感じに撮れたと思うよ。例の芸人さんは、会ってみたらあんまり感じよくなかったけど」

「え、そうなんだ？」

「ここだけの話ね。でも、帰りはご機嫌麗しかったから万事オッケー」

「そりゃよかった」

そう——仕事をして帰ってくる妻の姿は好もしく、駅まで迎えに出ることも苦にならない。それなのにどうして、と思う。たいした違和感ではない、せいぜい生理的嫌悪を十倍希釈した程度のものだが、日常となるとやはり無視はしきれない。こちらが運転のため一滴も飲まずにいるのに彼女だけ、というのが腹立たしいわけではないし、仕事柄、接待や付き合いが大事なのは重々承知している。にもかかわらず、なぜ妻の息から漂う酒の匂いにこうも敏感になってしまうのか、自分でもわからない。

前をゆく車のテールランプがくっきりと際だって見える。そろそろ雪が降るのだろうか。

「あなたのほうは？　今日はどうしてたの？」

「仕事してたよ」

助手席から、けだるい苦笑の気配がする。

「何か変わったことなかった？」

「まあ、あるといえばある」

白い顔がこちらに向く。

「山崎くんが、辞めたいってさ」

「えっ」

いま雇っている見習いの若者のことは、もちろん涼子もよく知っている。目端が利くとは言いがたいが気立てのいい子で、時には涼子の作る飯を二階で一緒に食べることもあった。

「それ、いつ言われたの？」

「だから今日」

「どうして。理由は？」

「なんかよくわかんないけど、東京へ行きたいんだと。ほら、母親が美容室やってるじゃん」

「お母さんはたしか静岡だったでしょ？」

「うん。だから彼としては、その店を継ぐ前にいっぺんでいいから東京で働いてみたいんだってさ」

「ああ……なるほどね」深く頷いた涼子が、再び前を向き、納得したように呟く。「だったら、しょうがないね」

とたんに、イラッとした。いったい何が〈なるほどね〉なのか。どこが〈しょうがない〉のか。腹の奥底から、濁った思いがこみ上げてくる。

孝之自身、かつては東京・青山の大きなサロンに勤め、固定客もたくさんいたのだ。それを、いわば都落ちのようにして郊外に家を構えたのは、どうしても自分の店を持ちたかったからだ。涼子も賛成し、協力してくれたはずだ。

だったらなおのこと、こうした局面では完全にこちらの側に立って味方してくれてもいいはずではないか。東京なんて、憧れるほどたいしたことないのにね。うちの店にいて、いろんな年代のお客さんの普段の顔に接するほうがよっぽど先々の財産になるでしょうにね、と。

「それで、いつまでうちにいてくれるって？」

「さあ。できれば二月いっぱいまでには辞めたいんだってさ」

「そう……。寂しくなっちゃうね」

前方の信号が黄色に変わる。前の車はぎりぎり赤信号をすり抜けて行ってしまった。

停止線でぽつんと止まった孝之は、低いアイドリングの音を聞きながらハンドルを握りしめた。かすかに漏れ聞こえるボサノヴァのリズムが苛立たしく、画面を押してオーディオをオフにする。ひび割れた指の節が痛んだ。

「寂しくなっちゃうね、か」

「え？」

「物わかりがいいんだな」

「だって、辞めたいっていうものを無理やり引き留めるわけにもいかないでしょう。何とか次の人を見つけるしかないんじゃない？」

そうだ。まったくその通りだし、孝之自身ももちろん、仕方のないこととは思っていたのだ。

だが、たったいま状況を知ったばかりの涼子が例のごとく結論を先に言うのを聞くと、つい反発したくなってくる。山崎から今日の帰りがけに打ち明けられて以来、もやもやと悩んでいた自分が馬鹿みたいに思えてくる。ささくれた気持ちで、孝之は言った。

「いいよもう。山崎くんにしたって、東京へ行きたいなんてのは二の次なんだろうしな。本音は別のとこにあるんだと思うよ」

「本音って？」

「要するに、あれだろ。俺なんかのとこにいてもプラスにならないって見切りをつけたんだろ。何しろほら、店は暇だし？　俺だって教えるの上手くないしさ」

「……そういうことじゃ、ないと思うけど」

「いや、そうだね」

何か言いかけた妻が口をつぐむ。

「そうなんだって。俺にはわかる」

孝之は、前を睨んだ。なんて長い信号だ。

*

いつか子ども部屋に、と用意した小部屋は今、物置のようになっている。居間から続く三畳ばかりの畳スペースは、夫の両親が訪れた時のために空けておかなくてはならない。二階にある部屋といえば、あとは夫婦の寝室のみ。自分には、ひとりになれる場所がどこにもない。せいぜい、このバスタブの中にしか。

よほど身体が冷えていたらしく、湯が冷めてきたので、涼子は追い焚き（だ）のスイッチを押した。一日の疲れが溶け出してゆくのに任せ、目を閉じる。孝之が沸かしておいてくれたのだった。帰って服を脱いだらすぐ入れるように、と。

夫には感謝している。少しばかり思い込みの激しいところはあるにせよ、誰にだって短所はあって当たり前だし、充分に優しい男だ。

それなのに、安らげないのはどうしてなのだろう。

家を建てる時、やはり無理を押してでもあと一部屋確保するのだった。ほんの二畳足らずでもいい、それこそ物置程度のスペースでいいから、完全にひとりきりで籠もれる空間があれば。

けれどあの当時はまだ、夫婦ともに子どもを諦めてはいなかったのだ。親子三人、もしくは四人、この家を笑い声で満たす計画でいた。

〈そりゃあ、もう一部屋あれば文句ないけどさ、どう考えても無理だろ。しょうがないよ、全部の部屋が狭くなるより、ここはすっぱりあきらめよう。俺だって書斎とか欲しかったけど、そのぶん下の店を自分の部屋だと思っておくからさ。涼子は、二階の居間がぜんぶ自分のものだと思えばいいじゃ

ん〉

あの頃は、夫婦で風呂に入ることもめずらしくなかった。二人ともがバスタブに浸かればお湯はほとんど溢れてしまったが、寒いどころか、のぼせてふらふらになるまでお互いの熱い場所をくっつけあっていた。

予想に反して、子どもはできなかった。月のものは今もまだ順調にあるから、できなかった、と過去形にしてしまうのも寂しい話だが、四十三でこれから産むというのはかなり勇気が要るし、そもそも一人で子どもは作れない。結婚当初はまだかまだかとせっついていた義母も、いつからか何も言わなくなった。

無意識に左の手首を触っていたことに気づいて、涼子は目を開けた。透きとおった湯の中でそっと撫でる。赤みは引いたが、まだ少し痛い。

矢島広志の人を食ったような顔を思いだすと、胸の裡で舌打ちがもれた。いくら酔っぱらっていたにせよ、あんなに強く摑まなくたって、と思ってみる。いったいあの男は、この期に及んで何がしたかったのだろう。

〈お前、恨んでんのか？　今でも俺のこと〉

前髪からしたたり落ちる水滴が、湯の表面に小さな波紋を作っては折り重なってゆく。

「……バーカ」

呟く声が、湯気に湿った。

髪を乾かしてから寝室を覗いてみると、夫の孝之はすでに寝入っていた。布団をかぶってスマホをいじっているうち、充電もせずに寝落ちしてしまったらしい。かわりに充電コードを挿してやるべきか迷ったものの、涼子は結局そのままにした。

今夜の酒の席で聞かされた、例の男性芸人の話を思いだす。

〈夜中にふっと目ぇ開いたらね、女房がベッドの横に立って、俺の携帯をつかんどったんですわ。何しとんねん！　て思わず飛び起きたら、床に落ちとったんを拾たっただけやないの、あんたこそ何を狼狽えとんねん！　てヤブヘビもええとこやったんですけど……いやあ、あればっかりはねえ、男やったら反射的にドキッとしますわねえ〉

当然、お愛想でも皆で大いに笑うべきところだったはずだが、例の、クライアントである食品メーカーの課長が宣った。

〈しかしそこは、堂々としていればいいんじゃないですか。疚しいことがないなら〉

座がしらけかけたところへ矢島が割って入り、

〈おっしゃる通り！　いやもう全面的に課長が正しい！〉

強引にぐいぐいと酌をして事なきを得たのだった。居てもらって助かった、と黒田部長が言ったのもあながち世辞ではなかったということだ。

寝室の照明を落とし、そっとドアを閉める。孝之は眠りの深い質で、一度寝入ってしまうとめったに起きない。涼子は、冷蔵庫から出したペットボトルの炭酸水を手に、居間のソファに腰を下ろした。

ぬいぐるみの虎ノ介をそばへ引き寄せ、読みかけだった女性誌を広げる。興味を引く記事を目で追いながらも、気がつくと左手首に触れてしまっている。

強く摑んで放さなかった、矢島のそこだけ骨張った指。未練がましさに心底うんざりしたのに、嫌悪感までは抱かなかった自分がわからない。若かったあの頃でなく、今この歳になってから出会っていたなら、あんな男には決して引っかからなかった――などと言えるのは、引っかかったあげくの果てをすでに知っているからに違いなかった。

思い返せば、きっかけを作ったのは黒田部長だったとも言える。あの頃、戦略プランナーをまとめる立場だった黒田チーフは、念願の営業部へ異動してきたばかりの涼子に矢島広志を紹介したのだった。

〈なかなか面白いデザインをするんだよ〉

そのうち一度組んで仕事してみるといいと言われたが、第一印象は最悪だった。こちらは折り目正しく挨拶をしているのに、矢島はブースの椅子にふんぞり返ったまま、涼子の頭の先からつま先までじろじろと観察した末、まったく別の案件について黒田と話し始めたのだ。若造のくせに何と生意気な、と思ったら、向こうが三つ年上の三十歳だった。よけいに腹が立った。

初めて組むことになったのは化粧品会社の広告だ。新聞雑誌とテレビを連動させての大きな企画で、涼子は競合他社とのコンペを勝ち抜き、キャスティングした人気女優の所属事務所からも快諾の返事を得たというので、社内の注目を一身に集めていた。

好事魔多し、いま思えば慢心もあったかもしれない。クライアント側担当者とのちょっとした解釈の違いから土壇場(どたんば)でダメ出しを食らう羽目になり、すべてこちらのミスとして責任を押しつけられそうになった時――意外にも矢島は、即座にデザインの直しに取りかかり、二日間徹夜をして入稿期限にぎりぎり間に合わせてくれた。罵倒されても仕方ないと思っていたのに一言の文句も口にせず、そして仕事は完璧だった。

〈あんたがちゃらんぽらんでミスしたんなら、俺だって暴れてやったかもしんないけどさ。誠心誠意やっててての行き違いじゃあ文句言ったってしょうがねえでしょ。ま、一つ貸しってことにしとくさ〉

軀の関係になったのは、それからひと月ほど後だ。借りを返したわけではない。誘われてなし崩し、といえばそうなのだが、恋心も確かに作用していたと思う。仕事のできる男に惹かれる気持ちと、そういう男から認められる晴れがましさと。

矢島のセックスはかなり自分勝手だったものの、そのかわり持久力に優れていた。

〈なに恥ずかしがってんだよ〉

部屋を暗くしてほしいと頼む涼子に、矢島は言った。

〈恥ずかしいとこ全部、俺に見せろよ。内臓の奥までさらけ出せ〉

煌々と明るい照明の下でもかまわず脚を大きく広げさせ、涼子に自慰をさせて間近に見物する。

〈うっわ、いやらしいな、お前のここ。こんなにいやらしい形のって、これまで見たことねえぞ。最高だなあ、お前、ええ？　ほら、もっと気持ちよくなれるだろ。もっと乱れて、もっと凄いとこ見せてくれよ、な、涼子〉

彼からの甘い辱めを、一つ、また一つと受け容れるたび、心身にまとっていた鎧が薄皮のように一枚ずつ剝がれていった。

一晩じゅう乱れて気を失ったように眠り、ホテルのベッドで目覚めた時、生まれ変わった心地がした。まるで昨夜の感想戦のように、再び懇切ていねいに睦み合った後はなおさら、久々の恋愛が始まってゆく喜びと解放感が全身に満ち、爪の先まで痺れるほどだった。

〈まさか、またこんな気持ちを味わえる日が来るとはなあ〉

思いもかけない愛情の吐露に、涼子は身も心もすっかり無防備になって次の言葉を待った。じっとこちらの目を見つめながら、矢島はご機嫌な様子で続けた。

〈恋愛なんてもの、俺の人生にはもう二度と降ってこないんだとあきらめてたよ。とくに、嫁さんも悪びれた様子がほんのひとかけらもなかったので、聞き間違いかと思った。

〈……え？〉

訊き返しても、彼の表情は変わらなかった。

矢島だけを責めることはできない。少なくとも彼は、（一回つまみ食いをした後ではあったにせよ）妻帯者だと正直に告白したのだ。その後の誘いを断固として拒絶できなかった以上、涼子の側も同罪だった。

ゆっくりと流砂に呑まれてゆくような日々だった。矢島の妻が、こともあろうに同じ社内の経理部にいて、しかもこれまでしょっちゅうやり取りをしていた先輩社員だとわかった時は死にたくなった。矢島尚美(なおみ)——大きな目に浅黒い肌、小柄で引き締まった体つき。何もかも自分とは正反対の魅力を備えた有能な女性だった。

どれほど危うい綱渡りをしているかわかっているのに、関係を絶つことはできなかった。矢島はむしろそのシチュエーションを絶好のスパイスのように使い、涼子は彼のいいように料理される。恋愛において矢島はどこまでも無邪気で、同じだけ邪悪だった。

仕事の忙しさにかこつけて、彼は家に帰らず、しょっちゅう涼子の部屋に入り浸っていた。関係が続いたのは二十七の春から二十九の冬までの一年半。長くはないが、おそろしく濃密な日々だった。気をつけていたはずなのに身ごもってしまった子どもを、彼には告げずに堕(お)ろした時、ようやく目が覚めた。前年に独立してフリーになっていた矢島の顔を、会社で見ずに済むことが何よりありがたかった。

背中の中ほどまで伸ばしていた髪をばっさり切ろうと思いたったのは、ひとりで産院から帰る道すがらのことだ。男がらみの過去と訣別するために髪を切る、という、あまりにも定石通りのつまらなさが、今の自分にはじつに似合いだと思った。

馴染みの美容師に何やかや詮索されるのが嫌で、よく前を通りかかる青山のサロンに予約を入れた。席に案内され、やがて担当する美容師が来て、お待たせしました、と鏡の中で目が合うなり、

〈……あ！〉

互いの声がぴったり揃った。

〈うそ、何年ぶり？〉

驚いてふり返り、また鏡に向き直る。

〈ええと、何年だろう。僕があの店を辞めて以来だから、四年くらいじゃないですか？　お久しぶりです〉

学生時代からしばらく通っていた美容室で、当時はまだ見習いをしていた年下の青年だった。眼鏡越しの柔和な目もとも、人なつこい笑顔や声も感じよく、こちらの心身のコンディションに敏感で、シャンプーがとても上手だった。マッサージをしてもらう間や、当時から長く伸ばしていた髪を乾かす前後など、色々な話をした。自分のことばかり喋りたおす美容師も多い中、こちらの話をいつも親身になって聴いてくれるのが嬉しかった。

〈遅ればせながら……その節は、ご挨拶もなく辞めてしまってすみませんでした〉

と、彼は頭を下げた。

〈まったくよ。急にいなくなっちゃった時はすごくがっかりしたんだから〉

〈や、ありがとうございます。ほんとすいません〉

〈何か、あったの？〉

〈いや、まあその、たいしたことじゃないんですけども〉

〈もしかして職場の人間関係？〉

〈……なんでそう思うんですか〉

〈んー、なんとなく。あそこの先生、スタッフへのえこひいきとか結構あからさまだったから〉

すると、彼が目を瞠（みは）った。

〈なんとまあ、よく見てますねえ〉苦笑しながら、改めて名乗る。〈早瀬孝之です。よかったら、今後ともよろしくお願いします〉

あれから別のサロンで修業をし、半年前にこの店へ移ってきたのだと彼は言った。イケメンというよりは育ちのよさそうな感じで、そのぶん好感度の高いところは当時から変わっていないが、少し痩せたせいもあってかぐっと男っぽくなり、物腰も落ち着いて見える。

男にとっての四年という歳月は充分に重いのだと涼子は思った。自分はどうだろう。この四年間、傍目にもわかるような成果をちゃんと積み上げてきただろうか。

〈で、今日はどういうふうにしましょうか〉

訊かれるなり、涼子の笑顔は萎（しぼ）んで消えた。

〈思いきって、ばっさりやっちゃって下さい〉

〈えっ？　もったいなくないですか〉

〈いいんです〉

〈せっかくずっと綺麗に伸ばしてるのに〉

〈いいの〉

すると孝之は、背中までを覆う涼子の髪を、一歩離れてまじまじと眺めながら言った。

〈何か、あったんですか？〉

先ほどのお返しか、と思いながらも不快ではなかった。詮索されるのが嫌でいつもと違う店へ来たはずなのに、孝之の問いはどこまでもまっすぐに聞こえた。

〈何ってわけじゃないの。気分を変えたいだけ。どうせ切るなら肩より短くしてもらうのがいいかなと思うんだけど、ずっと伸ばしてばっかりだったから、自分にどういう髪型が似合うかわからなくて〉

ふうむ、と唸りながら、孝之が髪に触れる。指が、両耳の際から梳くようにして髪をすくい取り、後ろで軽くまとめたり、たわめたり、タイトにひっつめてみたり、背中に垂れたほうの長さを測ったりする。

〈念のためにもう一度訊きますけど、決心は固いんですね？〉

〈ええ〉

〈けっこう短くなっても後悔しない？〉

〈絶対しない。仕事上さすがに坊主は困るけど、それより長ければ文句は言わないって約束する〉

すると彼は、再び鏡の中で涼子と視線を合わせた。

〈だったら、ひとつ提案があるんですけど。ヘアドネーションって知ってますか〉

聞いたことならあるけれども詳しくは知らない、と答えた涼子に、孝之はていねいに説明してくれた。三十一センチ以上の長さがあり、あまりにも酷いダメージヘアでない限りは、切った髪を寄付することができる。白血病や癌、不慮の事故や先天性の無毛症など、病気と闘う子どもたちに医療用のウィッグを作って贈るためだ。

〈ちょうどこれからそういう活動を軌道に乗せようとしてる人と、うちの店長が知り合いでね。だか

ら、困っている人のところへ確実に届けることができます。もちろん、もしよかったらの話ですけど〉

〈——三十一センチ〉

〈そう。世界基準でいうところの十二インチです。その長さをしっかり確保して切るとすると……〉

孝之は、涼子のうなじの上のほうに指をぴたりと当てた。〈このへんになります〉

〈かなり思いきったショートね〉

〈まあほとんど、『ローマの休日』並みですかね〉

苦笑いがもれた。籠の鳥からの脱却を図り、自らの意思で髪をばっさり切ったアン王女と自分では、えらい違いだ。頭の形や小ささだってヘプバーンとはとうてい比べようもない。それでも、

〈いいな、そのアイディア〉涼子は、まっすぐ前を睨み、自分自身と目を合わせて言った。〈ただ切って捨てちゃうよりは、ちょっとでも意味のあることに使ってもらえたほうがいいもの〉

〈じゃあ、そういうことで、いいですか？〉

〈はい。あとは、お任せします〉

〈了解〉

孝之の表情が、プロのそれへと変わった。

あの時どうして髪を切ろうと思ったのかと、改めて訊かれたことがある。ベリーショートだった涼子の髪が、ようやく顎のラインのボブまで伸びた頃だ。いつしか孝之とは外で待ち合わせて会うようになっていたけれども、それ以上の仲にまでは進んでいなかった。矢島との関係の残した傷が、まだ生乾きのままじくじくと痛んでいた。

好きになってはいけない人への想いを断ち切りたかったからだと、涼子は正直に答えた。会社の関係者だったとは打ち明けたものの、子どもを堕ろしたことまでは言えなかった。

〈俺だったら絶対、涼子さんに寂しい想いはさせないのにな〉

手が伸びてきたので抱き寄せられるのかと思ったら、指が、髪を優しく梳いた。

〈今度は俺のために伸ばしてよ〉悔しそうに彼は言った。〈俺、涼子さんの長い髪を洗ってあげるの好きだったんだ。——もう、ずっと昔から〉

2

自分のこの性格は、お人よしというより見栄っ張りなだけだ、と孝之は思う。その見栄は、これから店を去っていこうとしている若いアシスタントのためにも遺憾なく発揮されようとしていた。

『そりゃまあ、面接くらいはいつでもかまわないけどさ』

旧知の友人——と呼んでいいのだろうか。ＳＮＳでは繋がっていて、新年の挨拶程度のやりとりはあるが、電話でじかに話すのはずいぶん久しぶりだ。

「悪いな、急に無理言って」

『いや、いいよ。うちもちょうど手が足りなくて困ってたところだし』

彼、野々村（ののむら）一也（かずや）は、孝之が青山のサロンに勤めていた頃の同僚だった。何人かいた若手スタイリストの中でも特に女性客からの指名が多かったのが彼で、早々に独立し、渋谷駅からほど近い商店街の一角に店を構えている。噂によると、はやっているらしい。訪ねたことはない。

『で、男？　女？』

男、と孝之は答えた。

「山崎くんっていって、静岡の出なんだ。こんど二十二になる」

『ふうん。で？　どうなのよ、その子』

「いい子だよ。素直で真面目だし、感じもいいし」

『そうじゃなくて、技術はさ』

どきりとした。当然のことを訊かれただけなのに、それこそ人のよさを嗤われたような気がする。

「一応、うちではカット以外のことはだいたい任せてる。客からの評判はいいよ」

『素直で真面目だ、って？』

からかうように言われ、孝之は黙った。

『ごめんごめん、冗談だよ』

野々村の声が耳もとで朗らかに響く。

他意はないのだ。孝之は自分に言い聞かせた。同じ店にいた頃からそうだった。なまじ顔が良く、背も高く、自信に満ちあふれて見えるばかりに同性の妬みを買ってしまいがちだが、野々村本人はいたってあっけらかんとした性格で表裏はない。

「正直なところ、技術的にはまだまだかな」孝之は言った。「それでも、店が終わった後、カットを見てくれませんかって自分から頼んでくるくらいの意欲はあるから、ちゃんとモノにはなる子だと思う。少し時間がかかるかもしれないけど」

『つまり、あれだな？　バリバリにセンスがあるってわけじゃないんだな？』

ぐっと詰まった。人のことを貶したくはないが、ここは誠実に申告しておかないとこちらの信用問題にかかわってくる。

「……まあ、そうだね。はっきり言ってそこは平均値かもしれない。でも、」

『いや、いいんだ』野々村が遮る。『むしろそのほうがいい』

「え？」

『使いにくいんだよ、才能あり過ぎてとんがってる子はさ。周りとのトラブルも多くなるし、店の中がギスギスするだろ。俺はべつに、今以上に事業を拡大しようとか思ってないしさ』

意外だった。力のある美容師を上手に使って伸ばすことで二号店、三号店を任せ、いずれはチェーン展開してゆく――野々村なら、それくらいのことは視野に入れているのかと思っていた。

『いろいろ面倒くさいのは苦手なんだ。だからちょうどいいよ。いつでも、いい時に面接によこしてよ。お互いに条件が折り合うようなら、っていうか気が合うようなら、うちで雇うから』

通話を終えてしばらくの間、孝之はスツールに腰掛け、店の窓から午後の庭をぼんやり眺めていた。

薄陽が斜めに射している。季節のいい時にはハーブや小さな草花が彩りを添える庭も、今は煉瓦敷きのアプローチだけが目立って寒々しい。冬の間も美しく見えるよう、もう少しどうにかならないだろうかと思うのだが、何から手をつけていいものやら見当がつかない。

今朝ほども駅まで送っていった涼子は、ガーデニングにはまるで興味がなかった。ここへ越してきた当初、夫婦共通の趣味をと考えた孝之が、店の前庭を一緒に作っていくことを提案した時も、

〈サボテンさえ枯らしちゃう女だから、私〉

ごめんね、と、あっさり言われた。柔らかだが猶予(ゆうよ)のない拒絶を感じた。付き合っていた頃に、〈痛い〉と手を押さえられたあの時と同じだった。

またしてもつきかけたため息を呑み込む。野々村への相談が好感触だったにもかかわらず、どうにも気が晴れない。被害妄想とわかっていながら、どこかこう、かつてのライバルに見下されたよう

な、情けをかけられたような惨めさがある。

今日の客は、午後二時に一人だけだった。山崎は来ない。昨夜の時点で予約が一件しか入っていなかったので休みをやった。

〈辞めたいっていうものを無理やり引き留めるわけにもいかないでしょう〉

妻に言われるまでもなく、よそへ移りたいという若者の気持ちはよくわかるのだった。もっと忙しい店のほうが技術も早く身につくし、来るか来ないかわからない予約の電話を、雇い主と二人して待っている時間は辛かろう。自分が山崎の立場だったとしてもおそらく同じ判断をしたと思う。

さしあたっての問題は、彼がいなくなった後をどう埋めるかだった。今日のように暇な時ばかりなら一人でも回せるが、打って変わって昼食をとる時間もないほど忙しい日もあるのが厄介だ。シャンプーもドライもブローも、カットもパーマもカラーリングも、その間の肩揉みやドリンクサービスも、そして掃き掃除からレジまですべてを一人でこなす？　想像するだに無理がある。

〈その時は、俺を手伝ってよ〉

ふっと、鼻から苦笑いがもれた。お互い今よりずっと若かったとはいえ、あの涼子に向かって、恐れ気もなくそんなことを言えた自分が信じられない。

道を外れた恋に疲れきり、長い髪をばっさり切りに来た涼子を、いつしかその過去まで含めて愛したいと願うようになったあの頃。ちょうど会社での仕事にも行き詰まっていた彼女が初めて、

〈辞めちゃおうかな〉

そうこぼした時、だから孝之は言ったのだ。

〈いいよ、いつでも辞めなよ。涼子さん一人くらい、俺が働いてちゃんと食わせてやるからさ。今はまだ薄給だけど、できるだけ早く自分の店を持ってがんがん稼いでやる。その時は涼子さん、俺を手

伝ってよ。美容師の資格がなくたって補助的な仕事はできるし、何なら勉強してくれたら二人で店を回せるよ〉

あの時、涼子は微笑んで答えたのではなかったか。

〈素敵ね、それ〉

そうして二人、いつか持つ店の外観や内装について、あんなのがいい、こんなのはどうだとわくわくしながら話し合った。外壁は煉瓦張りで、前庭のアプローチもそれに合うような煉瓦敷きにしよう。小径の両側にはハーブガーデンを作り、香りの良い草花も植えよう。庭で摘んだミントのお茶を淹れてお客さんに出したり、ラベンダーの匂い袋を作って配ったら喜んでもらえるかも、と提案したのは涼子だった。いつか生まれてくる子が男でも女でも、庭の土に触れさせられるのはきっといいことに違いない、とも。

今、とりあえず夢は手に入った。東京でないということ以外はほぼ理想に近い店舗を自宅の一階に構え、顧客もそれなりに定着してきたというのに、どうしてこうも毎日が空しく感じられるのだろう。

妻は結局、会社を辞めることはなかった。店舗型住宅を建てるとなって銀行からスムーズに金が借りられたのは、有名企業に勤める彼女の稼ぎがあってこそだし、おかげでローンの返済も一度として滞ってはいない。けれど——。

庭の向こう、敷地の境界に目をこらす。

最初から植わっていた名前も知らない木の生け垣に、これまた名を知らぬ小鳥が飛んで来て止まる。せわしなく四方八方へ目をやった灰色の小鳥は、めぼしいものが何もないと知ると、すぐにどこかへ飛び去っていった。

ふだんのライドはともかく、自転車を離れて仲間が集まるとなればやはり週末……というわけで、土曜の夕方の居酒屋は混んでいた。

若い頃は三人以上集まれば、まるで水が低きに流れるように飲み会へとなだれ込んだものだった。今はいちいち約束が要る。スケジュールの調整や、妻への説明も要る。そのぶん、誘われた当初は面倒くささが先に立ったものの、思いきって参加してしまえばけっこう愉しかった。

周囲のテーブルには学生のグループもいれば、デートらしきカップルもいる。誰も彼もがテンション高く笑い喋るせいで、ますます大きな声を張りあげなければ会話が聞き取れなくなってゆく。

「……なじでいいですか？」

向かい側から訊かれ、孝之は首をめぐらせた。ずり落ちてきた眼鏡を中指で押さえる。

「え、ごめん、何て？」

「飲みもの。また同じでいいですか？」

小島ミドリが、空になりつつある孝之のジョッキを指さしている。テーブルの脇にはアルバイトの店員が立ち、注文用の端末を手にこちらを見ていた。

「あ、はい、同じでお願いします。あとすいません、おしぼり取り替えてもらえるかな」

俺も、僕も、と周りから声が上がる。蟹や海老の殻をむいた手をさんざん拭ったおしぼりで、そのまま顔を拭きたくはない。

追加の注文が一段落すると、はす向かい、ミドリの隣に座った萩原が目を合わせてきた。

「早瀬さん、こういう飲み会は久しぶりなんですってね」

サークル『Ring Ring』を主宰する以外にも、彼が書く自転車関連のブログは結構な数のフォロワーを獲得しているらしい。五十代に届いているのかどうか、目尻には深い皺があるが肉体はおそろしく若い。今回のオフ会を計画して皆に声をかけたのも彼だった。押しの強さに閉口させられることもあるものの、それくらいでないと大人数をまとめることなどできないのだろう。

「飲み会どころか、新宿まで出てくるのも久しぶりですよ」

孝之が言うと、左隣の川村が「えっ」と目を瞠った。こちらもベテランの乗り手だが、あまりストイックでない、そこそこいいかげんな人物だけに付き合いやすい。

「久しぶりって、そりゃまたどうして。まさか山奥で炭焼いてるとかいうんじゃないよね」

孝之は思わず笑った。

「そこまでじゃないです。家まで一時間くらいのもんですよ」

「ええと、失礼ながらお勤めはどちらなんでしたっけ？」

と萩原が訊いた。失礼ながらと言いながら、プライベートな部分にまで踏み込むことにいささかの躊躇いもないようだ。

「勤めっていうか、自分、美容師なんです。一応、店をやってるんですが」

「ああ、なるほどそういうことでしたか。どうりでたまにしか顔を見ないわけだ」

事実には違いないのに、なんとなく、ブルーカラー扱いされた気がした。

自営業にもピンからキリまである。萩原の場合、三十代でＩＴ関連の会社を興し、今や赤坂だか六本木だかの高級マンションで悠々自適の生活らしい。その気になれば好きな自転車で諸国漫遊の旅に出られるくらいのお大尽、こちらとは雲泥の差だ。

「お店を持つって、大変なんでしょうね」

ふいに、ミドリが言った。妙にしみじみとした物言いだった。

「まあ、そうですねえ。なにせ生活かかってますしね」孝之はおどけてみせた。「週末はかき入れ時なもんで、そこで休みを取るわけにいかなくて。だから、こないだみたいに祝日にライドを計画してもらえるのはありがたいんですよ」

萩原が満足げに頷く横で、ミドリはなおも言った。

「でも、今日は？　土曜なのに大丈夫だったんですか？」

「午後の予約は全部断って、片付けはアシスタントに押しつけてきました」

「うわあ、ひどいオーナーだよ。自分だけ飲み会かあ」

川村が笑う。

「いいオーナーって言って下さいよ。彼にだってたまには息抜きさせてやんないと」

「アシスタントさん、男性なんですね」

ミドリが、運ばれてきた焼きたての子持ちししゃもを皆の皿に分けながら言う。そういえば、たしか彼女には美容師だと話したことがあったのだった。

急に、気にかかった。今の一連の話は、自慢たらしくなかったか。自分を卑下してみせながらの苦労自慢と聞こえてしまったのではないだろうか。

「そう、それがですね」考えるより先に口からこぼれていた。「そのアシスタントの男の子に、どうやら逃げられちゃいそうなんですよ」

「え？　どうして」

「田舎へ帰って親の店を継ぐ前に、いっぺんは東京の美容室で働きたいって」

「ほーら、やっぱオーナーに問題ありだったんだよ」

と、川村が茶々を入れる。苦笑で応え、孝之は続けた。

「しょうがないから昔の仲間に連絡取って、そいつの店で使ってもらえるように頼んだんですけど、うちは来月からどうすりゃいいんだか。やれやれですよ」

ミドリは黙って、空いた皿をテーブルの端に寄せた。

「ありがとう。頂きます」

孝之は、自分の皿のししゃもに目を落とした。気のせいか、いちばん大きいように思えた。


久しぶりに大人数で集まるのはそれなりに愉しかったものの、気心知れた仲間とまではいかない相手と飲み直すほどの気力はない。店を出たところで皆と別れ、駅に向かって歩きだす。

土曜日の宵の口の新宿は賑わっていた。時節柄マスクをしている者は多いが、人出は予想以上だ。乾いたビル風が、びゅっと吹きつけてくる。都会には都会の寒さがあることを思いだしながら、ダウンジャケットの襟元をかき合わせる。

途中、大型電気店の前で立ち止まり、フロア案内板を見上げた。

「いらっしゃいませー！　何かお探しですかー？」

この寒空の下、制服の上から薄い法被を着た店員がやけっぱちの大声で話しかけてくる。生返事をしながら、そうだ、最新式のドライヤーを試しに買って帰ろうか、などと思案していた時だ。

「早瀬さん！」

はっとふり返ると、水色のダッフルコートが目に飛び込んできた。

小島ミドリが、ぺこりと会釈して近づいてくる。

「あれ？　二次会行ったんじゃなかったんですか」

びっくりして訊くと、

「ええ、行くつもりだったんですけどね」ミドリは隣に立ち、孝之の見ていたフロア案内板を眺めやりながら言った。「早瀬さんてば、さっさと帰っちゃうんだもん」

「え？」

「おまけにやたらと歩くの速いし。よかった、追いついて」

「……え？」

案内板から目を戻したミドリが、孝之を見上げてニコッと笑う。

「このあと、急いで帰らなきゃいけなかったりします？」

「あ、いや……」

孝之は、ダウンジャケットの袖をたくし上げて腕時計を見た。終電まではまだ三時間近くある。

「そんなこともないですけど」

「だったら、どっかでお茶でもしませんか」

ずいぶん露骨なアプローチだなと思いかけ、いや、わざわざ追いかけてきたなんていうのは冗談だろうと自分を戒める。思い込みの激しい男など気持ちのいいものではない。

といって、せっかくの誘いを断ってしまうのはもったいない気がした。妻以外の女性と二人きりで話すこと自体、美容室の客を除けばずいぶんとご無沙汰だ。

「いいですよ」ちょっと思いきって言った。「僕もちょうどコーヒーが飲みたかったし」

よかった、とミドリが破顔する。

「早瀬さん、どこかいいお店知ってます？」

「うーん、僕の知ってた新宿とは変わっちゃったんじゃないかな」

「じゃあ、私のよく行くとこでいいですか？」

もちろん、と並んで歩きだす背後から、

「ありがとうございましたー！」

相変わらずやけっぱちの店員の声だけが追いかけてきた。

ミドリが案内してくれたのは、丸井の裏通りの地下にあるカフェバーだった。常連が多い店に特有の、あたたかく親密な空気が流れている。

それぞれジャケットとコートを脱ぎ、奥まった壁際の席に向かい合わせに座る。メニューを見てブレンドを頼んだ孝之の後から、ミドリはアイリッシュコーヒーを注文した。ウイスキーをコーヒーで割ったホットカクテルだ。

「お酒、強いんですね」

「そういうわけじゃなくて、ここのは美味しいから。ま、弱いとは言いませんけどね」

こちらを見てぺろりと舌を出す仕草が少しも嫌味でないのは、やはり若さだろう。

オーク材のテーブルの真上、アンティークな雰囲気のペンダントライトがぶらさがっている。ミドリが小さな耳朶（みみたぶ）につけている金色のピアスが、光を受けてちかちかと輝く。黒のタートルネックに少しかかる長さのショートヘアがよく似合っていた。明るめのブラウンに染めているからなおさらキュートに映る。

「考えてみたら、帽子をかぶってない小島さんを見るの、初めてですよね」

あはは、とミドリが笑う。「そうでしたっけ」

「だってこないだは、ランチの間も脱がなかったでしょ」

「午前中のライド終えたら、汗でぺちゃんこじゃないですか。ちょっと男性たちにはお見せできなかったっていうか」

「紅一点だもんね。そりゃ気も遣いますよね」

「いえ、逆に皆さんに気を遣わせてるんじゃないかと」ミドリが目を落とした。「今日にしても、私、お荷物になってなかったかなぁとか」

「いや、そんなことないです。みんな、小島さんが参加してくれるの楽しみにしてますよ。はっきりわかります。いっぺんに場の空気が華やぐから」

「そうかな」

「ずっと、ショートにしてるんですか？」

耳の下で切りそろえる仕草をそえて訊くと、ミドリが、あ、と自分の髪に触れた。

「ええ。高校生の頃からほとんど変わってないんです。短いほうが自分らしいかなって」

二人ぶんの飲みものが運ばれてきた。物腰柔らかなスタッフが、孝之の前にコーヒー碗皿を、ミドリの前には分厚い耐熱グラスに入った褐色のカクテルを置く。甘そうなホイップクリームが浮かんでいるそれを、

「これですよ、これ。ほんとに美味しいの」

かき混ぜずにそっと啜ったミドリの鼻の下、白いヒゲができたのを笑って指摘してやると、彼女は慌ててナプキンを取り、

「もう、恥ずかしい」

こちらを上目遣いに睨みながら口もとを拭った。

吐息から、ふわっとウイスキーの香りが寄せてくる。妻の時と違って、少しも嫌な感じを受けない。受けない、という事実に後ろめたさを覚える。見ているところで呑む酒と、見えないところで呑んできた酒の違いだ、ただそれだけだ、と思ってみる。

「前から訊いてみたかったんですけど」

孝之が言うと、ミドリはグラスに伸ばしかけた手を止めた。

「……はい、何でしょう」

「小島ミドリさん、のミドリは、どういう字を書くの？」

「なんだ、そんなことですか。改まって言われたから何かと思っちゃった」

「だってほら、『Ring Ring』のサイトでチャットする時でも、ローマ字のMidoriしか見たことないから」

「『たけくらべ』に出てくるミドリです」

「樋口一葉（ひぐちいちよう）の……って言ってもわかんないですよねえ、ふつう」

「え、なんて？」

ふふっと笑われて、少し鼻白む。涼子だったらたぶん一発でわかるのだろう。

「美しいっていう字に、能登半島の登に、利益の利って書いて〈美登利（みどり）〉です。名付け親のひいおばあちゃんが大昔は文学少女だったらしくて、それで」

人差し指で、テーブルに〈美登利〉と書きつけて見せる。

文字よりも、彩られた指先に目がいった。淡いピンクと控えめなシルバーラメに塗り分けられたジェルネイルが品良く華やかだ。あのライドの時も、グローブを取ると現れた爪が美しく、機能性重視のウェアと好対照だった。

「綺麗ですね」

「ありがとうございます。画数多いし、書くのも面倒なんですけど、古風な感じでけっこう気に入ってるんです」

「や、もちろん名前もですけど、ネイルが」

彼女が、テーブルに両手をのせて広げる。そのままじっとこちらを見た。

「早瀬さんって、なんだか不思議なひとですね」

孝之は面食らった。「どこが？」

「誰かに言われたことありません？」

「初めてですよ、そんなの。逆に、わかりやす過ぎるとはよく言われるけど」

「わりとすぐ顔に出ちゃうからですか？」

言い当てられて、ぐっと詰まる。美登利が苦笑した。

「ごめんなさい、生意気言って」

「……いえ」

「でも私の言ったのはそういう意味じゃなくて……んー、何て言えばいいのかな。たとえば早瀬さん、さっきから髪型とか爪とかに、よく気がつきますよね」

「それはほら、職業病みたいなもので」

「ええ、でもそういうの全部が、取って付けたみたいで気持ち悪い男の人もいるじゃないですか、と言われても、自分にはわからない。

「いるんですよ」美登利は言い張った。「褒めてもらっといて何だけど、かえって嫌な気持ちにさせられる男って。でも早瀬さんのは全然そんなことなくて、すごくさりげないから……素直に嬉しくなるんです」

「そうですか」複雑な気分で、孝之は言った。「難しいものなんだな、女性を褒めるのも」

「そうですよ」美登利は笑った。「褒めりゃいいってもんじゃないんです。たぶん早瀬さんは、髪型なら髪型を褒める時、ほんとにいいと思って褒めてるんじゃないですか？」

「いいと思わないのに褒める奴がいるんですか」

「いるんですってば」

美登利はおかしそうに笑った。重たそうなグラスを持ち上げ、アイリッシュコーヒーを啜る。焦げ茶とアイボリーの地味なカクテルに、並んだ爪が柔らかな彩りを添えている。

グラスを下ろし、今度は用心深く鼻の下を拭ってから、彼女は再び目を上げた。

「私のほうからも、ひとつ質問していいですか」

「もちろんどうぞ」

カラーコンタクトレンズでも入れているのだろうか。薄茶色の瞳の虹彩がこれまたやけに綺麗だが、あまりあれもこれもと褒め過ぎたら、それこそ嫌な気持ちにさせてしまうかもしれない。

「私ね、ネイリストなんです」

手の甲をこちらに向け、改めて指先をひらひらさせてよこす。

「ああ、どうりで。じゃあそれ、自分で塗ったんですか」

「はい。この近くにあるサロンに勤めてるんですけど、そこ、美容室と一緒になってるんですよ。ほら、パーマやカラーの間にできちゃうでしょ、あんまり凝ったデザインのネイルは無理でも、塗るだけのシンプルなのだったら。時間を有効に使えるっていうので、お客さんにも評判はよくて」

「なるほど」

それでか、と思った。以前、こちらが美容師だと名乗った時、何となく物言いたげな反応が返ってきたのを思いだす。

「たまに、ほんとに忙しい時限定ですけど、私も美容室のほうの応援にかり出されることがあるんですよ。これでもロッドくらいは巻けるんです。前は、美容師になりたくて学校に通ったりもしてたから」

「そうだったんだ」

「応援って言っても、パーマやカラーに必要な道具を揃えるくらいのちょっとした手伝いがほとんどですけど、混んでる時はどうしても追いつかなくて、スタイリストと一緒に巻いたりもしてます。ほんとはいけないんだけど、そんなこと言ってられなくて」

「わかります」

忙しい店はどこもそうだろう。本来なら美容師の資格がなければ客の髪に触ってはいけないのだが、たとえば美容学校の学生がサロンのアルバイトをしていて、たまにスタイリストを手伝うなどはよく聞く話だ。どちらにとってもメリットがあるから結局は黙認されている。

孝之をまっすぐに見た後、美登利はグラスに目を落とした。長い睫毛（まつげ）がひらめく。

「私ね、美容師さんのこと、すごく尊敬してるんです。私自身が途中で挫折しちゃって、国家資格の要らないネイリストに鞍替えしちゃったからよけいにね」

孝之は頷いた。面映（おもは）ゆく、ありがたい話だけれども、行きつく先が見えない。その空気を感じ取ったか、美登利は顔を上げた。

「すみません。それで、質問なんですけど……」

「はい」

「早瀬さん、私を雇いませんか？」

予想の斜め上どころか、はるか成層圏から降ってきたような問いかけに、反応が遅れた。

「……は？」

「さっき、アシスタントさんが辞めちゃうんだって言ってらしたでしょ？」

「あ、うん。でもあの、」

「それとも、アシスタントは男性じゃなくちゃ駄目とかって決めてます？」

「いや、そんなことはないんだけども、」

「刃物は握れませんけど、それ以外のお手伝いなら一通りできます。ネイルのメニューも作ってもらえたら、それこそパーマとかの間にそっちの施術もできるし、ヘア・メニューだけよりお客さんの幅が広がるんじゃないかな」

「うーん、だけどね、」

「ちなみに今のアシスタントさんにはカットまで任されてるんですか？」

「いや、そこまではまだ」

「だったら私でも務まるっていうか、たぶん私のほうが使えるんじゃないかと思いますけど」

自信たっぷりに言ってのけるその口調にも、なぜか腹は立たない。彼女が言うならきっとそうなのだろう。

今月いっぱいでやめる山崎の顔を思い浮かべようとして、孝之はふと戸惑いを覚えた。毎日毎日、妻よりも長い時間を一緒に過ごしていた若者の顔が、はっきり浮かばない。自分で思う以上に酔っているのだろうか。意識をこらそうとしても、目の前にいる美登利の表情に気を取られるばかりだ。

冷めてしまったコーヒーを啜ると、苦みだけが舌の上に残った。カップを置いて、言った。

「すごく魅力的な申し出なんだけど――ごめんなさい。難しいと思う」

＊

涼子には予感があった。いま進行中の化粧品のＣＭはきっと素晴らしいものになる。来週半ばのスタジオ撮影には業界きっての凄腕が結集するし、撮り上がった暁のナレーターも極秘裏に決まっている。オンエアされれば必ずや世間の耳目を集めるに違いない。

躯の奥底に極小の溶鉱炉のような高熱の焔が燃えていて、家ではその熱さを抱えておけず、土曜の午後から会社へ向かった。現場でおもに動くのは部下の若いスタッフたちだが、責任者としての細かな最終チェックをどれ一つ疎かにしたくなかった。

めずらしく、今日は孝之も東京へ出てきている。いつもの自転車サークルの飲み会だそうだ。

いいことだ、と思ってみる。仕事柄、こちらが日々数えきれないほどの人々と顔を合わせるのに比べて、夫の世界は閉じているように思えてならなかった。それが気がかりであり、気詰まりだった。昔はツーと言えばカーでわかり合えたような物事も、ここ数年はまるで言葉の通じない外国人と話しているように感じることがある。夫を尊敬できなくなってゆくのが怖い。自分の経営する美容室と、口コミで繫がるご近所の客、それも大事だろうけれど、もっと広い世界をどうか持ってほしい——どこから目線だと言われれば確かにそうなのだが、いつわらざる望みだった。

その夕方のことだ。

別件で上がってきたポスター撮りの見積もりをチェックしていた時、携帯に連絡が入った。例のＣＭのクライアントである化粧品会社からだった。

用件を聞くなり、膝が萎えた。

「……ちょっと待って下さい」

声を絞り出す。頭ががんがんする。

「これまでのお打ち合わせでは、皆さんにすっかりご納得頂けていたじゃないですか。それを、今から変更しろとはどういうことなんでしょうか」

いったい何たる言い草だろう。女性アーティストの衣装がなんとなく貧乏くさいから丸ごと変えてもらいたい、それが向こうの言い分だった。

白いリネンのシャツに、柔らかなガーゼ素材の生成りのロングスカート、その上からレースのように透けるアイボリーのニット、肘から手の甲までを覆う淡いベージュのなめし革の長手袋……。色味と質感の異なる素材を重ね、真っ白な背景には雪を降らせて、美肌で定評のある若手アーティストの透明感を際立たせるのが狙いだ。最終打ち合わせ段階では絵コンテやイメージカットを披露し、会議に出席したクライアント側も大乗り気だったはずだ。

「なのに今さらそれはないでしょう」

こういう時こそ落ち着いて話せ、と自分に言い聞かせるが、語尾が震える。

『いやあ、残念だとはこちらも思ってるんですよ。ですが副社長の意向となりますとね、こればっかりはどうにも……』

木村(きむら)という担当者が、煮え切らない物言いをする。

「お言葉ですが、今から衣装は変えられません」きっぱりと、涼子は言った。「間に合うとか間に合わないとか以前に、あの衣装あってこその全体の世界観だったこと、木村さんもご存じですよね?」

『いや、それはそうですが……』

「でしたら、どうして今頃? その、反対してらっしゃる副社長さんには、CMに起用したアーヤ本人があの衣装を気に入っていることを伝えて頂けたんでしょうか」

そもそも彼女自身が企画から参加し、大御所と言われるスタイリストを指名し、まず無理ではないかと思われたその大御所が承諾して実現したプロジェクトだ。今から全部をひっくり返すことなどできるわけがない。

『一応、伝えはしましたけども……』木村はもごもごと口ごもった。『そもそも副社長は、アーヤが何者かも知りませんからねえ』

ふざけるな、と脳天から火柱を噴き上げそうになった。武道館を何回だって満員にできるカリスマだ。とくに若い女性たちにとってはアイコンのような存在でもある。彼女を口説き落とすのに、いったいどれだけ苦労したか。

クソジジイが、世の中の動きなど知ろうともしないくせに、気まぐれにしゃしゃり出てきてプロの仕事に口出しをするんじゃない。あんたは部下を信じてハンコだけついてりゃいいんだよ！

——などとは、もちろん言えない。こみ上げてくる怒りや苛立ちを懸命に抑え込み、深々と息を吸い込む。

「……お話はわかりました。できるかぎり善処させて頂きます」

『頼みましたよ』

電話は切れた。無茶を言ってきたのは向こうのくせに、最後までただの一言も謝らなかった。

ぐったりと椅子の背に寄りかかり、壁の時計を見上げる。午後四時半。当分、帰るわけにはいかなくなった。

とりあえず、この件に関わっているメンバーのうち出社している者だけを会議室に集める。

「ちょ、嘘でしょ、早瀬さん」

話を聞かされるなり、若手スタッフらがどよめいた。

「まさかそれ、納得して引き下がったんですか？　せっかくここまで準備してきたのに？」

身を乗り出し、机を叩いて食ってかかるのは入社五年目の青木慎一だ。暑苦しい性格が玉に瑕だが、粘り強さには定評がある。今回、アーヤの全国ツアー中にひたすら各地の楽屋へ通いつめ、とうとう偏屈な歌姫を根負けさせたのも青木の手柄だった。それだけに、今はどれだけ悔しかろう。

「納得なんか、できるわけないじゃない」涼子は言った。「だけどね、知っての通り、クライアントは絶対なの。クソジジイが頑として首を縦に振らない以上、こっちが何とか打開策を考えて切り抜けるしかないでしょうが」

スタッフたちの表情が目に見えて引き締まる。

「でも、どうやって！　背景のセットだって、もう作り替えてる暇はないですよ」

「その〈どうやって〉を考えるのが、私たち宣伝屋の仕事です」

あえて平然と言ってのける。

「……なぁんてね、えらそうなこと言えた義理じゃないのよ。正直、私にもまだどうしていいかわからない」

「早瀬さん……」

「とりあえず、スタイリストの三谷さんのところへは、今日これからご連絡して直接お詫びに伺います。今の状況を誠心誠意お話しして謝っても、最悪、この話は降りると言われるかもしれない。言われて当然だしね。その場合、今度はアーヤのほうをどう説得し直すかも考えておかなくちゃ。三谷雪絵に匹敵するような凄いスタイリストをすぐにでも引っぱって来られなかったら、アーヤまで降りるなんて言いだしかねないし、この仕事そのものが空中分解してしまう可能性もあり得る。そんなことになったら……」

あはは、と涼子は笑った。自分で思う以上に乾いた笑いになった。

「損害は、そりゃもう結構な額にのぼるでしょうね。想像しただけで、ちびっちゃいそうよ」

頭を下げるために出かけ、再び帰社する頃には夜の八時をまわっていた。表参道の教会裏手にある三谷雪絵のアトリエを出た後、同行した青木とは地下鉄の駅で別れた。若い彼には妻と幼い子どもの待つ家がある。それでなくとも来週はまた怒濤の徹夜地獄が待っているのだ、週末くらいは早く帰してやりたい。

制作局のフロアには、それでもまだちらほらと人がいた。その数だけ不測のトラブルがあったと考えても間違いではなさそうだ。

誰かを訪ねてきていた馴染みの男性デザイナーが、

「あ、早瀬ちゃんだー。お疲れっスー、イェーイ」

涼子とグー同士でハイタッチをして部屋を出てゆく。妙にテンションが高いのは、たぶん寝ていないからだろう。

スタバで買ってきたコーヒーを机の端に置き、後ろで一つに束ねていた髪をほどく。身体の自由を奪うものが、たとえバレッタ一つでも煩わしい。たまらなくなってバッグに手を突っ込み、自分だけの精神安定剤をつかみ出した。黒いファー素材でできた三つ折のキーケース――しっとりとした手触りで、これまた猫を撫でているような気分にさせられる。心を落ち着かせたい時には、コーヒーより何よりこれがいちばんだ。

てのひらで握り込みながら机に突っ伏すと、長く重たい溜め息が漏れた。

〈もしかしてあなたがた、あたしがこの仕事から降りると思って飛んできたの?〉

ひととおり涼子から話を聞いた後、三谷雪絵が最初に発したのがその一言だった。

〈沈みそうな舟を見捨てて逃げるようなことはしないわよ。一緒に水を掻き出せば何とかなるんじゃない？〉

六十代半ばにさしかかるようにはとても見えない若々しさだが、衣装監督としてハリウッドやカンヌでも賞を獲った傑物だけに、会うたびこちらをたじろがせるような迫力がある。

〈そりゃああなた、精魂こめて用意した衣装だもの。どっかのワカランチンにケチ付けられたら腹は立つわよ。でも、自分が途中までやりかけた仕事を他の誰かに渡すのはもっと嫌。その出来を後から見たら、うまくても、うまくなくても気分悪いもの〉

申し訳ありません、恐れ入ります、ほんとうにすみません、と平謝りの涼子に、三谷は静かに微笑んで言った。

〈ねえ、早瀬さん。あなたのせいでもないことで、何度も謝る必要はないのよ。あたしたち、仲間として仕事をしてるんでしょ。違う？〉

そして、布裁ち台の端に置かれていたクロッキーブックを広げ、早くも新たなデザイン案を描きつけながら付け加えた。

〈仕事ってね、いわば自分の人生に着せかけてやる衣装みたいなものだと思うの。いつ終わるか知れない人生だもの、あたしは、着ていてとくべつ気持ちのいい服か、自分をとくべつ綺麗に見せてくれる服以外は着たくないな〉

机の上に重ねた手首に額を押し当て、指先でファーを何度も撫でながら、涼子はつぶやいた。

「――人生に着せかける衣装……か」

気がつけば二十年ほども同じ仕事を続けてきた。クライアントに頭を下げ、芸能事務所に頭を下げ、デザイナーに、撮影プロデューサーに、演出のディレクターに、カメラマンに、スタイリストに、メイクに、照明に、セットを組み上げる大道具のスタッフに……ただもう果てしなく頭を下げ続けてようやく成り立つ仕事。それでさえ、しょっちゅうがらがらと瓦解しそうになる。現場を見に来たこともない誰かの、ほんの気まぐれな一声で。

「よ、お疲れさん」

ふいに声をかけられ、慌てて身体を起こした。机のすぐ横を見て、思わず声をあげる。

黒田だった。いつも見るスーツ姿ではなく、カジュアルなポロシャツの上にジャケットを羽織っている。手に持っているのはダウンコートだ。

「どうなさったんですか、部長」

「『どうなさった』って、これでも急いで来たんだけどな」

「土曜の夜ですよ」

「知ってるよ、そんなこた」黒田が苦笑する。「そう言うきみはどうなんだよ。しょっちゅう休日出勤してるじゃないか」

しょっちゅう、と言うほどではない。せいぜい月に一度か二度だ。

「いやさ、さっきたまたま別の用事で青木に連絡したら、ひととおり聞かされてさ。やつが『早瀬さんだけ会社に戻りました』って言うから」

たぶんまだいるだろうと思って来てみた、と言われ、胸の内側でほどけるものがあった。狼狽をスタッフに見せまいと、自分がどれだけ気を張っていたかに気づく。

「ひどい災難だったなあ」

「まだ終わってませんけどね」

「だな。しかしまあ、どんだけ人騒がせな副社長だよ」

「仕方ないですね。人間、権力を持つとたまには行使したくなるものなんでしょうし」

「辛辣だな、相変わらず」

「すみません」

「三谷女史のとこで、さんざん謝ってきたろ」

「え？」

「今の『すみません』があんまり自然に口からこぼれたからさ」

すみま……と言いかけて、言葉を呑み込む。

三谷雪絵の前でも、まるで息を吐くように謝罪の言葉を口にしてしまっていたのかと思うと、今さらながらに身が縮んだ。ああいうひとには、全部見抜かれている気がする。

「まさか、今夜も泊まる気？」

言われて時計を見やると、あっというまに九時を過ぎていた。どうしようか。家まで一時間半もかけて帰ったところで、明日の日曜もどうせまた朝から出勤しなくてはならない。

〈また泊まり？　いいけど、いつ休むのさ〉

咎めるような夫の声が容易に想像される。自分の店は土日も営業しているくせに、そして定休日が祝日と重なれば自転車を積んでどこへなりと出かけてゆくくせに、孝之はそれでも、週末の二階に妻の気配がなくては嫌なようなのだ。

とはいえ夫も今夜は自分の趣味の仲間と集まり、にぎやかに呑んだり食べたりしているはずだ。それを思い出して、少し気が楽になる。

「……そうですね。どうせなので、泊まります」

涼子は言った。あとで彼の携帯にメッセージを送っておこう。電話をかけるにしても、用件だけは先に知らせておいたほうが話は早い。

「幸い、着替えはいつでもロッカーにありますし」

「おいおい、女性がそれはよくないよ」

「そういうのをジェンダー差別っていうんですよ、部長」

ふ、と仕方なさそうに笑った黒田が、

「飯は食ったか」

と訊く。声の柔らかさに、どきりとする。

「まだです」

「腹は？」

「いま気がつきましたけど、ものすごくひもじいです」

黒田が目を上げ、フロアをぐるりと見渡した。それぞれの席にいる四、五人に向かって声を張りあげる。

「腹へってる奴いるかー。遅メシ食いに行くぞー。酒でもいいぞー」

すぐさま、ハイ、はあい、と勢いよく二人の手が挙がった。


本当はいつまでだって最前線にいたかった、と涼子は思う。

広告代理店に入ったのは、何も偉くなりたいからではない。現場の仕事がしたかったからだ。企画の立ち上げからクライアントへのプレゼンテーション、それをかたちにしてゆくための準備、関わるスタッフとの丁々発止のやりとり、撮影現場の緊張と興奮、終わりの見えない編集作業、そしていよいよ完成した暁の誇らしさと感動……。その大きな渦のただなかに、永遠に身をおいていたかった。

いつまでもそうしてはいられないと思い知らされたのは、入社から七、八年が過ぎ、三十代にさしかかる頃だったろうか。年下の〈後輩〉たちがいつのまにか〈部下〉になり、自ら現場へ出てゆくよりは彼らをとりまとめる仕事のほうが多くなって、立場上、自分の失敗でなくても謝罪に出向くことが増えた。給料の多寡は、頭を下げる回数に比例しているのかと思うと虚しくなった。

それだけに――こうしていざ大きな危機に直面すると、どう切り抜けるべきか胃の痛くなる半面、血湧き肉躍る感覚にぞくぞくさせられる。

「まあ、そんなことだろうと思ったよ。早瀬さんは昔っからそういうタイプだった」

言いながら、向かいに座った黒田部長が二杯目はとドリンクメニューを渡してよこす。六人用のブース席に四人で陣取っている。受け取った涼子は、ちらりと見ただけで右隣、若手の平井(ひらい)に回した。会社の近くでしょっちゅう通う店だけに、メニューは頭に入っている。

「そういうタイプって、どういう？」

「つまり、逆境でこそ燃えるっていうのかな」

「あー、わかります。このひとはほんと、そうなんですよねえ」

はす向かいから口を挟んだのは山本(やまもと)だ。涼子より五つばかり若いが出世は早く、社内でも遣り手で通っている。

「しかも、追いつめられた時ほど凄い仕事を残しちゃうんですよ。ずるいくらいに」

「ちょっとそれは聞き捨てならないな」涼子は言った。「まるで急場しのぎが得意みたいじゃない」

「そういう意味で言ったわけじゃないですけど、それだって腕力がないとできないことだと思うんだよなあ。……あ、俺はスダチ酎」

「僕もそれにしよう」

「すいません、じゃ俺も」

と平井が倣う。涼子はかまわず言った。

「私はハイボールで」

制作局のフロアに残っていた同僚たちのうち、黒田の誘いに迷わず手を挙げたのは山本と平井の二人だった。他はすでに食事を済ませたか、食事などしていられる状態でないかのどちらかだったらしい。

「で、早瀬さん、また泊まりですか」

山本が、運ばれてきたスダチ酎にさっそく手をのばしながら言う。

「そうね。明日も朝一番から動かなくちゃいけないから」

「家、埼玉でしたっけ？」と、これは平井だ。「俺が入社した頃はたしか、都内のマンションだったたっスよね」

「よく覚えてるね」

「それを、なんだってまたわざわざ遠くへ引っ越しちゃったんスか」

「こら平井」黒田が遮る。「人のプライバシーにずかずか踏み込むもんじゃないよ」

「はあ、すいません」

涼子は苦笑した。

「プライバシーってほどのものでもないんですけどね。うちは夫が美容師で、自宅で店を開くために一戸建てが必要だっただけで」

「へえ、そうだったんだ！　じゃあ、早瀬さんの髪とか、いつも旦那さんがいじってるんスか」

「うん、まあそうね」

「ラブラブじゃないスか」

「安上がりなだけよ」

「あっ、てことは、アレですね。髪結いの亭主じゃなくて、髪結いの女房ってやつですね」

それでうまいことを言ったつもりの平井に、黒田があきれた目を向ける。

「馬鹿言うなよ。髪結いの亭主ってのは、女房の稼ぎに頼って自分は働かない男のことを言うんだぞ。男女が逆になったとして、このひとに当てはまると思うか？」

「ああ、なるほどそっか。そうスね、早瀬さんなら旦那さんよりかずっと稼いでそうっスもんね」

「……お前、もう黙っとけ」

聞いていた山本が、くっくっと笑った。

「だけど、旦那さんは何も言わないんですか」

と、今度は山本が訊いてくる。

「何もって何を？」

「仕事で泊まって帰ったりして、文句とか言わないのかなって。だって、たいていの男だったら気が気じゃないと思うんですよ。自分は家にいて、奥さんが外で働いてて……この業界を知ってる人間ならまだしも、そうじゃない旦那さんにとっては外でのことって何にも見えないわけでしょ。妻がしょっちゅう帰ってこなかったりしたら、よくないほうへ想像が向いちゃったりしないのかなと思って」

「そんなのは妻も夫も関係ないでしょうよ」涼子は言った。「世の奥さんたちがみんな、泊まりだったり帰りが遅くなったりする旦那さんのことをいちいち疑いながら待ってるとでも？」

「いやあ、そこはやっぱり比べられないっていうか、男と女じゃ話が違うじゃないですか」

「何それ」

「こういうこと言うと、最近はすぐ差別だとか叩かれがちですけど、てか俺だって外では言いませんけど、実際問題として男と女は全然違う生きものなんだからさ」

「ちょっと待ってよ」涼子は眉根を寄せた。「そりゃ、生きものとして違う部分があるのは認めるけど、権利や機会は同じはずでしょ。なんかガッカリだな、よりによって山本くんの口からそんな言葉が出るなんて」

「だからよそでは言わないって言ってるじゃないですか。いや、わかってますよ、今のご時世そんなんじゃいけないんだってことはね。広告を作ってく上でも、そこんとこはへたに突っ込まれないように気をつけて扱わなくちゃいけない、いちばんデリケートな部分ですよ。ただ、一般的な現実としてはやっぱり……」

「まあまあ、まあまあ」

黒田部長がなだめにかかった。

「山本の現実主義もわからんじゃないけど、それはむしろ、男女差の問題じゃなくて夫婦間の信頼度の問題じゃないのかな」

「信頼度、ねえ」

「ベースにお互いへの信頼がちゃんとあって、納得し合ってさえいれば、どういうかたちの夫婦だってあり得るんだからさ。僕の家にしたって、土曜のこんな時間にいきなり『ちょっと会社行ってくる、帰りは何時になるかわからない』とか言い出しても、奥さんは今さら驚きもしないよ。働き方として正しくはないかも知らんが、まあしょうがない、そういう仕事なんだと納得してくれてるな、そういうことだよな、と水を向けられた涼子は、

「……そうですね、ええ」

曖昧に微笑むしかなかった。

そういう仕事なのだと納得――してくれているだろうか、夫は。正直、そうは思えなかった。終電の時間が迫った今になってもまだ、孝之に連絡できずにいるのはそのせいだ。

不倫を疑われたことはないと思うし、その意味においてはこちらを信頼してくれているのだろうけれど、それより困ったことに、彼は妻にとっての仕事の価値を納得していない。共働きを続けなければローンが返せないという身も蓋もない事情さえなかったら、とうの昔に仕事を辞めてほしいと言われていたに違いないのだ。

「それはともかく、今日のトラブルのほうは何とかなりそうなんスか」

平井が、ポテトの明太チーズ焼きを頬張りながら話を戻す。

「そうね……今の時点では何とも言えないけど、とりあえず三谷さんが朝までに別方向から衣装を考えて下さるって。準備してたセットをどの程度までそのまま活かせるかは、それ次第ってことね」

山本が何か言いかけた、その時だ。

「あれえ、奇遇だなあ……なんつって、めずらしくもねえけどさ」

ははは、と後ろから笑い声がした。

酒と煙草に荒れたその声に、涼子はふり返る気もしなかった。

「おう、矢島！」黒田が可笑(おか)しそうな声をあげる。「お前さんも、こんな時間にひもじくなったくちか？」

「まあそんなとこですわ」

一人か、こっちへ来て座れよ、と黒田が手招きするのを、涼子はげんなりとした気分で眺めた。止めるわけにもいかない。背後から濃い気配が寄せてきて、テーブルの真横に立つ。

「おりょ、早瀬さんもいたの」

今ごろ気づいたかのような言い草がわざとらしい。

「――こんばんは」

「帰んなくて大丈夫なんだ？　電車なくなっちゃうよ？」

言いながらも涼子の左隣にぐいっと身体を割り込ませてくる。押されて仕方なく奥へと詰める間に、男たちが挨拶を交わす。

こうして飲食店でばったり顔を合わせるのは、矢島の言うとおり、めずらしいことではない。彼のデザイン事務所がこのすぐ近くにあるからだ。会社から独立しても請け負う仕事の内容は変わらないため、互いに行き来が楽であることが絶対条件なのだった。

「しかしこんな時間に、どういう面子（メンツ）だよ」

黙っている涼子のかわりに、すぐさま平井が事情を説明する。

「あー、ありがちなやつな」矢島が薄笑いで言った。「もしかして、こっちの責任者が女だっていうんでよけいに甘く見られたんじゃねえの？」

ゆらっ、と怒りの炎が燃えかけたところへ、

「いや、そうじゃないんだ」黒田部長が割って入った。「向こうの副社長の横車だそうだよ。現場の事情を知らない者がよけいな口を出すと、ろくなことにはならんって話さ」

矢島も馬鹿ではない。釘を刺されたことに気づいたらしい。ふうん、と言って涼子のほうに顔を振り向けた。

「今晩、もし泊まるんだったら、うちの事務所を使えばいいじゃん。もちろん俺はもうウチへ帰るけ

ど、あの応接ソファは広げりゃベッドにもなるしさ」

怒りどころではなく、殺意が芽生えた。他の男たち三人の前で、平然とそんな話題を持ち出してのける矢島がわからない。昔は矢島の私室にあったあのソファの構造ならよく知っている。寝心地もだ。

「ありがとうございます、お気持ちだけで」

涼子は、にっこりと言った。矢島が面白がるような目でこちらをじろじろ眺める。

「けど、どこに泊まんのさ。若いもんならいざ知らず、その歳で事務椅子三つ四つ並べて寝るのはさすがに苦しかろうよ？」

「お言葉ですけど、今どきはカプセルホテルにもレディースフロアってものがあってですね。ものすごく快適なんですよ」

シャワーは浴びられるしアメニティも充実していてとても清潔なのだ……と、矢島以外の三人のほうを見て説明していると、バッグの中でスマートフォンが振動し始めた。どきっとした。ＬＩＮＥではなく電話だ。着信音で孝之だとわかる。こんなことならもっと早くこちらから連絡しておくべきだった。

「ちょっとごめんなさい」

「お、何だよ慌てて。旦那か？」

よけいなことしか言わない矢島を押し出すようにしてどかせると、涼子は立ち上がって通路を急ぎ、店の外に出るやいなやスマホを耳にあてた。

「もしもし」

てっきり夫の不機嫌な声が返ってくると思ったのに、

『あ、涼子？　今どこ？』

孝之は妙に明るい声で言った。

「それがね、クライアントとトラブルがあって、まだ会社なの」

少しだけ嘘をつく。雑踏の物音を遮るように、口元を手で覆う。

「ちょうど連絡しようと思ってたんだけど、ごめん。今夜は帰れそうになくて」

『なんだ、そうなの？』なぜかほっとした様子だ。『じつは、俺もまだ新宿なんだわ』

「え」

『二次会、三次会って飲んでたら、つい時間忘れちゃってさ。明日の日曜は午前の予約が入ってないし、今日はいっそゆっくりして、明日の朝イチで帰るのでもかまわないかなと思って電話したんだけど……そっか、涼子も帰れないんだ』

お互い様だから文句は言いっこなしだろ、と言われた気がして少し引っかかるが、実際こちらも心からほっとしている。どっちもどっちだ。

「わかった。私のほうは、明日もまだ対応に追われそうで、帰りが何時って言えないんだけど……」

『いや、いいよいいよ。仕事なんだし仕方ないよ。身体だけは心配だから、寝られる時にちょっとでも寝るようにしなよ』

「ありがと。あなたもあんまり飲み過ぎないようにね」

『うん、このへんでやめとくわ』孝之が笑った。『じゃあ、明日また帰る時にでも連絡ちょうだい。おやすみ』

おやすみなさい、と返す。

耳から離して画面を見るより先に、向こうから通話が切れた。今ひとつ割り切れない気持ちのまま、店の中へとって返す。

いや、きっとこれもまた、夫のためにはいいことに違いない。家を持って以来、孝之が東京へ出かけるだけでもめずらしいのに、泊まってくるなどと言いだしたのは初めてだった。客商売をしているわりにプライベートでは人づきあいの苦手な彼が、ロードバイクという健康的な趣味を通じて心許せる仲間に出会えたのなら嬉しいことではないか。自分に言い聞かせながら戻る。

涼子と同じハイボールをすでに半分ばかり空けた矢島が、

「おう、お帰り」

へんに優しげな声で言って、席の端からどいた。

＊

地下のカフェバーは薄暗い。外のネオンを眺めた目にはなおさらだ。階段の上まで出て電話を終えた孝之が元のテーブル席に戻ると、美登利は目を上げ、にこりとした。眺めていたスマホを、律儀にもすぐバッグにしまう。

改めて見ても、ショートヘアのせいばかりでなく頭が小さい。目鼻立ちはくっきりとしていて、瞳の色が明るいせいかハーフのようにも見える。思いだすのは、小学校の高学年や中学の頃、クラスに必ず一人はいた美少女だ。デリカシーの無さにおいては野良犬と大差なかった思春期、男子たちがそれでも気安くからかうことのできなかった相手……。美登利を見ていてふと郷愁を誘われるのはそのせいかもしれない。彼女にはどこか、大事に扱わなければいけない気分にさせられる独特の雰囲気があった。

「すみません、お待たせして」

「いえ、全然」

友人からメールが入ったので一本だけ電話をかけてくる——そうことわって席をはずしたのだった。実際にはメールなど届いていないし、かけた相手は妻だが、そうは言わない。女房の尻に敷かれているかのように思われたくない気持ちがある。てっきり自宅だと思ったのに妻の涼子はまだ会社にいて、今夜は自分も帰れないと言った。しょっちゅうあることだが、聞いてほっとしたのは初めてだった。

「私のほうこそ、すっかりお時間を頂いてしまってすみません」

美登利がぺこりと頭を下げる。

「いやいや」

「あの、帰りの電車とか、大丈夫ですか？」

「うん、それはもう気にしないことにしました」

「え？」

「時計を気にしてると落ち着いて話もできないし。大丈夫、いま電話した友人が泊めてくれるそうだから」

適当な嘘をついたのは、下心があるからではない。下心があるのではと疑われたくないからだ。

「ごめんなさい」

美登利の眉尻が下がった。

「どうして謝るの」

「だって……私が無理なお願いをしてるばっかりに」

「一応、無理な注文だってことは納得してくれてるんだ?」

「いえ、それはまだです」

思わず噴き出してしまった。

ネイリスト兼助手として自分を雇ってくれないか、と美登利が言いだしたのがつい先ほどのことだ。性格なのか、前のめりにぐいぐい押してくる。孝之が難しいと伝えてもなかなか引き下がらない。美容師免許も持っていない彼女をわざわざ雇うなど、どう考えても断らざるを得ないことに時間を取られているのに、嫌な気はしなかった。何か相談に乗れるものなら乗ってやりたい、と思う。

あのね、と孝之は言った。

「ほんとに、はやってる店じゃないですから。日によっては待機時間のほうが長いくらいで、地元の常連さんでようやく回ってるような具合でね」

言いながらふと、大事なことに気づいた。

「っていうかそもそも、こっから遠いですよ、うち」

「知ってますよ」美登利が当たり前のように頷く。「さっき、萩原さんたちと話してるの聞いてましたもん」

「いま小島さんが勤めてるのは新宿のお店でしょ?　どこに住んでるかは知らないけど、毎日うちへ通ってくるのはきついんじゃないかな」

すると美登利は、口角を上げ、目尻に小さな皺を寄せた。

「それがですね。私の実家、早瀬さんちのすぐ近くなんですよ」

驚いた。聞けば彼女の家は、いつも車で涼子を送り迎えする駅の三つばかり隣の駅だった。

「そうでもなかったら、こんなこと言いだしませんってば」

くすくす笑う。

「だけど、今はどこに？」

「上落合に部屋を借りてるんですけど、親はやっぱり私に独り暮らしさせておくのが心配らしくて。早起きしてでも家から通えって、うるさく言われてるくらいなんです。実家に戻って早瀬さんのところへ通うようになったら、めちゃめちゃ安心すると思う」

「や、そんなこと一方的に言われてもなあ……。うちなんか、勤め先としてはとうてい安心できないんじゃないかな。あなたもあの沿線に住んでたならわかると思うけど、今の僕の店が急成長するとはあんまり思えないし、それどころかこのまま頭打ちかも知れないしね」

「だったらよけいに、新しい客層を開拓する必要があるんじゃないですか？」

簡単に言わないでほしい。黙ってテーブルに目を落とす孝之の向かいで、美登利が座り直す気配がする。

「早瀬さん」

改まった口調に再び目を上げると、彼女は背筋をしゃんと伸ばしていた。

「さっきは『雇って下さい』って言いましたけど、そんな大げさな話じゃなくていいんです。たとえば、隅っこのスペースをレンタルするって感じではどうですか？」

「レンタル？」

「小さなスペースでいいんです。せいぜい小学校の机くらいのテーブルと、それをはさんで椅子が置けたら充分なんです。それくらいのコーナーを作って頂けたら、私、そこで施術させてもらって、ネイルの仕事による収入は私が頂きたいですけど、場所をお借りするぶんのお家賃をお支払いします」

「家賃」

「はい」

「ええと、それはつまり、あなたが僕に払うってこと？」

「そりゃそうですよ、レンタルスペース代ですもん」

美登利がますますおかしそうに笑う。

「早瀬さんの美容室に来て下さったお客さまに、たとえば最初は十五分のハンドマッサージをさせて頂くとか、それかいま私が勤めてる店でやってるみたいにパーマの待ち時間にネイルをとか……そんなふうに試してもらえたら、そのうち私のほうにも予約が入るんじゃないかと思うんです。自分で言うのも何だけど、私、腕にはけっこう自信があるので」

頷くしかなかった。実際のサンプルが、げんにいま彼女自身の指先を彩っているのだから。

「もちろん、ネイルの予約が入っていない時は早瀬さんのアシスタントもします。そちらで派生するアルバイト代を、レンタルスペース代と差し引きにして頂くのでもかまいません。特別なお給料が発生するわけじゃないから、雇っていっても気楽でしょう？」

「いやしかし……」

押しの一手に困惑しながらも、だんだん、美登利の提案がなかなか良いアイディアのように思えてくる。いやしかし、と孝之は自分に向かってくり返した。うますぎる話にはたいてい裏があるものだ。裏……この場合の裏とは何だろう。自分などをたとえばカモにしたとして、美登利に何の得があるというのだ。

「もうひとつ、〈そもそも〉の話を訊きたいんだけど、いい？」

「どうぞ」

孝之は、美登利の目を見つめた。

「どうして、僕のところなんだろう？」

「どうしてって？」

「今だってネイルの仕事につくことはできてるわけでしょう？　店を移るにしたってもっと大きなとこか、べつに美容室と一緒になってるとこでなくても、ネイルサロンなら今どきはそりゃあもう山ほどあるだろうと思うんです。なのにどうしてわざわざ？　僕と会ったのなんか、まだ二回かそこらなのに」

孝之が話している間、美登利は、頷きながらも視線をそらさなかった。おしまいまで聞き終えてからようやく、膝に目を落とす。ややあって口をひらいた。

「さっき私、美容師さんを尊敬してるって言いましたけど……」

右手の指で、自分の塗った左手の爪をそっと撫でる。大事そうな手つきだ。

「それはあくまで、頑張って資格を取った人をっていう意味であって、人間性についてはまた別っていうか……。要するに、今のお店を早く辞めたいんです」

「何かあった？」

「人間関係がとにかく最悪で。美容室とネイルサロンの両方とも、それぞれの店長への積もり積もった不満とか、指名とかをめぐってギスギスしてて。でもそんなのお客さんには関係のないことだから、こちらはできるだけ笑顔を浮かべようとするじゃないですか。そしたら——先月だったかな。夜、帰りに乗った電車で、窓に映ってる自分の顔に気づいたとたん、びっくりしたんです」

「そんなに疲れた顔してたの？」

美登利が首を横にふる。

「笑ってたの」

「え?」

「おかしくも何ともないのに、ひとりで笑ってたんです。早瀬さん、わかります? ジブリの映画に出てくる〈カオナシ〉」

「あ、うん、知ってるけど」

「あんな感じの曖昧な笑い方で」

思い浮かべてみる。白い顔に、目と口が真っ暗な穴のような妖怪。

「ぞっとしました。毎日毎日、笑いたくもないのに笑い続けてるせいで、いつのまにか私はカオナシになっちゃったんだ、自分の顔がなくなっちゃったんだって思ったらもう、ものすごく気持ち悪くなって……。こんなの嫌だって思いました。自分を売り渡してまで、あんなお店で働きたくない」

ふっと空気が動いた。黒いエプロンを掛けたスタッフが、グラスに水を注ぎに来たのだった。孝之はブレンドのおかわりを注文し、美登利も今度はカクテルでなくコーヒーにする。

夜十時半を回り、地下にあるカフェバーはむしろ混んできたようだ。食事を終えたもののまだ家に帰りたくない人々が居場所を求めて立ち寄るのだろう。

「……なるほど」

孝之は言った。

「ごめんなさい、自分のことばっかり喋って」

「いや、よくわかるよ。同じような経験、僕にもあるから」

「ほんとですか」

「青山のサロンにいた頃にね」

「青山? 何てお店ですか?」

「まあ、言うほどのあれじゃないんだけど……」

　孝之が店の名前を口にすると、案の定、美登利の目が、ぱっと輝きを増した。「そんな有名どころにいらしたなんて、凄いじゃないですか！」


「うそ、凄いじゃないですか！」美登利の目が、ぱっと輝きを増した。「そんな有名どころにいらしたなんて、なんで黙ってたんですか」

「訊かれなかったし」

「そりゃそうですけど」

「だいたい、たいした話じゃないですって。あそこはスタッフの入れかわりも激しいし、あの店にいたことがある美容師なんか東京には掃いて捨てるほどいるし」

　美登利が黙る。つぐんだ口もとが、つんと尖っている。

「でもまあ、人間関係って意味では同じだったよね。あれくらい大きいフロアを持ってる店であっても、風通しは今ひとつだったし、とくに美容師同士のしのぎ合いみたいなのは激しくてさ。女性だったらよけいにしんどいこともあるんじゃないかな」

「それなんです」美登利は言った。「お恥ずかしい話ですけど、私いま、ネイルのほうのチーフにすごく嫌われてて……もともとは彼女のお客さんが私を指名するようになっちゃったのが原因なんですけど、そのせいで、変な噂を立てられたりして困ってるんです」

「変な噂って？」

「つまり……トップのスタイリストに色目を使って暇さえあれば手伝いに入ろうとするとか、お客さんの何人もと寝てるとか」

「は？」

「嘘なんですよ。そんなこと絶対ないんです、信じて下さい」

「や、もちろん信じるよ」

「ほんとに？」

「だって、そんなことしたってあなたには何の得にもならないでしょ。本気の恋愛なら個人の自由だけど、だったら最初から文句言われることじゃないはずだし」

美登利の両目にみるみる水っぽいものが溜まってゆくのを見て、孝之は狼狽えた。目の前で女性に泣かれるなど、涼子との付き合いを含めてもほとんど覚えがない。妻は、めったに泣かない女だ。

美登利の涙も、どうにか溢れる前に引っ込んだらしい。短く洟をすすりあげて続けた。

「とにかく、そういう環境ですから……私、好きで始めたはずのネイリストの仕事までが辛くなってしまって。勤め先を移ったってまたおんなじことのくり返しかもしれない。いっそのこと一人で、お客さんのもとへ出張する形で仕事を受けようかとか、実家へ戻って一階の隅っこを改装してもらって開業しようかとか、いろいろ考えてました。そしたら、気晴らしに参加してみたライドで早瀬さんとお目にかかって……美容師さんだっていうし、ご自分で開業されてるって。それで私、つい、検索してみたんです」

「何を」

「……早瀬さんのお店」

「ええっ？」びっくりして声が上ずる。「いつの間に？」

「一次会で、トイレに立った時です」美登利は睫毛を伏せた。「勝手にごめんなさい。飲み会でお話に出てた最寄りの駅と、早瀬さんのフルネームを入れたら、すぐに出てきました。予約もできるホームページ。あのウェブデザイン、素敵ですね」

「……ありがとう」

涼子とその知り合いに頼って作ったページだった。それはともかく、店舗についてはどう感じたのだろう。細部までこだわり抜いた店だ。

「じゃあ、もしかして……いろんな画像とかももう見ました？」

見ましたとも、と美登利が勢いよく頷く。

「どう思いました？」

「あの……正直な感想を言っていいですか？」

「もちろん」

「引かないでくれますか？」

「引いちゃうぐらい酷い感想なの？」

孝之が訊くと、美登利はおかしいほどの勢いでかぶりを振った。両手を組んで握りしめ、互いの間のテーブルに目を落とす。

「じつは、その……サイトをひと目見たとたんに、すごくびっくりしたんです。トイレの個室で思わず変な声が出ちゃったくらい」

「どうして」

「私……ここ知ってる、って思って」

「え？」

知っている？　美登利の実家とわりあいに近いとは聞いたが、店は住宅街の一角だ。駅前商店街ならともかく、偶然通りかかるなどということがあるだろうか。

「あのへんに来たことがある、とか？」

「そうじゃなくて。生まれる前から知ってるみたいな……」

オーク材のテーブルの表面を、美登利はまるでそれが異次元への入口であるかのように見つめている。

「こんなこと言ったら気持ち悪く思われるかもしれませんけど、ご自宅の佇まいとか、美容室のアンティークなドアとか、煉瓦のアプローチの雰囲気なんかも全部、懐かしい感じがしてたまらなかったんです。私、前世はこの家で育ったんじゃないかって思うくらい気持ちが揺さぶられて、ついつい泣けてきちゃって……」

孝之は、彼女の白い顔を盗み見た。自分の眉根に皺が寄っているのがわかる。

「あの家を建てたのってまだ五年前なんだけど」

美登利が、ふっと苦笑した。

「わかってますよ。もののたとえです」

「……ああ」

「早瀬さん、今、ほっとしたでしょう」

「ええと、」

「こいつ不思議ちゃんか、って思ったでしょう」

上目遣いに睨まれ、仕方なく認める。

「ごめん」

「いいんです。っていうか私自身、自分で自分に引いたくらいですもん。とにかく、見た時はそれくらい衝撃的だったんだってことだけわかってもらえたら」

「……うん。でも、うちの店なんてわりと普通っていうか、どこも特別な印象はないと思うんだけどな」

「ううん、特別ですよ。ちゃんと見ればわかります。外から眺めた感じだけじゃなくて、内装も什器も、ぜんぶ素敵で……煉瓦だったり古い板材の床だったり、鏡とか椅子なんかも、そりゃお金さえ出せば贅沢なのが買えるかもしれないけど、そういうのじゃなくて品がいいっていうのかな。さりげなく見えるけど、じつはどれも相当こだわって選ばれたんじゃないですか？」

言い当てられたのは居心地悪いが、げんにそのとおりだ。

「だからだと思います。お店っていうより、誰か親しい人の部屋に招いてもらったみたいに居心地がよさそうで、私、サイトの画像をいちいち拡大して見入っちゃいました。あとほら、鏡の前に置かれてたあのカップ&ソーサーは、もしかして、お客さんに出すやつですか？」

「そうだけど」

「あれって、フィンランドのですよね」

「え、知ってるの？」

「知ってますよ！」

つい大声になった美登利が、首をすくめて口もとを押さえる。

「私、前からあそこのが大好きで、でも自分のために買うには高くて手が出なかったの」

「僕もだよ」

声をひそめ、孝之は笑った。なんだか共犯者のようだ。

「僕も、バックヤードで自分用に使ってるのは、ふつうに気に入ってる安いやつだし」

「なのに、お店のお客さんは別なんですね」

「うん、やっぱり特別。店のことで妥協するのは嫌なんです」

「凄いなあ。早瀬さんの美学みたいなのが見える気がする」

美登利が、うっとりと呟く。

「や、そんな大げさなものじゃ」

「ううん。早瀬さんのセンスって、力の抜き加減が絶妙なんですよ。たとえばレジの横でしたっけ、何でもないデュラレックスのグラスにハーブの葉っぱが生けてあったでしょう？　雑貨の全部を力いっぱい選んじゃうと、見てるほうは息が詰まっちゃうと思うんです。でも早瀬さんは引き算も上手だから、お店に気持ちいい風が吹いてる。こんなこと言うとかえってえらそうに聞こえちゃうかもしれないけど、早瀬さんのお店は、私自身がずーっとこれまで、いつか働くならこんなところがいいって思い描いていたお店とぴったり重なるんです。だからひと目見ただけで、あんなに懐かしく感じたんだと思う。ついつい、いろいろ想像しちゃいました。内装材とか什器も、それこそカップや何かも一つひとつ、奥様と一緒に楽しんで選ばれたんだろうな、とか」

「……へ？」

どうしていきなりそこに〈奥様〉が出てくるのだ。妻の存在など、ロードバイク仲間との話題に上ったことがあったろうか。

孝之の怪訝(けげん)な顔を見て、美登利は微笑んだ。

「ほら、サークルの、プロフィールのところに写真が……。すごく仲良しっぽかったから」

ようやく納得がいった。自転車サークルのサイトにメンバーそれぞれが載せる自己紹介の欄には、三枚の画像をアップできるようになっている。孝之はそのうちの一枚をチェレステ・グリーンの愛車、もう一枚はそれに乗っている自分、そして三枚目に、涼子と仲良く並んで写っている画像を設定していた。男ばかりが目立つサークルに顔を出し始めた頃、寂しい独り者がストイックなロードバイクにはまっているように思われるのが気になって、あくまでさりげなく、妻の存在と幸福な日常をアピールしたつもりだった。

「綺麗な奥様ですね。女優さんみたい」

「それほどでも……」言いかけて、思い直す。「いや、でもそうだな、うん。僕にはもったいない奥さんです」

涼子は確かに綺麗だ。そして、自分の妻のことを貶すよりはさらりと賞賛できる夫でありたいとも思う。

「いいな。奥さんのことをそんなふうに言える旦那さんって素敵ですね」

さっそく美登利が褒めてくれた。

「そうですか」

面映ゆさを隠すのに、冷めたコーヒーをすする。

「だけど早瀬さん、今と同じこと、男の人たちしかいないところでも言います?」

不意を衝かれてぎくっとなった。濃い液体が喉につかえる心地がする。

「……あ、またやっちゃった」と、美登利が言った。「私、こういうとこが良くないんですよね。頭に浮かんだことをそのまま口に出しすぎるっていうか。職場の人間関係についても、たぶん私自身にだって良くないところはあるんです。それってなんかおかしくない？　って思うとつい、黙ってられなくて口からこぼれちゃうの」

よくわかる気がした。美登利はある意味、涼子に似ているのだと孝之は思った。

妻もまた、おそらく口で損をしてきた女だった。雉も鳴かずばを地で行くというのか、我が身一つのことであれば我慢強く黙っていられるのに、自分にとって大事なものを傷つけられたり義憤に駆られたりすると、つい世直しめいた啖呵を切って相手を敵に回してしまう。

「自分にも問題はあるってわかってますけど……」美登利の声が、少し小さくなる。「ただ、さっきの私の申し出を、急な思いつきだとは思わないでほしいんです。私なりにずっと、悩んで考え続けてきました。流れ作業的な毎日はもう嫌なんです。私自身がきちんとお客さんと向き合って、それぞれの人に納得のいく時間をかけられるようなかたちで、ネイリストの仕事を一からやり直したい。早瀬さんのお店で雇ってもらうことを思いついたのは確かについさっきでしたけど、もしかしてこれって運命なんじゃないかって思ったんです。ちょうど次の助手を探してるっておっしゃってたし、うちの実家は近いし、何より私、早瀬さんのお店に一目惚れしちゃったわけで……こんなにまで好きになれるお店なんて、絶対、他にあるわけないもの」

「――ほんとに？」

「え」

「それ、本気で言ってる？」

「当たり前じゃないですか」美登利がむきになる。「お世辞なんかじゃないですよ。あんなにセンスのいいこだわりのお店、見たことないです。早瀬さん、美容師じゃなかったらインテリアコーディネーターにだってなれるんじゃないですか」

「いくらなんでも、ちょっと褒めすぎでしょ」

「だって」

まあまあ、となだめながら、孝之は息を吸い込んだ。

美登利に言われるまでもない。あの店のすべては、こだわりにこだわり抜いて選んだものだ。が、その一つひとつに対して的確な賞賛を得られるのがこんなにも誇らしいものとは思わなかった。しかも美登利のそれは、ものの値打ちを知った上での言葉だ。漠然と上っ面だけ褒められるのとはわけが違う。

店内のざわめきが耳もとに戻ってくる。いつのまにか彼女の言葉にばかり集中して、まわりの物音が聞こえなくなっていたらしい。

吸った息を、ゆっくりと吐き出す。ため息のように聞こえたかもしれない。

「とりあえず、お話はよくわかりました」

こちらを窺（うかが）っている美登利に、孝之は言った。

「ちょっと、考える時間をもらえますか。明日帰ったら、妻にも相談してみます」

「ほんとですか！」

語尾が跳ね上がる。ああ嬉しい、と胸の前で両手を組み合わせた美登利の表情から、張りつめたものがみるみる消えてゆく。かわりに、ふんわりとした笑みが浮かんだ。

「早瀬さん、ご自分のお店のことでも、ちゃんと奥さんに相談なさるんですね」

「それはだって、うちの場合、当然のことでしょ。店舗だけ独立してるならともかく自宅を兼ねてるわけだし。最終的に決めるのは僕であっても、何ていうかこう、前もって一応の仁義は通しておきたいっていうかね」

「そう、そこですよ」美登利がうんうんと頷く。「さっきは変なこと言ってごめんなさい。奥さんの気持ちを大切にする旦那さんって、やっぱり素敵です」

孝之は黙っていた。かすかに揶揄めいて聞こえるのは、やはり自分の受け取り方の問題か。

美登利が、ちらりと腕時計を見る。話は終わったのでもう帰ると言うのだろう。

「じゃあそろそろ……」

先回りして孝之が腰を浮かせかけるのを、

「ねえ早瀬さん」美登利がうきうきと遮る。「よかったら、あと一軒だけ付き合ってもらえませんか？すごくお薦めのバーがあるんです。西口だからちょっと歩くんですけど」

「や、僕は別にかまわないけど、そちらこそいいんですか？　明日も仕事なんじゃ」

「私は、明日は午後からなので。そのバーはね、ここはまた違って、ちゃんとした大人のお店なんです。前に行った時は友だちと二人だったから大丈夫でしたけど、私一人きりだとさすがに入りにくくて……」

友だちと二人。その性別が気にかかったが、訊くのもおかしい。

とっさに孝之の脳裏に浮かんだのは、〈大人のお店〉の薄暗いカウンター席に年上の男と並んで座る美登利だった。ただの妄想から勝手に不倫の匂いを嗅ぎ取って、軽く舌打ちしたい気分になる。

ことさら潔癖であるつもりはないが、妻のある身で若い女に手を出す男はどうかしていると思うし、妻がいる男とわざわざ関係を持つ女も自分には理解できない。いや、美登利とはまるで関係のないことなのだが。

「お友だちのほうは大丈夫なんですか？」

訊かれて、何の話かと思った。

「あんまり遅く帰ったら、ご迷惑じゃないです？」

そうだった。友人の家に泊めてもらうことにした、という今夜の設定をすっかり忘れていた。

「それは気にしなくて大丈夫ですよ」

カプセルホテルに門限はない。

「じゃ、行きましょうか」美登利が、足もとの荷物入れのカゴから水色のダッフルコートを取り出しながら照れたように笑う。「ふふ、私ったら、なんでこんなにはしゃいでるんだろ。まだ雇ってもら

える って決まったわけでもないのに」

苦笑で応えて、孝之も立ち上がり、ダウンジャケットに袖を通す。

華やいだ気分は、久しぶりの都会だからだ、と思った。そう、それだけだ。妻に後ろめたく思う必要など、少しもない。

＊

朝一番に美味しいと評判のパティスリーで焼きたてのクロワッサンや惣菜を買い、フルーツなども見繕ってから、涼子は表参道にある三谷雪絵の自宅兼アトリエを再び訪れた。

「いらっしゃい。待ってたわ」

ドアを開けて迎え入れるなり、三谷雪絵は言った。昨夜と同じ服、同じ髪型のままだ。エネルギッシュな女性だが、目の下は隠しようもなく黒ずんでいる。

通された北向きのアトリエは、昨夜とはまるで別の部屋のように明るかった。高い窓から射し込む光が白い壁に反射して、中央に据えられた首のないトルソーをふんわりと包んでいる。

「こう言うのも悔しいけど、最初のよりもっと素敵なのができたと思うのよ。ほら、近くに寄って見てちょうだい」

涼子は、荷物をそっと置き、トルソーに近づいた。

もともとのプランでは、リネンの白シャツの下に生成りのロングスカート、その上から透けるニットをまとう予定だった。今はそれがドレスに変わっている——のかと思いきや、よく見れば下半身のスカートが後ろにトレーンを引きずるロング丈のものに変更されただけで、上半身のシャツは同じものだ。ただし白シャツのボタンを大胆にはずして肩を露わにし、前立てを斜めにかき合わせる形でカシュクールシャツのように着ているために、遠目には全体が楚々としたローブデコルテに見える。

「スカートを縫うのに、やたらと時間かかっちゃってね」

「えっ。これ、新しく縫われたんですか?」

「布地のストックがあってよかったわよ」

おかげで、素材はカジュアルなままだがデザインはクラシック寄りになった。肩からは、当初のニットの代わりにレースのヴェールが着せかけられている。

「これは……もしかしてアンティークです?」

「そう。フランスの古いものでね、そこにパールとスワロフスキーのビーズを留めつけてみたの」

「……触ってみても?」

「どうぞ」

涼子はおそるおそる手をのばし、トルソーのまとっているヴェールに触れてみた。なんと繊細で美しいレースだろう。純白よりも味のある、アイボリーがかった細い糸で編み上げられた生地。そこにちりばめられた真珠とクリスタルのビーズが、まるで雨上がりの蜘蛛の巣に並んだ雫のように控えめに輝いている。一つひとつバランスを見ながらこれを縫い留めるのに、どれほどの時間がかかったことか。画面では決してアップになることのない、もしかしたら映りさえしないかもしれない細部にまで、このひとは命を注ぐのだ。

「例のワカランチンの副社長さんはおそらく、こちらの意図も、選りすぐった素材のこともまったく把握してなかったと思うのよ」

入口の壁にもたれかかり、腕組みをした三谷雪絵が続ける。

「単に全体のイメージ画像を見た感想として、カジュアルであることイコール『貧乏くさい』って評したんだろうと思うの。そこにアーヤさんの身体が入ってカメラを通せばまったく別物になることなんて想像もしないでね」

「ええ。私もそう思います」

「だから、あえて素材は変えずにシルエットを変えてみたの。ロングドレスだったら文句は出ないと思って。――どう？」

この衣装をまとったアーヤの頭上から、ＣＧによる白い結晶が降りしきる映像を思い浮かべる。どうもこうもない。一晩でここまでにしてくれた三谷への感謝に、胸が詰まる。

「素晴らしいです」涼子は、掠れ声を押し出した。「まるで雪の女王みたいになるでしょうね」

「ああ、いいじゃない、それ。よかったら、合いそうなティアラもついでに作っとくけど」

「ほんとですか？　ぜひお願いします」

何はともあれ、横になって休んでもらいたい。新しい衣装をあらゆる角度から撮影した涼子は、持参した手土産を置いて、早々にアトリエを辞した。

会社に着くなり画像をプリントアウトし、休日出勤してきたチームスタッフを集めて作戦を練る。

「クライアントに見せて、遅くとも明日までにはオーケーもらわないと、スタジオやなんかの段取りができませんよ」

青木慎一が言う。

「見せなくていいんじゃない？　むしろ伏せておこう」

「えっ」

「アーヤにだけは了解もらっときたいんだけど、その役目、青木くんに頼んでいいかな」

「そりゃもちろん、彼女は一日で気に入るにきまってますけど……大丈夫なんですか、あっちは」

「これ以上、ド素人のワカランチンに横槍を入れさせるわけにはいかないでしょ。大丈夫、実物の衣装はこれよりさらに素敵だし、水曜日の撮影には私も立ち会います」

「早瀬さん……いつ休むんですか」

涼子は笑ってみせた。

「誤解しないでね、あなたたちのことは全面的に信頼してる。その上で、万一の時の防波堤は必要かなっていうだけのことよ」


久しぶりに、駅からバスに乗った。日曜の午後四時過ぎ、孝之の美容室はまだ営業時間内だ。降りたバス停から、ゆるやかな坂道を登ってゆく。表側のアプローチから店舗の窓をうかがうだけでは中に客がいるかどうかわからないので、声はかけずにカーポート奥の自宅玄関の鍵を開けて入った。馴染んだ家の匂いに包まれ、ほっとする。何だかんだ言っても、家はやはり家なのだ。

部屋着に着替え、簡単にティーバッグの紅茶を淹れて、熱いマグカップを手に居間の窓から外を眺めた。遠くの川面は西陽に照らされ、河川敷に整備されたグラウンドでは草野球チームが練習試合に興じ、その手前の土手を自転車や、親子連れや、犬を散歩させる人などが行き交っている。そうか、本来なら今日は休日だったのだと今さらのように思う。

ソファで虎ノ介を撫でているうちについうたた寝をして、階段を上ってくる足音に目が覚めた。

「ああ、帰ってたの」

ふり向くと、孝之は笑顔だった。女房が仕事で泊まってきた翌日にしてはずいぶん機嫌がいい。

「いつ帰ったんだか全然わかんなかったよ」

うもいかない。


「一時間半ほど前かな。あなたは？」

「俺は結局、昼前。なかなか忙しかった」

「飲み会は楽しめた？」

「うん。あんなに盛り上がるとは思ってなかったな」

　共通の趣味を持った者同士が集まれば、さぞかし話も弾むのだろう。会社の飲み会ではなかなかそうもいかない。

「行ってよかったね。お疲れさま」

「や、俺のは遊びだけどさ、そっちこそ疲れたろ。なんかトラブルがあったって？」

「ちょっと、クライアントが無茶を言い出してね」

　まあいつものことだから、と言葉を濁す。業界の事情に詳しくない相手に、今置かれている状況を説明するのはしんどい。話せば孝之は大いに憤慨してくれるだろうが、それで事態が好転するわけではない。仕事のことはせめて明日まで頭から追い出したい。

「どっか出ようか」と、孝之が言った。「これからメシの仕度すんのも面倒でしょ。俺が作ったって全然かまわないんだけど、たまには外で旨いもん食べるのもいいんじゃない？」

「でも、お店の片付けは？」

「明日ゆっくりやるし。いいよ、大丈夫」

　歩いて行ける範囲に美味しい店はない。満足できる料理と酒を出す店となれば、どうしても駅まで出かけてゆくことになる。疲れきって帰り着き、ようやく着替えてリラックスしたばかりなのだが、夫は夫なりにこちらを気遣ってくれているのだと思うと無下にもできず、

「そうだね」涼子は微笑んでみせた。「たまの贅沢ぐらい、いいよね」

「おいおい、贅沢するなんて誰が言ったんだよ」

「え、孝ちゃんが奢ってくれるんじゃないの？」

マジかよー、と悲鳴を上げる夫を見て、あえてテンション高めの笑い声をあげる。肉体の疲れに引っぱられて気持ちが沈みそうになるのを、無理に引き上げるのになおさら疲労感が増す。家でまで取引先の誰かを接待しているかのようだ……などと思うのは傲慢に過ぎるだろうか。

仕事着よりは楽なワンピースに着替え、再びコートを着て、玄関ドアの鍵を閉めた。柔らかなファーのキーケースをぎゅっと握り込む。二人とも飲むかもしれないので車はやめ、すっかり日の暮れた坂道をバス停まで並んで下りてゆく。

昨夜は魚がメインの居酒屋だったから、それ以外なら何でもいいと孝之が言い、駅の裏手にある創作イタリアンの店を選んだ。夫婦経営の小さな店だが、メニューは充実している。まずは野菜料理と、トリッパやニョッキなどを頼んで乾杯をした。

「二人でゆっくりすんの、久しぶりだなあ」

チーズとオリーブオイルの匂いが漂う店内を見まわしながら孝之が言う。

「ほんと。お互いずっと忙しかったものね」

「俺はまあたいしたことないけど、そっちがさ。なんか気安く誘えない感じだったもんな」

そうね、たまに休みが重なればあなたは自転車を積んで出かけてっちゃったしね、とは言わずにおく。

「ごめんね、気を遣わせて」

「久しぶりっていえば、ついこないださ」

ふにゃふにゃとしているくせに味わい深いトリッパをたくさん頰張った孝之が、ワイングラスに手をのばす。

「野々村のやつに電話してみたんだ」

「あら、へえ」

野々村というのは、孝之が青山の店で働いていた頃の同僚だ。涼子が行けばいつもにこやかに挨拶してくれたし、のちには結婚式にも出席してもらった。孝之にとって東京時代から続いている友人といえば彼くらいのものだ。

「どうしてまた急に？」

「うん……山崎くんのこれからのこと、ちょっと相談してみようと思ってさ」

独立して東京に店を出した野々村に、夫がライバル心とコンプレックスを抱いていることは知っている。それでもなお、うちの店を辞めて東京に出たいと言い出したアシスタントのために親身になってやれる、そういうところは確かにこのひとの美点に違いない、と涼子は思う。

「野々村さん、何て？」

「とりあえず面接によこせって。何ならあいつんとこで面倒見てくれるって言うんだよ」

「うそ。凄いじゃない」

「って言ってもまあ、山崎くんの気持ち次第、面接の結果次第って感じだけどね。その気があるかどうか、本人にも話してみるわ」

「はっきり言わないと駄目だよ、そんなラッキーな話はなかなかないんだって。言わないとたぶん山崎くんにはピンとこないから」

孝之は苦笑し、頷いた。

「それでさ、涼子。ひとつ、折り入って相談があるんだけど」

その口調で、ふっと胸に落ちるものがあった。めずらしく夫がこちらを外食に誘ったのはそのためか。

「なあに？」

さりげなく返しながらも、内心、身構えてしまう。

「あのさ。涼子はさ。この先うちの店で雇うアシスタントに、何かこう、こだわりみたいなのってある？」

「どういうこと？」

「たとえばほら、男でなくちゃやだ、とかさ」

夫が言おうとしていることを覚(さと)ったとたん、思わずまじまじと顔を見てしまった。彼は白ワインで唇を湿らせ、テーブルに目を落としている。

「べつにそういうのはないけど……誰か心当たりでもあるの？」

水を向けると、孝之は、食べるでもなくフォークの先でニョッキをつつき始めた。

「じつは、サークルで知り合った子がいてさ。美容師じゃなくてネイリストなんだけど」

何でもなさそうに、そのじつ言いにくそうに、孝之は説明を始めた。彼女が店舗の隅を間借りさせてもらいたいと言っていること、アシスタントの経験はあること、おまけに実家がこの沿線で毎日でも通ってこられること——。そうしながら時折、ちらっ、ちらっとこちらと目を合わせる。まるで、視線をそらしてばかりいては不自然だからと努めて心がけているかのように。

「熱心だし感じもいいし、礼儀とかもちゃんとした子なんだけど、さすがに俺だけの判断で決めるわけにはいかないからさ。答えは待ってもらってるんだわ」

「どうして？　山崎くんが面接に来た時は、あなたの判断で決めたじゃない」

「や、でも今度は若い女の子だしさ。涼子が嫌なら断るよ」

「私じゃなくて、孝ちゃん自身はどうなの？」

「いや、こういうのは涼子の気持ちがいちばんだからさ。正直に言ってよ」

こちらの心境を慮ってくれているのに、気持ちがざらつく。夫が若い女性を雇ったりしては妻として気分が良くないのではないか——そう勘ぐられることそのものがあまり面白くない。といって、黙っているとそれこそ変に勘ぐられてしまいそうだ。

「やだな。私、そんなことに目くじら立てる女だと思われてるわけ？」

言葉にしたとたん、何かを小さく、しかし決定的に間違えた気がした。

「え、それって、彼女を雇ってもいいってこと？」

孝之が、眼鏡の奥で目を瞠る。

——彼女。その物言いからして引っかかる。椅子の後ろで激しく振っている尻尾が見えるかのようだ。

涼子は、半ばあきれながら夫を見やった。嬉しさをわざわざ隠そうとするのは、どこかに疚しいところがあるからではないのか。どうせ隠しきれないのなら、いっそ万歳三唱くらいしてみせてほしい。そのほうがよっぽどましだ。

テーブルのそばをウェイターが通り過ぎるまで待ってから、涼子は言った。

「やっぱり、あなたは乗り気だったんじゃないの」

「いや、そういうわけじゃなくてさ。うちの店の、何ていうか新しい可能性としてアリじゃないかなと思うだけだよ」

「新しい、可能性」

「そう。そりゃ最初から軌道には乗らないと思うよ。けど、だんだんと口コミとかで広がっていけばさ。ゆくゆくはネイルをやりに来た客がそれをきっかけにこっちの客にもなってくれるなんてことだってあり得るし」

「ふうん。ずいぶん弱気じゃない？」

「弱気とか、そういうんじゃなくて」孝之の眉間に皺が寄った。「いろんな可能性があるんじゃないか、ってことを言いたいわけ。おまけに……こういうことまで言うとまたきみに叱られそうだけど、俺としては正直、山崎くんにいてもらうよりもだいぶ気が楽なんだよ」

「女性のほうがってこと？」

「だからそうじゃなくて！」孝之が苛立ちを露わにする。「どうしてそういう言い方ばっかりするかな。涼子のほうこそ、やっぱりほんとは女性を雇うの嫌なんじゃないの？」

「そういうわけじゃ、ないんだけど」

「けど、何だよ。俺、べつに無理強いなんてしてないし、勝手に決めてから伝えたわけじゃないだろ？　ちゃんとこうして、前もって相談してるじゃん。なのに、さっきから何だかこう、わざとつっかかるみたいな物言いばっかりしてさ」

そこまで言って、黙り込む。

涼子は、テーブルの上で冷えてゆく料理を見つめた。夫の言いぶんにも一理ある。少なくとも完全に間違ったことを言っているわけではない。いや、もしかすると自分のほうが間違っているのかもしれない。

しかし、本当にほんとうの気持ちを言うならやっぱり嫌なのだった。同性が、しかも自分よりずっと若い同性があの家に出入りするというのは、それがたとえ一階店舗だけであるにせよ面白くない感じがした。孝之の押し隠そうとしている華やぎのようなもの……それこそアシスタントが山崎くんのような男性であったなら生じない種類の浮き足だった感じをまのあたりにしただけで、その女性の容姿まで邪推してしまう、そういう自分がいちばん嫌だ。

鼻からゆっくりと息を吸い込み、気持ちを落ち着ける。

「ごめんなさい」できるだけ素直に謝った。「昨日からのトラブルが正直、けっこう大変だったもんだから……ずっと張りつめてたせいで気が立ってたのかもしれない。ごめんね、孝ちゃんに当たっちゃって」

孝之の硬い顔が、少しゆるんだ。

「いや、うん。……俺のほうもごめん。疲れてるとこにややこしい相談持ちかけたりしてさ」

「ね、何かメインのもの頼んだら？」

ほっとしたように頷いた孝之が、手をあげてウェイターを呼ぶ。メニューを見ながら相談し、若鶏のコンフィと、四種のチーズのピザを頼んだ。ついでにグラスワインを追加して、空いた皿を下げてもらう。互いの間の風通しが少しは良くなった気がした。

つまりさ、と孝之は言った。

「山崎くんみたいにアシスタント美容師としてだけ雇ってると、何ていうのかな、店が暇な時にこっちの身の置き所がなくなるんだよね。昼の日中からマネキン相手にカットの練習なんか、情けなくってする気にもなれないしさ。でももし、ネイリストのその子が独自に予約を取ってくれるなら、こっちのお客が入ってない時間も店はにぎやかになるわけだし……まあ、気分の問題だけど」

運ばれてきた冷たい白ワインのグラスをそっと重ね合わせる。何のための乾杯だろう。

「新規の客が来ない来ないって嘆いてばっかりいたってしょうがないもんな。どんなきっかけだってありがたいし、いろいろ含めて悪い話じゃないなと思ってさ。そのへんを相談したかったわけ」

涼子は頷き、さらにどこまでも続いてゆく夫の話に耳を傾けた。名前は小島美登利というのだと、彼はテーブルに指で字まで書きながら言った。

「へえ、『たけくらべ』の美登利だね」

「やっぱ、さすがだな。本人からもそう言われたんだけど、俺わかんなくてさ。それってわりと常識だったりする？」

そんなことはどうでもいいから早く家に帰りたい。熱い風呂で手脚を存分に伸ばし、湯上がりに安眠できるハーブティーでも飲んだら、あとはもうベッドに倒れ込んで意識を手放してしまいたい。何しろ、疲れているのだ。本当に、ほんとうに、疲れきっているのだ。

「まあとにかくさ、」

運ばれてきた若鶏のコンフィを、ナイフとフォークで上手にさばいて二つの皿に分けながら、孝之は先を続けた。

「まだ詳しく訊いてはいないけど、年は二十代の前半だろうと思うんだ。今の職場での人間関係がどうもうまくいってないっていうか、チーフにいじめられてるらしくてね。好きだったはずの仕事を嫌いになる前に、自分で独立してやってみたいんだって。しっかりしてると思わん？」

そうだね、と愛想よく頷いてみせる。

なるほど、たけくらべの言うことは本当なのかもしれない。涼子自身、職場の上司や同僚が石あたまだったりボンクラだったり意地悪だったり卑怯だったりして苦労させられたことは何度もある。けれど同時に、しょっちゅうトラブルのもとになるタイプの若者というのもいるのだ。あまりの協調性のなさによって迷惑をこうむるのは周りの者なのに、当人にはまるで自覚がなく、それどころか自分は完璧に正しいとさえ思っている。

たけくらべは、はたしてどちらなのだろうと涼子は思った。夫が手放しで褒める彼女が実際はどんな人物であるにせよ、たとえば自分の休日の昼間、その子のためにランチを作って二階のダイニングで食べさせてやりたいとは、少なくとも今は思えない。山崎くんが新しく入った時には特段の迷いもなくそうしてやることができた——ということは、もしかして自分の中にも、連れ合いではない異性に対する〈華やぎ〉に類するものが、無意識の内にも潜んでいるということなのだろうか。ああ、嫌だ。

「ほんとに嫌だったらさ」

いきなり言われ、はっと向かいを見やる。

「っていうか、少しでも嫌だったら、今のうちに正直に言ってよ。あとあと、この件で変に揉めたりするのはそれこそ嫌だしさ」

かちん、ときた。今のうちに申し立てをしないなら後になってぐずぐず言うなよ、と釘を刺しているように聞こえる。一方で、平日の日中のほとんどは家にいない自分が、夫の仕事上の選択や決断に介入するのはお門違いではないかとも思う。お門違い——夫婦の間に似つかわしい言葉ではない気もするけれど。

いいかげん面倒になって、涼子はあえてさばさばと言った。

「いいんじゃない？　とりあえず来てもらってみたら。実際問題アシスタントがいないとお店は回らないんだし、向こうから来たいって言ってくれるならありがたいじゃないの」

こちらの表情をおずおずと窺った孝之が、やっと安心したように眉尻を下げる。

「だよね。……よし、じゃあ試験的に採用っていうことで」

「だけど、お給料とか店賃とか、あと雇用条件とかについては、最初に書面を取り交わしておかないとトラブルのもとだよ」

「ああ、それについては大丈夫。アシスタントとしての給料は、店の隅っこのレンタル料と差し引きゼロってことになってるから」

さっきの説明より、話がずいぶん進んでいる。

「……そう。ならいいけど」

やはり孝之は、とっくに心を決めていて、こちらに話したのはただの確認でありポーズだったんじゃないか。そう思うと、からっ風に吹かれたようだった。頭の中に、乾ききった荒野を丸いタンブルウィードの枯草がころんころんと転がってゆく光景が広がる。

涼子はテーブルに目を落とした。荒野はここにある、と思った。せっかく取り分けてもらった料理が、また冷めてゆく。


スタイリストの三谷雪絵が一晩で縫い上げた新しい組み合わせを、アーヤはことのほか気に入った様子だった。ＣＭ撮影が終わってもなお、

「やだ、あたしこれ脱ぎたくない」

そんなことを言って雪絵を喜ばせたほどだ。

「あたし、中学生の頃からずーっと三谷さんに憧れていて、関わってらした映画も舞台も全部観てます。歌うようになってからは、大それたことを本気で願ってきました。もっと、もっと大物になって、いつかツアーの衣装の全部を三谷さんにスタイリングして頂くんだ、なんて。だから今夜はもう、夢みたい。ありがとうございました」

かたわらで見守っている涼子まで胸が熱くなるほど、真摯な表情と物言いだった。

「こちらこそ、ありがとう」三谷雪絵が微笑む。「あなたのさっきの撮影、素敵だったわよ。こうして見ればお姫様みたいに華奢で小柄なのに、人前に立つとどうしてあんなに大きく見えるのかしらね。それも才能ってものなんだわね、きっと」

幸い、クライアントの化粧品会社にはご満足頂けたようだ。土壇場で横槍を入れてきた副社長はもとより現場に姿を見せず、直接の担当者だった木村という男性が撮影に立ち会い、

〈うん、なかなかいいじゃないですか。前よりずっと良くなりましたよ。最初からああいうのを出してきてくれればね〉

偉そうなことを言った末に、打ち上げの誘いは断ってそそくさと帰っていった。

「当然ですよ。どの面下げて俺たちの打ち上げに出てこられるんだっつぅの。接待なんかしてやるもんか」

青木慎一がまくし立てる。長テーブルを並べた座敷に十名、ほぼプロジェクトに関わったスタッフだけでの飲み会となった。

「今日の撮影の、直して頂いたあのドレスもそりゃ最高でしたけど、俺は正直、最初のやつもすっげえ好きだったのになあ」

「あたしも！　どっちも大好き、最高オブ最高ォー！」

アーヤがビールジョッキを高々と掲げるたび皆がそれに倣い、何度目ともわからない乾杯となる。

彼女の向かい側、涼子の隣に座った三谷雪絵が、その喧噪の中で言った。

「いつでも引き受けるわよ」

ちょうど相手に聞こえる大きさの声だ。え、とアーヤがこちらを見る。

「さっきのあなたの話。ツアーのスタイリングを私に頼みたいって。あれが本当なら、喜んで引き受けるわよ」

ぽかん、とアーヤの口があくのを、涼子は間近に見つめた。人は、心の底から感動するとこのような表情になるのだと思った。両の瞳にみるみる水っぽいものが溜まっていき、下睫毛のダムを乗り越えて、ぼろぼろと頬へと溢れ落ちる。

「あらあら、泣かすつもりじゃなかったんだけど」

そう言う雪絵もまた幸せそうに微笑んでいる。

胸がいっぱいになってしまった。こうした出来事があるだけで、どんな苦労も報われる。

少し温(ぬる)んだビールのグラスを口に運ぶ。喜びや安堵と入れかわりに、溜まっていた疲れが身体の表面にじわじわと滲(にじ)み出してきて、わずかでも気を抜くと目を開けたまま寝落ちしてしまいそうだ。皆の大騒ぎが蜂の羽音のように遠ざかり、顎がかくんと落ちそうになる。

何度目かで慌てて背筋を伸ばしたところで、ふと視線を感じた。長テーブルの向こうの端から、途中参加の黒田部長がこちらを見て苦笑いしていた。

3

カレンダーをめくるより早く、春は来ていた。

二月の終わり頃から、庭の隅に植わったミモザが咲き始めた。粟粒(あわつぶ)のような小さなつぼみが、見る間にふくらみ、気がつけば枝全体がふわふわの毛玉のような黄色の花に覆われていた。寂しかった庭のあちらこちらでクロッカスや水仙が咲き、三月に入った今では垣根の間からユキヤナギが枝垂れて風に揺れている。きっと、あっという間に桜の季節になり、それもすぐに散ってゆくのだろう。最近は時の流れが昔よりずっと速く感じられるようになった。

冬の間じゅう閉ざされていたドアを久しぶりに外側へ大きく開け放ったとたん、店の中が春の空気に満たされた。そよ風は心地よく、陽射しは温かく、空の色は柔らかい。

ストッパー代わりの石でドアを固定した孝之は、ふと、傍らへ目をやった。出入口のすぐ脇に置かれた、淡いピンクと白の鉢植え。まっすぐに伸びた細い茎のてっぺんに、まるで子どもが貼って遊ぶシールのような可憐な花がたくさんついている。かといって人工的な感じはなく、山野草の風情さえ漂っているのがいい。

「これ何ていったっけね」

店の中へ声をかけると、

「はい？」

と奥のほうから返事が聞こえてきた。

「これ、この花さ」

「ちょっと待って下さいね、今行きまーす」

明るい声で応えが返ってくる。ほんのしばらく前までは返事といえば男の声だったものだから、たったそれだけのことが妙に面映ゆく感じる。

ややあって奥から出てきた美登利が、

「えっと、何ですか？」

間近に孝之を見上げてきた。

今日の服装は、スモック風のブラウスにエスニックな雰囲気のロングスカート。大ぶりの輪っかのピアスが耳もとを飾っている。こんな服装もするんだなと、朝見た時はこれまた新鮮だった。新宿で会った時の感じとはだいぶ違っていたし、妻の涼子はこうした格好はしない。

「ごめん、手を止めさせちゃって」孝之は言った。「これ、この花の名前。こないだ聞いたと思うんだけど、何ていうんだっけ」

指さす足もとの鉢植えを見て、美登利は目を細めた。

「プリムラ・マラコイデス」

「え、そんなに難しい名前だったっけ？　思い出せなくて当たり前だな。プリムラ・マラコイ、プリムラ・マラコイ……」

きょとんと孝之を見上げた美登利が、次の瞬間、ぷーっと噴きだした。

「そうじゃなくって」と、ひどくおかしそうに首を横にふる。「プリムラ・マラコイデス、です。デス、までが名前なの」

「……ああ。そゆこと」間抜けな返事を返した孝之も、思わず噴きだす。「いや無理だわ、何べん聞いても覚えらんないわ」

「要するに、サクラソウです。そう覚えても、ぜんぜん間違いじゃないですよ」

「サクラソウ？」

「はい。その仲間ってことで」

「何だよ、それを早く言ってよ」

すみません、と殊勝に謝った美登利が口の中で、「プリムラ・マラコイです……」と呟いてまた噴きだし、とうとうお腹を抱えて笑いだす。やれやれとつられて苦笑しながらも、嫌な気はしなかった。よく晴れた朝にふさわしい、気持ちのいい笑い声だと思った。

「しかし小島さん、花のこと詳しいね」

この鉢植えだってそもそも、美登利が持ってきて飾ってくれたものだ。三日前、店に勤め始めた初日のことだった。それればかりではない。前庭に植わっている花やハーブの、ほぼすべての名前を彼女は知っていて、季節になったらどんなに可愛く咲くだろうと言ってくれた。

「たいしたことじゃないですよ。母が好きなので、私も自然に覚えただけです」

「けど、俺なんか何にもわかんないもん。花屋でできるだけ簡単に育つやつを見繕ってもらって、適当に並べて植えただけだからさ」

うーん、と美登利が唸った。「そっか。それでかなあ」

「ん？」

「ちょっと、くっつき過ぎかなとは思います」

きらめく爪に彩られた細い指先が、門扉から店舗まで続くアプローチの脇に植わった常緑のハーブを指す。

「植物って、植えてからしばらくしてしっかり根付くと、もりもり生長するでしょう？　ローズマリーはかなり丈夫ですけど、ラベンダーなんかは特に蒸れに弱いから、ほんとだったらもっと間隔を空けて、地面を少し高くして植え替えてやれるといいんですけどね」

「なるほど」

孝之の目には、ローズマリーもラベンダーも今ひとつ見分けがつかない。毎年、花の咲く時季になってようやく、ラベンダーがラベンダーであったことを思いだすといった具合だ。

「植え替えそのものは意外と簡単ですよ。季節もちょうどいいし、今度のお休みにでも奥さまと頑張ってみたらどうですか」

またただ。先月、新宿のカフェバーで話した時も、美登利はそんなことを言っていた。自分の母親がそうだからか、女性なら誰でもガーデニングが好きなはずと思い込んでいるらしい。

「いや、うちの奥さんは……何ていうか、土いじりにはまったく興味がないひとだから」

「そうなんですか？」

美登利が目を丸くする。茶色の瞳を彩る虹彩が、春の光に透けてきらめく。

「ってことは、この植木はぜんぶ早瀬さんが一人で？」

「まあそういうこと。だから適当なんだってば」

美登利が、アプローチと庭全体を見渡して思案顔になる。

「あのう……だったら、私がいじってもかまわないでしょうか」

「え、うそ、やってくれるの？」

「でも、奥さま嫌がりませんか」

「だから、何でそこで奥さんが出てくるのさ」

「いえ……。じゃあ、ネイルの予約もアシスタントの用事もない時、勝手にやらせてもらいます。あ、なんか嬉しい。わくわくしちゃう」

弾んだ様子で言うと、彼女はこちらをふり向いてにこりとした。

美登利がしきりに〈奥さま〉のことを気にするのは、涼子とじかに会って挨拶をしていないせいもあるのだろうと孝之は思った。平日は涼子の帰りが遅く、したがって美登利が来るようになってからまだ一度も互いに顔を合わせていないのだ。

これまでの三日間に、孝之は、これから美登利に頼むことになる細かいあれこれを実地で説明し、手を動かしてもらった。備品の何がどこにしまってあるか。消耗品の在庫チェックと注文の手順。雑誌はどんなものを定期購読していて、コーヒー豆はどこの店で買うか。予約の電話がかかってきたらどう対応し、客が店に入ってきたらまず何を預かり、どの鏡の前へ案内するか。シャンプーから先は基本的に孝之が行うにせよ、軽いヘアドライと首・肩・背中のマッサージはしてもらうことになる。何をどの程度までサービスするか、カットした髪が床に散らばっていたならどういったタイミングで掃き集めるか——などなど、最初のうちに伝え、意思の疎通を図っておかなくてはいけないことは山ほどあった。

美登利の呑み込みは早かった。はっきり言って山崎に教えた時の三倍は早かったし、説明自体は半分で済んだ。言葉は悪いが、意外な拾いものではないか、と孝之は思った。

こうなると、気になるのは涼子の反応だけだ。三日前の朝、いつものように駅へと送っていく道すがら、今日からいよいよネイリストの女の子が来ると告げた時だ。

〈そう。よろしく言っといて〉

涼子は短く答えた後で、さすがにつっけんどんに響いたのを気にしたのか、

〈週末に挨拶させてもらうね〉

と付け加えた。

晩に帰宅してからも、初日はどうだったか訊いてこない。涼子の側がそんなふうだと、こちらもことさらに美登利の話題をふるのが不自然に思え、構えてしまう。

まったく触れないのも逆におかしなものだから、思いきって報告をした。店内のいちばん奥、シャンプー台の据えてある半個室の一角を彼女に使ってもらうこと。もともと特別なヘッドスパの予約客のために広く取ってあったスペースであるから、通常業務に差し障りはないこと。彼女の提案で、ネ

イルはミニテーブルを挟んで客と向かい合うのではなく、座り心地の良いソファを置いてゆったりと掛けてもらい、その両サイドから手を取って施術するかたちで行うこと。爪を塗っている間は自然とプライベートな話になりがちなので、奥まった半個室はとてもありがたいと喜ばれたこと……。

風呂上がりの洗面所、鏡に向かっている涼子に、戸口にもたれた孝之はできるだけ詳しく話して聞かせてやった。

ひととおり聞き終えると、

〈そう。よかったじゃない〉

涼子は、化粧水を含ませたコットンを何枚も目の下や頬に貼り付けながら言った。ひとごとのように聞こえた。

〈気分よく働いてもらえそう?〉

〈うん、たぶんね。店の内装とかは彼女、最初からすごく気に入ってたみたいだし。とりあえず試験的に一週間くらい通ってもらってから、この先のことを決めるって感じになると思うよ〉

〈その、座り心地のいいソファ? それはどこから調達するの?〉

〈彼女の家にあるやつが使えるらしい。かなり大きいから配送を頼んで、設置までしてもらうって〉

へえ、と、顎を上げるようにして頷き、涼子はコットンの上からてのひらで頬や額を押さえた。目もと以外のすべてが白く覆われているせいで、表情がわからない。

〈奥さまにも早くご挨拶したいです、って言ってたよ〉

〈あら御丁寧に。ええと、何さんっていったっけ、彼女〉

彼女、というところが妙に強調されて聞こえる。

〈小島、美登利〉

〈そっか。たけくらべの美登利ちゃんだったね〉

それっきりだ。それっきり、二日目も、三日目の昨日も、自分からは何も訊こうとしない。孝之のほうから、今日はどんな一日だったの、と水を向ければようやく会社でのことを話し、その後でお義理のようにこちらの様子を訊いてくる。どうもしっくりこない。

だからああして事前に相談したのに、と孝之は思った。一度は賛成しておきながらいざ事が動き出してから不愉快そうにされたのでは困る。おかげでこちらはここ数日、店を片付けて二階の自宅に引き上げてからも気が張って、ちっとも休まらないではないか。

正直なところ、仕事中のほうがむしろリラックスできるくらいだった。昼間、階下の店で客や美登利とあれこれ喋っては笑い合っている時のほうが……。

ここ三日の間に来店した客は、紹介で訪れた老婦人が一人と、まったくのご新規さんが二人、それ以外は皆なじみの常連ばかりだ。山崎がアシスタントをしていた頃とべつだん何も変わらない。それなのに、以前とは何かが違っていた。カットは孝之が一人で担当するが、美登利が一緒にパーマのロッドを巻いたり、マッサージをしたり雑誌を揃えて持っていったりコーヒーを出したりする合間に話しかけると、たとえどうということのない話題であってもなぜだかどの客も笑顔になり、いつもより舌が滑らかにほぐれだす。妙齢の女性客ばかりではない。若い男や、女子高生や、小さい子どもまでもだ。

春、という季節のせいばかりではないと思う。明らかに、美登利がいるといないとでは店の空気が変わるのだった。そして、来た客の多くは、最後に支払いを済ませると孝之だけでなく美登利にまで顔を振り向け、嬉しそうに声をかけてから帰ってゆく。

〈どうもありがとう、また来るわね〉

山崎の時にはめったになかったことだった。アシスタントとは、こうも重要な存在だったのか。たった三日でそれを思い知らされる。

孝之の胸の裡で、来週までの試用期間が過ぎた後のことはもうはっきりと決まっていた。美登利自身がやっぱりやめますと言いださない限り、これからも通ってきてもらう。いや、やっぱりやめますと言われたなら、考え直してもらえるように全力で説得しなくてはならない。

おそらくこれは、自分の店にとっての死活問題だ、と孝之は思った。女房の機嫌など窺っている場合ではない。

＊

寝返りを打ち、涼子は額に腕をのせたまましばらくじっとしていた。

昨日の帰りもすっかり遅くなってしまった。広告の現場にいると、どこまでが仕事でどこからがプライベートかさっぱりわからなくなる。会社を離れてもなお、頭の中の大部分を占めるのは今進めているプロジェクトのことばかりで、自分の生活、あるいは自分自身のことなど改めてふり返る暇がない。時間がないというより、気持ちの余裕がないのだ。

趣味なんてあったっけ、と思ってみる。

学生の頃は人並みに映画や音楽が好きだったし、季節によってはテニスやスキーを嗜み、寒くなればふと思いたって毛糸と編み針を引っぱり出したりもしたものだ。しかし社会人になってからは、ただただ仕事を覚えるのに無我夢中で、とりたてて急がなくてよいものにはほとんど興味が向かなくなってしまった。

好きだったアーティストの新譜を最後に買ったのはいつだったろう。必要に迫られてではなく、自分の愉しみのためだけに映画館へ行ったのは？　知らないうちに内面が痩せ細ってスカスカになってしまっているのではないかと焦りを覚えても、たとえば身体が空いたとして、何か新しいことのためにさっと動けるかというと、実際はボロ雑巾のように疲れきって、ぼんやりしたまま時間ばかりが過ぎていってしまう。

今がまさにそうだった。せっかく久しぶりに休める土曜日だ。昨夜までは、明日はきっと早起きをしようと思っていた。溜まっている家のことを昼までに片付けたら、午後はショッピングに出かけて春物のシャツでも新調したい。帰りにはリビングに飾る花を買って、デパートの地下で美味しそうなオードブルや惣菜を見繕い、家で録画してあったドラマでも観ながら夫とワインを開ければいい……。万全だったはずのその計画が、もうさっそく朝から狂ってしまっている。

壁の時計は九時をとうに回っていた。早く着替えて顔を洗い、とにかく一日を始めなければと思うのに、どういうわけか起き上がれない。手脚は重く、胃がむかつき、トイレに立っただけで気持ちが悪くなって、寝室の窓を細く開けただけで結局またベッドに横たわってしまった。

このところのハードワークの疲れが出たのだろうか。だとすれば、不調は気の緩みということになりはしないか。あるいは気圧の変化のせいかもしれないが、いずれにしてもこのまま一日じゅう寝ているわけにいかない。孝之はとっくに起きて朝食を摂り、階下に降りて開店準備をしているのだ。

気ばかり焦りながらも、ついまたうつらうつらしていた涼子の耳に、

〈おはようございまーす！〉

元気な挨拶が飛び込んできた。ぎょっとなって飛び起きると、続いて笑い声もする。

涼子は窓を見やった。どうやら下の店の窓も開いていて、漏れた声が外壁を伝い、さっき少し開け

たこの部屋の窓から入ってくるらしい。

〈遅くなっちゃってすみませーん。出がけに肥料とか用意してたら、ついこんな時間に〉

〈え、肥料って？〉

〈うちにいっぱい余ってるんで持ってきてみたんです。これ、よく効くんですよ。やるのとやらないのとじゃ、葉っぱの勢いとか花の数が全然違うんです〉

〈そういうのは言ってくれればお金出すからさ。いわば経費なんだから〉

〈この先たくさん買う時は、ちゃんと領収書もらってきますね。でも、鉢植えくらいだったらこの量で充分だと思うんで、ものは試しってことで〉

枕に手をついて起き上がる。胃のむかつきは相変わらずだ。
三、四日前から、アシスタントの女性が通ってくるようになったことは、孝之から聞いていた。正直、うんざりするほど詳しく聞かされていた。本職はネイリストだったはずだが、今の会話だけ聞くと、まるで庭師を雇ったかのようだ。どうやら孝之は、理想的な助手を見つけたらしい。
床に足を下ろし、涼子は、ふうう……と全身で溜め息をついた。週末には挨拶すると約束してしまった以上、今日会わないわけにはいかない。膝に力を入れて立ち上がる。

こんな日は身体を締めつけるものなど何ひとつ身にまといたくなかったが、人と会う以上そうもいかないので、いつも通りブラを着け、部屋着の中でもだらしなく見えないもの、それでいて大袈裟にならないものを選んだ。ベージュ色の薄手のロングニット。胸もとの開き具合がちょうどよく、いつもしているゴールドチェーンのネックレスがそこに収まるとなかなか品良く見える。

二階の自宅スペースは、南側がＬＤＫ、廊下に出てすぐがバスルームになっている。客間の和室と夫婦の寝室は向かい合っており、階下へ続く階段の手前に小部屋とトイレがある。降りたところが玄関ホールで、二つの室内ドアのうち一つは一階トイレ、もう一つを開ければ店へと通じている。

孝之のアシスタントが山崎だった頃は、休みの日にこうして二階にいても、話し声はほとんど聞こえなかった。男同士の会話は、たとえ窓を開けていてもそうは響かない。せいぜい、一階のトイレを借りたいという客のためにドアを開けた時にたまたま漏れ聞こえる程度のものだ。

涼子は、ノブを引いてドアを閉めた。音が気になる以上に、何か聞こえるたびにいちいちぴりぴりする自分が厭わしい。

洗面所へ行き、ていねいに歯を磨く。その間も、下の声はかすかに聞こえている。

化粧水で肌を整えて、髪をとかす。そうした日々の儀式をていねいになぞることで、沈んでいた気持ちをわずかずつでも引き上げるべく努める。薄くても化粧はしようと、下地クリームを手に取った時だ。階段下のドアが、ガチャ、と開く音がした。

「ごめん、こっから上はスリッパに履き換えてくれる？」

孝之の声がする。

（えっ）

「散らかってて恥ずかしいんだけど」

「いえ、そんなことないです」

女の声が答える。

（ちょっと待ってよ、まさか）

下地クリームの容器を握りしめる。

「あ、なんかいい匂いがします」

「そう？　なんだろ、アロマオイルかな。自分ちの匂いって、鼻がばかになるよね」

ぱたぱたと階段を上がってくる足音が二つ。動くに動けず固まっている間に、足音のうちの一つはすぐそこまでやってきた。

「涼子ぉー」

能天気に呼ぶ。奥の居間のほうへ行って再び、

「涼子ぉー。あれ、まさかまだ寝てんのかな」

「じゃあ、やっぱり後にします」

女のほうは階段の途中にいるらしい。

「いや、でもさっき起きた音がしてたんだけど」

寝室のドアを開ける音がして、

「ほら、やっぱいないし。おーい、涼子ぉー」

足音が戻ってきて、洗面所のドアを開けるなり、

「うわ、びっくりした！」

孝之が棒立ちになってこちらを凝視する。どっちのセリフだ、と思った。

「なんだよ、何度も呼んでるのに。いるなら返事してよ」

「……いま起きたところなの」

「ああ、そりゃしょうがないよ、よっぽど疲れてたんだろ。よく眠れた？」

にこにこしながら夫が言う。

「うん。まあ」

「今ちょっといい？　ほら、紹介するって言ってたろ。うちに来てくれることになった、小島美登利さん」

何の邪気もなく見つめてくる。

「悪いけど、」涼子は、うつむいて言った。「ちょっと後にしてくれる？」

「え、なんで」

「言ったでしょ。いま起きたところだって」

「でも、もう服着てるじゃん」

「そうだけど……わかる？」握りしめたままだった下地クリームを、孝之に示してみせる。「私、まだすっぴんなの」

「そんなの全然かまわないって」孝之がおかしそうに笑う。「客じゃないんだよ。身内なんだからさ」

「……身内」

「そうだよ、うちのスタッフなんだから。お互い、長い付き合いになるのに、よそ行きの顔なんかしてられないよ。だろ？」

この会話を、たけくらべも聞いているのか。そう思うだけでいたたまれない。

「ほら、いいから早く出てきて挨拶してよ。店も開けなきゃなんないし」

これ以上頑(かたく)なに拒めば、逆に自意識過剰と思われてしまいそうだ。化粧をしていないくらいで、挨拶にも出てこない妻。お高くとまっているように思われるのも、若い子に対抗意識を燃やしているように受け取られるのも、どちらも業腹だ。たとえいくらかはその通りだったとしても。

涼子は、下地クリームを洗面台に置いた。両のてのひらで顔をぐいっとこすって持ち上げ、そのまま髪を撫でつける。鏡は、あえてもう見なかった。見てしまえば、出てゆくことなどますますできなくなるにきまっている。

思いきって廊下へ出ると、

「あの、すみません！」

美登利は、階段の手すりの柵越しにこちらを見るなり、ぴょこんと会釈して謝った。

「ちょうどお取り込み中だったんですね。あの、小島といいます、朝からごめんなさい。ちゃんとしたご挨拶は後ほどまた……」

言いながら、こちらの返事どころか孝之が引き留めるのも聞かずに、ぱたぱたと階段を下りて店へと戻っていってしまった。

涼子のすぐ前に立っていた孝之が、肩を上下させて嘆息する。

と、くるりとふり向いた。

「あのさあ」真顔で言った。「もうちょっとくらい、感じよくできないもんかな」

「……え？」

「え、じゃなくてさ。今日が、会うの初めてなわけじゃん。『奥さんにやっと挨拶できる』って、彼女、昨日帰る時からずっと楽しみにしてたんだよ。これから店を手伝ってくれるスタッフに対して、妻としてもうちょっとくらい愛想よくしてくれてもいいんじゃないの？」

何を言われているのか、わからなかった。

違う。なぜそんなことまで言われなければならないのか、わからなかった。

「……私だって、そのつもりでいたよ？」

「そのつもりって」

「挨拶するつもりで。だから、今日は休みだけどお化粧もしようとしてたんだよ」

「そんなのどうでもいいよ」

「よくない。全然どうでもよくないよ。あなたの言うとおり、妻としてきちんとしなきゃって思ったから身支度してたんでしょう？　あなたこそ、こちらの都合も何も訊かないで、いきなりプライベートスペースに他人を入れるってどういうこと？」

「だからそれはさあ、もうこれからは身内も同じなんだから、」

「私は違う！」

思わず、大きめの声が出た。息を吐き、懸命に抑える。

「あなたはもう、何日か一緒にいて親しい気持ちになれただろうけど、私は今日初めてあの人に会うんだよ。想像してみてよ。あなたがお休みの日、寝起きでまだ目をこすってるような時に、私がいきなり会社の同僚を連れて二階へ上がってきたらどう思う？　びっくりしない？　嫌じゃない？ちょっと待てよ、こっちの都合も考えてくれよって、思わない？」

孝之が、眉を寄せてじっと考えている。立場が逆の場合のたとえ話を、ようやく理解できたのかと思えば、ぼそりと言った。

「俺も……まあ、びっくりはすると思うよ」

「でしょう？」

「だからってべつに、涼子みたいにケンケン怒ったりはしないと思うけどな」

「ケンケンって、」

「だってさ、その場合で言ったら、涼子にとって大事な仲間だからこそ家へ招き入れたわけだろ？だったら歓迎しなきゃ悪いじゃん。もう連れて来ちゃったものを追い返したんじゃ角が立つしさ」

言い返そうとして、言葉が出てこなかった。なぜだ。今の今まで絶対的に間違っているのは夫のほうだと思っていたのに、これではまるでこちらの度量が狭いだけのような話になっている。そうではない、断じてそんな意味で言っているのではないのに、どう言い返せば孝之を納得させられるのかがわからない。仕事上の会議などではいくらでも反論の言葉を思いつけるはずの自分が、どうして何も言わず、ばかみたいにぼんやり突っ立っているのだろう。

「まあ、いいや」孝之がふっと息をついた。「こっちも急で悪かったよ」

涼子は黙っていた。こちらこそ、とでも言えばいいのだろうか。

「あとで、準備できたら下りてきてくれる？　あのままだと彼女、気にしちゃうだろうから」

かろうじて、頷き返す。

「今日の予約は十時半が最初だから、できればそれまでに来てくれると助かる」

「わかった」涼子は言った。「ねえ」

「うん？」

「さっき思ったけど……感じのいいひとだったね」

「だろ？」階段へと向かいながら孝之が破顔する。「よく気がつくし、お客にもさっそく評判いいしさ。涼子も、すぐ仲良くなれると思うよ」

何もかもほうり捨てて布団をひっかぶりたい気分を抑え込み、再び鏡に向かった。これはCM撮りだと思い定め、〈家で過ごす時も身ぎれいで感じのいいミセス〉を表現すべく努めるしかない。歳を重ねれば、むしろナチュラルメイクのほうがよほど手間暇がかかる。若い頃と違って、ただの薄化粧では生活に疲れて見えるのだ。

起きてからまだ水しか口にしていない。せめて紅茶でも落ち着いて飲みたいところだが、孝之には急かすようなことを言われたし、口紅が剝げたら塗り直すのも面倒だ。

肩までの髪をブラッシングして整え、大きく深呼吸をしてから、意を決して一階へ下りた。部屋履きをサンダルに履き替え、えいっとばかりに店舗へと続くドアを開ける。

予想に反して、二人の姿は見えなかった。染み着いたパーマ液の匂いも一緒に上がってゆく。風が通り抜ける。店の窓から二階の自宅へと、店舗の玄関からそっと前庭へ出てみると、アプローと、笑い声が聞こえた。後ろ手にドアを閉め、チに二人がいた。夫のほうは立ったままだが、美登利はしゃがんで何かを説明しているようだ。ショートヘアがまぶしい。むき出しのうなじに春の陽射しがさらさらと降りかかっている。

ふと足もとへ目をやると、玄関ドアの脇に植木鉢が並んでいた。名前を知らない淡いピンク色の小花と、その横にミニバラとアイビーの寄せ植え。寄せ植えのほうは近所のホームセンターの名前がプリントされたレジ袋に入ったままだ。

「あと、このへんのラベンダーとかも……」美登利の声は、張りがあってよく通る。「植え替えるのにいったん全部掘り上げるつもりなので、その時、アプローチ沿いに土をもう少し足してやるといいんじゃないかと思うんです」

「え、足すってどうして？　庭の土だけじゃ足りない？」

「んー、っていうか高さが足りないんですよね。たいていのハーブって、根もとを一段高くして風通しと水はけを確保してやると、そりゃもう見違えるほどよく育つんですよ。できれば周りに煉瓦か何か積み上げて囲ってやって、そこへ土を入れて植え付けるのがいちばんなんですけど」

「へーえ」

「あとは、石灰かな」

「いや、そんなことはないけどさ」

「え？」

「そんな、お節介だなんて全然思ってないよ」

「あ。……っていうか、『お節介』じゃなくって、『石灰』です。土が酸性に傾いてる時に、加えるん、です、けど……」

ぷーっと美登利がこらえきれずに噴き出し、しゃがんだままアプローチに手をついて笑いだす。それを見おろした孝之が、

「もしかして俺、またやっちゃったわけ？」

自分も笑いながら頭をかく。

またやっちゃった、ということは、ここ数日の間にこんなことが他にもあったわけだ。なるほど、身内のように打ち解けて当然かもしれない。

生温かい風が、ふわふわと耳もとを抜けてそよぎ、足もとの鉢植えを包むレジ袋がかさこそと音をたてる。ピピピ、チチチ、と鳴き交わしているのは周囲の電線に止まった小鳥たちだ。ああした鳥の名前なども、あの子ならばよく知っているのだろうか。

今まで、孝之からどんなに誘われても、庭のことには興味が持てないままだった。花を買ってきて部屋に生けるのは好きだが、種や苗から育てることを思うと気が遠くなったし、夜討ち朝駆けのような日々の中で自分に植物の世話が続けられるはずもないとわかっていた。

（っていうか）

と、美登利を真似て思ってみる。そもそも虫全般が大嫌いなのだ。家の中に稀に現れるあの茶色いのだけでも絶叫ものだというのに、いったい何が悲しくて、ありとあらゆる虫との遭遇の機会を増やさなければならないのか。

しかし、今こうして新参者の彼女が家の前で現場監督よろしく指示を出しているのを見ると、何かこう、大事な場所へ土足で踏み込まれたような気分にさせられるのも否めない。自分が勝手なのはわ

かっているが、それにしたっていきなりこれはないんじゃないかと思ってしまう。

「あ。やだ、すみません!」

こちらに気づいた美登利が慌てたように立ち上がり、頭を下げてよこした。

「ああ、やっと来たか」

と、孝之も向き直る。

(やっと来たか?)

うららかな陽射しに不似合いな苛立ちを懸命に撫でつけて笑顔を作り、これぐらいでいかがなものでしょうか、と胸の裡で唱える。もう少し感じよく、などと言われたら今度こそキレてしまいそうだ。

「おはようございます」たけくらべが近付いてきて言った。「っていうか、お世話になってます。小島美登利と申します。どうぞよろしくお願いします」

はりきって挨拶をしたあと、情けない顔になる。

「先ほどは、いきなりお邪魔しちゃってすみませんでした」

「いえいえ、こちらこそごめんなさい」涼子は、にこやかに返した。「ちょうど化けてる最中だったものだから慌てちゃって。ほら、工事中って誰にも見せたくないものでしょう? なのにこのひと、そういうこと全然気にしてくれないから」

あえて気さくに言ってみせると、美登利が若い目尻にわずかな皺を寄せた。

「わかります。男の人ってそういうとこ、けっこう無神経なんですよね」

「でも、このひとなんか美容師のくせにねえ?」

「あ、ほんとだ。まずいですよ店長、もうちょっと女性の気持ちに寄り添って下さらないと」

「おいおい」と孝之がなだめにかかる。「いきなり女同士で結託か？　まいったなあ」

迷惑がるのは口だけで、ずいぶん嬉しそうだ。このわかりやすさこそが愛しいと思えた頃も確かにあったはずなのに、と涼子は思った。変わったのはきっと、自分のほうだ。

「あ、奥のブースはもう見た？」

と孝之が言う。

「ううん、まだ何も」

「昨日、ソファが届いたんだ。小島さんの家にあったやつ」

ということは、これから先も通ってもらうことが正式に決まったのか。

「座り心地のいいのを、って言ってたあれね」

「そうなんです。うちだと場所ばっかり取っちゃうけど、ここならサイズ感も質感もぴったりで。運送屋さんに設置してもらったとたん感動しちゃいました」

言いながら美登利がひょいとかがみ、入口脇の寄せ植えを袋から出して置く。こんなに美しく飾られた爪で、よく庭の土がいじれるものだ。手袋をすれば大丈夫なのだろうか。

「ほら、来てみ」

孝之が先に立って手招きをするので、涼子は後に続いた。べつだん見たくもないのだが、角は立てたくない。一緒にわくわくしているかのごとくふるまうことに、すでに疲れている。

南に面したドアから入ると、奥へと細長く続くスペースに、鏡と椅子が二組、窓から前庭を眺められるように並んでいる。一番西側にはシャンプー台、その右手が、半分まで内壁で囲われたブースだ。

予約限定のヘッドスパを受ける客のために、ここにもシャンプー台と鏡と椅子がしつらえられているが、それでもまだゆったりと余裕がある。白い塗り壁の一方向だけに黒いアラベスク模様の壁紙が貼られ、とくに春は外開きの格子窓からお隣の桜が堪能できる。孝之曰く、〈非日常を味わってもらうためのスペシャルな空間〉なのだそうだ。

「どうよ。だいぶ雰囲気変わったろ」

袖壁から覗いたとたん、まず目に飛び込んできたのはソファ、いや、寝椅子だった。おなじみ、ル・コルビュジエのシェーズロング。過去の記憶が蘇り、う、と声がもれそうになる。

「うちの父親が、知り合いから買い取ったんです。有名なデザイナーのものだからって、中古なのにすごく高かったみたいなんですけど、うちに置いてあっても座る人いないんで」

「ちょっと寝そべってみなよ」

と孝之が言う。

「え、いいよ」

「遠慮しないでさ。感じだけ」

涼子は、黙って椅子の脇からまず腰を下ろした。後ろにもたれて両脚を持ち上げる。張り地が本革でないことは触れてすぐにわかった。それほど質は悪くないが、合皮は合皮だ。

「どう？　最高だろ」

横に立った孝之が、まるで自分のことのように自慢げに言う。

「そうね。寝落ちしちゃいそう」

話を合わせながら、座り心地も違う、と思った。かつての一時期、あの矢島のデザイン事務所で、最高級の牛革を使った〈本物〉に何度も寝そべったことがあるから確かだ。

コルビュジエがこの椅子を生み出してから何十年もたっており、著作権はとうに切れているから

〈偽物〉というわけではないのだが、リプロダクト品、あるいはジェネリック品と呼ばれるこうした家具の品質は製造者によって見事にまちまちと言っていい。今や、作ろうと思えば誰もが作れる安価な家具ともなっている。本物より気を遣わなくていいので撮影などでは借りてきて使うこともあるが、実際に座れば違いはすぐにわかってしまう。

どうして、と涼子は歯痒く思った。せっかく用意した〈非日常を味わってもらうためのスペシャルな空間〉に、いったいどうしてわざわざこれを置かなければならないのか。ネイリストとしての美登利の小さな店は、孝之の営む美容室とは別物であるにせよ、同じ空間で営業する以上、客から見れば区別はつくまい。持ち込んだ美登利よりも、孝之のほうに腹が立つ。こだわるだけこだわって作りあげたはずの空間を、この寝椅子ひとつがぶち壊していることにまったく気づけずにいるばかりか、一緒になって自慢するなんて……。

が、口には出せなかった。ここに座る客に向かって、美登利がまた椅子自慢を始めないことを祈るしかない。

立ち上がろうとした矢先、

「本当にありがとうございます」美登利がていねいに頭を下げた。「感謝しかありません。店長にも、涼子さんにも」

いやいや、と孝之が笑う。

「こういうのは何ていうか、ご縁っていうかさ」

ずり落ちてもいない眼鏡を中指で直すのは、照れ隠しだ。涼子は、夫から目をそらした。

「あの、よかったらいつでもネイルはお任せ下さいね。ジェルネイルでも何でも、もちろん無料で承ります」

「ありがとう。じゃあそのうちお願いしようかな」

さりげなく両手の爪を握り込みながら、涼子は脚を床に下ろした。このところの忙しさについ手入れを怠ってしまった指先を、彼女にだけは見られたくなかった。

と、外でピピ、ピピ、と車がバックする音がした。孝之がはっと目を上げる。

「あれっ、もしかして十時半の人、車で来ちゃった?」

「え、駄目なんですか」

「いやさ、十二時の岡本(おかもと)さんもたいていいつも車だから」

家の横の駐車場には二台分のスペースがあるが、片方は自家用の赤いアウディでふさがっている。

「ごめん、涼子。うちの車、坂の下のタイムズへ置いてきてもらえないかな」

レジの引き出しからスペアキーを取り出しながら、孝之が言う。以前ならば山崎がしていたことだろう。涼子が頷いて、受け取ろうとした時だ。

「私、行ってきますよ」

さっと横から手がのびてきた。

「え、いいの? 頼める?」

「もちろんです。こんな時のためのアシスタントじゃないですか」

にこりと涼子に笑いかけてよこし、かわりにキーを受け取って外へ出てゆく。すぐに、開けっぱなしのドアから、客と挨拶を交わす和やかな声が聞こえてきた。

「やっぱ使えるよなあ、彼女。気働きがありがたいよ」

「……そうね」

呟きながら、まるで自分をかたちづくるパーツの一つを無断で他人に手渡されたかのような気がした。いや、いいのか。他人ではなくて「身内」だそうだから。

目の奥に、美登利の潑剌(はつらつ)とした後頭部が焼き付いて残っていた。

＊

美容師に限らず、サービス業に従事する者に常につきまとう悩みは、いったいどこまでが〈サービス〉に含まれるかということだ。

値段に見合うだけの技術と値段以上の心地よさを提供し、客に満足してもらう。次に、その店を経営している自分という人間を気に入ってもらう。そのうちに個人的な会話を交わす機会が増える。常連さんになってもらえる。そこまではいい。問題は、先方から特別な好意を持たれた場合だ。

プライベートで誘われる。へたに断れば次から来てもらえなくなるが、かといってうっかり勘違いさせて感情がこじれると、その客を失うばかりかおかしな噂を流される危険もある。SNSは、誰でもが気楽に使える凶器だ。誤解や逆恨みがもとでサイトの口コミ欄にひどい中傷のレビューでも投稿されたが最後、こちらから働きかけて抹消してもらうのは難しい。たとえそれが根も葉もない嘘っぱちであったとしてもだ。

見えない人質を取られているようなものだと、孝之はいつも思う。どうあがいてみても、こちらばかり立場が弱い。東京青山の有名店にいた頃にも女性客からアプローチを受けたことは幾度かあった。経験と知恵とでだんだん上手に躱(かわ)せるようになっていったが、自分の店を持った今はなおさら、常連客のあしらいに慎重にならざるを得ない。

やんわりと線を引いたくらいではわかってもらえず、あるいはその線に気づかないふりをしてじわじわと距離を詰めてくる――そういう客が、今現在二人ばかりいる。一カ月から二カ月おきにかかってくる予約の電話に、いつもありがとうございます、お待ちしています、と明るく応じながら、通話を切ったとたんにため息の漏れるような相手だ。

じつのところ昨日その電話があって、今日このあと来ることになっている。柴田美也子（しばたみやこ）という五十過ぎの有閑マダムだった。

「怖いなあ。私、お庭へでも避難してようかなあ」

ホウキを手にした美登利が冗談めかして言った。三十分ほどの隙間の時間、店内には耳に障らない程度の音量でボサノヴァが流れている。

「おいおい、頼むよ。二人きりにしないでくれよ」

自分でも情けないセリフだと思うが、以前はアシスタントの山崎がそばにいてさえ、けっこう露骨なアプローチぶりだったのだ。

「店長ってば、優しいからなあ」

「そんなことないって」

「ありますって。っていうか、喋り方とか鏡越しの表情とか、髪に触れる時の手つきとかの一つひとつが全部、すごーく優しくて当たりが柔らかいじゃないですか」

「硬くてどうするんだよ」

「そりゃそうですけど、お客さんにしてみたら自分だけが特別扱いだって錯覚しちゃうんだろうなあって。無理もないかなって感じはするかもです」

言われても困る。どの客にも等しく丁寧に接しているだけだ。

以前、涼子から聞いた話だが、男性美容師があまりにも男を感じさせるタイプだと、女性は落ち着かないらしい。髪や地肌はもとより、こめかみ、耳もと、うなじといったプライベートなパーツを他人に委ねるわけだから、その接触が少しでも性的な空気を帯びると気持ち悪いというのだ。

それを聞いて以来、施術の最中はできる限り男性性を押し出さないよう、前以上に気をつけるようになった。髪型についてアドバイスを求められればはっきり助言するけれども、それ以外の時は女性的といってもいいくらい柔和にふるまっているはずだ。これ以上どうしろというのか。

「まあ、どうにもしようはないでしょうねえ」

椅子の足もとから鏡の下の壁際まできっちりと掃き清めながら、美登利は無情なことを言った。

「こないだまでいた新宿のお店でもそうでしたけど、どっちかに分かれるんですよ。お客から個人的にモテる人と、そうでない人と」

「べつにモテてるわけじゃないよ。モテたいわけでもないし」

「そうでしょうけど、仕方ないんですよ。新宿の店にはスタイリストもアシスタントもたくさんいましたけど、お客さんから言い寄られる人はなぜだか決まってて……見た目がかっこいいかどうかは必ずしも関係ないんです。話術だったり、なんかこう、程よく隙のある人がモテてたみたいな感じ」

こちらに隙があるのだと言われたようで、内心ムッとなる。

「一応はお店のルールで、お客さんと付き合うの禁止だったんですけど、中には取っかえ引っかえ付き合っちゃうスタイリストもいましたよ。まあ、たとえ気まずくなってお客を一人失ったって、自分の店じゃないからあんまり痛くないっていうか」

「気楽なもんだね」

「ほんとにね」美登利も苦笑した。「だけど店長だって、昔のお店ではそんなふうだったんじゃないんですか？」

「僕はちゃんと断ってたよ」
「ほんとに？　どうして」
「面倒くさいのはいやだから」

　こちらから誘ったのは、誓って涼子だけだ。以前の店を辞めてからも折に触れて思い出していた彼女と、また別の店で久しぶりに再会した時、運命だと感じた。

　ふり返ると自分の若さに苦笑いがもれるが、後悔はない。子どものいない共働き夫婦、たまのすれ違いくらいあるものの、俯瞰して見れば自分たちはうまくいっているほうではないだろうか。人生のどこかの時点に戻ってやり直したいと思うことが特には見当たらないという、それを幸せと呼ばずして何と呼ぶのだろう。やり直したいどころか、やっと手に入れ、精魂こめて作りあげたこの店を、この先も大事に育てていきたいと切に願う。無責任な誰かの火遊びなどに足をすくわれるわけにはいかないのだ。

　と、チリリン、と入口のドアベルが鳴った。

「こんにちは」

　柴田美也子が入ってくる。青いカシュクールの膝丈ワンピースに、トッズのヒール靴。店内をぐるりと睥睨（へいげい）し、美登利が「いらっしゃいませ」と会釈するのを見るなり、ぴくりと眉を動かす。整ってはいるが険のある顔だちだ。

「お待ちしておりました。どうぞこちらへ」

　落ち着ける奥の席へと案内すると、美也子はウェーブのかかったロングヘアをいかにも邪魔くさそうに後ろへ振りやった。

「新しいスタッフが入ったのね」

「はい、おかげさまで。前の山崎もお世話になりました」

後ろに立ち、鏡の中で目を合わせる。

「まただいぶ伸びましたね」

「でしょ。耳にかけてもうつむくとすぐ落ちてくるのが煩わしくて。でも長さは変えたくないの」

無茶なことを言う。

「ふだん、後ろでまとめたりはされませんか」

「そりゃどうしようもない時は結ぶこともあるけど、面倒でね。パーマでどうにかできない？」

「そうですね。ウェーブをもっと強くすれば、いくらかはましになるかもしれませんけど、でもやっぱり落ちてくると思いますよ。長さと重さがある限りは」

「困ったわねえ」

まるで責任が孝之にあるかのような物言いで、顎を上げたり、横を向いたりして鏡の中の自分をチェックしている。いつもこうだ。相談に見せかけているが、助言を容れる気はない。こちらを困らせるのが愉しく、自分のことを考えてもらうのが嬉しいのだ。

孝之は、美也子の髪を後ろの肩下でゆるく束ね、うなじのあたりまでたわませて見せた。

「これくらいのセミロングもお似合いだと思うんですけどね」

「えー、そうかしら。ここまで伸ばすの、けっこう大変だったのよ。あなたも知ってるでしょうに」

「そうでしたよね。トリートメントも丁寧にされて」

「でしょう？　あなたに教わったやり方を守ってるのよ。毎晩、お風呂でちゃーんと」

声に含まれる吐息の分量がやや多くなったが、

「その成果が出てますね」孝之は鈍感なふりをした。「もちろん、今の髪型もエレガントでとても素敵ですよ。ただ、季節もこれから夏へ向かうことですし、少し気分を変えて軽くなさってみてもいいんじゃないかなと」

「そーお？」

「ええ。女性らしくて柔らかい雰囲気だけど、かっこよくもあるっていうか」

「あら、それ、時々人に言われるわ。『美也子は女っぽいけどハンサムだよね』って」

自分で言うか？　と思ったが、おくびにも出さずに微笑んでみせる。

「そうでしょう。わかりますよ、長いお付き合いですからね」

鏡に映った美也子の小鼻が嬉しげにふくらむ。

「わかったわ。じゃあ、思いきってそうしてもらおうかしら」

やっと心が決まったようだ。孝之はシャンプー台へと彼女を促した。どうせ切ってしまう髪であっても先に洗うのは、整髪料や脂分を落とすことでカットしやすくするためだ。スタイリング剤がついたままでは本来の毛流れがわかりにくい。

背もたれを深く倒し、顔の上に薄いシートをのせる。適温の湯で予洗いをした後、あらかじめ泡立てたシャンプーで髪を、というより地肌を集中的に洗ってゆく。天然ハーブの清冽な香りがあたりに立ち込める。頭をそっと持ち上げて片手で支えながら、もう一方の指先を後頭部へと差し入れると、

「あ……」

美也子がやけに色っぽい声をもらした。

無意識にではないだろう。それが証拠に、横を向かせて耳の後ろやこめかみを洗い始めれば、

「……んっ」

今度もまた吐息が鼻へ抜ける。

伸ばした足のつま先が、靴を履いたままでもわかるほどにきゅっと握り込まれるのを視界の端でとらえながら、孝之は黙々と作業を進めた。相手は百戦錬磨、いつも以上に手もとに集中していないと、うっかり引きずられていかがわしいことをしている気分になってくる。

後でパーマをかけるので地肌への刺激は弱めに留めておき、シャンプー剤を充分に洗い流した。シャワーの湯が柔らかな針先のように地肌に刺さると、背筋がぞくぞくっとなるのは理解できるが、こらえきれないかのように大げさに身をよじり、両手で肘掛けを握りしめるのは勘弁してもらいたい。

ふと思いついて、孝之は言った。

「今日は、ネイルをなさってないんですね」

美也子が、あら、と指先を曲げて隠す仕草をした。

「よくそんなこと覚えて……」

「いつも綺麗にされてるので、印象に残ってるんです。でも、たまには爪も休ませてあげないといけませんよね」

「そう、そうなのよ」ほっとしたように、美也子はシートの下で言った。「でも、いざとなるとサロンへ通う暇がなくてね。ここしばらくこのまんま」

「お忙しいからしょうがないですよ。素の爪も綺麗でらっしゃるし、いいんじゃないですか？」

「そう？　でも、ネイルって気分が上がるじゃない？　なけりゃないで寂しいの」

よし、かかった、と思った。

「何でしたら、今日、ネイルもしていかれませんか？　パーマの待ち時間を利用して」

「え、どういうこと？　ここで？」

「じつは、新しくネイリストが入りまして」

「もしかしてさっきのあの？」

「はい。ついでにアシスタントもやってもらってますけど、彼女、本業はネイリストなんです。ジェルネイルもマニキュアも……あ、ポリッシュっていうのかな、どちらも初回は通常の二割引きでお試し頂けます。でも、もちろんご無理なさらずに。行きつけのサロンがおありでしょうから」

「……そうね。ちょっと考えてみる」

髪の水気を拭い、タオルでくるみ、ぐいっと背もたれを起こす。元の鏡の前で全体をとかし、上部のパートを少しずつダッカールで挟んで留めておき、後ろの裾からカットしてゆく。

客の座る空気圧チェアを高く固定し、自分はキャスター付きの丸椅子に腰掛けてカットするのが孝之の流儀だ。パーマ後にいざ乾かした時の長さを考慮し、右に左にキャスターを走らせてはバランスを見ながらシザーを入れていると、

「どういう人なの？」

美也子が言った。

「東京のサロンにいて、こんど独立したばかりなんです。若いけど腕はいいですよ」

「店長とはどういうお知り合い？」

「知人からの紹介です」

念のために嘘をついた。同じ自転車サークルに所属する個人的な知り合いなどと言えば、また変に悋気(りんき)を燃やされかねない。

「ただ、気の毒に彼女、うちではまだ一度も施術できてないんですよ」

「どうして」

「ここだけの話ですけど、爪の先にまできっちり気を配ってお金をかけてる女の人って、東京ならともかく、このへんじゃ少ないっていうか……」

ふうん、と美也子が鼻を鳴らす。店内に流れる物憂げなリズムに混じって、しばらくの間シザーの音だけが響く。

やがて、美也子は言った。

「お試し、してみようかな」

「はい？」

「ネイル。せっかくだし」

「ほんとですか。ありがとうございます」

孝之は鏡に微笑みかけ、続いて奥の部屋へ向けて声を張った。

「小島さーん」

はーい、と返事が聞こえる。

「後ほど、柴田さまのネイルをお願いしまーす」

一拍おいて、まろぶような足音が駆け寄ってきた。

「ありがとうございます、柴田さま！」

美登利は椅子の斜め後ろに立って丁寧にお辞儀をし、鏡の中の美也子と目を合わせた。

「後ほど、どうぞよろしくお願いします」

返答は、すぐにはなかった。たっぷり七つか八つ数えるほどの空白。その間、美也子がおよそ遠慮なく美登利の様子を観察する。鏡の中で、冷ややかな美也子の視線と、あえて無邪気を決め込んでいる美登利の視線が交錯する。

コームとシザーを手にした孝之は、胃の底をバーナーであぶられる心地がした。こんな視線を受けても笑みを浮かべていられる美登利に舌を巻く思いだ。

と、美也子が口をひらいた。

「お試し価格だって聞いたんだけど、本当？」

「はい。初めてのお客様に限り、通常の二十パーセントオフでお試し頂けます」

「けっこう強気ねえ。初回は半額くらいに設定するお店だってあるでしょうに」

「そうですね、大手の中には確かに。ただ、うちは当初の価格そのものをお得に設定してございますので」

「ふうん。……いいわ。とにかく後でお願いするわ」

「ありがとうございます」

「その代わり、割引だからって手抜きをしたりしないでよね」

危うくシザーが滑ってザックリ切りそうになった。何という言い草か。

ところが美登利は、まるで気の利いた冗談でも言われたかのようにうふふ、と笑うと、のんびりとした口調で言った。

「もちろんですともー。リクエストがおありでしたら、どのようなことでもご相談下さいね。誠心誠意つとめさせて頂きます」

一礼して、再び奥のブースへと戻ってゆく。準備の物音が聞こえてくる。

孝之は、黙って髪を切る作業に専念した。美也子の頭を押さえてまっすぐ前に向けさせ、髪の左右のバランスを見る。

視線を合わせないのは、手もとに集中するためでもあったが、正直、苛立たしさのせいだった。いつもならこんなことはない。少しくらい腹がたっても、相手は客だからと感情は呑み込んで、それこそにこにこしながら御機嫌を取るくらいのことは平気でやってのけている。それが今は、なぜだろう、やけに尖った気分なのだった。うっかり視線を合わせて口などきいたら、ついつい攻撃的なことを言ってしまいそうだ。

「そういえば……」何も気づいていない美也子が言った。「お店の、門から入ってくるアプローチの横のところ、ずいぶんきれいになったのね」

「……ああ、はい。そうですね」

煉瓦敷きのアプローチの脇、石を模したブロックで囲われた花壇には、すでに新たな土が入り、適切な間隔を置いて移植されたハーブ類の間に一年草の草花が植わっている。

「ガーデニングの専門業者でも頼んだの?」

「そんなにきれいに見えますか」

「ええ、入ってきた時、いちばんに目についたから」

「そうですか」

「やっぱり、プロの仕事は違うわねえ」

そのつもりはなかったのに、つい口もとがゆるんでしまった。

「あれね、じつは、さっきの小島がやったんです」

「ええ?」

「まあ僕も手伝いましたけど、っていうか言われた通りに働きましたけど、基本的には彼女が作業してくれました」

美也子が目を瞠る。

「すごいじゃないの」

「プロ裸足ってやつですよね。僕もびっくりしました。これから夏にかけては次々に花も咲くし、ハーブ類もわさわさ茂るらしいです。柴田さん、ハーブティーはお嫌いですか？　ミントとか、カモミールとか」

「好きよ。すうっとして美味しいわよね」

「じゃあ、季節ごとに庭の新鮮なのをご馳走しますから楽しみにしてて下さい」

「あら素敵。ふうん」

コームで全体をとかし、ケープに覆われた肩から髪を払い落とす。改めて美登利を呼び、パーマ用のロッドを巻いてゆく。ウェーブがあまり行儀よく揃いすぎないように、三段階の太さをわざと混ぜて巻く。スプレーで湿らせながら髪をひと束ずつ取ってゆく孝之の隣から、美登利がロッドやペーパーや輪ゴムを差しだしてくれる。手術中の助手のような手際の良さだ。

筒のように丸めたタオルをうなじから生え際にかけてぐるりと巻き付けてから、頭全体に一液をたっぷりとかけ、湿ったタオルを素早く新しいものに取り替えた。シャワーキャップをかぶせて二十分。その間に、美也子を奥の半個室へと案内する。

「あら、ここもだいぶ雰囲気変わったのね」

きょろきょろしながら、美也子は例のル・コルビュジエのシェーズロングに腰を下ろした。ふと眉根を寄せ、尻の下の革をてのひらで撫でる。何か言おうとしたところへ、

「それで、お爪はどんな雰囲気にいたしましょうか」

美登利が空気を入れ換えるかのように言った。

「そうねえ。ベースはナチュラルカラーがいいんだけど、おとなしいだけなのはつまらないし。何か

こう、サンプルみたいなものはないの？」

「ございます。こちらをどうぞ」

すぐ脇に据えたミニテーブルに、美登利は小ぶりのトレイをいくつか並べてみせた。爪の形のチップに彩色したものを貼り付けてある。繊細な花模様が描かれていたり、色分けされていたり、あるいはパールやビーズのような立体的な飾りがついているものもあって、孝之も一度じっくり見せてもらったが、まるで砂糖菓子や飴細工のようでじつにきれいだった。こんな爪をして仕事や家事ができるとは、女性たちをつくづく尊敬してしまう。

シェーズロングの脇に美登利が片膝をついて待っていると、

「こういうのがいいわ」

美也子が一つを指さした。グレーがかったベージュに、ゴールドの細いラインが入ったデザインだ。

「これをジェルネイルで、ラインの向きは指ごとに変えて。ただし薬指だけは、ベージュとゴールドを半々に塗ってみてよ」

とたんに美登利が破顔した。

「なんて素敵。さすがのセンスでいらっしゃいますね。ねえ、店長？」

いきなりこちらへ話を振られ、孝之は慌てて調子を合わせた。

「そうだね、ちょっと思いつかないよね」

「きっとお似合いです。仕上がりを想像しただけでわくわくしちゃう」

美也子の頬に、まんざらでもない笑みが浮かぶ。

「じゃ、それでお願いするわ」

「はい、少々お待ち下さいね、すぐ準備しますから」

立ちあがると、美登利はてきぱきと道具を用意し始めた。

「お髪のほうは、あと十分少々おきます」孝之は言った。「しみたりしてないですか」

「大丈夫」

では、と頷き返し、二人を残してブースを出る。これでタイマーが鳴ったら、ロッドを巻いたまま一液を洗い流し、水気を取ってしばらく放置する。そのあとで二液を全体にかけ、さらにしっかりと時間をおく。すべての行程を終えるまでにはネイルも余裕で仕上がっていることだろう。

ホウキを持ってきて、美也子の座っていた席のまわりを掃いた。カットしたのは七センチほどだが、掃き集めてみると思ったより量がある。

髪というものはどういうわけか、人の身体の一部である間は美しいのに、離れたとたん気味の悪いしろものになる。ある意味、爪もそうかもしれない。ちなみに髪と爪を構成する成分は共通している。角質を生成するタンパク質のひとつ、ケラチンだ。自分も美登利も、違うように見えて同じものを扱っているのだと思ってみると、なんとなくすぐったいような笑みが漏れた。

「柴田さまは、何かお仕事をなさってるんですか?」

奥から美登利の声が聞こえてくる。以前、孝之もしたことのある質問だが、その時は意味ありげな微笑が返ってきただけではっきりとは答えてもらえなかった。

「そうね。どんなふうに見える?」

「想像ですけど、ご自分で海外ともやり取りされているみたいなお仕事ですかね。何となく日本人離れしてらっしゃるっていうか」

「どういう意味で?」

「すごくゴージャスでらっしゃるから」

ゴージャス！　暑苦しく鬱陶しい美也子のイメージを、なんと美々しく言い換えた言葉であることか。

「まあ、当たらずとも遠からずね。夫の海外出張について行って、ついでに自分で買い付けをしてくることもあるし」

「買い付け」

「ネットでセレクトショップをやってるの。服とかバッグとか」

初めて知った。と同時に、孝之はこれまた意外に思った。どうやら柴田美也子は、美登利のことを敵としてではなく気安い味方として、いや、自らの崇拝者として受け容れたものらしい。

「ねえ、そんなことよりあなた」美也子の口調が変わった。「店長の奥さんとは会ったことあるの？」

ぎょっとなって、ホウキを動かす手が止まった。耳をそばだてる。

「ありますよ」

「どんな人？」

「とっても素敵な方です」

「じゃなくって、どういう感じの人？　見た目は」

「知的な美人っていうか……すらっとしてて、わりと背が高くて、髪は肩ぐらいかな。店長より年上だそうですけど、そんなふうに見えないくらい若々しくて、あ、でも落ち着いてるから、うーん、年齢不詳って感じですかね」

「ふうん。そう」

納得したのかどうなのか、なぜかつまらなそうな返事だ。

「じゃあ、あの時見かけたのはやっぱり……」

「あの時？」

「見ちゃったのよ。まだちょっと寒い頃だったけど、駅裏のイタリアンのお店から、店長が女性と連れ立って出てくるのを。夫婦って雰囲気じゃなかったから、もしかして秘密の恋人？　なんて勘ぐっちゃったんだけど、じゃああれ、奥さんだったのかしらねぇ」

たまりかねて、孝之はホウキを置き、半個室の入口からひょいと中を覗いた。

「そうですよ」

美也子が、さほど驚いたふうもなくこちらをふり返る。片手を美登利に預けている姿勢が、まるで召使いに傅かれる意地悪な女王のようだ。

「それ、間違いなくうちの女房です」孝之は笑ってみせた。「ご期待に沿えなくて申し訳ないけど」

「なーんだ。面白くないったら」

それを聞いて、美登利がくすくす笑った。

「柴田さま、そんなに期待してらしたんですか？」

「そりゃそうよ。目撃した時は、これで店長の弱みを握ったかと思ったのに」

「勘弁して下さいよ」

「素敵ですもんねぇ、店長と奥さん」丁寧にベースコートを塗りながら美登利が言う。「柴田さまのおっしゃる通り、何年も連れ添ったご夫婦には見えないくらいに仲良しで」

どうやらさりげなく美也子を牽制してくれているらしい。胸の裡で手を合わせたくなる。

「仲良し、ね……」

美也子が、ふっと鼻から息を吐く。けんもほろろの物言いに引っかかるものがあって、孝之は思わず言った。

「ちなみにどうして、女房じゃないと思ったんですか？」

どうしてって、と美也子が肩をすくめる。

「夫婦にしては何だかずいぶん遠慮し合ってる感じだったからよ。気遣いっていうより、他人行儀？」

思いのほか言葉から受けるダメージが大きく、とっさに軽く切り返せなかった。さしもの美登利も口を挟むのはやめたようだ。

美也子もまた黙って、きっちり塗られてゆく自分の爪を見つめる。

沈黙の中、タイマーが電子音を響かせ始めた。

4

営業部のフロアの窓いっぱいに、街路樹のケヤキが太い枝を広げている。桜の散る頃には濡れたようにみずみずしかった葉も、今はすっかり乾いた感じの濃い緑色だ。あのCM撮りが終わればこのポスター、こちらのプロジェクトが終わればまた別の企画……次から次へと仕事に追われているうちに、季節はいつのまにかすっかり初夏の匂いに変わっていた。

シャツブラウスやワンピースの上に裏地付きのジャケットを重ねると、ちょっと動きまわっただけで背中や脇の下が汗ばむ。かといって上着なしというのも今ひとつ格好がつかない。ふだんならともかく、急にクライアントと会うことになった時など、軽装だとやはりナメられるのだ。とくに女は。

そろそろロッカーに夏用の上着を常備しておかなくては――。

そう考えてから、涼子は思い出してまた悔しい気持ちになった。いちばん気に入っていた麻混のジャケットは、去年の夏の終わり、駅のトイレに置き忘れたまま行方不明になったのだった。

基本的に人前で脱ぐことのないアイテムなら、ワンシーズンだけ流行を楽しもうと割り切ってファストブランドで間に合わせることもあるのだが、上着類と靴はできるだけ恥ずかしくないものを買うことにしている。出先でコートをハンガーにかけた時や、料亭の小上がりで靴を脱いだ時、どうしてもタグや中敷きが人目に触れる。そんなことを気にするのはかえって貧乏くさいと思いながらも、それこそ〈そんなこと〉で相手から安く見積もられたくはないのだ。

この年齢になると、ほんとうに好きな服にめぐり逢うのはそんなに簡単ではない。若い頃は好きな服がそのまま似合う服でもあったけれど、もう違う。そのことを脳が認めて納得するのに長くかかった。ついつい、まだいけるのではないかと希望的観測をもとに衝動買いをしては、クローゼットの肥やしを増やしていた。

なくした上着は、生地の風合いとデザインに一目惚れをして、通常の三倍ほども張り込んで手に入れたものだった。合うサイズが店頭になかったのを、探して他店から取り寄せてもらい、脇のラインが体に沿うようにわざわざお直しまでしたのだ。まだひと夏しか着ていなかった。最初から縁が薄かったということだろうか。

あの夜は接待があって、少し酔っていた。駅のトイレを出た後、構内の惣菜店で夫への土産を見繕い、バッグから財布を取り出そうとしたところで自分が身軽すぎることに気づいた。慌てて走って戻ったが、個室のドアの内側にはもう何もかかっておらず、駅の拾得物預かり所に問い合わせてもとうとう出てこなかった。誰かがこれ幸いと持っていってしまったに違いなかった。なまじ品物がよかったせいかもしれない。

たとえば今日これから百貨店やブランド店をめぐり、同じくらい好きになれるジャケットを探しあてたとしても、もう一度清水の舞台から飛び降りるだけの気力が自分の中に残っているかどうかわからない。着るものなんか相手に失礼でさえなければ別にどうでもいい、といった投げやりな気分が、とくにここしばらく腹の底に居座っている。

窓の外、ケヤキの大枝がわさわさと揺れる。風はあるものの、午後は気温が上がるらしい。

こんな日はどこか公園などを散歩するか、歩行者天国の銀座をそれこそ服でも探してぶらぶらするほうが気持ちよかったかもしれない。せっかくの日曜に、いくら家にいたくないからといって行き先が会社というのはいかがなものかとは思うのだが、カフェにひとりで入ってもさほど長居はできないし、かといって図書館では本を読みながら熱いコーヒーが飲めない。結局、会社の自分の机がいちばん落ち着く場所、ということになる。

フロアに人は少なかった。金曜日に大きなプロジェクトが一つ終わったとあって、今日ばかりは同僚の顔も見えない。

風にひるがえる緑の葉をぼんやり眺めていると、涼子はだんだん泣きたいような気分になってきた。気分だけで実際に涙は出ないのだが、鼻の奥ではなく胸の奥のほうが湿っぽくなる。

ほんの数日でいい。ひとりきりになりたい。どこか遠くへふらりと、行き先も決めない旅をしたい。目の前に滑り込んできた電車に乗って気の向いたところで降り、その土地の美味しいものを堪能して、歩き疲れたら宿を取る。そうして誰にも邪魔されず、家のことも仕事のことも考えずに、熱い風呂に浸かった後は心ゆくまで昏々と眠る……。

思えばもうずっと長いこと、そんな旅をしていない。

子どもはなく、生きものは飼いたくても飼えず、しかも夫は自宅が仕事場なのだから、こちらがひとり旅に出ることくらいいくらでもできそうなものなのに、どうしてだろう、たとえ平日に有休が取れた場合でさえ、自分だけが遠出をするということについて何かこう一抹の罪悪感のようなものを覚えてしまう。世代や年齢の問題ではないらしい。同期の三枝美奈などは、中学生と小学生の子どもらを夫とその両親に預けてどこへでも出かけていくし、そのことに罪の意識など覚えた例しがないと言っていた。となると、これはもう性格の問題なのだろう。

いっぽう夫はといえば、定休日などに当たり前の顔で自分だけ出かけてゆく。車に自転車を積み、近県のどこかで仲間たちとグループライドとやらを愉しみに。そうしてその集まりで、小島美登利と知り合ったというわけだ。

この春までの自分は、休日出勤を夫に切りだすのが気重だった。同じことを今日、まるきり躊躇(ちゅうちょ)なく伝えることができたのは、夫が以前のようには嫌な顔をしないとわかっていたからだ。

それが美登利のおかげであることは間違いないけれども、かといって夫と彼女との仲を具体的に疑っているわけではない。それなのにどうしてこうも気分が沈むのか——あの潑剌としたショートヘアの後頭部が眼裏によみがえるたび、音のない溜め息がもれてしまう。

「こらー、なんでいるの」

ふいに声をかけられ、飛びあがって振り向いた。

「部長……」

ふだんよりカジュアルな服装の黒田が、よう、と頷いてよこす。

「どうしたの、やり残したことでも？」

「いえ、そういうわけじゃないんですけど……」

「ですけど、何」

「なんとなく足が向いちゃって」

どかっと自分の席に腰を下ろした黒田が、あきれた顔でこちらを見る。

「なんとなく、で来られる距離じゃないでしょうよ、早瀬さんとこは」

「それはそうなんですけど」

「休みの日は、ちゃんと休まないと休まらんのだぞー」

冗談めかした黒田の物言いに、ふっと苦笑いが漏れた。

「そういう部長だって」

「うーん、まあなあ。と言っても僕は近いし、家にいたくない事情もあったしさ」

「どうかなさったんですか」

うーん、と黒田がまた唸る。椅子を半分回して、窓の外を見やる。苦虫を嚙みつぶした、と言うにはやや心許ない感じの横顔に、ふと思い当たることがあった。

「もしかして、お嬢さんのことですか？」

そう訊くと、黒田は顔だけこちらへ振り向けた。「なんでわかるの」

涼子は微笑んだ。

「そりゃわかりますよ。年頃の娘さんを持つお父さんが日曜日に家にいたくない理由っていったら、大体決まってます」

「たとえば何」

「そうですね。彼氏が結婚の申し込みに来るとか」

「そこまでは行ってない。まだ会ったこともないし、いることさえ知らなかった」

涼子は笑いを嚙み殺した。

「でも、お嬢さんだってきっと、どうでもいい彼氏を家に連れてきたりしませんよね？」

うーん、と黒田が三たび唸る。どうやら図星のようだ。

「こう言っちゃ何ですけど、抵抗しても無駄じゃないかと思いますけどね、そういうのは」

「なんで。父親の権利ってもんがあるだろう」

「ないですよ、そんなの」

「えええ？」

「父親には、娘の幸せを願う権利はもちろんありますけど、娘の意思に反対する権利はないと思います」

「またきみは、そういう正論を」

「すみません。でもお嬢さんとしては、お父さんにも家にいてほしかったんじゃないですか」

「べつにそんなことはないんじゃないかな」

拗（す）ねたような物言いだ。

やれやれと面倒くさく思いながら、可愛らしくも感じた。同僚たちにもたまに自分の家族のことを話す黒田だが、そうした弱い部分を覗かせるのは記憶にある限り初めてだ。

「知りませんよー」少し優しい気持ちになって、涼子は言った。「彼氏さんのこと、あんまり頑なに拒絶してると、お嬢さんとの間に埋められない溝ができちゃいますよ。いいんですか？」

「よくはないけどさあ」

「今の彼氏とうまくいってもいかなくても、あの時お父さんから闇雲に反対された、っていう記憶だけはこの先もずっと残るんです。それでもいいんですか？」

「だから、よくはないけど」

　黒田は頬をふくらませ、ふうーっと息をついた。

「うーん、しかしまだ二十四だぞ。そう急がなくっても、もっと世間を見てからだっていいじゃない。男にだっていろんなのがいるわけだし」

「そうでしょうけど、いろいろ見たからって何人も好きになれるわけじゃないですよ」

「なってもらっちゃ困るよ！」

　涼子は、思わず噴きだした。

「いずれにしても、今すぐ結婚っていうわけじゃないんでしょう？」

「知らん。けどまあ、たぶんな」

「今日、やっぱり家にいらしたほうがよかったんじゃないですか？」

「いや……」黒田は、わずかに肩をすくめて言った。「先方だって、家で待ち構えてるのが女親だけのほうが気が楽だろ」

「あら。優しいんだ」

「経験者は語る、ってやつだよ」

　とうとう声をあげて笑いだした涼子を、黒田がげんなりと眺める。そのうちに、自分も苦笑を浮かべ、ははは、と笑いだす。気がゆるんだのか、椅子に背中をもたせかけて大きなあくびをした。

「それにしても、あれだね」背もたれをぎしぎしと軋ませながら、黒田は言った。「行き場所に困ると会社に来ちゃうというのは、なんだかねえ」

「お互い様ですよ」

「で、早瀬さんのほうはどうしたの。家にいたくない理由でも？」

ぐっと詰まった。相手の身の上についてなら言いたいことを言えるのに、いざ自分の事情となると言葉が出てこない。わざわざ話すほどのことではないと思ってしまう。

夫の店に新しい（そして可愛らしい）アシスタントが来るようになってから、なんとなく家にいづらい。自分は客の迷惑にならないようにとせっかくの休みでも足音をひそめて生活しているのに、陽気の良さに開け放った窓から二人の笑い声や会話が聞こえてくるとどういうわけか耳を塞ぎたくなる――そんな話を聞かされたら、誰もがきっと、それは嫉妬だと言うに違いない。年下の夫と若い女の間柄を勘ぐらずにいられない年増女のやきもちだと。そうして続けてこう言うのだ。たいていの夫は女房が思うほどモテないし、やきもちを焼くこと自体、夫婦がまだ男女であることの証拠だ……などと。

そんな単純な話ではないのだった。嫉妬ではなくて、これは自尊心の問題なのだった。でも、誰に話してもたぶん通じない。

「二時か……」

黒田のつぶやく声がした。

見ると、壁の時計を見上げている。

「早瀬さん、昼飯は？」

「朝が遅かったので、まだ」

「そっか。蕎麦くらい付き合えない？」

「え」

「ちょっと歩くけど、いい店知ってるんだ。日曜でもこの時間なら空いてると思う」

「いいですねえ、お蕎麦」

やや蒸し暑い昼下がりに蕎麦。最高かもしれない。

「よし、決まりだ」

黒田が立ちあがる。青葉の茂る窓を背景に、椅子がくるりと一回転した。

有名企業のオフィスやにぎやかな商業ビルが建ち並ぶ界隈（かいわい）というのは、じつはそれほど広くない。歩いて抜けてゆくとすぐに街路樹以外の緑が増え、縦方向に伸びる高級マンションばかりでなく庭のあるお屋敷なども目につくようになってくる。ゆるやかな上りの坂道で、二頭の大型犬を連れた三十代くらいの夫婦が、まず涼子を追い越し、先に立って歩く黒田部長をも追い抜いていった。

「延々と歩かせてすまんね」ふり向いた黒田が言った。「この坂を上りきったらすぐだから、頑張って」

「いえ、私は全然大丈夫です」

「なんだよ。坂がしんどいのは僕だけか」

黒田が笑い、しかし今日は蒸し暑いな、とジャケットを脱ぐ。いつものスーツの上着とは違って、皺にならないカジュアルなものだ。ノーネクタイで着ているシャツは淡いブルーのボタンダウンで、ついでに言えば足もともさすがにガンチーニではない。

涼子はといえば、白い麻のシャツに、カーキがかったグレージュのワイドパンツだった。今日は誰と会うわけでもないと思うとついこういう素っ気ない服を選んでしまうのだが、かえってよかったかもしれない。日曜の昼下がり、初夏の風吹く坂道を、ちょっと様子のいい上司と二人で歩いている女——脳内で俯瞰して思い描いただけで落ち着かない気分にさせられる。いかにもなワンピースなど着ていたら、まるで強壮剤のＣＭみたいな絵面になっていたことだろう。

「ああ、ほら、あそこだよ」

坂を上りきったところで黒田が指さした。手前にコンビニを兼ねたリカーショップがあり、はんこと合鍵を作る店があり、その向こう側の並びに「手打ち蕎麦」の看板が出ている。角地にあるその建物だけが時代がかった板張りの仕舞屋ふうで、二階の格子窓にはまったガラス越しには煤けた網代の天井が見えた。

「昔っからある店でさ。もう何代目だっけな、今もご夫婦でやってるんだ」

開いたままの入口の前で、黒田は言った。促され、縄のれんをくぐって中に入る。

「ヘイいらっしゃい」

威勢のいい声に迎えられる。額ににじんだ汗がすっと引いてゆくような心地がする。

「あらま、おめずらしい」

着物にたすきがけをした年輩の女将が、黒田を見るなり目尻を下げ、そのにこやかな顔を涼子へも向けて会釈した。

「黒田さん、今日はお休みの日じゃないんですか」

「そうなんだけど、まあいろいろと面倒な事情があってね。ええと、ちょいと静かに仕事の話がしたいんだけど、かまわないかな」

指さしたのは店の奥まったところにある小上がりだった。仕切りの襖が、今は開け放たれている。

「えーえ、もちろんですとも。よかったらお二階も空いてますけど」

「いや、こっちで充分」

昼の客がちょうど引けたところとみえて、店内にはカウンターで飲む老人ひとりしかいない。案内されるまま、靴を脱いでほんの三畳ほどの小部屋へと上がる。正座をしかけた涼子に、黒田は、膝なんか崩していいから無礼講でいこうと言った。

運ばれてきた冷たいおしぼりで顔と首筋をぬぐい、ふうう、と油断しきった吐息をつく。場合によっては勝手に距離を詰められたかのようで嫌なものだが、相手が黒田なのでそれはなかった。

正直なところ、あまり男という感じがしないのだ。社内の若い女性たちにまで人気があるのはわからなくもないが、たとえば兄の友だちであるとか面倒見のいい先輩といった感触だろうか。自分が牡を感じるのはもっとこう……。

咳払いをして、涼子はあたりを見まわした。

「落ち着くお店ですね」

「だろ。あたりまえだけど蕎麦も旨いよ」黒田の目尻に皺が寄る。「ここ、僕も最初は上司に連れてきてもらったんだ。入社して何年目だったかなあ、まだ先代のおやじさんが現役だった頃でね。そうやって考えると、なんだかんだで四半世紀は通ってることになるんだな」

年も取るはずだよ、と、筆文字のお品書きを渡してよこす。

「一杯やってもかまわないかな」

「どうぞどうぞ」

「付き合わない？」

どうしようかと考えたのは、ほんの一瞬だった。

「そうですね。じゃあ、ちょっとだけ」

女将を呼んで、だし巻き卵や板わさ、合鴨や天ぷらといったつまみに日本酒を頼む。やがて運ばれてきたのは、樽の香りがする美味しい酒だった。

「明るいうちに飲む酒ってのは、なんでこう旨いかね」

炙った合鴨にタレをつけ、焦げ目のついた白ネギをくるんで口に運びながら、黒田が相好を崩す。

「ゆっくりお願いしますよ。昼間のお酒はすぐ回るから」

「そうそう。なんかこう、外が明るいと安心しちゃうんだよな。少々飲んでも酔わないような気がしてさ」

そんなはずはないんだけどな、などと言いつつも、乱れた様子は少しもない。そういえば黒田が酔っぱらったところなど見たことがないのだった。

注文の品がとりあえず出そろうと同時に、女将はきっちり襖を閉めていった。小部屋の三方向が聚(じゅ)楽(らく)塗りの壁で、表に面した小さな丸窓には障子紙が貼られており、外の植え込みの葉影が揺れている。

「それで、仕事の話というのは？」

涼子が訊くと、黒田は、お猪口(ちょこ)越しに目をあげた。

「え？」

「おっしゃったじゃないですか。さっき女将さんに、静かに仕事の話をしたいからって」

「ああ……」ふっと微苦笑を浮かべる。「あれは、まあ口実というかさ。こんなふうに飲んでて、ひょっこり知り合いに会ったりするのは面倒くさいじゃない。お互いに」

とっさに、なんと返すべきかわからなかった。黙っていると、

「いや、ごめんごめん。そういうおかしな意味じゃなくてさ」黒田は、どこか照れたように頬を歪めた。「ほら、いったいなんだって日曜日に僕がここにいるかとか、おまけにどうしてきみが一緒なのかとか、一から説明すれば何の不思議もない話なんだけど、その説明がそもそも面倒くさいでしょうよ。せっかく気の合う者同士こうして機嫌良く過ごしてるってのに、どうでもいい相手に邪魔されたくないなと思ってさ。それだけだよ」

涼子は、そっと息を吸い込んだ。ともすれば微妙なニュアンスを含んでしまいかねない話なのだが、やはり黒田が相手だと嫌な気はせず、いたずらの共犯者のような気分にさせられる。

徳利の首をつまんだ黒田が、涼子が会釈とともに差しだす猪口にそっと酒を注ぐ。店主と女将の「いらっしゃい」は、あれから一度も聞こえてこない。よけいな音楽もなく、外からは雀のさえずる声がするばかりで、都心とは思えないほど長閑(のどか)な時間が流れている。

「そういえば……」黒田がふと言った。「あれもたしか、休みの日だったなあ。CM撮りに横槍が入って、山本たちと晩飯食ったことがあったろ」

スタイリストの三谷雪絵のところへ頭を下げに行った時だ。

「ええ。土曜日なのに部長が来て下さって」

「そう、その晩さ、飲みながら山本が、きみに訊いてたでしょ。こうやってしょっちゅう休日出勤したり外泊したりして、旦那さんは気を揉んだりしないのか、みたいなことを。覚えてるかな」

「もちろん覚えてますよ」

「そうか」

「それが、どうかしたんですか?」

うん、と黒田が自分の膝に目を落とす。

「いや、じつはね。――正直に言うと、僕も前から山本と同じことを考えてたんだ」

「同じこと?」

「女房が外でバリバリ働いて自分の世界を作ってくことについて、きみの旦那さんは不安に思ったり、時には疑ったりしないのかなって」

「……は?」

心底驚いて、涼子は小さな卓袱台(ちゃぶだい)の向かいにあぐらをかいている黒田を見つめた。

「だって部長、あの時……」

「わかってる。偉そうに山本に説教したさ。そういうのは夫婦間の信頼の問題だ、とか何とか言ったんじゃなかったかな」

「そうですよね。なのにどうして？」

「いや、理屈としては今でもそう思ってるんだよ。しかし男ってのはまったく下らない、やきもち焼きの、じつに卑小な生きものだからさ。あ、いや、けっしてきみの旦那さんがそうだと言ってるわけじゃないんだけど、」

「そんなに気を遣わなくていいですから、おっしゃって下さい」

「そうか」

ようやく肚をくくったように、黒田が顔を上げる。

「つまりほら、旦那さんは家で美容師をしてるわけだろう？　毎日のように外へ出て行くわけじゃない。そういう彼にとって、きみみたいな——こういうことを言うと最近はハラスメントになるのかもしれないけども、要するにこう、きみのような魅力的な女性がさ。異性のたくさんいる、言い換えれば出会いの機会が山ほどある職場で働いていてさ。それなのに自分は、家にいない間の妻のことを何一つ知らないんだと思うと、多くの男は面白くなかったり、嫉妬したり、束縛したりするものでね。その点、きみのところは大丈夫なのかなと。もし大丈夫だとすれば、旦那さんがよほど理解のある出来た人物か、あるいは妻であるきみがよほど彼に気を遣って過ごしているかの、どちらかじゃないかと……そんなふうに、思ったりしていたわけだ。勝手に申し訳ない」

一旦言うと決めてからは、黒田の言葉に淀みはなかった。視線もまっすぐこちらに注がれている。

「そんな、大層な話じゃないです」涼子は、ぽつりと答えた。「どっちが出来た人間だとか、そんなんじゃないんですよ。それなのに特に問題なくやってるってことは、つまり信頼し合ってるってことなんでしょうか。あんまりぴんとこないんですけど」

黒田が、黙ってまた徳利を差しだす。猪口で受け止め、涼子は、ひとくち啜った。鼻に抜ける樽の香りに、きつく締めつけられていた気持ちの枷がほどけてゆく。

「たぶん……お互いにもう、男女っていうあれじゃないからだと思います」

言ってしまってから、自分でどきっとした。上司の顔を窺う。動じていないことに、ひとまず安堵する。

ふむ、と黒田が鼻を鳴らした。

「その、男女のあれじゃないっていうのは、感情が？　それとも関係がってこと？」

涼子は、猪口の底を見つめた。半分ばかり残った酒がゆらゆら揺れて、丸窓からの光を映している。

「……どっちも、かな」

「ふむ」

「夫は、理解あるほうだと思いますよ。お店を兼ねた自宅のローンを返していくのに、二人で働かなくちゃいけないっていう事情はあるんですけど、それを横へ置いても、ほとんど毎日のように駅まで送り迎えしてくれますし。私がいない間の自分の食事を、用意しておけとかも言わないし」

「いつの時代の話だよ」

「え」

「当たり前だろ、そんなこと」黒田は、あきれたように目を瞠った。「うちの奥さんは専業主婦してるけどさ、僕は奥さんがどこかへ出かける時に、それがたとえ友だちと遊びに出かけるのだって、僕の食事を作ってから行けとか言わないよ。そんなの、外で食べるかコンビニで買うか、それが嫌なら自分でラーメンでも何でも作ればいいんだからさ」

「優しい、部長」

「ばかを言いなさい。それが当たり前なんだよ。お互いに働いてるならなおさらでしょ」

「……確かにそれは、ええ」

まじまじと見られている。黒田の視線が、ほとんど感触を伴って皮膚に刺さってくる。やがて、相手が深々と吐息するのがわかった。

「なんだろう。つくづく面白いひとだねえ、きみは」

言葉とは裏腹に、まるで同情するかのような口調で呟く。

「さばさばとして男っぽいかと思えば、妙なところで明治大正の女みたいなこと言ってさ。その二つがどういう具合に共存してるんだか、僕にはさっぱりわからん」

徳利を持ち上げて軽く振り、わずかな残りを自分の猪口に注いでから、卓の上に用意されていた呼び出しボタンを押す。

「悪いけど、もうちょっと付き合ってもらうよ」


酒が運ばれてくるまでの間、涼子は手洗いに立った。小上がりの畳座で横座りをしていたせいで片足が痺れていたが、黒田の手前、こらえて店の備品のサンダルを履いた。

用を足し、鏡の前に立つ。昼間の酒はすぐ回るからなどと、どの口で黒田に説教したものか、目の縁が赤らみ、頬も火照(ほて)っている。額と鼻の頭に脂が浮いてテカっているのが恥ずかしく、バッグからコンパクトを出して押さえた。

これ以上崩れないようにしなくては、と鏡の中の自分を戒める。いくら黒田が話しやすいからといっても、どうしてあんなにプライベートなことまで話してしまったのだろう。これまで様々な上司のもとで仕事をしてきたし、取引先の役員と酒の席を含めて親しく話すこともあったが、軀の関係のない男性を相手に今日ほど個人的な打ち明け話をしたのは初めてだった。口が滑ったと言ったほうが近いかもしれない。

冷たい水で手を洗い、ペーパータオルで拭ったその両手で頰をはさんで冷やす。手洗いを出ると、ちょうど女将が空の盆を手にこちらへ戻ってくるところだった。

「今、お酒をお持ちしましたよ」

六十代後半に見えるが肌の色艶はよく、衣紋（えもん）を抜き気味にした鰹縞（かつおじま）の着物姿がぴたりと板についている。

ありがとうございます、と返した涼子は、カウンターにいた老人の姿が消えていることに気づいた。客は自分たちだけということだ。

「あのう、すみません」女将を呼び止める。「こちら、そろそろご休憩のお時間なんじゃないでしょうか」

夜の営業まで一旦閉めるのではないかと思って確かめたのだが、女将は笑って首を横にふった。

「どうぞお気遣いなく。日曜日はね、もともと昼間しか開けてないんですよ。晩と月曜日はお休みにさせてもらってます」

「そうでしたか。ごめんなさい、長居してしまって。もうじき失礼しますので」

その声を聞いて、厨房から店主がひょいと顔を覗かせた。

「や、そんなこた気にしないでゆっくりやって下さいや」

痩せぎすの頑固そうな顔にはしかし、いかにも人の好い笑みが浮かんでいる。

「日曜も仕事の話だなんて大変だねえ。お客さん、黒田さんの取引先の人かい？」

「あ、いえ。同じ会社で働いている者です」

「どうりで、忙しいはずだ」

涼子は微笑んだ。

「でも、なんとか一段落しましたので。おかげさまで美味しいお酒です」

「そりゃいいや。けど、胃袋にちゃんと隙間を残しといて、あとで声をかけておくんなさいよ。今日の蕎麦はひときわ旨いよ、黒田さんが来てくれると思って腕によりをかけて打っといたんだから」

「え？」

まさか前もって予約でも入れていたのかと思いきや、

「また冗談ばっかり。この人ときたら、いっつもこうなんだから」

手招きのような仕草をして、女将がころころと笑った。

戻ってみれば、黒田までが徳利を手に笑っていた。襖の外の会話がすっかり聞こえていたらしい。

「気持ちのいい方たちですね」

涼子が言うと嬉しそうな顔をした。

「そうだろう。店のためを思えば、会社のみんなにも教えてやりたいところなんだがなあ」

「教えないんですか」

「僕の内緒の隠れ家だからね」

徳利を差しだされ、涼子は一応受けたが、ひとくち啜っただけで杯を置いた。

「すまんね、無理に付き合わせて」

黒田が先回りをして言う。

「いえ。ゆっくりいきます」

「それがいい。ちなみに、きみは酔っぱらうとどうなるの？　正座したまま舟を漕ぐ以外ではさ」

例のＣＭ撮りの打ち上げの晩のことを言っているのだ。

「勘弁して下さいよ、部長」

こちらの情けない顔を見て、黒田が噴きだした。

「あの時は……」咳払いをして、涼子は続けた。「酔っていたわけじゃなくて」

「わかってるよ。よっぽど疲れてたんだよな」

先ほど運ばれてきたばかりの揚げ出し豆腐を、黒田がひょいと口に入れる。

「実際、ふだんはさ。酔うとどうなるの？」

「……舟を漕ぎます」

黒田が、上を向いて笑った。

「それだけ？　他には？」

涼子は少し考えて言った。

「その時の精神状態にもよるんですけど、いつもより人に厳しくなったり、落ち込みやすくなったりするかもしれません」

「ほう」

「暗いんですよ、性格が」

わざと自虐的に言って笑ってみせると、

「意外だな。ふだんは明るそうなのにね」黒田は真顔で返した。「きみの場合、ふだんの反動っていう部分もあるのかな。ま、そういうところは僕にもあるけどさ。……あ、チェーサーいる？」

わざわざ涼子の湯呑みに、ポットから熱い蕎麦茶を注いでくれる。こうばしい香りがふわりと立ちのぼった。

「それはそうと、早瀬さんってさ。前は、早瀬さんじゃなかったよね」

言われて思わず身構えた。黒田はまだ真顔のままだ。

「……ええ」

「当時は訊けなかったけど、結婚と同時に仕事上の姓まで変えたのは、何か理由があったわけ？」

「理由ってほどのことは」

「や、それはないな。今どき、働いてる女性の多くは結婚してもそれまでの名前を使うでしょ。だって不便だもん。とくにこの業界、変えるほうがめずらしいと思うんだけど」

涼子は黙っていた。

「旦那さんが変えてくれって言ったとか？」

若手の部下に対しては〈人のプライバシーにずかずか踏み込むもんじゃない〉などと説教していたはずの黒田が、今日は思いきり踏み込んでくる。

「そうですね。そう言われました」

ぽつりと答えると、黒田は苦笑まじりに頷いた。

「やっぱりな」

「でも、亭主関白とかそういうのじゃなくて、何ていうか……ちょっと事情があったもので」

「どんな」

涼子はうつむいた。結婚の話が出る前から、孝之はこちらの不倫の恋の相手が仕事先の人間であったことを知っていたし、そしてこれから先も関わらざるを得ないことにも気づいていたのだろう。いつもの彼とは思えないほど強い態度で、妻が仕事の上でも夫の苗字を名乗ることにこだわった。が、さすがにそこまでは話せない。黙っていると、

「なんか、もったいないな。結婚前の名前、僕は好きだったんだけどな。——ね、滝川さん」

久々に呼ばれて、ぎょっとなった。

「『滝川』から『早瀬』か……」呟いた黒田がふと、何かを思い出そうとするようにこちらの頭の斜め上あたりへ目をやる。「なんか、そんなふうな歌がなかったっけ」

「歌」

「うん、和歌か何かでさ」

涼子は、微笑した。

「『瀬を早み　岩にせかるる滝川の』ですか？」

「それだ！」

「『われても末に逢はむとぞ思ふ』。——百人一首、崇徳院ですね」

「そう、それだよそれ」

涼子に目を戻した黒田が、怪訝な顔になる。「なんで笑ってるの？」

「ちょっと、思い出しちゃって」

「何を」

「この歌のこと、夫に話しても反応がイマイチだったなあって」

「いつの話？」

「付き合い始めの頃です。大昔の恋の歌なんだよ、って。あの頃はまだ、お互いにロマンティックな気持ちがありましたから」

「でも通じなかったわけだ」

言われて、微笑が苦笑に変わった。

「ピンとこなかったみたいです。『涼子は物識りだね』って言われただけで」

今でもしばしばそういうことがある。一つひとつは小さな物事でも、こちらがそれなりに想いをこめて投げかけた言葉が、夫の頭上を通り過ぎてその背後の闇へ消えてゆくのを感じるたび、何とも言えない虚しさと侘しさを覚える。〈物識りだね〉にもどことなく冷笑的なものを感じるし、しかもそこに彼の側の隠しきれないコンプレックスまで垣間見えてしまう、それがしんどいのだ。

と、黒田が口をひらいた。

「しんどいよな」

「え」

「そこにないものの話ができない相手ってのは、しんどいよ」

はっとなった。怖ろしいことを言い当てられた気がした。

「今だけ……うんと正直なことを告白すると、僕もそれを感じる時があってさ」

言いにくそうに、しかしどこかしら荷を下ろすかのような表情で続ける。

「断絶、とまで言うと大げさだけど、まあ、通じなさだよね。日常生活についてはいいんだ。うちなんかむしろコミュニケーションは取れてるほうだと思うし、僕自身すごく感謝してる。ツーと言えばカー、家族についての話で通じないことなんか一つもないよ。だけど——どうしても、そこにあるものについての話しかできない」

主語はないのに、何を言わんとしているかはいやというほどはっきり伝わってくる。

「具体的な物事……たとえば、そうだな、クリーニングに出したスーツはいつ仕上がるとか、近所の誰々さんちの息子が塾へ行きだしたとか、それこそ今日みたいに、娘が彼氏を連れてくることになったけどお茶菓子は何にしようとかさ。そういった現実的なことしか話せないし、そもそも話題に上らない。でも僕らの仕事ってのはさ、そこにないもののことを話し合っては形に変えていく作業でしょ。今はまだこっちの頭の中だけにあるイメージを何とか言葉にして投げかけて、それを受け止めた相手が、たとえばこんな感じ？　って、あっちの頭の中に像を結んだイメージを投げ返してきてさ。それがぴったり嚙み合うとものすごくエキサイティングだし、お互いの間に構築できるものが一段高いところへ進む感じがするじゃない。ちょうどほら、さっき僕が漠然と思い浮かべていただけの和歌を、きみがすらすら暗誦してくれたみたいにさ」

ずいぶんと雄弁だ。

話しながら黒田は、こちらを見ず、卓袱台の上の器に目を落としていた。とうに冷めた揚げ出し豆腐のつゆにも、丸窓の明かりが映り込んでいる。今、いったい何時頃なのだろう。障子の外、陽はまだ充分に明るく、そのせいでよけいに時間の感覚がなくなってゆく。そろそろ蕎麦を注文しなくては店に申し訳ない。

「でも……」

涼子が呟くと、黒田はすぐに顔を上げた。

「贅沢だとも、思うんです」

「何が贅沢？」

「さっきも言いましたけど、私がこうして外で働くことに理解がないわけじゃないし……帰りが遅くなったからって変に勘ぐったりもしない」

まるで申し合わせたかのように、主語のない会話をしている。

「古い女だっていうのは否定しませんけど、感謝してるのは本当だし、不満を持ったりするのは違うんじゃないかなって思うんです。でも、それでもやっぱりしんどくて……。自宅の一階にある店舗で毎日、地元のお客さんだけを相手にしているから仕方ないのかもしれないけど、会社から帰って、ご近所の噂話ばっかり聞かされても、短い相槌（あいづち）しか打てなくて……。会話のすれ違いそのものより、何ていうか……尊敬できなくなっていくのがしんどいんです」

何をつらつらと、独り言のような愚痴を垂れ流しているのだろう。もっと早く酒をセーブしておけばよかった、と後悔してみても遅い。

ずいぶん長いこと、黒田は口をきかなかった。やがてまた、徳利の首をつまみ、こちらへ掲げてよこす。

涼子は、残っていた酒をあおり、杯を差しだした。するすると、なみなみと、透明な液体が注がれてゆくのを見つめる。

「たいへん失礼なことを、あえて言わせてもらうけど」黒田が静かに言った。「旦那さんはきっと、中身がおばちゃんなんだよ」

動けなかった。前置きがあったにせよ、びっくりするほど失礼な言い草だった。

「たぶん彼はさ、きみと一日のことを話す時、答えなんか求めてないんじゃないかと思うな」黒田が徳利を置く。「こっちはつい、聞いたからには答えを返さなくちゃって思うんだけど、そもそも噂話に明確な答えなんかないわけでさ。ただただ、『すごいね』『それは大変だったね』って相槌を打てば、向こうはそれで気が済むんだ。批判めいたことは言わないでおくに限る。問題解決の答えなんて求められてないんだから、とにかく、うん、うん、って聞いてあげればそれでいいんだよ」

どうして腹が立たないのだろう、と涼子は思った。十年以上も連れ添った夫が、直接知りもしない相手からこんな失礼なことを言われているというのに、頭の中の霧が晴れてゆくかのような、反発どころかむしろ快哉を叫びたい気持ちにさせられている。最低だ。

黒田が、苦笑まじりに続ける。

「〈おばちゃん〉ってのはある意味、最強でさ。人と多く接する仕事なら、そういう部分は助けにもなると思うよ。ただ……人間ってのはそうそう昼間の自分と夜の自分を使い分けられないからね。一日のほとんどを、お客さんのご機嫌を取ったり、それこそおばちゃんたちとご近所の噂話で盛り上がったりすることで仕事を回してるきみの旦那さんが、一階の店から二階への階段を上がったからって、そう簡単にキャラを変えられるとは思えない。きみだってそうだろ？　ふだん、この業界で生き馬の目を抜く仕事をしてて、ぎりぎりまで回転数の上がった脳みそと戦闘態勢の精神状態をいくらかは抱えたまんま家に帰る。旦那さんにしてみりゃけっこうキツいと思うよ」

「キツい……？」

「そりゃそうさ。玄関開けて入ってきた女房が、抜き身の刀ひっさげてたら引くでしょ、普通」

頭の中に思い浮かべてみる。

「私、そんな雰囲気漂わせてますかね」

「まあ、特に大きい勝負がかかってる時にはね。あの物騒な気配が、電車に乗って家へ帰るくらいで消え失せるとは思えないな」

通勤電車の片道一時間半がずいぶん助けになってくれているのではと期待していたが、充分ではなかったのだろうか。少なからず衝撃を受けて黙っていると、黒田が少し笑った。

「責めてないよ。無理ないし」

「……そうでしょうか」

「きみの醸し出す、あの〈寄らば斬る〉的な雰囲気、僕は嫌いじゃないしね。こいつが味方で良かった、とはいつも思うけど」

涼子は、ずっと無意識のまま持っていた杯に目を落とした。これだけのことを言われても、手が震えるわけでもなく、妙に冷静でいる自分――。

卓袱台に置くかどうするか迷うより先に、口に運び、あおる。するりと舌の上を滑った液体が喉を通ると同時にかっと熱を持ち、遅れて樽の香りが鼻に抜けてゆく。

「どんな組織でも同じだけど、物事に優先順位をつけられない人間は、上に立っちゃ駄目でさ」

涼子の杯を再び満たし、自分は手酌で飲みながら、黒田は言った。

「あれもこれも並列に考えてちゃ、大きい物事を動かせない。どちらかといえばまあ、便宜的に言うところの〈男性的思考〉が必要なんだと思う。男にもできないやつは沢山いるけど、女性でそれができる人ってのは、失礼ながらあんまり見たことがないんだな」

「そうでしょうか」思わず口をついて出た。「私はそうは思いません。いわゆるガラスの天井が分厚すぎて、上に立って大きな物事を動かすような立場にまで出世できる女性が少なかっただけじゃないでしょうか。判断を下すにはデータが足りてないと思いますけど」

何がおかしいのか、くっくっと黒田がうつむいて笑う。

「あえて言うけど、早瀬さんは男っぽいよなあ。合理的で、優先順位がわかってて、決断もできる。だから仕事を任せられる」

「――部長」

「なに」

「怒っていいですか」

「いいよ。僕だって、わかって言ってる」

「わかった上で言えば何でも許されるわけじゃないですよ。今のそれはかなりアウトです」

「それもわかってるって。山本じゃないけど、外では言わないよ。ここだけの話だ、大目に見てくれよ」

「〈ここだけの話〉がよそへ漏れていくのが世の常ですけどね」

「きみは漏らさない」

ひたと目を見つめて、黒田が言い切る。

「なぜ。〈男っぽい〉からですか」

「いや。人として、漏らさない」

涼子は口をつぐんだ。

黒田の言を腹立たしく思う半面、そこはかとなく嬉しくさせられるのは、もしや自分の中にも男尊女卑的思考に染まりきった名誉男性的な部分があるせいなのか――そう思うとげんなりする。あるいはこれが、いま流行りの承認欲求というやつか。

結局、自分は大人になりきれていないのだ、と涼子は思った。ほんとうの意味で大人になりきれている大人など、めったに見たことがないけれど。

「そろそろ蕎麦を頼もうか」

言われて頷くと、黒田は手を伸ばして卓袱台の上のベルを押した。さんざん目にする機会はあったにもかかわらず、黒田の指を初めて見た気がした。

5

日曜だというのに妻がふらりと出かけていき、帰ってきた時には酒の匂いを漂わせていた——。その週の間じゅう、孝之はどうにも気が晴れなかった。

銀座をぶらついた後、ふと気が向いて馴染みのバーで長居してしまったのだと涼子は言ったが、それにしては不自然なことがあった。バーのスツールにどれだけ長く座ってても、ワイドパンツにあんなふうな皺はできない。膝の後ろにあれだけの皺が寄るのは、正座か、あるいは横座りで長時間を過ごした場合だけだ。妻の何を疑うわけでもないけれども、どうして嘘をつくのだろうと思うと嫌な気持ちになった。

明るい時間に顔を合わせることなどなかなかないのだから、せめて会社が休みの日くらい自宅にいてほしい。ランチの時間に顔を見ればやはりほっとするし、二階で扉を開け閉めする音や、室内履きの足音など、階下の客への気遣いが伝わるひそやかな生活の物音を聞くのが、自分は好きなのだ。彼女のほうもそれはわかっているはずではないか。

察しの良い美登利はその週、いつもより言葉少なな店長のかわりに常にも増して心遣いのゆきとどいた接客をしてくれた。たとえ常連の客でも、働き始めて間もない美登利にとっては多くが初対面の相手だ。そのぶん、彼女は孝之がゲストカードに書き込んであるメモ——それぞれの客の仕事や趣味、ペットや好きなタレント、といった情報をあらかじめ頭に叩き込み、ふとした会話の流れからごく自然に和んだ雰囲気を作ってみせるのだった。

「あんまり比べちゃいけないんだけどさ。前のアシスタントの時とは全然違うなって、ちょくちょく思っちゃうんだよね」

金曜の午後だった。次の客まで一時間ほど空いたところで、孝之たちは休憩を取ることにした。

店の外からは見えない準備室のパイプ椅子、手の中には美登利が淹れてくれたコーヒーがある。客に出す北欧製のカップではなく、何の変哲もない白磁のマグカップだ。

美登利のほうは立ったまま、パーマ液などを準備する作業台に腰を預けている。新宿で遅くまで話し込んだあの日には思いきり短かった髪が、今は少しばかり伸びかけて耳にかかっていた。

「ええと、〈山崎くん〉でしたっけ」揃いのマグカップから熱そうにコーヒーを啜りながら、美登利は言った。「店長が頼んであげて、東京のお友だちの店で雇ってもらったんですよね」

「よく覚えてるなあ」

彼女の記憶力にはいつも恐れ入る。こちらがほんの一度、何気なく話しただけのことでもきっちり覚えている。どうでもいい近所のゴシップも面白がって聞いてくれるけれど、どうでもよくはないことを話し始めた時にはすぐに察して真剣に受け止めてくれるのがありがたい。彼女と一緒にいると、自分には値打ちがあるかのように思えてくる。そうした充実感や自己肯定感を、孝之はここ何年も見失っていた気がするのだった。

「彼だって一生懸命やってくれてはいたんだよ。だけど、何ていうのかな……うまく言葉にならないんだけど彼にはないものが、きみにはあるんだな。いや、彼に限らず、たぶん他の誰にもない能力がさ」

美登利が小さな頭を傾ける。

「褒めてもらえるのは嬉しいんですけど、自分じゃ全然わかんないんですよね。っていうか、ほんとかなあ、それ」

「ほんとだってば。こんなこと、冗談やお世辞で言わないよ」

思わずムキになって言うと、彼女はますます困った顔になった。

「じゃあ私……もしかして、ちょっとは早瀬さんの役に立ってるって思ってもいいんですか？」

「もちろんだよ。何言ってるの」

「だって最初、一方的に無理を言って押しかけちゃったから……早瀬さん、ほんとは後悔してるんじゃないかなって」

「来てもらえてどれだけ助かってるかしれないよ。きみの提案に乗っかることにして、ほんとに良かった。あの時の自分の判断を大いに褒めてやりたいね」

「もう店長、調子よすぎ」

「おやおや、心外だな。こんなに誠実に話してるのに」

「だからそういうとこですってば！」

狭い準備スペースに、美登利の明るい笑い声が満ちる。こちらを名前で呼んだり、かと思えばあえて店長と呼んでみたり、美登利は場に応じて距離感を自在に操る。

ふと、涼子の顔が脳裏をよぎった。駅裏のイタリアン・レストランで、向かい合って話した時の白い顔だ。孝之が自分を褒めてやりたいと思うのは、あの夜、妻が二の足を踏んでいるのを感じ取りながらも怯まず冷静に話し合いを進められたからだった。正式に雇うかどうか決める前に試用期間を設ける、と持ちかけたのが最大の勝因だったろう。渋っている涼子だって、当の美登利に会いさえすればきっと気に入ると思った。

予想はしかし、はずれたようだ。

平日、涼子が遅く出勤する時など、二人はちょくちょく顔を合わせている。たとえば彼女が美登利に対して不機嫌な態度を取るとか、陰でこちらに文句をつけるなどといったことは一度もない。むしろ自分からにこやかに話しかけ、仕事ぶりを労い、礼を尽くしてくれる。けれども、付き合いの長い孝之にはわかるのだ。妻が美登利の存在そのものを心では受け容れていないことが。

これが初めてのケースではなかった。前に住んでいたマンションのお隣さんだったり、この土地へ移ってきてから知り合った相手だったりしたが、このひととは距離を置きたいと涼子が決めた瞬間、向こうから間合いを詰めることは一切不可能になる。どういう判断基準によるものかはさっぱりわからないが、そういう時の涼子は頑なで、顔は穏やかに微笑みながらも容赦がなかった。相手は拒まれていることにすら気づかないまま、涼子の世界から手際よく切り分けられ、少し遠くへ押しやられるのだった。

「あっ、そういえば」

美登利が、手で包んでいたマグカップを作業台に置き、ポケットからスマートフォンを取り出した。

「早瀬さん、もう見ました？『Ring Ring』のサイト」

「いや、ここしばらく覗いてないや。いつの？」

「ゆうべのです。ライド情報が更新されてて」

ほら、と画面を孝之に向けてよこす。

トップ画面の上半分には、ロードバイクの一群を映した画像。下半分に新しいイベントのお知らせが並んでいる。その一番上の情報に、孝之は目を走らせた。

「へえ、河口湖か。近いな」

「場所もですけど、日程が」

お、と思わず声がもれた。めずらしく土日ではなく、再来週の月火——ちょうど店は連休の予定だ。

美登利が何を言いたいかはわかる。初夏の湖畔は、それは気持ちいいことだろう。ただし、孝之たち二人が同じライドに参加すると聞かされたなら、涼子はおそらく、あの穏やかな微笑みを浮かべて言うに違いない。

〈あら、素敵じゃない。気をつけて愉しんできて〉

そうしてその出来事を、あるいは孝之と美登利の二人ともを、自分の世界から手際よく切り分けて、少し遠くへ押しやるのだ。

「どうですか、早瀬さん。たまには走りに行きませんか」

わくわくと提案した美登利が、あ、という顔になる。

「でも、どうかなあ。やっぱりやめといたほうがいいのかな」

「なんで」

「だって、涼子さんだけ仲間はずれみたいなことになっちゃいません？　嫌な気分にさせたら申し訳ないし」

内心の動揺は、表には顕れなかったと思う。

「なーにをおかしなこと気にしてんだか」と、高らかに笑ってみせる。「よっしゃ、行こう。俺も今夜には申し込んでおくよ」

毎日の過ぎてゆくのがこんなにも心楽しく感じられるのは、ずいぶん久しぶりのことだった。二連休まであと一週間ほど、一日働けば一日近づく。しかもその一日一日がけして苦痛ではない。

朝、妻を駅まで送っていった後で開店の準備をしていると、美登利が元気な挨拶とともにやってくる。その日の予約に合わせて孝之が薬剤の下準備をし、顧客カードや帳簿などを広げている間に、彼女のほうは窓を拭いたりこまごまとした什器を磨いたりと、営業中には行き届かないところを中心に綺麗にしてくれる。

それが終わったら、アプローチと庭に植わった植物の手入れだ。主に作業するのは美登利だが、最近は孝之も率先して手伝う。この季節の雑草は抜いても抜いても生えてくるし、美しく咲いた花も、萎むか散るかした後は花首から摘んで取り去ったほうがいい。花殻を残したままにしておくと腐敗してカビが生えたりするし、実を結ぶために力を使うせいで株が弱りもするからだ。

そうしたことを、孝之は美登利に教えてもらいながら一つひとつ覚えていった。

「髪や爪と一緒ですよ。栄養を与えてやれば喜ぶし、与え過ぎてもかえって良くないし。でも、正しく手をかければかけただけのことはあって、結果がちゃんと目に見えるでしょ。おんなじです」

「なるほどなあ」

アプローチにしゃがみこみ、ラベンダーの株元に生えた草を抜きながら、孝之は汗を拭った。陽射しはどんどん夏に近づいている。

「考えたことなかったんだよね」

「何をですか？」

「よそんちの庭とか、駅前の花壇なんかに植わっている花を見ても、まあ〈綺麗だな〉くらいは思うけど、それ以上に気持ちが動くことはなかったんだ。あんなもん、植えときゃ勝手に咲くんだと思ってた。まさかこんなに手間がかかってるとはね」

除草に殺虫、追肥に花殻摘み。雨が少なければ水をやり、病気にかかれば消毒しなくてはならない。

「興味ない人にとっては、ただ面倒なだけでしょうね」

「俺も最近まではそうだったよ」

「今は違うんですか？」

「今は、そうだね。それこそ花壇とか見ると、〈ご苦労様です〉って気持ちになる」

「見えないところで世話してる人がいるってことですもんね」

「うん。あと、花そのものに対してもさ。ちゃんと期待に応えて咲いてくれてありがとう、ご苦労様、って思うようになった」

返事がないのでちらりと見やると、美登利はうつむいて作業しながら黙って微笑んでいた。小作りな横顔に、黒い幅広のリボンが付いた麦わら帽子がよく似合う。

「今思ったんだけど……」ふっと頭に浮かんだことが、そのまま口から出た。「小島さんって、いつか結婚して子どもができたら、すごくいいお母さんになるんだろうな」

美登利が、え、と顔を上げる。

「そんな……何をいきなり」

ひどく驚いたその様子に、孝之のほうが慌てた。

「いや、深い意味はないんだけど。ほら、花や植木にこれだけ愛情かけられる人は、自分の子どもにもきっと、って思っただけでさ」

しどろもどろの孝之をじっと見ていた美登利が、再び手もとに視線を落とし、草を抜き始めた。

さっきより、うつむく角度が深い。帽子のつばに隠れて顔がよく見えない。いわゆる適齢期の女性に投げかけるにはデリケートな話題だったかと、今さらのように思い至る。いや、適齢期とかいう決めつけそのものがよろしくないのか。

と、

「ご精が出ますねえ」

どこからか女性の声がした。

目をさまよわせると、門扉の外の道路に老夫婦が立ち止まってこちらを眺めていた。低く刈り込んだ植え込みの隙間から、連れている白い犬が見える。マルチーズだろうか。孝之も美登利も、会釈を返す。

「手を止めさせてしまってごめんなさい。初めてお散歩する道なんですけど、お宅のお庭がとっても綺麗で、つい」

物腰の柔らかな夫人が言う。孝之は立ち上がり、そばへ寄った。

「ありがとうございます。いつでもご覧になってって下さい」

「こちらは、カフェか何かでらっしゃるの？」

「いえ、美容室なんですよ」

「あらまあ、そうなの？　グッドタイミング」

「え？」

「じつは引っ越してきたばかりで、まだどこで切ってもらうか決めてなかったの。夫の髪はもう長年、私が切ってあげてるんだけど、私のほうは、ねえ？　どうにも任せる気になれなくて」

隣に立つ老紳士は、口をすぼめて笑っている。

「あの、少々お待ち下さいね」

立ち上がった美登利が軍手を外しながら店へ走り、ショップカードを手に戻ってきた。店内の様子を伝える画像とともに、簡単な地図やホームページの情報がレイアウトされたポストカードだ。

植え込み越しに手渡した彼女は、ちゃっかり宣伝した。

「ネイルサロンも併設していますので、よかったらぜひ」

受け取った夫人は、庭全体と建物を見渡し、最後に美登利と孝之に目を戻して、ふふっと笑った。

「一緒にお仕事なさってるなんて、仲良しのご夫婦なのね」

「えっ」

声が揃ってしまった。美登利が慌てて顔の前で両手を振る。

「違うんですよ、私はただのスタッフで。店長の奥さまはちゃんといらっしゃいます」

「あら。ごめんなさい。お似合いだからてっきり」

「すみませんねえ」初めて老紳士のほうが口をきく。「このひと、おっちょこちょいだから」

「だけど、お庭もお店もほんとうに素敵だわ。来週にでもぜひ、電話で予約させて頂くわね」

「ありがとうございます。お待ちしています」

足もとでちょこまかしていた犬が甲高い声で吠え始めたのをきっかけに、二人は頭を下げて去っていった。

「やれやれ。ラッキーだったね」

持ち場へ戻った孝之が言うと、

「そうですね」

短い返事がかえってきた。

麦わら帽子の下、再び軍手をはめた手の甲で、美登利が顎の下の汗をそっと押さえる。今日はずいぶん蒸し暑い。地面から湿気をたっぷり含んだ熱が上がってくる。

「なんか……ごめん」

孝之が言うと、やっと顔を上げた。

「何がですか？」

「へんに誤解されちゃってさ」

「店長のせいじゃないですよ」

「あと、俺さっき、デリカシーのないこと言ったかなって」

「……どれのことですか？」

そんなにいろいろあったのだろうか。

「その、ほら……若い女の人に向かって、結婚とか子どもとか言うのはよくなかったなと」

美登利は黙っている。

「俺、そういうとこかなり鈍感でさ。悪気はないんだけど……って自分で言うのもあれだけど、気をつけててもポロッと出ちゃうんだ。ほんとごめん。先に謝っとく」

こちらを見ていた美登利が、何を思ったか、ふと横を向いた。先ほど老夫婦が立っていた植え込みのほうを眺めやり、苦い感じの笑みをもらす。

「……ずるいなあ」

ぽつりと言った。

「え？」

「『先に謝っとく』って、ずるいですよ。文句言えなくなっちゃう」

「いや、そういう意味じゃなくてさ。文句は言っていいよ。ってか、言ってくれると助かる。でないと俺、いつまでたってもわかんないまんまだし」

美登利がこちらへ目を戻す。

「なんで私が、店長の教育係をしなくちゃいけないんですか。そういうのは奥さんの役目なんじゃないですか」

痛いところを衝いてくる。孝之は、ため息まじりに白状した。

「奥さんには、もう怒られたよ」

「うそ」

「先週だったかな」

あくまで世間話の延長のつもりだったのだ。昨今は何を口にしてもすぐにセクハラだとかジェンダーがどうのとか言われて、ちょっとした軽口も叩けない。窮屈な世の中になったものだ……と、そう口にした段階ではてっきり、妻からも同意か同情の苦笑が返ってくるものと思っていた。

ところが涼子は、みるみる怖い顔になった。クライアントの思考停止したオヤジが言うなら作り笑いで聞き流しもするが、自分の夫にだけはそういうことを口にしてもらいたくない、と言った。

〈これまであなたが窮屈さを感じずに何でも言えてたんだとしたら、それはつまりあなたのかわりに誰かが我慢してたおかげなんだよ。あなたたち男性がのびのびと好きなことを口にして生きてきたぶん、かわりに女性の心が踏みつけられてたってことなの。軽口や冗談の言えない世の中になったんじゃなくて、これまでがおかしかっただけ。根本的な不公平や不均衡が全然わかってない〉

そしてこうも続けた。

〈ほんとに気をつけたほうがいいよ。あなたのお客さんはほとんどが女性なんだから、うっかり地雷を踏むのが嫌なら最初からそういう話題には近づかないのが賢明だと思う〉

そこまで言われてしまえば、そうだね、ごめん、悪かった、と謝るしかなかった。涼子の言うことは——いや、涼子は、常に正しい。

「ふうん」

話を聞くと、美登利は言った。

「まあ正直なところ、あんまり同情の余地はない感じですね」

「あ、やっぱり」

「店長がそうだとは言いませんけど、男の人には多いんです。こちらが、何か嫌なこと言われたり、しつこく誘われたりした時にはっきり意思表示して断ると、急に逆ギレして怒りだすんですよ。『冗談も通じないのか』とか、『お前なんかを本気で誘うわけないだろう』とか。そういう最低な逃げを打つ人を、けっこういっぱい見てきましたから」

「ええと……うん」

「いえ、だから店長がそうだって言ってるわけじゃなくて……。でも考えてみたら、私のこれもまた、一般論のふりで相手に嫌な思いをさせてるってことでは同じですよね。ごめんなさい」

「そんなことはないよ。だいたい、俺が無神経なのは事実だし」

黄色い花の咲く薔薇の根元をかき分け、虫が付いていないかどうかチェックし終えた美登利が、ようやく立ちあがる。

「痛たたた、しゃがんでたら足が痺れちゃった」

「少し休んでおいでよ」

孝之も立ちあがろうとして、前へよろけた。えらそうなことは言えない。

「今日のところはこれくらいにしておこうか。予約のゲストが来る前に、コーヒーでも淹れてひと休みしようよ」

長靴から履き替え、外の洗い場で順番に手を洗ってから店に入る。日陰はひんやりとしていて、窓から吹き込む風が心地いい。

例によって、狭い準備スペースでマグカップを手に向かい合う。いざ腰を下ろすと動いていた時以上に汗が出て、孝之は急に気になった。自分の汗はもしや、臭くないだろうか。たまにバスや電車に乗ると生乾きの雑巾の匂いを漂わせている乗客がいる。そのほとんどは中年男性だ。

こっそり美登利を窺うが、とりあえず嫌そうな顔はしていない。同じように汗をかいたはずなのだが、彼女からはさっき触れていたローズマリーの青くて清冽な匂いしかしない。

「悪いね、庭いじりまで手伝わせてさ。業務とは関係ないのに」

「何言ってるんですか。仕事より楽しいですよ」

「ええと、それって正直過ぎないかな」

「すみません。数少ない取り柄なんです」

美登利が笑う。

と、その顔のままで言った。

「正直ついでに言っちゃいますけど、さっきの話……」

「えっと、どれ?」

「蒸し返してごめんなさい。『いいお母さんになりそう』っていう、あれです」

う、と詰まった孝之を、立ったままの美登利が見おろしてくる。

「私ね。何も早瀬さんから言われた内容そのものに傷ついたわけじゃないですよ」

とっさにどう返していいかわからなかった。さっき庭で黙ってしまったのは気を悪くしたからだとばかり思っていたが、そうか、傷ついていたのか。困ってしまって仕方なく、うん、と頷く。

「私はただ……早瀬さんがああいうことを、あんまりケロッとした感じで言うから」

「うん、ごめん」

「いつか結婚とか、子どもを産んだらとか……すごく他人事みたいな感じで仮定の話をするから」

「うん。……うん？」

「そっか、私になんか、はなから興味ないんだなって。当たり前なんですけど、私がいつか誰かと結婚して、子ども産んでお母さんになって、みたいなこと、早瀬さんには全然なんともない、平気な話なんだなって」

「ちょ……待っ、え？」

「そう思ったら、なんか勝手にどんよりしちゃっただけです」

両手でマグカップを包んだ美登利が、ふう、とコーヒーの香りの吐息をつく。

小さな声で言った。

「ごめんなさい。忘れて下さい」


唐突な告白、と考えていいのだろうか。美登利から告げられた言葉の一つひとつは、まるで時差のある爆弾のように孝之の心にいくつもの衝撃波をもたらした。一応は大人の態度でうまくスルーしたとは思うけれども、そのじつ内心は千々に乱れていた。

まさか、美登利がこちらを男として見ていたとは。いつからなのか、いくら考えてもわからない。青山の路面店で働いていた頃ならばまだしも、四十を目前にしてこんなに若くて可愛い女性から秋波を送られるなど、あり得ないではないか。人に話せば妄想だと笑われそうだ。

たちこめる微妙な空気を、どうやってやり過ごしたか覚えていない。それでも開店時間は近づいて、十時少し前にアプローチの入口に立ててあるイーゼル型の看板を美登利が「CLOSED」から「OPEN」へと裏返すと間もなく、今日最初の客が訪れた。三十代初めの女性客だ。

「いらっしゃいませ」

迎えた孝之に、はにかむような笑顔で応えた佐藤里佳(さとうりか)は、後ろにいる美登利を見てちょっと目を瞠ると、にこやかに会釈した。ゆったりとしたネイビーのワンピースに低い靴を履いている。

「お待ちしてました、佐藤さま。どうぞこちらへ」

美登利が窓側に並んだ席へと案内する。

たとえば飲食店や宝飾店などと違い、美容室は、たとえ客にどれほどの財力があったにせよ単価の高い商品をどんどん注文してもらえるわけではない。良い客とはつまり、よそへ浮気せず真面目に通ってくれる客のことだ。

それでいくと里佳は、ショートのヘアスタイルを美しく保つため、一カ月に一度は必ず予約を入れてくれていた。近くの雑貨店に勤めていると聞いていたが、ぱたりと来なくなってから一年半以上も間が空いただろうか。てっきり他店に流れてしまったものとあきらめていたので、電話で声を聞いた時、孝之は嬉しかった。えこひいきはしないが、こちらも人間だ。好もしい客とそうでない客というのはやはりある。

「だいぶ伸びましたね」

後ろに立ち、肩よりも少し長い髪に触れながら言うと、鏡の中の里佳がすまなそうに微笑んだ。

「ごめんなさいね。すっかりご無沙汰しちゃって」

「いやいや」

「じつは――出産したんです」

「えっ、そうだったんですか」

それはそれはおめでとうございます、と言うと、里佳が目尻を下げる。

「それでずっと身動きが取れなくて。今日は義母が少しの時間なら見ててくれると言うもので、ようやく」

「じゃあ、あれっきり全然切ってない？」

「ええ、一人で外へ出るのだって久々ですよ。おかげで所帯じみちゃって、ひどいありさまでしょう？　今日は白いワンピースを着るつもりだったけどやめました」

「どうして」

「井戸から這い出してくる貞子みたいだったから」

孝之は思わず噴きだした。里佳がホラーを観るとは意外だった。

「全然そんなことないですよ。さっきいらした時、ずいぶん雰囲気が変わられたなとは思いましたけど、そうか、お母さんになったからなのか……」

言いながら、今朝からの美登利とのやりとりを思わずにいられなかった。何の気なしに口にする言葉がいちいち気になってしまう。里佳に対してだけではない、この会話が美登利の耳にも届いていることを思うと妙な緊張がある。

「それでね、あまり長さを変えずにさっぱりしたいと思って。またショートにしたいのはやまやまなんですけど、今はまだ頻繁にこちらへ通えないので……。後ろで一つにまとめられるくらいの長さのほうが、手がかからなくて助かるんです」

「なるほど。じゃあ、後ろで結べる長さは残しつつ、トップは軽さを出して、襟足のところはきゅっとタイトになるようにカットしましょうか」

鏡の中の里佳がにっこりした。

「ありがとうございます。助かります」

パーマはあえてかけなかったので、シャンプーとカットの施術は小一時間で済んだ。次に来る時にはハンドマッサージだけでもお願いしますと言って、佐藤里佳は帰っていった。

新しいヘアスタイルは良く似合っていたが、来た時の野暮ったい髪型もあれはあれでとても良かった、と孝之はひそかに思った。子どものためならなりふり構わない、愚直なまでにひたむきな懸命さ——おそらくそれは、自分自身が〈母親〉に求めているものなのだろう。実家の母親は決してそういうタイプではないし、涼子が子を産んだとしてもやはりそうはならなかった気がするけれど。

いや……どうだろう。仕事にあれだけ一生懸命になれる涼子だから、もしも母親になっていたら案外、子を育てることに集中したかもしれない。思えば、二人して子どもを持ちたいと望み、前向きに努力した時期もあったのだ。この家に越してきてからもしばらくは、子どものいる未来を当たり前のように想像していた。そのうちにどちらもが、いや孝之のほうが少し早く疲れきってしまい、それっきり互いの間で子どものことが話題にのぼることはなくなった。自分のほうはそれほどでもないが、涼子の中にはまだこだわりがあるようだ。夫婦で出かけて子ども連れの家族とすれ違うと、何となく無口になるくらいには。

パシィン！　と響いた大きな音に、孝之は驚いてふり返った。

「……失礼しました」

美登利だった。里佳の座っていた席のまわりを掃いていて手が滑ったらしく、柄の長いT字のホウキを慌ててかがんで拾い上げる。

と、体を起こそうとした拍子に今度は鏡の前のカウンターに頭をぶつけた。ゴッ、と鈍い音がした。

「ちょっ、大丈夫？」

「……大丈夫です、すみません」

答えたものの、あとは声もなくしゃがみこんで頭頂部を押さえている。

「小島さん」孝之は声をかけた。「今のうちに、少しそっちで横になっておくといいよ」

奥の半個室のブースには、例のコルビュジエの寝椅子がある。窓はあるが外からは見えないから、寝転がっていても問題はない。

「いえ、大丈夫ですから」

そろそろと立ち上がりながら、美登利が言う。

「でも、ここから忙しくなるしさ」

このあと十一時半に次の客が来てから後は、夕方にかけて予約がみっちりと重なっている。おそらく座る暇もないだろうし、腹が減ってもバックヤードでパンを口に押し込むくらいが関の山だろう。

「俺もちょっと上に上がって、腰でも伸ばしてくるから」

「店長はそうして下さい。次の準備はしておきますので」

「だからそうじゃなくてね」

どうして素直に言うことを聞かないのか、と孝之は苛立った。勝手に告白してきたのはそちらのくせに、先ほどから一切目を合わせようとしないのも納得がいかない。

「あのね、小島さん。厳しいようだけど、言わせてもらうよ。きみがどういうつもりであんなことを言いだしたかはわからないけど、ここは、職場でしょう」

美登利は、ホウキの柄を両手で握ってうつむいている。

「こういう具合に、妙な雰囲気を持ち込まれると困るんだよね。お客さんはそういうとこ敏感だし、俺だってそうそう平静じゃいられない。要するに、業務に差し障るっていうかさ……」

もっと言おうとして、孝之はぎょっとなった。

ホウキを握りしめる美登利の指の節が、白い。おまけに震えている。手だけではなく、全身がだ。と思ったら、ふいにぼたぼたぼたっと水滴がしたたり落ちた。

「えっ、待っ……え、そんなに？」

狼狽えて近づくより早く、美登利はつかんでいたホウキの柄を滑り降りるかのようにして床にしゃがみこみ、うーっ、と泣きだした。

「ちょっ……いやあの、俺、そんなにキツいこと言ったかな」

深く顔を伏せたまま、激しくかぶりを振る。

「ち……違うんです。私、じ、自分が、な、さけなくて」

「え、何が」

「こん……こ、こんなふう、に迷惑かっ、かけるつ、もりじゃ」

泣き声をこらえるせいで、息継ぎがおかしなことになっている。

なんとなく疚しい気持ちで、孝之は鏡と鏡の間に並ぶ窓のほうを見やった。燦々(さんさん)と光の射す庭がまぶしい。このままほうっておくわけにもいかない。次の予約までには泣きやんでもらわなければ困る。

そばへかがみ込むと、美登利はまた、いやいやをしながら洟をすすり上げた。

「すみません。店長、う、上で休ん、で下さい」

ものすごい鼻声だ。

「そういうわけにもさ」

「大丈夫ですから。下りてみえる時までには、ちゃ……ちゃんと、普通に戻ってみせますから」

「うん、それはいいんだけど」

「だって、わかってたし」

喉に流れ込む涙か洟を、ごくりと飲み下す。

「早瀬さんは、お、奥さんのものだってことは、私にだってちゃんとわかってるんです。なのに、変なこと言ってごめんなさい。どうしても、き、気持ちを抑えきれなくなって……なんであんなこと言っちゃったんだろ、ほんとバカ」

両手はずっと、ホウキの柄をきつく握りしめたままだ。

「ほんとに忘れて下さい。私も忘れますから。顔を洗ったらしゃんとしますから、早瀬さ……じゃなくて、店長も、し、知らん顔してて下さい」

合間に洟をすする音はどこまでもリアルなのに、現実感が薄い。それこそ妄想の中にいるような気がする。

こんな時の表情も、妻とはまったく違うんだな、と孝之はぼんやり思った。涼子はめったに泣かないけれども、たまにうつむいて何かを切々と訴えることがある。ただしそんな時は、セミロングの髪が落ちかかって横顔を隠す。その点、ショートヘアの美登利は不利というか無防備だ。露わな耳朶にはゴールドのピアスが光っている。間近に見つめるそれが、初めて新宿で向かい合って飲んだ時と同じピアスだと気づいた時——孝之の中で、コトリと音を立てるものがあった。

「いいから、ほら、立って」

そっと美登利の肘に手を添える。振り払われるかと思ったが、拒まれなかった。

「とにかく奥へ」

「でも」

「いいから。ここじゃ何だし」

強く言うと、美登利は洟をすすり上げながらもホウキにすがって立ち上がり、孝之に促されるまま、おとなしく後ろのブースへ入った。

今ではネイル専用の半個室となっている小部屋の中央、黒い革張りの寝椅子に座らせる。

「これも、もういいから」

貸しなさい、とホウキを受け取ろうとしたが、握りしめた指が固く強ばってしまって開かない。

「ったく、手のかかる」

思わず苦笑しながら言うと、美登利は気がゆるんだのか、またぽろぽろと涙をこぼした。固まってしまった指を、一本一本ホウキの柄からはがしてやる。今日の空や雲と同じ色に塗り分けられた綺麗な爪だ。

ようやくホウキを放したとたん、その指が、孝之のシャツの裾をつかんだ。溺れる者の性急さに胸を衝かれ、はっと顔を見る。間近に視線がからんだ。

「……早瀬さん」切羽詰まった声が囁く。「ごめんなさい。私のこと、うざいって思わないで下さい。うざいだろうけど」

「思わないよ、そんなこと」

「っていうか、自分で自分がうざいけど。でもどうか、明日から来なくていいとか言わないで。嫌わないで下さい。お願いです」

たっぷりと濡れた薄茶色の瞳が、すがるように見上げてくる。座っている彼女と、立っている自分、顔と顔は肘の長さほども離れていない。

もしも今、わずかに手をのばして彼女を抱きしめ、この慎ましやかな唇にキスをしたらどうなるのだろう。あり得ない想像なのに、下腹のもっと下のほうに血が集まるのを感じ、背筋がぞくりとする。崖っぷちぎりぎりに立って谷底を覗きこんでいるかのようだ。

「あるわけないだろ、そんなこと」自分に言い聞かせる思いで、孝之は言った。「うざいなんて思ってないよ。うちの店はもう、きみがいないと立ちゆかなくなってるんだから。いなくなってもらっちゃ困るのは俺のほうだ」

「ほんとに？　ほんとですか？」

「うん」

「嫌わないでいてくれますか？」

「あのね。前から思ってたけど、小島さんは自分への評価が低すぎるよ。きみみたいな女性から好意を伝えてもらって、いやな思いのする男がどこにいるっての」

慎重に言葉を選び、あくまでも一般論として伝えたつもりだが、通じただろうか。孝之は壁の時計を見やった。予約客が来るまで三十分ほどしかない。

「とにかく、ちょっと休んで、気持ちを落ち着けよう。俺は上にいるから、もし何かあったら声かけてくれればいいし」

美登利が、こくんと頷く。迷子の少女のような表情をしていた。

＊

生理前がつらいのは今に始まったことではない。涼子の場合、十代はまだそれほどでもなかったが、ちょうど就職活動を始めたあたりから、月々の障りの前になると症状が強く出るようになった。なんだか苛々するなと思っていると乳房が張りつめて痛みだし、下腹は鈍痛を覚え、全身が浮腫(むく)んでだるくなる。一日じゅう眠くて眠くて頭が働かず、仕事で凡ミスを連発するほど集中力を欠き、さらには大事なクライアントと会う前に限って顔の目立つ場所に醜い吹き出物ができる。

生理は病気ではないのだからと、だめな自分を戒めては無理をくり返していたが、三十代にさしかかる頃、ＰＭＳという言葉を知った。月経前症候群――誰でもなるというわけでなく個人差があるとはいうが、症状にはっきりとした名前が付いたことで少なくとも気持ちは楽になった。

詳しく知ろうと調べてゆく中で、〈ＰＭＳになりやすいタイプ〉のリストに行き当たった時は思わず笑ってしまった。曰く、完璧主義、こだわりが強い、真面目、几帳面、自分に厳しい、我慢をためこむ、負けず嫌い、律儀、さらに、生活リズムが変則的……。名指しで指摘されているのかと思った。

当初は会社近くの小さな病院にかかっていたのだが、たまに同じ社の人間と顔を合わせるのが気まずく感じられ、自宅から通える産婦人科を紹介してもらった。それが、今も通っているこの医院だ。漢方を取り入れた薬は涼子に合っていたし、さばさばとした中年の女性院長に会って近況を聞いてもらうだけで元気が出る。地域でも人気があるとみえ、待合室は週半ばの今日も混み合っていた。

社には午後からの出勤と伝えてあるが、なんとなく気が急く。仕事のメールが届いていないことをもう何度目かでチェックし、スマートフォンをバッグにしまう。

長椅子を埋める人々の多くは、大きなお腹をだいじそうに抱えた妊婦か、幼子を抱いた母親だ。見るともなく眺めやりながら、あんな人生もあったのかもしれないとは思うけれども、渋る孝之のお尻を叩いて無理にでも子どもを持たなかったことを、途轍もなく後悔しているというほどではない。ただ、この先もずっと仕事に邁進して、それで何が残るのだろうという思いがふっと鼻先をかすめるだけだ。

三十代は思う以上にあっけなく過ぎていった。これから訪れる五十代、六十代と、時の川の流れはもっと速くなるのだろう。

今こうして冷静にふり返ると、もはや認めざるを得ない。たまたま二本の線がぶつかったタイミングで、いわば勢い余って籍を入れたような結婚だった。

その一瞬の交点を経て後は、時がたてばたつほど互いが離れてゆく心地がする。夫婦二人、空気のような存在と言えば聞こえはいいけれど、この先もますます会話が減っていって今以上にお互いが遠くなってゆくのだろうか。そんな老後を想像すると、自分がいったい何のために働いて、家と店のローンを返し続けているのかさえわからなくなってくる。

ぼんやりと床に目を落としたまま、涼子は、自分の名前が呼ばれるのを待っていた。院内に流れるジブリ映画のオルゴール音楽に混じって、斜め前に座った二人の女性たちの会話が聞こえてくる。

片方は三十そこそこ、素直な黒髪を後ろでひとつにまとめ、ようやく首が据わったくらいの赤ん坊を抱いている。少し年若に見えるもう片方は、そろそろお腹の目立ち始めた妊婦で、明るい色に染めた髪をエッジの効いたおかっぱにしていた。やり取りから察するに、どうやら子連れの母親は妊婦の付き添いで来たらしい。この医院で出産した彼女が、今日は年下の友人に院長先生を紹介する手筈のようだ。

「えー、うそ、美容院行くのも久々だったなんて」

聞くともなく聞こえてくる会話に、涼子の耳が反応した。

「そりゃそうよ、この子から手が離せないもの。自分のことは後回しになっちゃう」

「あたしも、しばらくは髪に色入れたりできなくなっちゃうのか」

「しょうがないね。でも、みっちゃんは黒髪も似合うと思うけど」

「先輩は、どこの美容院行ってるんですか？」

「わりと近くだよ。この子を産む前から通ってたとこ」

「ふうん。あたしもこの際、近場にしようかな。そこ、紹介してもらえます？」

「まあ、まずはここの先生を紹介してからね」

そう言って笑ったまとめ髪の表情が、ふっと変化する。

「うーん、でも、どうかなあ。お薦めしちゃっていいのかな」

「え、なんでです？」

「前だったら喜んで紹介してたとこなんだけど……お庭もきれいだし、店長もイケメンだしね。ただ、こないだ行ったら、お店の空気がちょっと変わってて」

その時、どうして予感がしたのかわからない。あまり露骨に見ないようにしながらも息を詰めて次の言葉を待っていると、まとめ髪の彼女は膝の上の赤ん坊をそっと揺すりながら続けた。

「前にいた助手の男の子が辞めちゃって、かわりに若い女の子が入ってたの。ネイリストの」

「その子がカンジ悪かったとか？」

「ううん、その反対。すごく丁寧でいいんだけど……店長もほんと気さくでいい人なんだけど、何て言ったらいいのかなあ。雰囲気が微妙だったんだよね」

「微妙」

「お互いになんだか丁寧すぎてよそよそしいっていうか、それでいて変に湿り気があるっていうか」

「デキてんじゃないですか？　その二人」

身も蓋もないおかっぱの言葉に、まとめ髪が苦笑する。

「正直なとこ、私もそれを疑っちゃったんだけど……でも店長、奥さんいるって言ってたから」

「関係あります？」

「だって、お店の二階は自宅なんだよ？」

「うわあ、何その泥沼！　なんかよけいに興味湧いてきちゃったじゃないですか。絶対紹介してもらわないと」

何ていうお店ですか？　とおかっぱが訊いたちょうどその時、看護師の呼ぶ声がした。慌てて返事をして立ち上がったおかっぱが、指示されたとおり二番の診察室に向かい、その後から赤ん坊を抱いたまとめ髪が続く。二人の背後で、磨りガラスのはまった白いスライドドアがゆっくりと閉まった。

オルゴールのメロディは流れ続けている。強弱のない淡々とした音色に耳を傾けていた涼子は、やがて自分の名前が呼ばれても、しばらくそのことに気づかなかった。


早くに亡くなった母親から、子どもの頃言われた言葉を思い出す。

〈いくら隠したって、悪いことってのは絶対バレるんだからね〉

その通り、なのかもしれない。夫を疑いたくはない半面、いっそ診察室に踏みこんででも店の名前を確かめておくべきだったと後からつくづく後悔した。涼子が院長の診察を終えて出てきた時には、あの二人の姿はもう見えなかったのだ。

医院から近く、庭はきれいで店舗は自宅の一階。助手の男の子が辞めたかわりに若いネイリストの女性が入り、気さくでイケメンの店長には妻がいる。そこまで条件が合致するなら、ほぼ間違いはない。あれは、孝之の店の客だ。

理性で考えれば答えなど明らかなのに、しかし感情はそれを否定しようとするのだった。夫の浮気など想像したくもないし、それ以上に客に気どられるような脇の甘さが信じがたく、事実だとすれば何より許せなかった。

鬱々とした気持ちを抱えて午後から会社へ出ると、もらってきたばかりの薬をペットボトルのお茶で喉に流し込んだ。苛々するのはＰＭＳのせいだと思いたかった。もう子どもを産むこともないのに、生理だけは毎月来るのが解せない。

とにかく集中しなければ、と眦(まなじり)を決して机に向かう。目を通すべき企画が二つあり、対面の打ち合わせも二件あり、十五時には部内会議がある。十六時過ぎには山本が進行中のＣＭのナレーション原稿を直して持ってくるのでチェックをし、それが終わったら溜まっている伝票の整理をして、十八時からのクライアントとの会食に出かけなくてはならない。

新人の頃、同期の仲間は、年輩の女性上司がなりふり構わず仕事をさばく姿を見て陰で言い合っていたものだ。

〈眉間の皺、こっわー〉

〈女捨てたくないよね〉

話には加わらないまでも、内心は同じ思いだった。

けれど今の自分は、新人たちに陰口を叩かれる側にいる。いつのまにか眉間の皺は深く刻まれ、高価なだけで効くかどうかもわからないクリームを何かのまじないのように額に塗り込むのが毎夜の儀式だ。

蕎麦屋での黒田部長の言葉を思い出す。

〈玄関開けて入ってきた女房が、抜き身の刀ひっさげてたら引くでしょ、普通〉

とはいえその夫は、今は日々ずいぶん愉しそうにしている。女房に対してはいろいろと思うところもあるだろうが、眉間どころか全身どこを探したって皺ひとつ見当たらない若い子がそばにいるせいで、気分はウハウハなのだ。

……ウハウハ。

夫を形容するのにそんな下品で古くさい表現を思いつく自分に、涼子はげんなりした。

飲んだ薬が効いたとみえ、夜の会食が終わるまで、とりあえず大きなミスはしでかさずに済んだ。帰ってゆくクライアントを見送った後、同席していたプロデューサーらとも別れ、夜道をひとり歩いて会社へ戻る。

最近買ったばかりのサマージャケットを脱ぐと、風が汗ばんだ肌を冷やしていった。心地よさに空を見上げたつもりが、鬱蒼と茂る木々に覆われて何も見えない。

ああ、帰りたくない、と思った。声に出して、

「うちに帰りたくないです……」

呟いてみると、渦巻く感情が出口を求めて喉元に集まり、危うく叫び出しそうになった。

スマートフォンを握りしめ、孝之にメッセージを送る。仕事が押していて帰れそうにない、と告げると、すぐに既読になり、〈わかった、お疲れ〉と短く返ってきた。

ごめんね、と、今日は謝らなかった。嫉妬よりも情けなさのほうがはるかに強く、怒りよりも虚しさのほうが深いのは、とっくの昔に何か大きなことをあきらめているからだと思った。

裏受付の守衛に目顔で挨拶し、カードリーダーに社員証を押し当てて入る。先ほど終えられなかった伝票の整理をし、のろのろと机周りを片付けているうちに、下腹部の鈍痛がぶり返してきた。付き

合いで飲んだ水割りのせいで身体が冷えたのかもしれない。

帰る用意をしてトイレに立ち、まだ生理そのものは来ていないことを確認して出てくると、隣の男子トイレから出てきた誰かと正面からぶつかりそうになった。

「おっと失礼ィ。……あれぇ？」

しゃがれ声に、ぎょっとなって立ちすくむ。

「何してんのさ、こんな時間に」

矢島広志だった。みっしりと肉厚の体軀に、綺麗なラベンダーピンクのシャツが憎たらしいほど似合っている。

「そっちこそ、どうしたんですか」

「フリーの哀しさだよ。呼ばれりゃあ駆けつけるしかねえっての」

嘘をつけ、と思った。人としてはともかく、アート・ディレクターとしての矢島は今や引く手あまたの人気者だ。昔のよしみで依頼されたからといってすべてを引き受けずとも、気分の乗る乗らないで仕事を選べる立場にある。

「早瀬は、あれか？　また旨い飯でも食ってきたんだろ」

「そうですよ」

「それにしちゃあシケた面してんな。厄介な相手だったのか」

「まあそんな感じです」

ははは、ざまあみろ、と矢島が笑う。零時も近くなり、人影はフロアにちらほら、廊下には二人のほか誰もいない。

「で？　今夜もまた泊まりかよ」

「ですね」

「あんな田舎へ引っ越すからだ」

「田舎は失礼でしょう。郊外と言って下さい」

「お前は不動産屋の回し者か。片道一時間を超えりゃ立派に田舎だっつの」

ふん、と矢島が鼻を鳴らす。

「な、不便だろう？　この仕事を続けるなら東京を離れるなって、俺があれほど言ってやったのに」

涼子は黙っていた。

六年ばかり前、郊外に自宅兼店舗を建てて引っ越そうと決めた時、矢島がさんざん反対したのは本当のことだ。とうに関係など終わっていたのに、しつこいほど止めにかかった。

「こういうことになるのが目に見えてたからだよ」苦い顔で矢島は言った。「旦那はそりゃ家が仕事場だからいいけどさ、行き帰りの労力といい睡眠不足といい、結局お前にばっか皺寄せが行ってるじゃんか。だいたい、店賃の要らない店を出しといて女房一人食わせるだけの稼ぎもねえって、いったいどういうことよ。そんな程度の腕なら、はなから独立なんかすんなっての。どっかのチェーンで雇われ店長でもやってりゃよかったんだ」

以前から矢島は、会ったこともない孝之に手厳しい。いつもなら涼子が〈まあまあ〉となだめる側に立つのだが、今夜はさっぱり夫を庇う気持ちになれない。

気づいたのだろう、矢島が不思議そうに言った。

「どうした。何かあったのか？」

蛍光灯が壁を白々と照らし、よけいなレフ板効果を発揮している。トイレを出る時、もうあとは寝るだけだからと無精せずに、よれた小鼻横のファンデーションくらい押さえてくれればよかった。

「話くらい聞くぞ」

「……いいえ、けっこうです。それよりさっさと寝たいです」

「だからほら、腕枕の寝物語にでもさ。カプセルホテルなんかより俺の事務所のソファのほうが寝心地いいし」

知ってるだろ？　という目でこちらを見おろす男を、涼子は睨み上げた。

「けっ・こう・です」

けんもほろろに言ってやったのに、なぜか嬉しそうににやにやしている矢島を、思いきり殴ってやりたかった。


ホテルのバーや高級な寿司屋では、誰かに見られた時へんに勘ぐられる恐れがある。それで結局こうなった。

カジュアルな居酒屋のカウンターに、二人は並んで座っていた。秘密めいた雰囲気のかけらもないかわり、店の中がにぎやかすぎて声を張りあげなければ話もできない。ちょうどいい、と涼子は男からできるだけ身体を離した。さしもの矢島も、これならそうそう失礼なことは言えないだろう。

「だいたいお前はよう！」

ハイボールをぐいぐいと空けながら、矢島ががなり立てる。

「昔っから、自分のことがさっぱりわかっちゃいねえんだよ。お前みたいな頭でっかちな女はなあ、俺と付き合っとくのがいちばんいいんだ」

前言撤回だ。この男の厚顔さを、忘れはしないまでも甘く見ていた。

「頭でっかちなのは認めますけどねえ！」と、こちらも結構な大声で言い返す。「そのことと矢島さんと、どう関係があるんですか」

「俺は、お前の顔色なんか窺わねえからな」

「はあ？」

「俺はぁ、お前のぉ、」

「そこは聞こえました！　でも意味がわかんない」

「鈍いんじゃねえのか。考えてもみろよ、旦那にせよ部下の連中にせよ、それに黒田部長とかにしてもさ、お前の周りにいる男はみぃんなお前のことを尊重するだろ？　仕事の時はいいんだよ、それで。みんながお前のことを頼りにしてんのは、頭の良さだけじゃなくて行動力が伴ってるからだしな」


お前、お前とうるさいが、一応は褒めているつもりらしい。

「けど、プライベートじゃなあ」

と矢島が鼻の頭に皺を寄せる。

「プライベート？」

「ほんっと鈍いな、お前。男と女でいる時のことにきまってんだろが。言っとくが、男女のどっちが上とか下とか言ってるんじゃねえぞ？　そうじゃなくってさ、人間が裸んぼの自分に戻る時まで、理性が勝っちまって本能や感情が抑えつけられたまんまじゃ、せっかく生きててもつまんねえだろ、って話」

「べつにつまらなくは、」

「つまんねえんだよ！　認めろよ。だからこそ、お前には俺みたいな男が必要だっつってんの。理屈なんか抜きで、感情をぐちゃぐちゃに引っかき回してくれる男がさあ」

おそろしく腹立たしいことを言われているはずなのに、いざ否定しようとすると言葉が出てこない。悔しい。

思い返せば二十代の後半、この男との付き合いはそのようにして始まり、終わったのだ。感情だけでなく、頭の中も身体の中までも素手で引っかき回されているような日々だった。

胃袋を吐くほど苦しかった。水分が枯渇するほど泣いた。失うより先に自ら関係を断ち切った後は腑抜けのようになって、誰かと言葉を交わす気にもなれず、食べものを口に入れるのを忘れるくらい気力が落ち込み、息をするのさえ億劫だった。自分なんて生きている価値があるのだろうかと、一晩に何度も何度も、何度もくり返し考えていた。

鬱を発症していたのだろうと、今だからわかる。きっかけひとつで、命を絶っていてもおかしくなかった。

それなのに——あれから十数年が過ぎた夜、こんな騒がしい居酒屋で、当の男と無駄に酒を飲んでいる。

「なあ、早瀬」

ふいに、ふつうの音量で矢島が言った。

「お前さ。俺といる時がいちばん楽ちんだろ」

はっきりと聞こえたのはあたりの喧噪が静まったからではなく、彼が近づいたせいだと気づき、慌てて肩を離している間に反論のタイミングを逸してしまった。矢島がニヤリと笑う。

涼子は無言で目をそらした。男の目尻に寄る皺の感じをちょっとでも懐かしいなどと感じてしまうのは、ウーロンハイの酔いが回ったからに違いない。

「友だちづきあいでいいよ」矢島が、自分のペースでどんどん続ける。「前みたいに困らせる気はねえしさ。けど、別れた夫婦が親友同士になる感じで、何でも話せる間柄っていいじゃんか。な？」

「その喩えもわかりません」

「なんで。どこが」

「別れた夫婦が親友同士になったケースを、ドラマ以外で見たことが一度もないもので」

冷静に述べたとたん、大笑いしながら背中をどやされた。

「やっぱイイわ、お前。最高だわ」

この男のツボが、いまだにわからない。げんなりしていると、自分だけさっさとハイボールのおかわりを頼んだ矢島が言った。

「で、何がどうしたって？」

「え？」

「そのシケた面の原因だよ」

思い出した瞬間、下腹部の鈍い痛みが甦る。酒など飲んでいないで、お腹に湯たんぽでもあてながら早く休むほうがいいのに、なぜ自分はそうしないのだろう。

昼間の出来事を、男に打ち明ける気にはなれなかった。夫と若い女性スタッフとの間に不適切な関係が生じている可能性について、まだはっきり本人に確かめたわけではないし、確かめられる気もしない。たとえそれが事実だとしても、自分がショックなのはたぶん浮気そのものではない。店を訪れた客からすぐにそれと感づかれてしまうほど、あるいは疑われてしまうほど、男女の気配がダダ漏れになっているという夫のプロ根性のなさにがっかりしているのだ。

大ぶりのタンブラーに浮かんだ溶けかけの氷が、天井のダウンライトを映して光っている。

（……きれい）

ぼんやり思ってから、ずっと前にもこんなことがあったのを思い出した。

矢島と始まる前、初めて二人で飲みに行った時も、たしか自分はウーロンハイを頼み、色気がねえな、と目尻に皺を寄せて笑われたのだった。

＊

妻が帰宅したなら一緒に開けて飲もうと思っていたワインのボトルを、孝之はその夜、また冷蔵庫に戻した。かわりに、きんと冷えたビールを開け、缶から直接飲む。駅まで車で迎えに行かなくてはと思えばアルコールを我慢しなければならないが、帰ってこないのなら話は別だ。

ＬＩＮＥのメッセージ一本で外泊を伝えてくる妻に、同じく一言で返す自分——思うところがないではないけれども、風呂上がり、独りでテレビを観ながらだらだらする時間は悪くなかった。涼子がいると、素の自分よりも三割増しくらいで行儀よくふるまってしまう。それを窮屈とまでは思わないが、たまには自堕落という名の快楽も味わいたいではないか。

Ｔシャツとトランクス姿でリビングのソファに座り、録画再生ボタンを押す。俳優が日本各地をロードバイクで旅する人気番組だ。往年の色男が今ではやんちゃな好々爺になって、それでも目もとには時折ふっと不穏な光が宿る。こんなふうに歳を取るのは悪くないなと思いながらしばらく眺めた。

しかし内容がさっぱり頭に入ってこない。理由などわかりきっている。このところずっと、頭の中をぱんぱんに占拠しているものがあるからだ。

〈早瀬さんは奥さんのものだって……涼子さんのことすごく大事にしてるって、私にだってちゃんと

わかってます。それなのに、変なこと言ってごめんなさい。どうしても、き、気持ちを抑えきれなくなっちゃって……〉

泣きじゃくる美登利の姿がくり返し浮かんでくる。脳の再生機能がいかれてしまったかのようだ。十代、二十代と青春まっただ中の頃でさえ、誰かからあんなにも一心に気持ちを伝えられた経験はなかった。自惚れるわけではないけれども、この間の美登利のあれは一種特別な、全身全霊の告白だったのだと思う。

一缶目を一気に飲み干すと、孝之はもう一缶出してきて飲みながら、ソファにごろりと横になった。涼子が帰ってこなくて良かった。具体的に疚しいことは起きなかったけれども、このところ、なんとなく妻の目をまっすぐ見られない。

泣き崩れた美登利を支えて立ち上がらせ、店の奥、半個室の寝椅子に座らせた。思えば、彼女に直接触れたのはあの時が初めてだったのだ。綺麗に塗られた爪。耳もとに光る小さな金のピアス。そばを離れようとしたとたん、シャツの裾をきゅっと引き戻された。

〈嫌わないで下さい。お願いです〉

涙で潤んだ瞳を思い浮かべる。びっくりするような近さに彼女の顔があって、いま思い返しても、あの場で踏みとどまれた自分が信じられなかった。

〈ごめんなさい。忘れて下さい〉

一度聞いてしまったのだ、そう簡単に忘れられるわけがない。

〈うざいって思わないで〉

じつは重たくて面倒な女かもしれないと警戒する気持ちの裏側で、それくらい重たくて面倒な気持ちをぶつけられてみたいとも思う。

〈ほんとに？　ほんとですか？　嫌わないでいてくれますか？〉
飲みかけの缶をローテーブルに置き、孝之は、その手をそろりとトランクスの中へ滑り込ませた。冷たさにすくみ上がったのは最初だけで、すぐに、汗ばんだ下腹の熱が勝つ。

　仰向けになって目をつぶり、ソファの向こう側の肘掛けにぶつかるまで脚を伸ばす。美登利の指を想像するだけで、ムズムズとゾクゾクが一緒にやってくる。あの細い指が、ホウキの柄ではなく、自身のこれに巻きついているところを思い描くと、ふっ、と強い息が漏れた。テレビの音声が邪魔だ。ひったくるようにリモコンを取って消し、もう一度目を閉じて集中する。

〈ごめんなさい〉

〈嫌わないで〉

　静まりかえった家の中、自分の荒い息遣いだけが響く。あの時、手をのばせばすぐ届く距離にあった小さな顔。涙に濡れてくっついた睫毛と、震える唇。なめらかな頰に手を触れるところを想像してみる。例の寝椅子に腰掛けた彼女の頰を両手ではさみこみ、耳にそっと指をさしいれると、びくっと肩を震わせた美登利の唇から甘い吐息が漏れる。指先で耳の中の迷路をたどれば、彼女はもう目を開けていられなくなる。眉根をせつなげに寄せた表情は苦しそうにも見え、可哀想だと思うのに、もっとひどくしてやりたくなる。

　そうだ。涼子には、ひどくできた例しがない。向こうが年上ということもあってか、最初の時から傅くようなセックスだった。仕事のせいでがさがさに荒れてしまった指が彼女を傷つけることのないよう気遣いながら、身体を重ねていてもどこかに遠慮があって、コンドームの有無にかかわらず互いの間に薄い隔たりがあるのが歯痒かった。正直なところその隔靴搔痒（かっかそうよう）感こそが、今に至る彼女とのセックスレスの最も大きな要因かもしれない。

美登利とならどうだろう。最初の告白だけであれだけの情熱を垣間見せた彼女のことだ。抱きしめればどんな表情を見せ、唇を重ねて舌を絡めたならどんな味がするのだろう。可愛らしく尖った顎の先から喉へと唇を這わせてゆけば、朝の庭仕事のせいで汗ばんで少ししょっぱいかもしれない。今日着ていたのはたしか、ボタンのない薄手のブラウスだ。リボンをほどいて襟ぐりをゆるめ、露わになった肩先にも口づけて、黒い革張りの寝椅子に横たえようとすると、美登利が押しとどめる。拒まれたのかと思えば、彼女はするりと寝椅子から滑り降り、立っている孝之の足もとにひざまずくのだ。

カチャカチャと、ベルトをゆるめる音。前立てのジッパーが下ろされてゆく感触。目線よりも高いところにある窓から、木々の緑が見える。次の予約客が来るまでそれほど時間はないというのに、止まらない。トランクスの隙間からこぼれ出す孝之のそれを、美登利があの綺麗な爪で飾られた指で握り、扱いてから躊躇なく口に含む。濡れていて柔らかい。そしてたまらなく熱い……。

妄想を駆り立てながら、ソファの上で尻を浮かせる。突き上げるたび、美登利の口の中を蹂躙している興奮に、まぶたの裏で火花が爆ぜる。彼女の短い髪を両手でひっつかみ、自身を抜き差しする。現実には出来ないことだからこそ、得も言われぬ恍惚が背骨を這い上がる。

片手で自身の根元を押さえ、もう一方の手で強く速く扱き立てると、ちょうど酢を含んだ舌の根が絞られるのと似て、下腹に集まってきた快感がぎゅうっと鋭く絞り上げられる。まだだ。まだ、まだ、まだ――、

うう、と声がもれた。がくがくと腰を震わせ、孝之は達した。長く、ながく続く射精だった。

少しでも快楽を引き延ばしたくて、目を閉じたまま、呼吸が落ち着いてゆくのを待つ。こんなに完璧な自慰は記憶にない。自分で出すことそのものが久々だった。たまに触れることはあっても、自ら

を奮い立たせて最後まで突っ走るだけの気力が湧かず、途中で馬鹿ばかしくなってやめてしまうのだ。それが今夜は、とうてい止まらなかった。

ぬめる手をひっぱりだし、風呂上がりに新しく穿いたばかりのトランクスの上から自身を包み込む。まだじんじん痺れている。

このところ毎日そうであるように、明日の朝も美登利はいつもどおり出勤して来るだろう。顔を合わせた瞬間、はにかむように笑って、何ごともなかったかのように一日の仕事をこなすのだろう。けれど平気なはずはない。背中を向けている隙に彼女がこちらを盗み見る、その視線の感じや湿度までがありありと思い浮かぶ。

もしかして、美登利も今ごろ自分でしているのではないか、と孝之は思った。ベッドの中、下着にそっと手を差し入れ、漏れる声を熱い吐息にまぎらせて……。

その最中に彼女が思い描く妄想を知りたい。想像したとたん、萎えたはずのものが再び頭をもたげてきた。

6

広告の仕事で関わった相手、たとえばタレントが出演する舞台や、演奏家のコンサートなどに招かれることはままある。事務所のマネージャーから「よろしければお運び下さい」と連絡があって、こちらがスケジュールを伝えると席を用意してもらえるのだ。

招く側も招かれる側も、それによって互いに義理を果たす。ともすれば次の機会に繋がるかもしれない、大人の社交だった。

　週末の夜、涼子は、同僚の青木慎一とともにアリーナの招待席に座っていた。アーヤのライヴのちょうど中日だった。

　二時間にもわたるライヴの終演後には、マネージャーが招待席までやって来て、どうぞ楽屋へと案内された。これまでの経験上、そうした流れは予想が付いていたので、夫の孝之には今夜も泊まりの了解を取り、いつものカプセルホテルもすでに予約してある。フロントのスタッフとはすっかり顔なじみになって、何も言わなくてもレディースフロアのいちばん奥まったブースを確保してくれるほどだ。

「今日はまた多いですね」

　と青木が言う。楽屋へ向かう招待客はもちろん他に何組もいて、列をなす人々といちいち挨拶を交わすアーヤを遠くから見ていると気の毒になってくる。あんなに小さな身体で堂々たるパフォーマンスを披露したのだ、一刻も早く熱いシャワーを浴びて着替えたいだろうに。

　考えることは青木も同じだったらしい。番がめぐってくるなり、片手をあげて制した。

「喋んなくていいです。顔見に来ただけだから」

　すぐに言外の意味を察したらしく、アーヤがにやりと笑う。

「わかった、じゃあ青木くんとは口きかない」

　そして隣に立つ涼子に向き直り、まっすぐに目を見て言った。

「早瀬さん、今夜はお忙しいのにいらして下さってどうもありがとうございました」

　仕事でちょっと関わっただけの相手の名前まで覚えていることに舌を巻く。チケットは即日完売、押しも押されもせぬ歌姫の、ふだん表には表れない人となりを垣間見た思いがした。

「こちらこそ、お招きありがとうございました」涼子もまた、彼女の目を見て言った。「お疲れでしょうけど、どうか後半もこのまま思いきり走り抜けて下さいね。本当に、ほんとうに素晴らしいステージでした」

早々にいとまを告げ、スタッフの誘導で扉を出ると、あれほど大勢詰めかけていた観客はほとんど引けて、長い通路はがらんとしていた。

と、出口の手前で後ろから呼び止められた。ふり返れば、三谷雪絵だった。

「まあ、ご無沙汰しています」

「こちらこそ。あなたたちも今日だったの」

次回、いよいよ衣装デザインをするための参考に、生のステージを見に来たのだと言う。多色使いのサマーニットのワンピースに、ターバンのような太いヘアバンド。着こなすには骨が折れるはずの組み合わせがしっくり似合っているあたりはさすがと言うしかない。

二言三言、挨拶を交わした青木が、じゃあ僕はお先に失礼します、と駅のほうへ去ってゆくのを二人で見送っていると、

「ねえ、あなたこの後って、何かある？」

雪絵が言った。

「いえ、とくに何も」

「じゃあ、ちょっとお酒でも飲まない？」

何の否やもない。

「ぜひ、お供させて下さい」

素直に嬉しかった。仕事を少し離れたところで、世界を見てきた女性の話を聞けるなど、そんな機

会は望んでもなかなか得られない。

すぐ目の前にそびえるホテルの高いタワー、その最上階にあるバーラウンジへと雪絵は涼子を案内した。天井から床までの巨大な窓の外、眼下には煌めく街灯りがどこまでも広がっている。

「こうして高いところに上がると、関東ってほんとに平野なんだなって思うわね。ああ、こっちの席にしましょうよ。内緒話がしやすいでしょ」

互いが向かい合うのではなく、窓に向かうかたちで二人掛けのソファと横長のテーブルが置かれた席に、それぞれ荷物を置く。ふつうは恋人同士が並んで語らうのだろうが、いざ腰を下ろしてみると肩が触れるほどには近すぎず、ちょうどカウンターに並んで座るくらいの距離が心地いい。同性だからこその親密な空間がすぐに生まれた。

矢島広志と飲む時などはそれこそ色気のないウーロンハイばかり頼んでしまうが、女性同士だとかえって綺麗な色の酒が飲みたくなる。二人とも、まずはクランベリーのカクテルを選んだ。

「無理やり引っぱって来ちゃって悪かったわね」

「いいえ。誘って下さって嬉しかったです」

「あなたとは、一度ゆっくり話してみたいと思ってたのよ」

晴れがましい気持ちで、薄いグラスをそっと合わせる。後ろの時間を気にしなくていいというのは、心をよほど解放するものらしい。涼子は自分がいつもよりたくさん笑っていることに気づいたし、雪絵の舌も滑らかだった。

パリに住んで、大御所デザイナーのもとでお針子をしていた当時のこと。その頃知り合った名だたる人々との友情は今も続いていて、互いに困ったり迷ったりした時には相談し合っていること。帰国後は広告業界で数々の賞を受け、国内外の映画や舞台の衣装デザインにおいても名を馳せる雪絵の話は、まるでそれ自体が一本の映画であるかのように華やかだった。

「いつだって、自分に喧嘩を売ることでここまでやってきたのよ」

と雪絵は言った。目の前に置かれたグラスは、ラフロイグのオンザロックに変わっている。

「……喧嘩」

「そうよ。こう、あえて上から目線でね、『まさかそんな大きな仕事、あんたにやれるの?』『さすがに今回は無理なんじゃないの?』『失敗したらどうすんの?』って。そうすると、闘志がふつふつわいてくるの。だってほら、相手が誰であれ、売られた喧嘩は買わないわけにいかないじゃない」

涼子は噴きだしてしまった。三谷雪絵ここにあり、と立ち上がって大声で呼ばわりたい。

「ま、そういう調子だったからね。この歳で独りなのも仕方がないでしょ」

「この歳で、って言うようなお歳じゃないじゃありませんか」

「うん。じつはまったく気にしてない」雪絵は笑った。「自分の時間を隅から隅まで好きに使えるって、何物にも代えがたい幸せだと思うの。どこへ出かけたって帰りを気にする必要はないし、食べたい時に食べて、飲みたい時は飲んで、行きたいところへぱっと行ける。誰の顔色も窺わないで済むし、人の面倒を見なくていい、それこそ今からチケット取って海外へ飛ぶことだってできるわ。パスポートはいつでも持ち歩いてるから」

引き寄せたバッグから、ほらね、と赤い旅券を出してみせる。

「これと、あとは自分の部屋の鍵が一本あったら、他にはもう何も要らないわよ。充分に満ち足りて暮らしていける」

「かっこいいです、三谷さん」思わず口からこぼれた。「いいな、自由で」

「あなたは違うの?」

バッグを横へ置いた雪絵がこちらを覗きこむ。

「私は……私にはとてもとても、そんな勇気はないです。雇われの身ですし、スケジュールとか、しがらみとか、家庭とか、色んなものに縛られてばっかりで」

「しがらみとスケジュールはわかるけど、家庭って？　お子さんは確かいなかったわよね」

「ええ。夫婦二人ですけど」

「旦那さんはお勤め？」

「いえ。美容師をしています。自宅の一階が店舗になっていて」

「あら。だったらお互い、けっこう自由でいられるんじゃない？　彼にもあなたにも、それぞれ稼ぎがあるわけでしょう？」

「それは……そうなんですけど」

隣に座る彼女の目が、じっとこちらに注がれているのがわかる。

やがて、雪絵が言った。

「うまくいってないのね」

〈もしかして〉の前置きもなければ、〈いってないの？〉との疑問形でもなかった。

「後出しジャンケンみたいで悪いんだけど、さっき会った時からそんな気はしてたの」

「え？」

「もちろん、夫婦仲の問題だとまではわからなかったわよ。ただ、あのＣＭの仕事の時と比べても、表情にまた一段階モーヴがかかって見えたものだから」

モーヴ。灰色がかった薄い紫色のことだ。

「前から不思議に思ってたのよ。どうしてこのひとはこんなに萎縮してるのかしらって」

「萎縮、ですか」

「責任は必ず果たすし、仕事に関してはまったくそつがない、何より言葉に心がある。そんなひとがどうして時々、妙におどおどした自信のない顔を覗かせるんだろうってね。――ごめんなさい、はっきり物を言って。歯に衣着せるのが苦手なの」

「……いえ。おっしゃる意味はわかりますから」

「そう？　自覚があるなら良かった。その先のことを話せるわ」

と、涼子のバッグの中で振動音がした。ライヴのあと、スマートフォンの電源は入れたものの、雪絵と話す間マナーモードにしてあったのだ。

メールかＬＩＮＥの着信だろうが、緊急の用件なら電話がかかってくるはずだとそのままにしていると、ブルル、さらにまたブルル、と断続的に何度も震える。

「どうぞ、見て」雪絵が腰を浮かせながら言った。「私はちょっと失礼して、お手洗いへ行ってくるから」

気遣いに感謝しながら、涼子はバッグに手を差し入れた。引っ張り出す間にもスマホが振動する。はたして画面に浮かんでいたのは、孝之からのＬＩＮＥメッセージだった。

〈そういえば、言うの忘れてた〉

〈次の店の二連休なんだけど〉

〈久しぶりにライドに行ってきていいかな〉

〈河口湖なんだ。泊まりで〉

いつも思うけれど、どうして切れぎれに送ってくるのだろう。この程度の短い用件なら、まとめて書いてから一回で送ってほしい。それに、どうして今このタイミングなのだろう。たまたま思い出したのが今だったのか、それともこちらが仕事とはいえ泊まってくる夜だからこそ、今告げれば文句は言えないだろうと踏んだのか。

湧いてくる灰色の感情を押し殺し、画面に指を走らせる。

〈了解。息抜きは必要よね〉

短く書き送ってバッグに戻そうとしたが、たちまちまた振動した。

〈あ、それとさ〉

〈どうせこっちから行くわけだし〉

〈小島さんも乗せてってあげようかと思ってるんだけど〉

〈どうかな？　本人にはまだ言ってない〉

〈涼子の意見を聞いてからと思って〉

五つ並んだフキダシを見つめる。いらいらを飛び越えて、うんざりする。

意見を聞いてからと言うけれど、こちらがもし〈そういうのはちょっと〉と返せばやめるのだろうか。孝之にしてみれば、何もかもオープンで隠し事はないよというアピールなのだろうが、女を助手席に乗せて出かけるかどうかを女房に相談するくらいなら、勝手にさっさと行くかわり完璧に隠し通してくれたほうがまだマシだ。だいたい、たとえ各自で目的地へ向かうことになったとしても、孝之は行くし、美登利も参加するのだろう。その一泊の間に、二人に何かが起こるとか起こらないとか、勘ぐっている時間がわずらわしい。くだらない。

ひとつ息を吸い込んで、返事を書いた。

〈いいんじゃない？　乗せていってあげたら〉

そう打ってから、ヘソを曲げているように受け取られるのが嫌で、少し手を加える。

〈いいんじゃないかな。せっかくだもの、乗せていってあげたら？　そのかわり、事故にだけは気をつけてね。よその大事なお嬢さんなんだから〉

よその大事なお嬢さん。言外の意味を、彼はちゃんと受け取るだろうか。

送ると、即座に返信があった。

〈わかった、サンキュ〉

〈邪魔してごめん〉

〈ライヴ、ゆっくり楽しんでおいでよ！〉

最後のビックリマークが、わざわざ赤い絵文字になっている。

画面を消し、口の中で、

「ライヴなんかとっくに終わってます」

呟きながらバッグにしまったところへ、雪絵が戻ってきた。

「ごめんね、お待た……」言いかけて、眉をひそめる。「なんて顔してるの」

「え。……あ、すみません」

「仕事のトラブル？　だったら私に気を遣わないで、行ってくれていいのよ」

どう言おう。何でもないです、と言ってごまかせるだろうか。

迷ったのはわずかな間だった。涼子は、首を横にふった。

「いえ……。ちょっと、夫と」

促されるままぽつりぽつりと話し始めてからすぐに、涼子は、自分の結婚にまつわる問題を同性の誰かに打ち明けるのは初めてだと気づいた。たまに同期の三枝美奈などとランチを共にすることがあっても、重たい話は避けていた。

もっと若かった頃は、親しい友人と互いの恋愛について赤裸々に話したものだ。男たちからはしばしば「女は口が軽いな」などと苦笑されるが、少し違う。互いの共感をもって恋の悦びを味わい、あるいは毒を吐き出して力を蓄えるのは、女が明日を生き延びるための知恵だ。

しかしそれが、どこからかぱたりと途絶えた。

「秘密主義になっちゃったのね」

雪絵が微笑を浮かべる。

「意図してそうしてるつもりはなかったんですけど……」

「もしかして、人に言えない恋があったんじゃない？」

ぎくりとした。

「いいのよ。私にだってあるわ。仕事を始めてしばらくの間は忙しくて恋愛どころじゃなかったし、そうかと思えば仕事の師だった人との関係が始まってしまってね。仰ぎ見て、崇拝して、その人しか目に入らなくなってしまった小娘を、相手はまるで自分への供物みたいに美味しく頂いたってわけ」

「三谷さんでもそんなことが」

「立場が対等じゃない恋愛なんていくらもあるけど、行き過ぎると地獄ね。ほとんど宗教よ。抜け出すのにけっこう長くかかったわ」

自分のことを言われているようだった。

がむしゃらに働き、仕事を覚えようと必死だったあの頃。落とし穴にはまるかのように妻子ある矢島との関係が始まり、終わって間もなく年下の孝之と再会した。そのまま結婚することになった時、当時はこれで救われたと感じたけれど、本当はどうだったのだろうか。いずれにせよ、途中で誰かに打ち明けて相談するなど思い浮かびもしなかった。

「あなたきっと、頭でいろいろ考え過ぎるのよ」

痛いところを衝かれる。矢島の、そら見ろとばかりの表情が浮かぶ。

「旦那さんとその若い女性の関係だって、気になるならさっさと確かめればいいものを、どうしてそうしないの？」

「ほんとですよねえ」

苦笑いで躱そうとしたのだが、

「当ててあげましょうか」

雪絵は見逃してくれなかった。

「一旦そういう会話を交わしてしまったら、夫婦の間が気まずくなるんじゃないか。訊いたって相手はどうせ否定するにきまってるんだから、最初から訊くだけ無駄じゃないか。証拠のないことを言い立てたりして、疑り深いヤキモチ焼きの女だと思われるのは癪じゃないか。……そんなふうに先回りして考えちゃうからじゃない？　違う？」

ぐうの音も出ない。涼子は、呻くように言った。

「どうしてわかるんですか」

雪絵がふっと鼻から息を吐く。すでに二杯目となっているラフロイグを、一口飲んでから言った。

「私にも似たところがあるからよ。プライドの高い女は何かと面倒くさいの」

涼子も、酒を口に運んだ。雪絵ほど強くないので、スコッチのソーダ割りだ。

「こんなこと訊くのも失礼だけど、旦那さん、もとからモテるタイプなの？」

「いえ……。うーん、どうでしょう。モテないほうじゃないと思いますけど、自分からガツガツ行くタイプではないですね」

「じゃあ、あなたの予感が当たってたとしても、あくまでその彼女のほうからのアプローチってことなのかしら」

「それも、どうでしょう。確かめたわけじゃないので」苦笑まじりに涼子は言った。「でも正直なところ、今でも信じられないくらいなんです。私ならともかく、あのひとが不倫だなんて」

「……ふうん？」

「男として魅力がないわけじゃないんですよ。ちょっとないくらい優しいし、こちらがたとえば愚痴なんかこぼせばどこまでも受け止めてくれるし、私なんかよりよっぽどロマンチストだと思います」

「見た目はどんな感じなの？」

「全然悪くないです。眼鏡男子ですけど良く似合ってるし」

ふふ、と雪絵が笑った。

「ただの勘だけどね。たぶん、その相手の彼女、あなたに嫉妬したんじゃないかしらね」

「私に？　どういうことですか」

「何だかんだ言いながら、あなたたちってきっと仲良し夫婦なんだと思うの。少なくとも傍からは充分そう見える。でね、いるのよ、世間にはけっこうたくさん。うまくいってる関係を見ると壊したくなったり、ひとのものだと思ったら欲しくなったりする女がね」

「そんな……何のために？」

「さあねえ。でもあなた、魅力的だもの」

「え？」

「言ってみれば旦那さんには、あなたっていうぴかぴかの保証書が付いてるわけよ。下品な言い方になるけど、自由業で年下であるにもかかわらず、大手広告代理店の第一線で働くあなたを妻にした、その実績だけで、彼の男としての評価額は上がってるってわけ。あるタイプの女からしてみれば、ものすごぉくそそられる物件なんじゃない？」

「そ……そうなんですか」

「それと、あなたがさっき挙げた旦那さんの美点ね。ううん、誰のどんな性格でも同じことだと思うけど、絶対的な長所なんてないのよ。絶対的な短所もね。あるのは相手の受け止め方だけ。夫婦だってそう、付き合い始めの初々しかった頃はとっても優しい人に見えていたはずが、時が経ってみるとただ鈍いだけに思えたり、愚痴をこぼしても何にも言わない懐の深さがだんだん頭の回転の悪さに思えたり、逆に有能さは鼻についたり、明晰さは冷たさに感じられたりするようになる。何の不思議もないわ。その人が大きく変わったわけじゃなくて、お互いの受け止め方が変わっただけよ」

すべてがあまりにも胸に落ちて、何も言えなかった。氷の溶けかけたソーダ割りで口を湿らせる涼子を、雪絵が微笑みながら見つめてくる。同情と慈愛に満ちたまなざしだ。

「それにしても旦那さん――私なんかからすれば世代的には若いのに、男は男ねえ。自分の店の休日には好きなように出かけていくくせに、妻が休みの日は家にいて欲しがるわけでしょ？　まあ、それもめずらしい話じゃないけどね。自分の自由と同じだけの重みで女の自由を尊重してくれる男は、そんなにはいない。とくにこの国では」

だからしょうがない、我慢しなさい、という意味で言っているのではなさそうだった。他の誰かであればともかく三谷雪絵なのだ。

「私が独りでいるのも、多くはそのせいよ」

ため息からもかすかに、薬酒のようなラフロイグの香りが漂う。

「生活も仕事も、自分の判断で何でも決められるのがいいの。男にあれこれ指図されたくないし、気を遣ってしまう自分も面倒でね」

涼子は深く頷いた。

「よくわかります。ただ――」

「ずっと独りきりでいるのは寂しいんじゃないか、って？」

「……はい」

「そりゃあなた、私だって時には人肌が恋しくなるわよ」

「そういう時は、どうやって凌ぐんですか？」

「プロを呼ぶの」

「プロ？」

「いるのよ、そういうプロフェッショナルが。この世の中、誰かが必要とするものは必ずどこかに用意されてるの」

何と答えていいかわからず、酒のグラスを見つめて黙っていると、雪絵が微笑む気配がした。

「あなただって、時々はサプリを飲むでしょ？　健康のために」

「あ、はい」

答えてから、雪絵の意図を覚る。

「男のひとも、サプリですか」

「時にはね」雪絵の声に、いたずらっぽい色が滲んだ。「そりゃ私だってさすがに、十代の若い子が今の私と同じことを言いだしたら、『もうちょっと自分を大事にしなさい』ってお説教するかもしれないわ。『恋愛って悪くないわよ、傷つくことを怖がってちゃだめよ』なんてね。でもねえ、私たち、もういい大人でしょう？　大人っていうのは、自分で自分の機嫌を上手に取れる者のことをいうの。

仕事にプライベートにいろんな事情がある中で、たまに恋人じゃない男とご褒美みたいなセックスをすることを、自分を粗末にしてるなんていうふうには思わない。感情を伴わないセックスは要するに、犬や猫がお互いに毛繕いをするグルーミングと同じことよ。人間だって動物なんだから、気持ちのいいことをして満たされれば気分も上がる。自分の心と軀のケアのためにするグルーミングに、誰に対する義理立ても操(みさお)立てもいらないわ。そうじゃない？」

「そう……ですね。はい」

「ふふ。納得がいかないって顔してる」

「いいえ、そんなことはないです。ただ、その、頭でっかちなせいで呑み込みが悪くて」

雪絵が声をたてて笑った。

「そのうち試してみたくなったら、いつでも言ってちょうだい」

「え、何を」

「だからプロをよ。きちんとした事務所を紹介してあげるから。病気の心配もないし、口は固いわ。もちろん私のことも信用してくれていいわよ」

「あ、はい、それはもう。もしもの時はよろしくお願いします」

つい生真面目に答えると、ぷっと笑った雪絵が、テーブルに頰杖をついてこちらを見た。

二十ほども年上とは信じられないほど肌がつやつやして、職業人としてだけでなく女性としての自信が目もとにみなぎっている。それもまた、心と軀の機嫌を上手に取っているせいなのだろうか。

「旦那さんとのことだけど」そのままの姿勢で、雪絵は言った。「根本的な話し合いをすることはできないのかしらね。たとえばそう、あなたが感じている閉塞感とか、はっきりとは表に顕れにくい束縛について」

少し考えて、涼子はかぶりを振った。

「難しいと思います」

「それは、どうして？」

「言葉にしようとしても通じ合えないっていうか……」

あの何とも摩訶不思議な感覚を思い起こす。こちらはAについて話し始めたはずなのに、いつのまにかそこに含まれていたBやCの話にすり替わっている、あの感じ。乗っていた舟が気がつけば岸から離れてしまっていたような……そして夫だけがいつまでもその岸に立って、彼は彼なりに茫然とこちらを見送っているような。

「じゃあ、もう一つ訊くわ。彼との別れを考えたことは？」

言われるだろうと思っていた。先ほどよりもう少し長く考えて、再び首を横に振る。

「何が不満っていうわけでもないんです」

「あら、ないの？　不満」

「いえ、あるんですけど……あるにはあるんですけど、私自身でさえ言葉にできないくらい些末なあれこれの集まりなので」

「塵も積もれば、っていうじゃない」

「ええ。でも、現実的な問題として、家やお店のローンなんかも二人で一緒に抱えてますし」

「ローンを返し終わるのが人生の目的？」

思わず苦笑が漏れた。

「まったくですね。そうじゃなかったはずなんですけど……ほんとは子どもだって欲しかったし、夫とも、もうちょっと違った関係を築けるんじゃないかと思ってたんですけどね」

「子ども、ねえ。チャンスは、もうないのかしら。自分で産まなくても、たとえば養子を迎えるっていう方法だってあるわけだし」

海外での生活も長い、彼女らしい意見だった。

「そうですね。それも選択肢の一つではありますけど、できれば一度は産んでみたかったんです」

涼子は正直に言った。

「チャンスっていう意味ではきっと今の年齢がぎりぎりでしょうけど、私のほうはともかく、夫はもうこのままでいいみたいなんですよ。それに彼こそ、自分と血の繋がった子どもでなければ納得しないタイプだと思いますし」

フロアのスタッフが、ラストオーダーの時間を告げに来る。二人それぞれに、さっぱりとした柑橘系のカクテルを注文する。

雪絵が頬杖をやめて体を起こし、ふうっと大きなため息をついた。

「さっき私、どうしてそんなに萎縮してるのかって訊いたけど、はっきり言わせてもらえば、旦那さん以上にあなたのほうに根本的な問題がある気がするわ」

「……そうかもしれません。いえ、きっとそうですね」

「べつにいいのよ。お互いの間に何か素晴らしいものを積み上げてゆくことができなくたって、夫婦がそれなりに仲良くやっていくことは充分可能なんだしね。ただ、そちらの道を選ぶ場合は、私みたいに独りでいるよりももっと大きな孤独が待ってるかもしれない」

暗闇の中、孝之の寝息を聞きながら眠るいくつもの夜を思う。

カクテルを運んできたスタッフに、さらりとクレジットカードを渡しながら、雪絵は言った。

「その覚悟があなたにあるならいいんじゃない？　今のままでも」

眠る、という目的に特化されたカプセルホテルの窮屈な個室のほうが、自宅のベッドよりむしろ落ち着けるのだった。

そっけないほど真っ白な布団、左右に迫るつるりとした壁、完全には立ち上がることのできない低い天井。何度も泊まって慣れたからというだけではない。ここには、心を乱す雑音がないからだ。同じレディースフロアの宿泊客がたてる物音はたまに聞こえてくるにせよ、自分には関わりのないものだから耳を遮断してしまえる。夫のいびきや寝返りの音にこそ、いいかげん慣れて感覚が麻痺してもいいはずなのに、そうはならない自分の頑固さを涼子は鬱陶しく思った。

〈あなただって、時々はサプリを飲むでしょ？　健康のために〉

雪絵の柔らかな声と物言いが、耳もとで何度もリフレインしている。確かにそうだ。ひどく疲れた時や、二日酔いや寝不足で肌に張りがないと感じた朝、手足がぱんぱんにむくむ夜……目的に合ったサプリメントを飲むことはある。それとどう違うのか、と雪絵は言ったのだ。

どう違うのだろう。今、「ぜひその事務所を紹介して下さい」と言えずにいる自分は、誰に、何に義理立てをしているのだろう。

動物として気持ちのいいグルーミング、か。久しくしていないな、と苦笑が漏れる。

清潔な匂いのする布団の中、下着を少し押し下げて、指をそこへ忍ばせてみた。さっき浴びたシャワーの名残で湿っているが、当然ながら潤んではいない。反則のような気もしたけれど、試しに孝之が他の女と寝ているところを思い描いてみた。彼が抱き合う相手をXとして、美登利の顔と肉体をそこへ代入する。割合にたやすく思い浮かんだが、いかんせん嫉妬の感情が湧いてこないので、幸か不幸か何の刺激にもならない。

躯の関係よりも、夫が自分以外の女との間に精神的なつながりを持つほうがよほど嫌だ。黒田部長が言うところの〈そこにないもののことを話せる〉関係……そんなふうに孝之が他の女と通じ合っているところを思い描くと、嫉妬というよりもただ単純に、とても嫌な気持ちになる。孝之のことだから、たとえ躯の裏切りは隠せたとしても心のそれまでは隠しきれず、きっとダダ漏れになるに違いないのだ。

躯より心の浮気のほうが許しがたいという心理は、男より女にありがちなのかもしれない。もしそうだとすれば、自分があぁして黒田と二人きりの個室で親密な会話を交わしたり、矢島と騒がしい居酒屋で肩を寄せて話したりといった時間も、それぞれの妻からすれば立派な〈心の浮気〉になるということなのか……。

だめだ、少しも集中できない。目をきつくつぶり、中指の先でゆっくり円を描くように撫でさする。刺激による快感はそれなりにあるものの、腰が浮いてしまうほどの飢えは訪れない。

こんな生易しい刺激ではなくて、誰かにちゃんと触れられたい。男の躯のずっしりとした重みが恋しい。組み敷かれ、予想の付かないことを次々にされて、喉がからからに嗄れるほど声をあげてみたい。情事の後に訪れる、あの泥のような眠りが懐かしい。

矢島のセックスなら、もう嫌というほど知っている。黒田はどんなふうにするのだろう。思い描こうとしたが、しかつめらしい顔ばかりが浮かんで、これもやはりうまくいかなかった。

早々にあきらめて下着から手を抜くと、涼子は灯りを消し、再び目を閉じた。

その道のプロフェッショナルならば、と思ってみる。すっかり涸(か)れてしまった泉であっても、手際よく掘り起こして甦らせてくれるのだろうか。

7

涼子から届いたＬＩＮＥの文面を、孝之はそれから後も何度となく開いてはくり返し眺めていた。

〈いいんじゃないかな。せっかくだもの、乗せていってあげたら？　そのかわり、事故にだけは気をつけてね。よその大事なお嬢さんなんだから〉

妻はいつも、用件をひとまとめに書いてくる。たいていはこれくらいの短さに収まっているが、たまにメールと変わらないほど長い文章がそれこそ巻物のように延々と続いていることがある。そういう時は目にしただけで読む気をなくす。その文章が毎度、添削をくり返したかのごとく完璧なだけになおさらだ。

自分の生真面目さがしばしば、他人に（夫にも）緊張を強いていることを、涼子はわかっているのだろうか。

〈せっかくだもの、乗せていってあげたら？〉

その言葉を全面的に真に受けて有頂天になるほど鈍感ではないつもりだが、曲がりなりにも了解を取り付けたとたん、すうっと胸のつかえが下りた。言いだすタイミングをさんざん計っていたのも無駄ではなかったということだ。

――まったく情けないな。女房のご機嫌ばかり窺っててどうするんだ。

――べつに下心なんかないんだから、堂々としてりゃいいじゃないか。

そう胸を張る端から、隠しきれない疚しさがちろちろと胃の裏側を炙る。美登利から告白を受けて以来何度も、彼女を思い浮かべては一物（いつもつ）に手をのばし、あまつさえ最後まで駆け抜けることをくり返している。妻への背徳感がまた最高のスパイスだった。

生身の女への欲望が自分に備わっていることすら、すっかり忘れていた。久しく小便以外の目的に使っていなかったこの器官も、いざとなれば、というか要するに相手次第では、まだまだ雄々しく戦うことができるらしい。それを確認しただけで昨日までとは世界が変わって見えるあたり、おのれの単純さに苦笑がもれる。

相手次第とはつまり、はっきり言って、ベッドの上でこちらを緊張させない女であれば可能ということなのだった。涼子に対してどうしても一歩が踏み出せないのは、〈勇気を出して誘いをかけたのに断られたら馬鹿みたいだ〉という自尊心と、〈また勃たなかったらどうする〉という恐れと、〈そもそもそこまでして妻と寝るのが愉しいわけでもない〉という本音、その三つに尽きる。

何年も一緒に暮らすうちに夫婦ともに地金が表れ、もはやセックスの場面でだけふだんと違う役割を演じることは難しくなってしまった。無理に軀を重ねようとした結果、しらじらしくてうそ寒い気分にさせられるくらいなら、お互い縁あって結ばれた生活共同体と割り切った上で穏やかな日常を育んでいくほうがずっと意味のあることではないか。

たまに妄想の中でだけ別の女の顔を思い描いたとしても、それくらいは夜中にこっそりAVを見るのと変わらない。世間の男たちの誰もがしていることだ。そのかわり、妄想はあくまで妄想に留めておいて、涼子との暮らしを大事にすればいい。

目の前で美登利が泣き崩れたあの日でさえも、すんでのところで踏みとどまることができたのは、今の生活と妻とを心から大切に思っているからこそだ。美登利を憎からず想う気持ちは胸の奥底に沈め、店を手伝ってくれる有能なスタッフとその店長という距離を厳然と保ったまま接するよう努めて、それ以上のことは決して態度に出さないようにする。たとえ彼女の感情がまた揺れて乱れてしまったとしても、こちらに大人の分別と強い自制心さえあれば、めったなことは起こるわけがないのだから。

店を閉めた後の裏庭で、明るいターコイズグリーンの愛車に油を差してやりながら、孝之はいよいよ明日に迫った一泊旅行に思いを馳せた。

〈うちの車のルーフキャリー、自転車二台まで積めるんだけど、どうする？　一緒に乗ってく？〉

そう訊いてやった時の美登利の顔を思い起こしたとたん――。

一物などではない、心臓の端っこが、きゅっとつねられたように疼いた。


中央自動車道を走って一時間あまり。相模湖と上野原を過ぎて談合坂が近くなって来た頃だ。

「お腹すきませんか」

と美登利が言った。

ここまで来ればあと三十分ほどで河口湖インターだが、高速を降りてしまえば開いている店を探すのに苦労するかもしれない。朝早く家を出てきたものだから、まだ七時にもなっていないのだ。

「そうだね。このへんで食べちゃおうか」

孝之はミラーを確かめ、

〈事故にだけは気をつけてね。よその大事なお嬢さんなんだから〉

アウディのハンドルをできるだけ緩やかに切って、談合坂のサービスエリアへと滑り込んだ。

「私、きつねうどんにします」

「そんなので足りる？　これから体力使うのに」

「じゃあ、ミニ炊き込みごはんもつけちゃおうかな」

孝之は食券の販売機に千円札を二枚入れ、きつねうどんとミニサイズの炊き込みごはん、それに自分のカツカレーを買った。

　財布から千円を出して返そうとする美登利に向かって、首を振ってみせる。

「いいよ、ここは奢り」

「え、そんな」

「いいってこれくらい」

「……じゃあ、甘えます」

　ありがとうございます、と礼を言った彼女が、自分のぶんの食券を受け取りながら、ちらりと孝之を見あげて意味深に微笑する。

「なに？」

「代わりにランチを奢ります、って言いたいとこですけど……」

「いやいや、いいって」

「ですよね。そんなことしてサークル内で噂になったら、早瀬さん困っちゃいますもんねえ」

　冗談めかした口調はけろりとして、失恋による悲壮さのようなものは感じられない。ほっとしながらも、なんとなく肩すかしを食らわされた気がする。

「べつに困りゃしないけどさ」

　孝之はぼそりと言った。

「えー、駄目ですよ。愛妻家キャラで通ってるんだから」

「通ってないよ。てか、どうでもいいよ、そんなこと」

　つい、ぶっきらぼうな口調になってしまう。

「でも……」美登利がうつむいた。「今日だって、ただでさえ一緒の車で行くわけじゃないですか。

変なふうに思われたりしたら、私、涼子さんに合わせる顔がないし」

「わかってるって。その相談はもう、ちゃんとしたろ？」

こくりと美登利が頷き、すみません、と呟く。

孝之の経営する美容室でネイリストを探していたところへ、自宅の近い美登利がその広告を見つけて応募。今は週に二日間だけ通っていて、店には他のスタッフも一緒に働いている——そういう〈設定〉にしてほしいと美登利は言い、孝之は承知したのだった。確かに美登利は、それでなくとも目立つ紅一点のメンバーだ。噂好きな中年男どもから格好の餌食にされては、彼女が可哀想すぎる。

今どきの食券は、カウンターに半券を渡しに行かなくとも自動的にオーダーが通るシステムになっている。呼ばれるのを待っていると、きつねうどんに続いてカツカレーもできあがり、二人はそれぞれのトレイを受け取ってテーブルに着いた。

「朝からそんなもの、よく食べられますね」

気まずい空気を入れ換えるように、美登利が話しかけてくる。

「ゼンゼンいけるって。こう見えて若いんだよ、おじさんは」

「どっちですか」

笑い声を上げた彼女が、いただきまーす、と割り箸を二つに割った時だ。

「あれっ、もしかして早瀬？」

はっとなって顔を上げると、長身の男がスタバのカップを手に立っていた。日に灼けた肌、柔らかくウェーブのかかった髪、彫りの深い顔立ち。

「え、野々村？」孝之の声も思わず大きくなる。「何やってんの、こんな早くから」

「それはこっちのセリフでしょ。こんなとこで会うなんてびっくりだよ」

野々村は隣の席にかばんを置きながら、孝之の向かいに座る美登利へと視線を移した。

「あれ？」

と首をかしげる。

「え、知り合い？」

孝之が訊くと、美登利が先に答えた。

「いいえ」

「違ったか、失礼」野々村も言った。「前に会ったかなと思ったけど勘違いでした。ええと、ここ、お邪魔しちゃっていいですか」

訊かれた美登利が、黙って孝之を見る。

「もちろん。っていうか野々村、なんでこんなとこにいるの」

「ん？　ゴルフ」

そういえば富士五湖の周りにはゴルフ場が山とある。ここへ来るまでのナビの画面上でも、ＧＣ、ＣＣといった表示をさんざん目にした。

「お客さんに誘われてさ」

その一言で、客層の違いを思い知らされる。

「へえ。ってことは、今日は休み？」

「じゃないけど、たまに店長がいなくたって店は回るから」

「ずいぶん余裕だな」

「でしょ。俺、こう見えて人を育てるのはうまいのよ」

孝之から美登利に目を移し、野々村はニコリとした。

「で、早瀬のほうは？」

「河口湖で、自転車サークルの集まりがあってさ」

「ああ、なるほど。今さっき見た見た、ルーフに自転車二台積んでる赤いアウディ。あれ、早瀬の車かあ」

「こっちは小島さんっていって、最近うちの店を手伝ってくれてるんだけど、彼女も乗るもんだから。せっかくだし一緒に参加しようかってことになって」

「へーえ」

野々村が興味深げに見やると、美登利は曖昧に笑って目を伏せた。どうやらこの男の遠慮のなさが苦手らしい。それはそうだろうと孝之は思った。

「ああ、そういえば、元気にやってるよ、山崎くん」

ふいに言われてぎくりとした。今の今まで、前のアシスタントである山崎のことなど頭にも浮かばなかったのだ。こちらが野々村に面接を頼み込み、その末に雇ってもらったにもかかわらず。

「そうか、よかった」素知らぬ顔で答える。「ずっと気になってたんだけど、一度は任せたものをいちいち訊くのも何だかなと思ってさ。どう、彼、使えてる？」

「おう、すごく一生懸命やってくれてるよ」爽やかに髪をかき上げながら、野々村は目もとを和ませた。「早瀬が言ってたとおり、技術的にはまだムラがあるけど、なんたって素直なのがいいよ。人間、結局のところそれが一番でさ、時間はかかってもきっと巧くなれると思う。今、気働きの大切さを教えてるとこ」

それはつまり、常日頃ぼんやりしているということじゃないのかと思ったが、野々村の言葉には例によって裏の意味合いはなさそうだ。

「よかった。改めて、ありがとう」

「だからそれもこっちのセリフだって。人手が足りなかったのはほんとなんだからさ」

容器の蓋に口をつけ、コーヒーを熱そうにすする。

「それで、早瀬のほうは？　店は順調？」

「まあ、ぼちぼちだよ」孝之は苦笑いで答えた。「そっちとは比べようもないけどね。なんとかやってる」

「自分ちの一階なんだっけ」

「そう」

「羨ましいよ。好きなように作れるじゃん。居抜きで借りてる店じゃそうはいかない」

贅沢を言うな、と思ってしまった。渋谷駅から歩いて行ける商店街に店を出し、定休日でもないのに店長が留守にできるほど腕のいいスタッフが揃っていて、それで他人の何を羨ましがると言うのだ。皮肉か。嫌味か。

「けど、俺には無理だなあ」

案の定、彼が言葉を継ぐ。

「そりゃそうだろ。野々村にあんな田舎は似合わないよ」

「いや、そうじゃなくてさ。すぐ二階が自宅だなんて、無理だよ」

「え？」

「気持ち的に切り替えがきかないっていうか、自由がないっていうか、そもそも仕事モードの顔なんて家族に見られたくないじゃん。てか、奥さん元気？」

そうだ。野々村は、涼子との結婚式にも来てくれたのだった。

「元気だよ、おかげさんで」孝之は言った。「けどその、仕事モードを家族に見られたくないってので、よくわかんないな」

「そう？　家族の気配がちらついてて、仕事と日常をよく切り替えられるなと思ってさ」

「まあ、うちのはフルタイムで働いてるからね。昼間は家に誰もいないんだ」

「あ、そうだっけ。だったらまだアリなのかな」

野々村がちらりと美登利を見やる。

「どうです？　早瀬のとこは、働きやすいですか」

「ええ、もちろん」美登利が答えた。「それに早瀬さんの奥さんって、すごく素敵な方じゃないですか。友だち夫婦みたいな感じで、とっても憧れます」

「よかったなあ、早瀬。嫁さんにもスタッフにも恵まれて、羨ましいよ」

相変わらず、そうは聞こえなかった。


空はまぶしく晴れ渡り、富士山が間近に迫って見えた。頂上の雪は残っていたが、なだらかな裾野はすでに夏の色だ。

河口湖は、富士五湖の中では最も標高の低いところに位置している。湖岸線もまた一番長いが高低差があまりなく、初心者でもサイクリングが楽しめるとあって、駅周辺には自転車レンタルの店が目立っていた。

とはいえ経験者ともなればさすがに湖畔を一周するだけでは物足りない。隣の西湖（さいこ）まで合わせても、一気に走り抜ければ半日でおつりが来るだろう。

「時計回りで出発して、気持ちよく晴れてるうちにまずパノラマロープウェイで山頂からの眺めを楽しみませんか」

主宰の萩原が、よく灼けた顔に笑みを浮かべながら言う。

「そのあと湖畔をずーっと走って、西湖のレストハウスあたりで昼飯食って。途中のビューポイントで休んだり、美術館に寄ったりしながらゆっくりこっちへ戻ってくるってのはどうでしょう」

午前九時、湖畔の無料駐車場に集まったのは、孝之と美登利を含めて全部で五人のメンバーだった。平日だけに少ないが、常連の川村もいて、二人が同じ車から降り立ったのを見て目を丸くした。

サイトにこのツアーの情報が載った時から、萩原は、一日目は足慣らし、二日目は本格的なコースをと提案していた。今日のところは河口湖と西湖を合わせた三十二キロ。明日は富士五湖すべて、全長百十キロに及ぶ湖岸をぐるりと走破する計画だ。

「空模様と皆さんの顔を見てから決めようと思ってたんだけど、明日も天気は問題ないみたいだし、このメンバーなら充分いけそうだ。ね、どうです？　ゆっくりいきますから」

そう言って、孝之の隣に立つ美登利を見る。紅一点にしてキャリアの浅い彼女を思いやったつもりだろうが、そう言われると反対にむきになるのが美登利だ。

「ありがとうございます。でも、そんなにおミソ扱いしないで下さいよ」冗談めかして言うものの、目までは笑っていない。「私なんかに気を遣わないで、ふだん通り皆さんのペースでお願いします。万一ついていけなかったら、ちゃんと自分で休みますから」

「よし、じゃあ決まりだな」

萩原は笑って、とことん金のかかったロードバイクにまたがった。

例によって萩原が先頭に立ち、その後ろに初参加の鈴木（すずき）という若者が続き、川村、美登利ときて、しんがりは孝之が務めることになった。北側に位置する駐車場から、右手に湖を見ながら出発する。湖畔の道はよく整備され、平坦で、走るのに何のストレスもなかった。孝之も、すぐ前をゆく美登利も、初めて会った頃のような冬の装備ではない。薄手のウェアに包まれた彼女の上半身から腰にかけてのライン、すんなりと伸びた脚がペダルを交互に踏みこむ様を思うさま堪能し、きらめく湖面に目を眇めながら、一定の距離を空けてついてゆく。

車輪が細かな砂を踏む音。耳もとを風が切る音。そして小鳥のさえずり。知らぬ間にたまっていた日常の鬱屈が吹き払われ、胸の裡にも澄んだ空の広がる心地がする。

ああこれだ、と久しぶりに思った。やっぱり、たまにはこういう時間がなくてはやっていけない。毎日毎日、店を訪れる客の髪を整え続け、愚痴を含む世間話をひたすら聞き続けて、夜遅く帰ってきたりこなかったりする妻に対しては言いたい言葉の多くを呑み込む。そんなルーティンをくり返しているだけではどんどん疲弊して、身体の内側で生ゴミが腐っていくかのような気分になる。

〈すぐ二階が自宅だなんて、無理〉

野々村の言葉が今も耳の奥に残っていた。

現実には、涼子は昼間、家にいない。いないのだが、常に気配のようなものはある。あのとき美登利に泣かれても踏みとどまることができたのは、なんとなく涼子の視線が意識されたせいもあるだろう。だが今は、忘れよう。頭を空っぽにしよう。そのためにこそ、早起きをしてここまで来たのだから。

額と背中に汗が滲んでしばらくたった頃、早くもロープウェイの入口に着いた。それぞれ自転車を停めてチェーンをかける。

標高一〇七五メートルの天上山（てんじょうやま）の山頂まで、ゴンドラに乗ればものの三分ほどだという。看板に

〈天上山公園カチカチ山ロープウェイ〉とあるのを見た美登利が、

「え、カチカチ山って?」

呟くと、萩原がふり返った。

「あれ、知らなかった? ここ、昔話の『カチカチ山』の舞台なんだってさ」

孝之は思わず眉をひそめた。いつになくタメ口で距離を縮めようとするのが気に食わない。

「ってことはもしかして、タヌキの泥船が沈んだのは河口湖ってことなんスかね」

せっかく会話の球拾いをした川村に対しては、萩原はただ頷いただけでさっさと歩いてゆく。

(態度が露骨過ぎやしないか)

前々から萩原にかすかな反発は抱いていたが、大人げないと自分に言い聞かせて受け流していた。それなのに今日は、言動の一つひとつが神経に障る。玄人好みの贅をこらした自転車までが、こちらの存在を脅かしてくるもののように思えてしまう。この、もやもやとした胃のむかつきにも似た感情には覚えがあった。嫉妬だ。美登利がいることで——正確に言えば美登利を女として意識し始めたことで、自分より社会的地位や経済力がはるかに上の萩原の存在がよけいに疎ましく感じられるのだ。

ぞろぞろと皆で乗り込んだゴンドラの屋根の上には、児童公園の遊具にでもありそうな可愛らしいタヌキがいた。

「『カチカチ山』って、ほんとはすごく怖い話なんですよね」滑るように動き出したゴンドラの窓から下界を見おろしながら、美登利が言う。「今どきの絵本だと当たり障りなく変えてあるみたいだけど、もともとはびっくりするほど残酷なんですよ。店長、ご存じです?」

わざわざ皆の前で〈店長〉と口にすることで、互いの間の距離をさりげなくアピールしつつ、こちらを立ててくれてもいるのだろう。

「いや、知らなかったな」

「俺も知らないや」と川村。「うちの子に読んでやったやつとは違うのかな。どんなふうなの？」

「ランチの時にでも教えてあげますよ。食欲失せちゃうかもしれないけど」

美登利が悪い顔をして笑う頃には、もう山頂も間近だった。

三六〇度のパノラマ、との宣伝文句に偽りはなかった。湖畔を走っていた時にはきらきらと輝いて見えた水面は、ここからは青というより黒に近い紺碧に澄んで静まりかえっている。うっすらと刷毛ではいたような雲が幾つか浮かんでいるほかは視線を遮るものとてなく、富士山はてっぺんから裾野までくっきりとよく見え、遠くにアルプスまでが横たわっていた。

「ついてたね。小島さんって晴れ女なんじゃないの？」

萩原がまた軽口を叩く。ふだんは主宰者としてメンバーの全員と等距離の接し方を心がけているようなのに、今日は少人数だからか、気さくといえば聞こえはいいがはっきり言って馴れ馴れしい。

他の観光客に頼んで記念の集合写真を撮ってもらい、再びロープウェイで山を下る。だんだんと気温の上がってくる中を快調なペースで進み、当初の予定通り、西湖のレストハウスで昼食をとることになった。厨房から漂う香りを嗅ぐだけで胃袋が音を立てる。

初めて参加する鈴木は若いわりに物怖じをしない男で、今は小さな自転車専門店でアルバイトをしているが、早く老舗の有名店に移りたいのだと屈託なく話した。互いの近況や世間話のうちに皆が食べ終わり、食後のコーヒーを待っている時だ。川村が、思い出したように美登利のほうを向いた。

「そういえば、さっきの『カチカチ山』ですけど、あれって悪いタヌキがウサギに懲らしめられて改心する話じゃないんですか？」

孝之の向かいに座った美登利が、口をへの字にして首を横にふる。

「私が小さい頃、曽祖母が読んでくれた日本昔話の本が、その当時ですでにかなりぼろぼろの古いものだったんですよ。そのお話の中では、タヌキは悪さばかりするからおじいさんに捕まって、タヌキ汁にされそうになるんです」

鈴木が笑う。タヌキ汁、という語感が面白かったようだ。

「でも、おじいさんから見張っておくように言われたおばあさんは、タヌキがあんまり哀れっぽく頼むものだから可哀想になっちゃって、本当に改心するね、もう悪さしないねって言い聞かせた上で、とうとう縄をほどいて放してやるんですけど……自由になったとたんにタヌキは豹変して、そばにあった杵だか何だかでおばあさんを殴り殺してしまうんです」

「マジか」

と川村。

「いくら昔話でも、私、自分のおばあちゃんが本を広げて淡々と、『タヌキはおばあさんを殴り殺してしまいました』って言うのが本当に怖くて」

「そりゃそうだ、真に迫りすぎだ」

「おまけにタヌキったら、おばあさんをババア汁にして、おじいさんの帰りを待つんですよ。自分はおばあさんそっくりに化けて」

「何だよ、そのホラー」

「そうしておじいさんが美味しくその汁を食べ終えたところで、いきなりタヌキの姿に戻って、やーいやーいって嘲(あざけ)り笑うんです。『ざまあみろ、お前が今食ったその汁はババアの肉だぞ』って」

テーブルが、しんとなった。一拍おいて、

「こっわ！」

川村と鈴木が腕の鳥肌をさする。孝之も同じ思いだった。人の肉を食うという行為に、理屈ではない拒絶感がこみあげる。

ようやくコーヒーが人数ぶん運ばれてきた。熱い液体にほっと息をつきながら、

「いやあ、そんな話、僕は子どもの頃に読んだ覚えないな」

と萩原が言った。

「じゃあ、曽祖母のはもっとずっと古い本だったのかもしれませんね。文学少女だったから、自分のを大事に持ってたのかも」美登利が言った。「でも、ウサギだって相当なものですよね。タヌキの背中に火をつけたばかりか、最後は泥船に乗せて、溺れかけてるところを助けるどころか水の底にぐいぐい沈めて殺すし……。そんなこんなで私、すっかりトラウマになっちゃって。〈ほんとうにあった怖い話〉より何より、私にとってこの世でいちばん怖い話は『カチカチ山』です。いまだにそう」

うーん、と川村が唸る。

「聞いたのがハンバーグ食い終わってからでよかった。いくら因果応報を教えるためったって、さすがにちょっと子どもには読ませらんないわ。今どきの絵本がマイルドに作ってあるのも納得だわ」

「でも、小島さんのひいおばあちゃんは、どうしてわざわざそんな話を読み聞かせたのかな」と萩原が言う。「もしかして小島さん、すごくやんちゃで聞き分けのない子どもだったとか?」

「聞き分けなんか、今だってありませんけどね」美登利が口もとだけできゅっと微笑んで言った。「ただ、あの時言われた言葉はよく覚えてます。『真面目に生きてる人を騙したり、馬鹿にしたり、その人の大事なものをちょろまかしたりするのは、いちばんやっちゃいけないことなんだよ。どんな仕返しをされても文句は言えないんだよ』って」

「なるほどねえ。それはそうと早瀬さん」

孝之ははっと顔を振り向けた。ずっと美登利の表情に見入っていたことに、今さらながら気づく。

「さっきからずいぶん静かだけど、どうしました？」

ほっとけよと思いながら、

「いや……なんか、軽々しく相槌も打てなくて」孝之は答えた。「もともとの『カチカチ山』も凄まじいですけど、ひいおばあさんの教えがまたね。子どもをぜんぜん子ども扱いしてないところが素晴らしいなと思いますよ」

美登利が正面からこちらを見ている。口もとだけでなく、目の奥から、いや全身全霊で笑んでいる。駄目だ、そんな顔をしたらバレてしまうじゃないか、と思いかけ、バレて困る具体的な何かなどまだ一つもないことに気づく。

ふくれた腹をさすってレストハウスを出てからは、各自、ペダルを踏むことに集中した。涼やかな緑陰に包まれたかと思えば逃げ水を追いかけるばかりの舗装道路が続き、それでも片側にはほぼ常に湖の青が見え隠れして、ひとときも景色に飽くことがない。

休憩を挟み、寄り道も愉しんでの夕刻、もとの駐車場へ戻ってくると、萩原が引率のツアコンよろしく言った。

「はい皆さん、本日はお疲れさまでした。宿は駅のそばの同じホテル、シングル五室を押さえてありますので、チェックインや精算は各自でお願いします。朝食だけで今夜の夕食は付けてないです。ホテルの中でも外でも各自自由に摂って頂いて、明日の朝八時にロビー集合としましょう。今夜は深酒は禁物ですよ。ゆっくりお風呂に浸かって、明日に備えて早めに休んで下さい」

では解散、と言われ、孝之は愛車の点検と整備をし、美登利の自転車ともどもアウディのルーフキャリーに固定した。

「どうします？　すぐチェックインしちゃいますか？」

シートベルトを締めながら美登利が言う。皆といた時とは違う、リラックスした表情だ。

「そうだなあ。せっかくだし、明日の下見がてらドライブしようか」

どうやら最適解であったらしい。孝之の返事に、彼女は今日一番の笑みを見せた。

河口湖から西湖、精進湖と、まずは北側の湖畔に沿ってのびる道をアウディはひた走り、本栖湖をぐるりと周回して今度は南側の道を戻ってきた。河口湖の南岸を辿り終えたところから、富士吉田の市街地を突っ切る形で、東南に位置する山中湖を目指す。その頃にはすっかり日も暮れていたが、湖越しの富士山はまだかろうじてシルエットが見てとれた。

「明日も夕方までずっと晴れてくれるといいんだけどね」孝之は言った。「天気がいいと、湖面に富士山が映るんだってさ。逆さ富士っていうらしいよ」

「私、ちゃんとここまでついてこられるかな」

助手席の美登利がつぶやく。今朝のスタート前、明日は富士五湖を全部制覇しようという萩原の提案を受けた時はずいぶん勇ましかったのだが、今は少し不安そうだ。

「自信ない？」

ハンドルを握る孝之が前を見たまま訊くと、ふっと笑う気配がした。

「悪い癖なんですよ、私の。他の人から、とくに男の人から庇われたりすると、とっさに腹が立って意地張っちゃうところがあって」

「うん。知ってる」

「え？」

「俺、初対面で怒られたもん」

「ちょっと待って、何のことですか？」

「ほら、最初に道の駅のランチで向かい合わせになった時にさ。萩原さんが、午後のコースはどうするかって話振ってきて……」

あっ、と美登利が叫んだ。

「私ったら……そんなしょっぱなからやらかしてたなんて。やだもう、すみません」

「いいじゃん、べつに。あの時だって全然いやな感じは受けなかったし、むしろハッとさせられたしさ。〈女の人は弱いんだから守ってあげないと〉みたいなのって、時と場合を考えないと相手に失礼なことになっちゃうんだよな。涼子にもよく言われてることなのに、ついポロッと出ちゃって……こっちこそごめん」

美登利からの返事がない。真摯に謝ったつもりなのだが通じなかったのだろうか。横目で見やると、彼女は左側の窓から外を見ていた。道路灯に照らされる白い耳やうなじを見て、あ、と思った。こういう場面で妻の名前を出したりするべきではなかったのかもしれない。

何か言葉を足すべきかと迷ったものの、何をどう言っても白々しく聞こえる気がする。仕方なく、

「さすがに腹減ってきたね」

そう言ってみると、美登利はこちらを向いてくれた。

「もうずっと前からぺこぺこです。ご飯、このへんで食べていっちゃいましょうか」

山中湖畔のしゃれたビストロで、ビーフシチューがメインのカジュアルなコース料理を堪能し、河口湖へ戻ってホテルに着いたのが夜九時過ぎだった。外でもロビーでも、サークルの仲間には誰にも会わずに済んだ。

車のルーフに積んでいた自転車を二台とも下ろし、奥に保管してもらう。サイクリング客の注文には慣れているとみえて、スタッフは手際よかった。

「あっちで座ってちょっと待っててくれる？」

孝之は、フロントから少し離れたラウンジのソファを指さした。

「でも手続きが」

「うん、一緒に書いとく。で、俺のカードで払っちゃうから」

「じゃあ、後で私のぶんをお返ししますね」

「いや、いいよ」

「それは駄目ですよ！」

慌てる美登利に、孝之は言った。

「いいって。今回のこれは経費で落とすからさ。ささやかな社員旅行ってことで、福利厚生費」

にこりとしてみせると、美登利の眉根がすまなそうに寄る。

「そんな……ほんとにいいんでしょうか。食事まで奢って頂いてばっかりなのに」

「いいじゃん、このくらい。めったにない機会なんだから」

すみません、と頭を下げて、美登利がロビー奥のソファへ向かう。孝之は、良い気分でフロントのカウンターに向き直り、スタッフに名前を告げた。

受け取ったキーの一つを美登利に手渡し、おやすみを言ってそれぞれの部屋に引き取る。エレベーターを降りたのは孝之が先で、美登利は一つ上の階だった。

熱いシャワーで一日の汗と疲れを流し、洗いざらしのTシャツとハーフパンツに着替える。ホテル特有の分厚いバスタオルで頭をがしがし拭きながら、数時間ぶりにスマートフォンを確認した。

ふだんなら店に立っていても合間合間に何かと手に取ってはチェックするスマホを、今日はせいぜい写真を撮る目的にしか使っていない。四角い金属板の中の情報よりも、目の前に広がる世界のほうがよほど豊かだった。湖越しの雄大な富士山、緑したたる木々のトンネル、空と水の色に映える鮮やかな花畑や、そしてくるくると変わる美登利の表情や……。

冷蔵庫を開けると、無料サービスの水のペットボトルが二本と、数種類の缶飲料が各一本ずつ入っていた。ふつうに買うよりかなり割高なんだろうなと思いながらも、缶ビールを選ぶ。今夜のビストロでは運転があるせいで飲めず、孝之に付き合って美登利までノンアルコールビールだったのだ。

ほとんど一気に飲み干し、空き缶をサイドテーブルに置いて、ベッドにごろりと仰向けになった。糊のきいた寝具の上で手足を存分に伸ばす。何とも気持ちいい。

しみじみと、部屋をグレードアップしてよかったと思った。萩原が確保した部屋はすべてシングルだったが、先ほど空きを調べてもらい、大きめのベッドが入ったワンランク上の部屋に変えてもらったのだ。もちろん美登利の部屋も、黙ってそうしておいた。もともとそんなに高いホテルではないからこそ出来たことだし、旅先でのちょっとした贅沢くらいは許されるだろう。明日もあるのだから、彼女にものびのびと眠ってもらいたい。

スマホを手に、どうしようかと迷う。泊まりがけのライドに参加するのは久しぶりのことで、前の時はたしか、帰宅するまで妻に連絡など入れなかった。しかし今回は自分一人で参加したわけではない。あんまり梨のつぶてで、へんに勘ぐられるのもつまらない。

ＬＩＮＥの画面を開く。

〈お疲れ。宿に着いたよ〉

〈シャワー浴びたらめちゃめちゃすっきりした〉

〈そっちは変わりない？〉

すると、驚くほどすぐに既読になった。待ち構えていたのだろうかと、少しどきどきする。

〈お疲れさま。いつも通り、まだ会社にいます。そちらはどう？　楽しめた？〉

当人にそんなつもりはないのだろうが、私は働いているのにあなたはいいご身分ね、というふうに読めなくもない。それすらも多分に、こちらのちょっとした罪悪感からくる僻み根性だ。

〈うん、晴れててすごく気持ちよかったよ〉

〈なんか久々にリフレッシュできた感じ〉

〈今日のところは足慣らしだったんだけどね〉

〈明日は、富士五湖ぜんぶ一気に回る予定！〉

ゆるキャラのクマが必死になって自転車を漕いでいるスタンプまでつけて送ったのだが、今度はなかなか既読がつかない。手持ち無沙汰のあまり、ついでに大パノラマの写真も送ってみる。ロープウェイで登った、天上山こと「カチカチ山」の山頂から撮った一枚だ。

残忍冷酷なタヌキと、それを上回る非情さで報復するウサギの話とともに、美登利の曽祖母の教えが思い出される。ふり返ってみるに、自分はどうだろう。これまで生きてきた中で、誰かの持ちものを羨んだり欲しがったりしたことはなかっただろうか……。

ぼんやりしていたところへ、いきなりピンポーン、と鳴ったので飛びあがった。スマホの音ではない、ドアベルだ。

急いで立って行き、確認穴から外を覗くと、両端が丸く歪んだ廊下の真ん中に美登利が立っていた。何やら怖い顔をして、コンビニの袋を抱えている。

内鍵をはずしてドアを開けるなり、彼女は声をひそめて言った。

「ごめんなさい、もう寝ちゃってました？」

「いや、全然まだ」

ほっとした顔を見せる。怖い顔に見えたのは緊張のせいだったようだ。彼女もすでにシャワーを浴びたらしく、パーカーのようなフード付きのワンピースに着替えている。

「あの、これ……ビールとおつまみ適当に買ってきたので、よかったらどうぞ」

「え、わざわざ？　どこで？」

「このすぐ裏の通りにコンビニがあるんです。ホテルの人に訊いたら教えてくれて」

「ビール、もう開けちゃったよ」

「でもお部屋の冷蔵庫、一本しか入ってなかったじゃないですか。早瀬さん、さっき飲めなかったから物足りないかなって」

はい、と手渡された袋の中身を覗く。缶ビールが四本とハイボールが二本、スルメにチーかま、サラミにナッツにクラッカー……。

「じゃあ今度こそ、おやすみなさい」

ぺこりとお辞儀をする彼女を、慌てて呼び止める。

「ちょっと待った」

「はい？」

「『はい？』じゃなくてさ。これ、どう見ても一人ぶんじゃないでしょうが」

美登利が、アヒルのような口をして、首をかしげてよこす。そのとぼけっぷりに、孝之は思わず噴きだした。あざといとも思うのだが、どうにもこうにも憎めない。

「ったくもう……」思いきって、ドアを大きく内側に開ける。「よかったら一緒にどうぞ。そのかわり、これ飲んだら自分の部屋へ帰って寝るんだからな」

おそろしく偉そうに聞こえるかと思ったのに、

「わーい、やった！」

美登利はぺろりと舌を出し、孝之の横をすり抜けるようにして部屋に足を踏み入れた。まだ少し濡れているショートヘアの頭のてっぺんから、自分と同じシャンプーの匂いがする。ドアの閉まる音とともに、そうか、と今さらのように思った。さっきから妙に彼女の顔があっさりして見える気がしたが、そうか、すっぴんだからか。

「ねえ、早瀬さん」あたりを見まわしながら美登利が言った。「もしかしてお部屋のランク、私に黙ってアップしました？」

孝之は答えなかった。

「やっぱりね。サイトで見てたシングルのお部屋と全然違うんだもん。あっちはシャワーブースだけだったけど、ちゃんとバスタブもついてるし」

どうしてそんなことを、と言われ、渋々口をひらく。

「まあ、いくらも違わなかったしさ。だったらちょっとでもゆっくりできたほうがいいかなって」

「そりゃ私だって嬉しかったですけど……ごめんなさい、なんかいっぱい散財させちゃって」

「いや、小島さんだってこんなに買って来てくれたじゃない」

窓際の丸テーブルに中身を広げながらそう言ってみると、美登利はふふっと笑って肩をすくめた。

勝手知ったるという感じで冷蔵庫の横のガラス戸を開け、中からタンブラーを二つ取り出してテーブルに置く。孝之がベッドの裾に座り、彼女は一つしかない椅子に腰掛けて、まずはビールで乾杯をした。同じ銘柄なのに先ほど一人で飲んだ時よりもよほど旨く感じられるのが、自分でも可笑しい。

コーヒー茶碗にナッツをざらざらとあけ、受け皿のほうにはスルメとサラミを出した美登利が、最初につまんだのはチーかまだった。赤いシールのところからピッとはがしてビニールを剝きながら、自分で苦笑している。

「私、これに目がないんですよねえ。子どもの頃から、父のために買ってあるのをこっそり盗み食いしては叱られてたくらい。鱈ロールとかも大好きだったから、大人になったらきっと飲んべえになるなんて言われて」

「それほど沢山飲むような印象はないんだけどな」

「ですね。でも、好きですよ」

「甘いアイリッシュコーヒーとかね」

あ、という笑みが、美登利の目もとに浮かぶ。共犯者の笑みだった。

「涼子さんとも、こんなふうに飲んだりするんですか？」

ふいに訊かれて、驚いた拍子にゲップが出た。「失礼」

「いえ、気にしないで楽にしてて下さい。あ、でも涼子さんと飲むんだったら、ビールにチーかまはないですよね。ワインとチーズとオリーブ、みたいな感じかな」

その通りなので何も言えずにいる孝之を見て、美登利がニコリとする。

「早瀬さんは……涼子さんが初恋だったりするんですか？」

「はあ？」声が思わず裏返った。「何それ……え、そんなふうに見えるわけ？」

美登利が、こっくり頷く。

「いやいやいや、さすがにそれはないでしょうよ。そこまで純情じゃないよ」

笑って否定しながら、なんとなく、男として見くびられた感じがした。

そう、さすがにそんなわけはない。恋愛なら涼子と出会う前にいくつかは経験がある。濃い淡いの差こそあれ、どれも遊びというわけではなく、ちゃんと気持ちを伴った恋愛だった。少なくとも自分の側は。

が、たしかに、軀ごと溺れきったのは涼子が初めてだったと言える。付き合い始めた頃は、彼女の中にまだ居座っている前の男の影を追い出そうとして必死だった。どうすれば上書きできるのだと、そのことだけで頭がいっぱいだった。いったいあの頃の熱はどこへ消えてしまったのか……。

「なんでそんなふうに思ったわけ？」

そう訊くと、美登利はナッツを口に運びながら、うーん、と首をかしげた。

「どうしてかな。早瀬さんみたいに奥さんを大事にしてる人、私の周りではあんまり見たことなかったから、かな」

「大事になんかしてるかなあ、俺」

「してますよぉ」美登利が呆れ顔で笑う。「あのお客さん、名前何ていいましたっけ。ええと……そう、柴田さんだ」

――柴田美也子。思い出すだけで気が重くなる。

「あの人が何？」

「言ってたじゃないですか。外で見かけた時、夫婦にしてはずいぶん遠慮し合ってる感じだったから不倫かと思った、って。あの人の言ってた〈遠慮〉っていうのはつまり、早瀬さんが奥さんをめちゃめちゃ大事にして気遣う空気のことじゃないかと思うんですよね。涼子さんのほうも、それにあぐらをかいて威張り散らすような人ではないじゃないですか。どっちかって言うと、自分のことはあんまり表に出さないみたいな。だからなおさら、お互い相手に遠慮し合うみたいな感じになっちゃうのかなあって……」

孝之の顔を見て、美登利が目を伏せる。

「すいません、勝手なことをべらべらと」

「いや」

相変わらずよく見ている、と唸らされる。

結局缶からそのまま飲んでいたビールが温くなってきたのに気づいて、孝之は残りを呷った。空いた缶を握りつぶしたところへ、すっと細い手がのびてきて、コンビニの袋へとそれを回収する。

「次、何飲みます？　ハイボールにしますか？」

「いや、ビールもらうよ」

あまり早く酔っぱらってしまいたくなかった。冷蔵庫から美登利が出してくれた缶を受け取り、一口飲んで今度はテーブルに置く。

「もう一つ、訊いてもいいですか」

今日の彼女はずいぶんいろいろ知りたがる。

「まあ、うん。どうぞ」

「涼子さんとは、どんなふうに知り合ったんですか？」

「ああ、お客だったんだよね」

「青山のお店時代の？」

「いや、その前にいた店からの」

美登利の目が一瞬、どこか獰猛な感じに光った。

「そこんとこ詳しく」

「べつにそんな、面白い話じゃないよ」

「いいの。端折ったりしないで、ちゃんと聞かせて下さい」

身を乗り出さんばかりだ。女の好きな恋バナというやつだろうか。苦笑まじりに眺めやり、孝之は、最初の店の客だった涼子との再会までの経緯を話してやった。

「久々に会った時は肩甲骨より下くらいのロングだったんだけどね。傷みもほとんどなくてすごく綺麗に伸ばしてたのに、ばっさり短く切りたいって言うから、ヘアドネーションを勧めたんだ」

「その頃って涼子さん、いくつくらいですか？」

「二十代のぎりぎり終わり頃」

「……へえ」

「そのうちに何となく外でも会うようになったって感じかな」

「……そうなんですね」

「ほら、全然面白くないっしょ」

照れもあって笑ってみせたのだが、美登利は何やら真剣な顔で考え込んでいる。

「どうしたの」

「いえ。何でもないです。気にしないで下さい」

引っかかる物言いだ。

「よけい気になるじゃん。言ってよ」

すると美登利は、自分のビールに口を付け、缶越しにちらりとこちらを見てよこした。

「あくまでも一般論ですから、怒らないで下さいね」

「うん」

「男の人にありがちですけど、女が急に髪をばっさり短くすると、『失恋したの？』とかってニヤニヤしながら訊いてくるじゃないですか。あれはほんと腹が立つんですよ。だけど実際、そういう時に髪でも切ってガラッと気分を変えたくなるのは事実なんですよね。まあ私なんかはこれ以上切る髪もないから、今も仕方なくそのままなわけですけど」

言外に含ませた意味合いは明らかで、どういう顔をしていいかわからない。

「その当時、涼子さんはもうすぐ三十の大台に乗る瀬戸際だったわけですよね。その年齢でいきなり三十センチ以上も髪を切るって、よっぽどの何かがあったんじゃないかって、つい勘ぐっちゃいました」

「よっぽどのって、たとえば？」

「たとえば……不倫とか？」

「——なるほど」

「あくまで一般論ですからね、ほんとに」

「わかってるよ」

「ただ、若い子だったらともかく、涼子さんその当時で今の私くらいってことじゃないですか。ふつうに失恋したくらいで、大事に伸ばした髪を切ろうなんてなかなか思わないですよ。よっぽど過去のことを全部すっぱり切り捨てて、人生を新たに始めたかったのかなって。早瀬さん、何も訊かなかったんですか？」

孝之は黙っていた。

洞察力、というのだろうか。それともこれが女の勘というやつだろうか。あのとき涼子の失った恋は確かに、堂々と人に話せるようなものではなかったらしい。こちらが訊いても、〈好きになっちゃいけない人だったの〉と答えるだけで、それ以上詳しくは教えてもらえなかった。

「ごめんなさい」美登利がぽつりと言った。「なんか正直、妬けちゃって」

飲み干したビールの缶を置き、ふっと苦笑をもらす。

「さっきも言ったけど、早瀬さんてば当たり前みたいに奥さんのこと大事にするから、見てて羨ましくなっちゃうんですよ」

「あんまり考えたことなかったんだけどな。日常になっちゃってて、自分じゃよくわからない」

「あのですね。ふつうは、日常になると色んなことがなあなあになって、むしろ奥さんを大事にしなくなっていくものなんですよ。優しくできなくなるものなんです。それを、意識してやってるんじゃないんだったら、よけいに妬けちゃう」

「そう言われても」

「わかってますけどね、これが八つ当たりなのは」

美登利の口もとが可愛く尖る。

「いや、俺のはさ、気遣ってるとか優しいとかいうのとは違うんじゃないのかな」

「どこがですか？」

「うーん……なんかこう、つまり自信がないんだよ」

つい、つるりと本音がこぼれてしまった。すかさずといった感じで美登利が訊いてくる。

「自信って？」

「出会った頃からすでに向こうが三つ年上だったわけで……まあ当たり前なんだけど、そのせいもあって出だしから彼女の側がいろいろリードするみたいな感じで進んで、そのまんま結婚して今に至るわけでさ。おまけに何せあのとおり、一人で何でもできるっていうか、人並み以上にデキる人じゃん」

「確かに」

「そのぶん、やっぱこっちはさ。情けないけどいまだに、これでいいのかな、全然なってないって言われないかな、とかっていちいち頭の隅で考えながら彼女と接してる気がする。ふだんはもうほとんど意識してないから、こうして訊かれなきゃ思い出しもしなかったことだけど」

「それってつまり、ふだんから無意識のうちに奥さんの顔色を窺ってるってことですか？」

「……やけにはっきり言ってくれるね」

美登利は目を伏せ、下唇をきゅっと噛んだ。

「すみません。つい」

小さな齧歯類を思わせるその表情に、孝之は子どもの頃に飼っていたハムスターを思い浮かべた。ほんの二、三年で死んでしまった時はどれほど泣いたことだろう。あのたまらない気持ちがよみがえり、妙に胸が疼く。

「でも、わかる気がします」うつむいたまま、美登利が言った。「奥さん、正直けっこう威圧感ありますもんね」

思わず笑ってしまった。「まあね」

「初めて会った時、びびりましたもん。思わず尻尾巻いて回れ右しちゃったくらい」

そうだった。涼子はあの時、何が気に食わなかったのかいきなりへそを曲げてしまったのだ。

「どうしてなのかなあ」と、美登利が呟く。「あんなに大事にされてるのに、どうして涼子さん、不満そうなのかなあ」

言われてぎょっとなった。不満そう……？

「ふつう、旦那さんからこれほど気を遣ってもらったら、自分のほうも旦那さんを大事にしなきゃって思って一生懸命尽くしますよ。なのに涼子さん、早瀬さんにこれだけ想ってもらってもまだ満足してなさそうなんだもん」

満足、してなさそう？

「あ、ごめんなさい」美登利がはっと口もとを押さえる。「私、またよけいなこと……」

満足してなさそう？

涼子が、満足してなさそう？　傍からはそう見えるのだろうか。背骨の力がだらだらと抜けたようになって黙っていると、

「涼子さんきっと、それが当たり前になって慣れちゃっただけなんですよ」

「ほんとにごめんなさい」美登利の眉が情けない感じに歪んだ。「でも私、ずっと言うの我慢してたんです。早瀬さんは奥さんのこと幸せにしようと思って毎日お店を頑張ってるのに、奥さんのほうは全然協力的じゃなくて、お休みの日でも庭の草抜きひとつ一緒にしてくれないし、自分の仕事にばっかりかまけてて……」

途中から涙声になる。

「早瀬さん、かわいそう。あんなに素敵な、私から見たら理想をそのまんま形にしたみたいなお店があるのに、ちっとも幸せそうに見えないんだもん」

「……そう、かな」

「そうですよ。どうして怒らないんですか？　早瀬さんはね、ほんとは凄い人なんですよ」

「そんなことないって」

「そんなことあります！　お客さん一人ひとりのこと親身になって考えて、辞めてくスタッフの就職

まで面倒見てあげて、たまに予約があんまり入らなかった日だって不機嫌な顔ひとつしない。そんな人、いないですよ」

「褒めすぎだよ」

笑おうとして、うまくいかなかった。長らく空洞のまま渇き果てていた心の穴に、水が滔々と流れ込んできたかのようだった。

ほんとうは、凄い、と褒められたかった。よくやっている、と認めてもらいたかった。もっと日常的にねぎらい、いたわってもらいたかった。――もうずっと長い間。

「褒めすぎなんかじゃありませんてば。足りないくらいですよ」

両手で自分の膝のあたりをぎゅっと握りしめながら、美登利が上目遣いにこちらを見つめる。

「早瀬さんは、本当はもっと大事にされるべきひとなんです。私だったら……」

互いの視線が交叉し、絡み合う。

「私だったら、好きな人にそんな思い、ぜったいさせないのにな」

気づいた時には、美登利が目の前に立っていた。瞳の強さに見入っていたせいで、いつ立ち上がったのかわからなかった。

ベッドに座った孝之の膝が、美登利の腿に触れている。部屋の隅のフロアランプが彼女の背後に隠されて、そのぶん表情がはっきりと見てとれる。それとも、単に近くなったからだろうか。

「私なんか、早瀬さんにはふさわしくないってわかってます」

吐息と変わらないほどの小さな声で、美登利が囁く。

「早瀬さんがどんなに奥さんを大事にしてるかも、ちゃんとわかってます。だけど――好きなんです。好きなの。あの時、告白だけしてあきらめようと思ったけど、ほんとに何回も何回も思ったけど、どうしても駄目だったの。お願い、早瀬さん。絶対にしつこくしたりしないから……早瀬さんの今の生活を壊すようなことはしないって約束するから」

「小島さ……」

「今だけ」

美登利は遮った。

「今だけ、下の名前で呼んで下さい。一度きりでもかまわないから」

8

結婚以来、夫の浮気の可能性を一瞬たりとも疑わずにいたことのほうがもしかしてレアケースなのかもしれない、と涼子は初めて考えた。

うちの夫は絶対浮気なんかしないと信じている妻もいれば、信じ切れずに目を光らせる妻もいるだろうが、涼子の場合はそのどちらとも違っていた。ただ単に、孝之と浮気があまりにかけ離れていて結びつかなかったのだ。喩えるなら、鉛筆からシフォンケーキを、柴犬から東インド会社を連想しないのと同じ理屈だった。

そして人間、不意の出来事には反応が遅れる。初めて孝之の不倫――とまではいかなくとも〈よそ見〉の可能性に直面した涼子は、今になって後悔していた。そうした疑いのある中で、当事者である小島美登利を助手席に乗せての一泊旅行を夫から打診された時、あんなに簡単に許してしまった自分がつくづくと馬鹿に思えてならなかった。

嫌なものは嫌だと言えばよかったのだ。そういうのは気分が良くない、とはっきり言えばよかった。言えなかったのはプライドが邪魔をしたからだ。見栄っ張りにも程がある。

人影のまばらになった会社のフロア、自分のデスクに肘をつき、涼子はスマートフォンを眺めていた。つい先ほど、河口湖の宿にいる夫から、例によって細かく区切っては矢継ぎ早に届いたLINE。とくにそのフキダシの一つが神経に障る。

〈なんか久々にリフレッシュできた感じ〉

「——久々に、ね」

口の中で呟くと同時に、寒々しい気持ちが押し寄せてくる。

〈今日のところは足慣らしだったんだけどね〉

〈明日は、富士五湖ぜんぶ一気に回る予定!〉

その下に、ぶさいくな犬だかクマだかがせっせと自転車を漕いでいるスタンプ。こちらの機嫌を窺いつつも、いつになくはしゃいでいるのがバレバレだ。

ふだんは店のやりくりで手いっぱいの夫が、自分で決めた二連休を満喫し、「久々に」リフレッシュできて浮かれている——そのことを、もっと心から喜んであげられたらよかったのに、と涼子は思った。ネイリスト兼アシスタントとして雇った小島美登利との間に、現実には何もないのかもしれない。しかしこんな鬱々とした気分を妻に味わわせているという時点で、すでにいろいろと失格ではないのか。失格が言い過ぎなら、お粗末、と言い換えてもいい。

さんざん悩んだ末に、

〈お天気が良くて何よりだったたね。明日も気をつけて楽しんで〉

思いきり社交辞令めいた文言を書き送ってから、スマホを脇へ押しやり、明日のCM撮りの絵コンテに目を戻した。

孝之からＬＩＮＥが届くまではもともと、頭の中は仕事のことでいっぱいだったのだ。仕事さえしていれば、嫌な出来事も、嬉しくない気分も忘れていられる。

きっとそれがいけないのだろう。仕事に夢中になりすぎてプライベートにひび割れが生じ、そのひび割れを補修するだけの時間を確保できないでいるうちに次の仕事がめぐってくる。だんだん大きくなる問題の根本的解決を今は考えたくないのでなおさら仕事に没入し、まるで会社が避難先のようになる……。

そういうサイクルがもう延々と続いているわけだが、何よりいちばんの問題は、自分がそれを、良くないことだと心の底からは思っていないことなのだった。夫婦の間に流れる川幅をどんどん広くしてまで何のために仕事をしているのだろうと考えて虚しくなる頻度より、むしろ何のための夫婦だろうかと、

「おー、いたいた」

いきなり響いた背後からの濁声(だみごえ)に、ふり向きかけてやめた。

「まだいるかなと思って来てみたら、やっぱいたわ。すげえな俺の勘。……って、おいコラ、ひとのことガン無視してんじゃねえよ」

それだけ喋る間に、もう斜め後ろに立っている。

「邪魔しないで下さい」涼子は顔も上げずに言った。「今忙しいんです」

「いつもじゃねえか」

「ええ、誰かさんみたいに要領良くないので」

「つれないこと言うなって。俺と茶ぁしばくぐらいの時間はあるだろ」

あるわけないでしょう、と言い返すより先に、まるでＵＦＯが着陸するかのようにしずしずと、目の前にショートサイズのスタバのカップが下りてきた。こうばしい香りが漂い、勝手に小鼻がひくついてしまう。

「こぼすなよ、ほら」

デスクに置こうとはせず、こちらが受け取るまで捧げ持っているつもりらしい。涼子は仕方なく椅子ごと体をひねり、矢島広志を見上げた。

何やらふざけたロゴの入った黄色いＴシャツにデニムといった若作りだ。こちらを見下ろすえらそうな表情にげんなりしながらも、コーヒーに罪はない。短く礼を言って受け取る。

「本当はこれ、誰に買ってきたんです？」

「お前に決まってるだろ」

心外そうに言う。

「私がいなかったらどうするつもりだったんですか」

「俺がお前のぶんまで飲んだささ。腹はたぷたぷ、目が冴えて眠れなくなるのを承知でね」

「恩着せがましい言い方」

「いやいや、俺が好きでしたことですよ。さっき廊下を通りかかった時、やけにお前の背中が黄昏れて見えたもんだからさ」

矢島は言い、立ったまま自分のコーヒーを啜った。

周りのデスクの主は皆帰ってしまっていたが、椅子を勧める気にはなれなかった。悠長に腰を落ち着けられては本当に困る。

明日撮影するＣＭのクライアントは賃貸住宅情報誌の大手、ロケを必要とする部分はすべて撮り終えており、残っているのは最も肝腎な最後の場面だ。キャッチコピーはすでに決まっているのだが、いま涼子が手直しをしているのはその場面まで導くためのナレーションだった。今日の昼になってクライアントがねじこんできた注文をクリアすべく、ニュアンスを加え、文言をブラッシュアップして、できれば零時を越えるまでにチームの皆と共有しなくてはならない。

焦りが伝わったのか、矢島が鼻からふっと笑った。

「どれ、見せてみな」

「あっ、ちょっと！」

勝手に取り上げた絵コンテを隣のデスクに広げ、目を走らせる。

主人公は働く若い女性。仕事では大きなミスをして、彼氏とも喧嘩別れ。傷心のまま狭くて条件の悪いアパートに帰ってきた彼女は、その散らかった部屋の惨状を見て一念発起、引っ越しを決意する。キャッチコピーは、

『脱ぎ捨てちゃえ。自分』

ちゃえ、という物言いはいささか軽薄だが、オンエアされればきっと話題になるだろう。なぜなら、そのキャッチコピーを体現するため、ロングヘアの人気若手女優・宝力麻衣(ほうりきまい)にカメラの前で髪を切ってもらうことが決まっているのだ。

少し冷めてきたコーヒーをごくりと飲んで、矢島が絵コンテに顎をしゃくる。

「誰のアイディアだ？」

「山本くんです」

「なるほど。あいつ、うなじフェチだからなあ」

それは初めて知った。

「そう、こちらとしては『ローマの休日』並みに短くしてもらいたかったんですけど、所属事務所からOKが出なくてボブスタイル止まりに」

「ふうん。俺はそのほうが好みだけどね。お前も昔、ボブにしたことがあったろ。長かったのをばっさり切った後しばらくさ」

返事をしない涼子をちらりと見て、矢島はかすかに笑った。

「で、一緒にスチールも撮るわけか。インパクト弱くないか？　こんなに引きでいいのかよ」

「仕方ないんです。紙の広告にはどうしても文字をいっぱい乗せたいって、クライアントが」

会社名やコピーなどがタレントの顔の上に乗るようなことは絶対に避けねばならない。となると、余白を確保するためにはあらかじめ画(え)を引きで撮るしかない。

「ダッセぇなあ。俺ならもっとカッコよくしてやったのにさ」

反論できなかった。今回のアート・ディレクターとは初めて組むのだが、悪くはないもののもうひとつ突き抜けられない感じが残ってストレスが溜まる。矢島だったらどう作っていただろう。人として男としては大いに難ありでも、仕事人としての矢島広志は数多(あまた)いるプロフェッショナルとはレベルが違うのだ。

「……ほんとにね」涼子は、ぽつりと呟いた。「矢島さんに頼めたらよかったのに」

本気で驚いたらしく、男が目を剝く。

「どうしたよ、おい」

「何がです？」

「素直過ぎて気味が悪(ワリ)ィぞ。変なもん拾って食ったんじゃねえのか」

思わず苦笑が漏れた。

「少なくとも仕事に関しては、矢島さんのこと認めてますから」

「何じゃそりゃ。どっから目線だ、バーカ」

バーカバーカと悪態をつきながらも、目尻はだらしなく下がっている。

「しょうがねえなあ」と、矢島が背筋を伸ばす。「よし、わかった。早くそれ、片付けちまえよ」

「言われなくてもそうしますけど」

「しばらくは邪魔しねえでおくからさ」

「は？　しばらく？」

「どうせあと小一時間で終わらせるつもりなんだろ？　そしたら寝酒がわりにチャチャッと飲みに行こうぜ。心づくしの差し入れの礼に、それくらいは付き合ってくれてもバチは当たらねえよな」

なんで私が……と、舌の先まで出かかった言葉が、ふっと途切れた。デスクに置いたコーヒーの隣、あれきり鳴らないスマホを見やる。既読がついたかどうか確かめる気もしない。

「わかりましたよ」

「お、そうこなくちゃ」

「タダより高いコーヒーはないですね」

苦し紛れに憎まれ口を叩くと、矢島はますます嬉しそうな顔をした。


ナレーションを兼ねたセリフ部分のほとんどは、後からアフレコで映像に重ねることになっている。が、キャッチコピーだけは、鏡の前から立ち上がった主人公がばさばさと頭を振るようにして切った髪を払い落としたところで、

「くるっとこっちをふり返ってー、そこでカメラをまっすぐ見て、『脱ぎ捨てちゃえ。自分』と。凜々

しくカッコよく言い切ってもらいます」

演出まで買って出た山本が、カメラマンやスタッフらと確認し合いながらアングルを決めてゆく。当の宝力麻衣が到着する前に、全体の流れを決めてしまわなくてはならない。

広いスタジオの左半分にはすでに美容室の内部が、右半分には引っ越し先の部屋が完成している。実在の店舗やアパートでのロケでなく、わざわざセットを用意して撮るのは、彼女がトレードマークのロングヘアを切ったという事実が、万が一にもオンエア前に漏れては困るからだった。

主人公が新しい髪型と新しい住まいで迎える初めての朝。光と風に目を細め、大きく伸びをする彼女は、気持ちも新たに会社へと出かける間際、部屋をふり返り、決意を胸に「行ってきます！」と呟く。ゆっくりと閉まってゆくドア、それを室内から押さえたカット、そこへ社名。

「オッケー、だいたいわかった」

カメラマンが頷いた。

ベテランが撮影してくれるのだし、山本はああ見えて腕が立つから任せておけば心配はない。それがわかっていて涼子が現場に入ったのは、今日のために大きな決断をしてくれた本人と、それを許した所属事務所社長に礼を尽くすためだった。

約束の時間よりも五分ほど早く、一行が到着したとの報せが階下の受付から届いた。現場に心地よい緊張が走る。絵コンテと台本を握りしめた山本が、力の入った面持ちでこちらへ走ってくる。

「おはようございまーす！」

元気よく入ってきた宝力麻衣と、その後ろに控えた女性マネージャー、そして壮年の社長に向かって、

「おはようございます。本日はよろしくお願いします」

涼子と山本は深々と頭を下げた。

「おう、早瀬くん。きっと会えると思ってたよ」

いつ見ても意気軒昂といった様子の社長が顔をほころばせる。涼子が営業部に移った当時から、何度も渡り合ってきた相手だ。

「ご無沙汰しております。社長、このたびは本当に、」

「堅苦しいことは抜きだ。おかげで麻衣が一皮剝ける。感謝してるよ」

「恐れ入ります。企画はこちらの山本なんですが、どうしても宝力さんにお願いしたい、この役は宝力さんでなければダメなんだと言って譲らなくて」

麻衣の目が輝きを増すのがわかった。山本が進み出て挨拶し、社長やマネージャーと名刺を交換する。そのマネージャーが言った。

「彼女のわがままを聞いて下さってありがとうございました。いつも担当してもらってる美容師さんなので、今日も安心して任せられます。ね、麻衣」

こっくり頷いた麻衣が、後ろをふり返る。入口付近に目立たないように佇んでいる男性二人がどうやら、行きつけの店の美容師とその助手であるらしい。

ちょっとすいません、と美術スタッフに呼ばれ、背の高いほうの一人が離れてゆく。残った助手を見やり、涼子は思わず声をあげた。

「え、うそ、山崎くん？」

こちらを見るなり、彼が驚いて目を瞠る。

「あれっ、涼子さんじゃないですか！」

相変わらず、気取ったところのない素のままの反応だ。

ということは、もう一人は店長の野々村だったのでは、と思うが定かでない。とりあえずそちらへの挨拶は後回しにして、涼子は山崎に近づき、二の腕のあたりをぽんぽんと叩いた。

「元気そうでよかった。こっちへ出てきて、急に痩せちゃったりしてないかって心配してたとこよ」

「ありがとうございます、おかげさまで何とかやってます」

照れたように笑う。

「けど、どうして涼子さんがこんなとこに？」

「今回のＣＭ、うちの仕事なの」

「え、涼子さんってもしかして広告代理店の人だったんですか？」

「言ってなかったっけ？」

「てっきり編集者さんか何かと。早瀬さんが、『うちの奥さん、雑誌とかのページを作る仕事してるんだよね』って言ってたから。まさかこんな大きい仕事を仕切ってる人だなんて知りませんでした」

と、スタッフとの話を終えた美容師がこちらへ戻ってきた。

やはりそうだ。青山の店にいた頃から目立っていた野々村は、最後に会って十数年が過ぎても相変わらずの伊達男だった。何かスポーツでもしているのだろうか。よく日に灼けているのが嫌味に見えない男は珍しい。

「ご挨拶が遅れました。宝力麻衣さんのヘアメイクを担当しています、野々村です」

店の名前の入った名刺を差し出す相手と、会社の名刺を交換しながら、涼子はさらりと言った。

「どうも、お久しぶりです」

「えっ」

まじまじとこちらの顔を見る。ようやく気づいたようだ。

「うわあ、びっくりした！」のけぞりながらも破顔一笑する。「どうりで、さっきからなーんか聞き覚えのある声だなあとは思ってたんですよ。ってか、どうしてここに？」

山崎と同じことを訊くので、同じ答えを返してやる。

「そうでしたか。いやあ、お久しぶりです。早瀬のやつは元気にしてますか」

おかげさまで、と涼子は微笑した。次いで山崎の就職についても礼を言うと、

「いや、むしろありがたかったですよ。彼の仕事はほんときっちりしてて丁寧なんで、こっちが助けてもらってます。しかしびっくりしたなあ。たしか結婚式に呼んで頂いて以来ですよね」

と、そばに宝力麻衣がやってきて、不思議そうに言った。

「もしかしてお知り合いですか？」

「うん、僕の古い友だちの奥さんなんだ。すっごい久しぶりに会えたんだけど」

何の屈託もなく説明する野々村の隣で頷きながら、涼子は居心地が悪かった。引き比べて夫はといえば、〈野々村のやつが〉と口にするたび微妙に口もとが歪むのだ。

「へーえそうだったんだ、奇遇！」

事情を聞いて声をあげる麻衣に、涼子は微笑みかけた。

「ありがとうございます、宝力さん」

「え、あたし？　どうして？」

「だって、こうして懐かしいひとに会えたのも宝力さんのおかげですし」

あははは、確かに、と麻衣が笑う。

「それから何よりも、今日のことにお礼を申し上げます。この撮影のために、大きな決断をして下さって本当にありがとうございます。宝力さんしかいない、宝力さんが駄目なら企画自体を白紙に戻

すしかない、それだけの覚悟でお願いに上がったものの、ＯＫを頂けた時は信じられなくて……。ここに集まっているスタッフ一同どれほど感激しましたことか。今日は、宝力さんの大切な瞬間を永遠に留めるために全力を尽くしますので、どうかよろしくお願い致します」

深々とお辞儀をし、頭を上げると、麻衣の瞳に水っぽい膜が張っていた。

「やだ、そんなたいしたことじゃないです。イメチェンです、イメチェン」すん、と小さく洟をすする。「それにほら、野々村さんに任せておけばきっと素敵にしてくれるから」

「うん。そこは任せといて」野々村が請け合い、涼子に顔を振り向けた。「何なら賭けてもいいですよ。このＣＭがオンエアされたとたん、ヘアサロンへ行く女性たちがこぞって『宝力ちゃんみたいにして下さい』って言い出すほうに一万点」

軽口のようでいて、言葉の裏には揺るぎない自信が溢れている。

と、奥から山本の大きな声がかかった。

「セットの準備、整いました。こちらへお願いしまーす！」

じゃ、と片手をあげてよこす野々村に、涼子は頷き返した。二方の壁がないことを別にすれば今すぐにでもそこで営業できそうな〈美容室〉へと、宝力麻衣と野々村、その助手の山崎が案内されてゆく。撮影、照明、大道具と、総じて若いスタッフらの中にあっても、野々村は抜きん出て背が高く体格もいい。何かこう、美しい大型獣が歩み去ってゆくようだ。

見送りながらほんの一瞬、涼子は夢想した。もしもあの時、飛び込みで入った青山の店で、長かった髪をばっさり切ってくれたのが孝之ではなく野々村だったなら――いま自分が立っている場所は、ここことは別のどこかだったりしたのだろうか。

〈何なら賭けてもいいですよ〉

夫には、言えないセリフだと思った。

＊

切れぎれにしか眠っていない身体に、富士五湖を一気にめぐるライドはあまりにもヘヴィーだ。いっそのこと寝過ごしたふりをしてさぼってしまおうかと何度考えたか知れない。

しかし美登利は反対した。

「たとえ途中でリタイアすることになっても、朝だけはちゃんと起きて行かないと駄目です。昨日の今日で欠席なんかしたら、きっとみんな私たちの仲を疑うにきまってるもの」

「それはまあ、そうかもしれないけどさ」

「私なんかは最悪の場合サークルをやめればそれで済むけど、孝ゆ……早瀬さんのお店に変な噂でも立てられたら……」

光量を絞ったベッドサイドのスタンドが、枕に顔を半分埋めて横たわる美登利を照らしている。足もとの窓にかかるカーテンの向こう側も、先ほどまでに比べるとほんのり明るんできたようだ。

「ごめんなさい。いろいろ無理させて」

一晩のうちに掠れてしまった声で、美登利が言った。

「でも、これ以上、早瀬さんに迷惑かけたくないんです」

「迷惑だなんて言わないでよ」

「迷惑ですよ。私が勝手に好きになっちゃっただけで、早瀬さんは」

「だから、そういうことを言わないの」

孝之は自分の枕に肘をついて上半身を起こし、美登利の横顔を見おろした。

〈今だけ下の名前で呼んで下さい。一度きりでもかまわないから〉

昨夜、彼女がそう口にした時、背筋を走り抜けた電流の激しさといったらなかった。あの瞬間、最後の掛け金が外れたのだ。いや、掛け金など最初から、ちゃちなものが一つきりしかなかったのかもしれない。泣きそうな顔をした美登利をそっと抱きしめ、思いきってキスをすると、飲んでいたビールですっかり冷たくなった唇からは蜂蜜のような甘い香りがして、舌を差し入れ、口の中をまさぐり、彼女が喉声で呻くのを聞いたとたん、ずわん、と股間が痺れ、自分がじつはどれほどこうしたかったかを思い知らされた。

すでに何度も思い浮かべた妄想をなぞるように、一つひとつ実行に移した。現実の彼女ははるかに反応が良かった。想像よりも少し胸が小さく、けれど尻は少し大きくてなおさらそそられた。一晩に何回つながったかわからない。たまらずに精を放つこともあれば、最後までは到達せずに抱き合ってまどろみ、どちらからともなく目を覚ますとまた続きをしたりした。好き、という言葉を、美登利はもう口にしなかった。言えば言うだけこちらを責めているように聞こえるのが嫌だったのだろう。

「あのさ」

人差し指の背で頬をそっと撫でながら、孝之は言った。

「こういうことって、一方的なもんじゃないでしょ。きみの言い方だと、まるで俺が流されただけみたいに聞こえるよ?」

「そんな意味じゃ、ないけど……」

「ないけど、何」

「わがままだって、わかっててお願いしたのは私のほうだから」

悲愴な感じにならないようにと思ってか、美登利が、ふふっと微笑む。

「でも、嬉しかった。すごく」

「何が。下の名前で呼ばれたこと？」

「そう。あと、私も〈孝之さん〉って呼べたこと」

ありがとうございます、と笑ってよこす。

「ゆうべも言いましたけど、絶対、しつこくしたりしません。これでもう充分ですから」

かえってたまらなくなって、孝之は美登利を抱き寄せた。あえかな声をもらす彼女の軀を自分の下に敷き込み、間近に顔を見おろす。

「嬉しかったのは俺のほうだよ。っていうか、気持ちがなかったらしないよ、こんなこと」

目を見て囁くと、美登利の眉尻がへなりと下がって泣き顔になった。

「駄目ですよ、そんなふうに言っちゃ。私、ばかだからつい本気にしちゃ……」

言葉を呑み込むように唇を重ね、熱い口の中へ囁く。

「していいよ。しろよ」

「駄目ですってば……」

「俺、そんなにいいかげんな遊び人に見える？」

「そうじゃないけど、孝之さん、優し過ぎるから……」

「優しいから断れなかったんだって言いたいわけ？」

美登利は答えない。

甘い腹立たしさに思いきり深く舌を絡めると、美登利の尻が浮き、下腹が孝之のそれに押し当てられた。また硬くなっている。自分でも信じられない。

「もしかして、誰が相手でもこんなふうになると思ってる？」

ぐいぐいと押しつけると、美登利の背中が反り返った。枕に後頭部を押し当てたまま頷く。憎らしくてなおさら苛めたくなる。

「そんなわけないでしょ。少なくとも俺は、気持ちがないとこういうふうにはならないんだよ。っていうか、自慢じゃないけどこんなになったのは十年ぶりくらいだし」

「そ……それって、涼子さんとの時？」

「そう。結婚して、子ども作ろうと思って一生懸命だった頃。それだって、ゆうべみたいに何回もなんてあり得なかったよ」

こちらを見上げてくる美登利の目が熱に潤む。脚を開かせ、片方の膝を抱えて肩にかけようとすると、彼女は懸命に首を横にふった。

「え、駄目？　軀、つらい？」

「ううん。でも時間が」

孝之はベッドサイドを見やった。丸っこい目覚まし時計の針は五時半を指している。集合は、下のロビーに八時だ。

「まだ大丈夫だよ。っていうか、もう俺とするの嫌？　嫌なら我慢するけど」

すると、美登利が責めるような上目遣いになった。

「……さっきの、取り消します」

「さっきのって？」

「優し過ぎるって言ったこと。ぜんぜん優しくないし」

そのふくれっ面がおかしくて、思わず噴き出してしまった。美登利が両の拳でぽかぽかと胸を叩いてよこすのがなおさらおかしい。少しも痛くない。

「なあ。欲しく、ないの？」わざと訊いてやる。「俺は、すごく欲しいよ。もっとしたい。今日だってほんとは一日じゅうこうしてたいよ。なのに美登利はもう欲しくないの？」

アダルトビデオのようないやらしい物言いに、自分で興奮する。涼子には一度も言えたことのないセリフだ。

「どうしてそんな……やだもう、孝之さん、いじわる過ぎるよ」

「しょうがないだろ。美登利を見てると、なんか苛めてやりたくなるんだよ。昔、クラスの女の子をわざと泣かしたみたいにさ」

「……好きだったの？」

「わかってもらえなかったけどね。すごく好きだったさ」

美登利の眉根が寄り、唇からせつなげな吐息が漏れる。

「ほら、ちゃんと言ってよ。言ってくれないと俺もわかんないよ」

「孝之、さ……」

「欲しいの？　欲しくないの？　どっち？」

ふだんはいかにも気の強そうな表情から、芯のようなものが抜け落ちて駄目になってゆく風情がたまらない。とうとう、美登利が目をぎゅっとつぶって囁いた。

「……欲しい」

とたんに、突き刺すように埋めてやった。声もなく軀を反り返らせる美登利を抱きかかえ、激しく腰を振る。どうかしている、どうかしている、だが今だけは何も考えたくない、こちらの加える仕打ちにことごとく反応して震えおののく軀を意のままにすることにだけ集中したい……。

後のことは、帰り道にでも考えればいいのだ、と孝之は思った。

何しろ美登利は、今の生活を壊すようなことは絶対にしないと約束したのだから。

＊

撮影は気が張るが、あとの会食も別の意味で緊張を強いられる。今回は、宝力麻衣本人よりも、事務所社長の楠木(くすのき)に気を遣った。人は悪くないのだがなかなかに癖の強い人物で、笑いながら世間話を交わしている最中でさえ、まるで崖から崖へ渡したガラスの橋の上を歩くような心地にさせられる。

肩の凝らないフレンチをという麻衣の希望で、夜早めの時間から西麻布のレストランの個室に集まったのは六名だった。真っ白なクロスのかかったテーブルのこちら側には、会食から参加の黒田部長と、涼子と、企画から撮影までを主導した山本が座り、向かい側には楠木社長と宝力麻衣、そして野々村一也が並んでいる。自分は場違いだからと遠慮する野々村を強く誘ったのはもちろん麻衣だった。

ワインが白から赤に変わる頃には、楠木はすっかり上機嫌だった。

「滝川くんとはねえ、もうずいぶんと古い付き合いなんだよ」

わざわざ涼子の旧姓を口にして目尻に皺を寄せる。

「どれくらい前です？」

と宝力麻衣が訊く。

「そうだな、確かもう十五、六年は前になるんじゃないか？　彼女は営業に異動してまだ二年目かそこらでね、今と比べればまだ初々しかったよ」

「そんな時代もありましたね」

涼子は微苦笑で応えた。

「いやあ、思い出すなあ。初めて会ったのは今日みたいなスタジオ撮影の時でね。この人、スタッフ全員の前で僕に食ってかかったんだ」

「やめて下さいよ社長、人聞きの悪い。あの時はただ、折り入ってご相談をさせて頂いただけじゃないですか」

「いやいやいや、そんな生易しいものじゃなかったさ。これが通らなかったら僕と刺し違えて死ぬ、みたいな目をしてたじゃないか。ま、だからこそこちらが折れても面子を保てたんだけども」

「わかりますよ。仕事となるとほんと、妥協ってものがないですからね、この人は」

そう言う黒田のあとを、

「部長なんかいつも早瀬さんの顔色窺ってますもんね」

山本が受けて座が沸く。仕方なく一緒に笑いながら、涼子はふと、斜向かいから注がれる柔らかい視線を意識した。

本人が気にするほどには、野々村の存在は場違いではなかった。広告代理店の接待の場に美容師が加わるのはなるほど珍しいかもしれないが、店の雰囲気に最もしっくり馴染んでいるのは彼だった。

「それにしても宝力さん、ほんとうに似合ってますね」

もう何度目かで、黒田が彼女の髪型を褒める。

「ほんと、イメージががらっと変わって、すごく新鮮」涼子も言った。「あの綺麗な髪を切るのはどんなにか思い切りが要ったでしょうけど」

「ううん、ちょうど自分を変えたいと思ってたところだったし、ワクワクしちゃいました。これまでにだって、社長に内緒で切っちゃおうかと思ったことは何回もあったんですよ」

「おい、聞いてないぞそんなの」

「そりゃ言ってませんもん」

けろりと麻衣が笑う。

「でもそのたんびに、野々村さんに止められて。『あなたには立場ってものがあるんだから、本当に短くしたいなら周りを説得してから来なさい、そうでないと僕は協力できない』って。それで仕方なくあきらめたんです」

「なんと、そりゃすまなかったね。ありがとう」

麻衣の頭越しに楠木が礼を言い、いえいえ、と野々村が苦笑する。

「そのかわり、いつか切っていい時が来たら、絶対に野々村さんにお願いするんだって思ってて。もう五年近くたつんじゃないかなあ。やっとその時が来たから、ほんと嬉しいんですよ」

頬や顎にそうようにシャギーの入ったボブヘアはごくナチュラルで、麻衣の清潔な顔立ちをより引き立てている。長かった時よりも瞳の強さが目立ち、個性がぐっと前に出た一方で、演じられる役の幅はむしろ広がったように思われる。

「確かに似合ってるよ。想像していた以上に」楠木が満足げに独りごちた。「しかしあれだね。まさか野々村さんがこの滝川くんと知り合いだったとはねえ」

「そう。ほんとびっくりした」と麻衣も目を瞠る。「おまけに旦那さんも美容師さんだなんて」

「そう、そうなんですよ」と答えたのは山本だった。「いつも髪を切ってもらってるそうですよ」

「わあ、ラブラブじゃないですか」

いつものパターンに、涼子は苦笑するしかなかった。今夜ばかりは仕方ないが、仕事の場でプライベートの話が出るのはどうにも居心地が悪い。

「美容師さんとお客さんが付き合って結婚するとか、ほんとにあるんですね」興味津々といった様子で麻衣が言う。「もしかして、野々村さんもお客さんからアプローチされたりする？　それかこっちから好きになっちゃったり」

「いや、ないな」

野々村が静かに答える。良い声だ、と涼子は初めて思った。

「うちの店は、お客さんとの恋愛はもとよりスタッフ同士が付き合うことも禁止してますしね」

「へえ、厳しいんだ」

「そういうのって周りの雰囲気に影響するでしょ。どんなに隠そうとしても、そうそう隠し通せるものじゃないから」

「ああ、わかりますよ。あれは対処に困るね」

と黒田が言い、

「不倫とか特にそうっスよね。ダダ漏れなんスよ、本人たちはバレてないつもりでも」

山本が同意する。

涼子は、思わず目を伏せた。矢島との過去も〈ダダ漏れ〉だったのだろうかと肝が冷え、同時に、医院の待合室で耳にした女性たちの噂話が甦る。昨日からまさに泊まりがけで出かけている孝之と美登利の顔を思い浮かべまいと、テーブルクロスを睨む。尖った白さが眼球に突き刺さるようだ。

「じつのところ、早瀬と僕が勤めてた青山の店だって、ルールは同じだったんですよ。ただまあ、あのとき早瀬が禁を犯した気持ちはよくわかりますけどね」

再び斜向かいから注がれる視線に、涼子はなぜか、顔を上げられなかった。

駅から乗ったタクシーを家の前で降りる頃には夜十一時を回っていたが、見上げる窓に明かりはなかった。空っぽのカーポートに、蒸し暑い夜気が澱んでいるだけだ。

ポーチの灯りももちろん消えている。バッグの底をまさぐり、ファーのキーホルダーをつかみ出す。夏にはいささか暑苦しい手触りだが、ライナスの毛布のようなものだから手放す気がしない。

キーの先端で鍵穴をまさぐろうとして、手もとがほんのり浮かびあがって見えることに気づいた。

ふり向くと、カーポートの片隅、店の前庭から続く植え込みの根もとの地面に、小ぶりのソーラーライトが刺さっていた。いつのまに、と驚いて目をやれば、同じライトが店へのアプローチの片側にも五つほど等間隔で並んでいる。今日まで気づかなかったのは、孝之が駅まで迎えに来てくれる日にはポーチの灯りがこうこうとついていたせいだろう。

立ち尽くし、涼子はその青白いライトの列を眺めた。

美登利が花を植え、夫がいそいそと手伝っているのを見た時も複雑な思いに駆られたものだが、今はそれにまさる黒い気持ちが噴きあがり、鍵を握りしめる手が冷えてゆく。まるで罪のない仄（ほの）明かりが、我が家の暗がりを遠慮会釈なく照らし出す様を眺めていると、何か抗（あらが）いようのないものに私生活が浸食されてゆくようでたまらなく苛々する。

嫉妬なんかじゃない、と改めて思った。これは、怒りだ。個人的な領域を、善意の皮をかぶった暴力で侵されることに対する正当な怒りだ――。

鍵を開け、玄関の灯りをつけて、店に続くドアを見ないようにしながら階段を上がる。途中で帰ってくるかもしれない孝之に万が一にも覗かれるのがいやで、洗面所のドアに内鍵をかけてシャワーを浴びた。髪を洗い、いくらかさっぱりして出てくると、ちょうどスマートフォンが振動して画面が明るくなった。孝之からのＬＩＮＥとわかったので、いくつかの通知音が一段落してから手に取る。

〈遅くなってごめん〉

〈帰りの道がやけに渋滞してて〉

〈途中のＳＡ（サービスエリア）で仮眠とってた〉

〈まだちょっとかかるから先に寝てていいよ〉

〈明日の朝は駅までちゃんと送ってくし〉

昨夜と同じ、クマだか犬だかわからない生きものが、しきりに汗をかきながら手を合わせてこちらを拝んでいる。

醒（さ）めた気分で、短く返信を打ち込んだ。

〈了解。気をつけて〉

語尾に〈ね〉を付け加えるかどうか考えてから、ばからしくなってそのまま送信し、スマホを置こうとした時だ。

ぶるっ、とまた振動した。見るなり、心臓が大きく打った。洗い髪をタオルでくるんでリビングへ行き、ソファに腰を下ろしてからひらく。

〈今夜はどうもありがとうございました。すっかりご馳走になってしまいましたね。久しぶりに会えて嬉しかったです。今度、お礼にこちらからお誘いしていいですか？〉

野々村一也からのショートメールだった。涼子が渡した名刺の携帯番号に宛てて送ってきたのだ。

文章の末尾には、

〈よかったら↓〉

との一言とともに、野々村自身のＬＩＮＥアカウントのＱＲコードが貼り付けられていた。

冷蔵庫からミネラルウォーターを出してグラスに注ぎ、ひとくちずつゆっくり飲みながら、自分はいったい何を動揺しているのだろうと思った。今日、撮影スタジオでふと頭をよぎった、〈もしもあの時〉のせいだろうか。それとも会食の間たびたびこちらへ向けられた、柔らかいのに強度のある視線の影響だろうか。

　タオルをほどき、ドライヤーで丁寧に髪を乾かす。化粧水を染みこませたコットンでいつもより丁寧にパッティングをし、腕や脚にもボディジェルを塗り広げる。

　こんなふうに家でひとり過ごせる時間が、もっとあるといい。内鍵などかけなくても、リラックスして自分の身体のパーツをケアしたり、考えごとに耽（ふけ）ったりできる時間が欲しい。今いちばん欲しいものはそれかもしれない。〈亭主元気で留守がいい〉などといわれるが、自宅が仕事場の夫が〈留守〉になる機会はなかなかないのだ。

　再びスマホを手に取る。ボディジェルのミントとローズマリーの香りに促されるように、野々村に宛てて初めてのＬＩＮＥメッセージを送る。

　笑ってしまうくらい即座に〈既読〉がついた。

　孝之が帰ってきたのは、午前一時を回ってからだった。足音を忍ばせて二階へ上がってきた彼は、リビングのソファで本を読んでいた涼子を見るなり、

「なんだ、まだ起きてたんだ」

　と言った。

「お帰りなさい」

「あ、うん、ただいま。先に寝ててよかったのにさ」

「読みたい本もあったから」

鼻のあたまや頬の高いところが真っ赤に焼けている。とりあえず、なまっちろい顔のまま帰ってこなくてよかったと涼子は思った。

「お風呂、つけたままにしてあるよ。シャワーだけよりは休まるかと思って」

「そりゃありがたいや。ライドよりか、帰りの渋滞のほうが腰にこたえたワ」

入ってこようかな、ときびすを返す夫の背中を、

「あ、ねえ」涼子は呼び止めた。「そういえば今日、撮影で意外な人に会ったの。誰だと思う?」

けげんな顔がこちらをふり向く。

「わかるわけないじゃん」

そうかもしれないがそんな冷淡な言い方をしなくても、と思う。

「で、誰だよ」

「えっ?」

「野々村さん」

「びっくりでしょ。女優さんの髪を切る役でね、CMにも映ったの」

黙ったままの孝之が、こちらの顔を探るように見る。

「世間って狭いと思わない? こんな偶然があるなんて、ほんと悪いことはできないっていうか」

笑って言いながら、どうしたのだろうと涼子は思った。孝之の顔色が、というより表情が一瞬で変わってしまったのだ。いくら野々村を煙たく思っているにしても、反応がいささか過剰な気がする。

「どうかした?」

思わず訊くと、

「なんでそういうイヤミな訊き方するかな」

驚いてとっさに言葉が出ずにいる涼子に、孝之はようやく身体ごと向き直った。

「ああ、会ったよ。会いましたよ、野々村とは普通にさ。向こうはゴルフ行くとこで、こっちはライド行くとこで。べつに何のおかしなこともないだろ」

「……ちょっと待って。何それ」

「何それじゃないよ。『悪いことはできないね』？　何だよ、その言い方。あいつが何を言ったか知らないけど、こっちはただ一緒に朝メシ食ってただけだし、何の疚しいこともないっての」

「待ってよ、ねえ。何の話をしてるの？」

「だから、サービスエリアで会った話だろ？　とぼけるんじゃねえよ、ったく気分悪いなあ！」

涼子は、茫然と夫を見上げた。そんな口のきき方をする彼を見るのは生まれて初めてだった。

「だいたい、男と女がたまたま一緒にいたってだけで、やたらと邪推するほうがどうかしてんだよ」

リビングの出入口をふさぐように立ちはだかる孝之を、ソファに掛けたまま、口もきけずに見つめる。

「どうせ自分にこそ疚しい経験があるから、人のことまでそういうふうに決めつけるんだろ。ってかさあ、なんで俺じゃなくて野々村なんかの言うことのほうを簡単に信じちゃうわけ？」

唇の端に泡をためて言いつのる夫のこめかみに、太い血管が浮き出ている。青筋を立てて怒る、というのはただの慣用句だと思っていたけれど、ほんとに立つんだ、とぼんやり思う。青黒い長虫が這っているようで気持ち悪い。

「なに黙ってんだよ、自分は被害者ですみたいな顔してさあ。言いたいことがあるなら言えよ。イヤミなんかじゃなくてはっきり言えばいいだろ！」

結婚してから、いや付き合いだしてからこのかた、孝之がここまで激昂した例しはない。たまの喧嘩はあっても、互いに声を荒らげることはほとんどなく、そのつどできる限り冷静に話し合って解決してきたのだ。それだけに、もしかして自分のものの言い方が悪かったのかと反射的に謝りかけた涼子は、寸前で呑み込んだ。毎回自分が正しいとは言わない、だが今回に限っては、こちらに非はないはずだ。

「あのね。もうちょっと、落ち着いて聞いてほしいんだけど」

「俺は落ち着いてるよ！」

「大きな声出さないで。こんな夜中に、お隣に迷惑でしょう」

「こんな夜中に帰ってきて悪かったな。渋滞してたんだからしょうがないだろ」

「ああもう！」

いけないと思うのに苛立って、膝の上に広げたままだった本を脇へ押しやる。

「帰りが遅いのが悪いなんて、私ひとことも言ってないじゃない。どうしてそう言葉尻ばっかりつかまえてひどいこと言うの？　いつもの穏やかなあなたはどこへ行っちゃったの？」

「いつも穏やか？　ひとのことナメてんのか？」

「だからそうじゃなくて、」

「俺がいつもの俺じゃないとしたら、そうさせてんのはそっちだろ」

――だめだ。話が通じない。

涼子は、めまいをこらえて深呼吸をした。ため息と思われてしまわないように注意深く吐き出す。ソファから立ち上がり、ダイニングの椅子へと移動しながら言った。

「とにかく、一度座ってよ」

「なんで」

「お願い。私のほうが落ち着かないから」

睨めつけるようにこちらを見据えていた孝之がようやく動いて、涼子の向かいに腰を下ろす。と、痛そうに顔をしかめ、デニムのポケットに手を突っ込んで、車のキーを乱暴にテーブルの上へほうり出した。それがふだんと違って見えたのは、昨日の朝までは付いていた鈴が別のものに付け替えられていたからだ。コインに富士山と桜の花びらのレリーフをあしらったキーホルダー。裏にはたぶん〈河口湖〉と刻まれているに違いない。

「話を戻して申し訳ないんだけど、聞いてくれる？」

「いいから、もったいぶらないで早く言えよ」

「……私がさっき、野々村さんにばったり会った話をして、悪いことはできないねって言ったのは、あくまでも一般論のつもりだったの。あなたに当てこすりを言うつもりなんかこれっぽっちもなかった。それをまず信じてほしいの」

「じゃあどういうつもりで言ったんだよ」

「だから一般論だって言ってるでしょ。思いがけない場所で偶然誰かに会ったりした時、冗談でふつうに言うじゃない。悪いことはできないね、って。それだけよ」

「どうだかな」

「そもそも、野々村さんの口からあなたと会ったなんて話、ひとつも出なかったもの」

「え？」

「サービスエリアで会ったって、いつのこと？　もしかして、昨日の行きがけの話？」

孝之は憮然とした面持ちで黙っている。

「もしそうなら、あなたと小島さんが二人で食事してるのは当たり前でしょ。野々村さんは言ってなかったけど、もしもそんな話を聞かされたとしたって、私があなたにイヤミを言うわけがないでしょう？　一緒の車で出かけて、道中のごはんを一緒に食べるのは当たり前っていうか、逆にごはんだけ別々に食べてるほうがヘンだよ。そうじゃない？」

「……それは、まあ」

「さっきは私のほうも説明が足りなかったかもしれないけど、いきなりあんなに怒ることはないと思うの。孝ちゃん、時々あるよ。疲れてるとよけいに、いきなり不機嫌になっちゃうこと」

言いながら、うんざりした。夫をわざわざ愛称で呼び、今現在の個別の問題から性格的傾向という曖昧な物事へと話を敷衍（ふえん）させたのは、そのほうが彼自身も意地を引っこめるのが楽になるだろうからだ。亭主をてのひらで転がすというのはこういうふうなことを言うのだろうか。自分に嫌気がさす。

「……そう、かな」

案の定、孝之はトーンダウンした。

「俺、そんなに怒りっぽくなってるかな」

「いつもじゃないけど時々ね。こっちが説明しようとしても聞く耳持ってくれないことがあるでしょ。くたくたなのはわかるけど、それでなくても一緒にいる時間が短いんだから、言い合うのはいやだよ」

彼がテーブルに目を伏せる。ついさっきまでの息をすることも躊躇われるほど張りつめた空気が、少しゆるんだ気がする。

「……ごめん」

やがて、孝之は言った。

「俺、ばかみたいだな。でもさっきはなんていうか、涼子にイヤミ言われたって思ったらものすごく腹が立っちゃってさ。早とちりして悪かった」

渋々とではなく、心から申し訳なさそうに謝ってくれたことにほっとする。

よかった、と涼子は微笑んだ。「わかってくれてありがとう」

「いや、うん、ほんとごめんな」

キーホルダーを見つめてしょんぼりしている。

せっかく愉しい休暇を過ごしてきたのに、締めくくりがこんなことになって——そう思うと可哀想になってしまった。勘違いくらい誰にでもある、と自分に言い聞かせる。それがこちらの早とちりとわかった時の恥ずかしさも、身に覚えがある。

「お風呂、入っといでよ」

がらりと口調を変えて、涼子は言った。

「明日は私、かなり早起きしてバスで行くから、孝ちゃんは気にしないでぎりぎりまで寝てていいからね」

＊

そうは言っても車で駅まで妻を送っていこうと、ゆうべ目をつぶるまでは思っていたのだ。それなのにどうしても起きられなかった。涼子が起きあがって寝室を出てゆく気配にも、身支度をする物音にも気づかずじまいだった。

ようやく起きられたのは、五分刻みにセットしてあったアラームのおかげだ。午前七時半。膠(にかわ)で貼り合わせたようなまぶたをこじ開け、二度寝の誘惑を決死の努力でしりぞけて、孝之は洗面所で顔を洗った。前へかがんでいると背中と腰が痛むのは、むろん長距離ライドのせいばかりではなかった。朝から涼子と顔を合わせなくてよかったのかもしれない。妻への秘密と、昨夜の失態を思うと、いたたまれなさが改めて甦る。

両手で受ける水が温い。河口湖近辺の水道水は、蛇口をひねって少し出しておくともう指先が凍るほど冷たくなった。一泊二日でまったくの別世界へと旅してきたかのようだ。

歯ブラシを口に突っ込み、鏡に映った自分の顔を見つめた。眼鏡のないこの顔を、美登利にはさんざん見せたのだ。

〈眼鏡、してないほうが好き〉

細い指先でそっとこちらの頰を撫でながら、彼女は言った。

〈してる時はやっぱり、店長って感じがするけど……この顔は、お客さんには見せないでしょ？　奥さんしか知らない顔でしょ？〉

奥さんの話なんかするなよ、と言ってしまえばなおさらそこに意味が生まれてしまいそうで、

〈まあ、そうだな〉

短く答えると、美登利は同じ指先で孝之の眉をなぞった。

〈眉毛、素敵〉

〈そうかな〉

〈あと、額も……目も好き。優しくて〉

妻がいるとわかっていて抱かれた男に、直球の〈好き〉をぶつけるのは反則だと心に決めているらしく、美登利はそのかわり、孝之の軀のパーツや仕草などをひとつひとつ挙げては愛おしんだ。肩の

ラインが好き。腕の筋肉が好き。指の形が好き。

〈通った鼻筋も……ざらざらの無精ひげも……唇も……〉

触れるか触れないかのところをなぞってゆく人差し指を、ぱくっとくわえてやると、美登利が小さく悲鳴をあげて笑った。かまわず、口の奥深く含み、舌でくるんで吸い立てる。彼女の唇が半開きになり、息が乱れる。

〈やだ……それ、いやらしいよ〉

〈いやらしいのは嫌い？〉

〈ううん、好き。……気持ちいいの、好き。孝之さんのしてくれること、みんな好き〉

ありありと思い浮かべるせいで、危うく歯ブラシを吸い立ててしまいそうになる。口をゆすぎながら見おろせば、トランクスの前があられもなく突っ張っていた。

布地の上から握り込む。さんざん放出したはずなのに、驚くほど硬い。家の中に自分以外の気配がないのをいいことに、洗面台に片手をつき、握った手をゆるゆると上下させる。目を閉じるだけで、脚の間にひざまずく美登利を思い浮かべられる。

〈好き。孝之さんのこれ、大好き〉

唸り声が漏れた。美登利の口の中は火傷（やけど）しそうに熱く、巧くはなかったがそれがむしろ嬉しく、技巧を補って余りあるひたむきさが愛しかった。たまらなくなって口から引き抜き、軀をつなげると、彼女は溺れかけた者のようにこちらにしがみついた。

〈火を、つけられちゃうね。こんなことしてたら〉

〈え？　誰に〉

〈ウサギ〉

〈何の話？〉

驚いて顔を覗きこむと、美登利はなんと、泣いていた。目尻からこめかみへと涙が伝わり、短い髪の中に吸いこまれてゆく。

〈昼間、カチカチ山の話、したでしょ？　うちのひいおばあちゃんの言ってたことも〉

――真面目に生きてる人を騙したり、馬鹿にしたり、大事なものをちょろまかしたりするのはいちばんやっちゃいけないことなんだよ。どんな仕返しをされても文句は言えないんだよ……。

〈たった一晩でも、ひとの大事な旦那さんを奪っちゃって……私、背中に火をつけられて湖に沈められても文句言えないよ〉

孝之は、思わず抱きすくめた。

〈俺だろ。燃やされるのはこの俺であって、きみじゃない〉

〈いいの〉と美登利はささやいた。〈殺されてもいいくらい幸せ〉

そこから続く行為の数々と、行き着く果ての射精は、いま思い返しても鼻血が出そうなくらい強烈だった。他人に聞かれれば笑われて当然の、馬鹿ばかしいほど甘っちょろいやりとりが、あの密室ではどこまでも純度の高いものに思われたし、実際そうだったのだ。ふだんなら口に出せばたちまち絵空事になってしまう類いの言葉が、美登利との間でだけは正しい意味を持ったまま伝わるのだった。

それだけに、好きだとか、愛しているといった言葉を何度呑み込んだか知れない。妻帯者として腰が引けたというのもあるにはあるが、それだけではなかった。今この瞬間の気持ちに嘘はなくとも、そう宣言することで彼女に何かを約束できないのなら、伝えるほうが残酷だと思った。言い訳のようだがそれが本音だ。

トランクスの上から一物をぎゅっと握りしめたまま、洗面台の隅に置かれた小さな時計を見やる。

七時五十分。仕方なく、手を洗い、服に着替える。

今日は早めに店へ下りなくてはならない。本来なら美登利の来る日だが、休んでいいと言ってある。そのぶん一人で開店の準備をしなくてはいけないのだ。

疲れは溜まるだけ溜まっているものの、気力はここしばらくないほど充実しているし、何より美登利をゆっくり休ませてやりたかった。軀のしんどさという意味では彼女のほうが無理を重ねているにきまっている。

昨日の帰り道、渋滞がひどくてサービスエリアで仮眠をとったというのは嘘だった。道は空いていた。遅くなったのは、早々に途中のインターで降りてラブホテルで数時間を過ごしたからだ。

そもそも、富士五湖をすべて走破してさえいない。河口湖から西湖、精進湖、本栖湖と回ってぐるりとスタート地点まで戻り、一つだけ南東に離れて位置する山中湖へと向かう間際に、美登利が足首の不調を申し出た。自分はホテルのラウンジで待っているから、〈店長〉は予定通り皆さんと……と言うのを、そうもいかないので早めに送って帰ります、とメンバーたちにことわって別れたのが、午後二時近かったろうか。ほんとうに足首を痛めたのかどうか、孝之は訊かなかったし、美登利も言わなかった。再び二人きりになってみれば、したいことなどお互い一つきりだった。

昨夜の今朝にもかかわらず、いや、昨夜の今朝だからこそ、妻の用意していったブランチはゆで卵の固さに至るまで完璧だった。マヨネーズをたっぷり搾って丸かぶりし、トーストだけは自分で焼いてハムをのせる。涼子がいれば冷蔵庫のサラダも食べるよううるさく言われるだろうが、知ったことではない。超特急で食事を済ませ、開け放った窓から射し込む光の強さに片目を眇めた時、はっとなって耳を澄ませた。

外の庭から物音がする。もしや、いやまさか、と窓に走り寄ると、すぐ真下の庭、まだ鍵の閉まっている店のドアの前に、麦わら帽子の小さな身体がかがみこんでいるのが見えた。ざく、ざく、と音がする。専用のミニ熊手で植え込みの雑草を取っているらしい。見おろす窓からは声をかけずに、孝之は急いで一階の店へ下りていった。前庭に面して並んだ窓にはそれぞれ色味と質感にこだわって選んだ木製ブラインドが下ろしてあるため、店内は薄暗い。外の気温もまだそれほど上がっておらず、一晩よどんでいた空気は少しひんやりしている。

内側から入口のドアを開けたとたん、美登利がぱっと顔を上げ、麦わら帽子の陰で微笑みながら立ち上がった。半袖の白いTシャツに、エスニック模様の青いフレアスカートが爽やかだ。

「おはようございます」

「なんで？」

「え？」

「疲れてるだろ。ほんとに休んでくれてよかったのにさ」

「たいしたことないです。お手伝いすることいっぱいありますし、それに……」

口ごもり、はにかむように目を伏せる。

言いたいことがありありと伝わってきて、孝之は思わず苦笑した。会いたくてたまらなかったのはこちらも同じだ。

「とりあえず入って」

美登利が頷き、軒下に置いてあったバッグを手にして店へ入ってくる。その後ろで、孝之はドアを閉め、内鍵をかけた。

「あの……、店長？」

黙って彼女の手首をつかんで引き寄せ、ドアに背中を押しつける。バッグが床に落ちた。

「てん……」

「しー、黙って」

外からは見えないし、開店までまだ時間はある。そう思うだけで、下腹の疼きが急激にせり上がってくる。起き抜けの自瀆を中途半端なところで我慢したのでなおさらだ。

「だめです、店長」

「なんで。何が」

「だって、お店でこんな……」美登利の声が上ずって掠れる。「店長が前に言ったんじゃないですか。ここは職場で、仕事は仕事だって」

「言ったな、確かに」

「でしょう？　妙な雰囲気を持ち込んだら、お客さんに気づかれるって」

「持ち込まなければいい」

「そんなの無理です」

「無理じゃない」

抵抗するそぶりを見せながらも目が潤んでしまっている美登利が、可愛くてたまらない。その頬を両手で包むようにして唇を重ねると、彼女はしばらく抗っていたものの予想よりはたやすく堕ち、手折られた花のようにしなだれかかってきた。

静まりかえった店の中に、淫靡(いんび)に濡れた口づけの音が響く。孝之がその手を取って自分の股間に押し当てると、彼女は息を呑んだ。

「なあ。我慢、できるの？」孝之はささやいた。「朝のこういう時間。それとか昼休みが取れた日の一時間。たまには予約のキャンセルもあるかもしれないし、思ったより早く終わる日だって。そういう時、美登利は我慢できるわけ？」

「そ……そんな、」

「それこそ俺は、そんなの無理だね」

噛みつくように口づける。

「孝、ゆ……」

「店では〈店長〉だろ？」

「て……」

あっ、と美登利の背が反り返る。Tシャツの裾から滑り込ませた指への反応だった。

小さなピアスごと耳たぶをかじり、迷路のような耳の奥まで舌先を差し入れて、全体をすっぽり口に含む。そうしながらブラジャーの隙間に指を差し入れると、彼女は喉の奥で細い悲鳴をもらしてすがりついてきた。ショートヘアの頭のてっぺんから、シャンプーの香りがする。朝一番でシャワーを浴びてきたようだ。

ますますいじめてやりたくなった。足もとにしゃがみ、

「て、店長？」

薄地のフレアスカートの裾をめくって頭を潜り込ませる。

「やっ、何……」

美登利がスカート越しに頭を押し戻そうとする。孝之は両手で彼女の腿を抱きかかえ、下着に鼻先を埋めた。汗ばんだ腿の内側からはボディソープの香りに混じってわずかに蒸れた女の匂いもしたが、少しも不快でなかった。自分で思う以上に溺れているのかもしれない。

下着に指をかけ、ひと息に足首まで引き下ろす。茂みに舌を這わせると、頭上から悲鳴が降ってき

た。美登利がきつく腿を合わせようとするのを阻み、サンダル履きの片方の足首から下着を引き抜いて、その脚をこちらの肩にかけさせる。ようやく肝腎な部分に舌先が届くようになる。

片足立ちを余儀なくされた彼女の膝は小刻みに震え、背中を預けたドアの内側に爪を立てるようにして懸命に声をこらえている。軀の中心にそそり立つ芽は、女のペニスだ。根もとから先へとぞろりと舐め上げるたび、花芽が硬く締まって尖り、育ってゆく。

「店、長……」

「うん？」

「お願い、もう」

顔は見えない。スカートの布地越し、美登利の声がいよいよ切羽詰まってゆく。

「もう、何だよ」

「もう、駄目です」

「駄目って何が」

「いじわる。ゆ……許して下さい、お願い」

瞬間、孝之はその先端を啜った。悲鳴とともに逃げようとする美登利の尻を両手で抱え込み、思いきり吸い立てる。ごんっ、と音がしたのは、ドアに後頭部をぶつけたせいらしい。かまわず、吸い立てたまま舌先を躍らせる。

「や、やだ、やめて、いやあああ、あ……」

くり返される言葉とは裏腹に、肩に乗った彼女の片脚が、まるで催促するかのようにこちらの背中を引き寄せる。煽られて脳の血管が切れそうになる。

スカートをはらいのけ、孝之は立ち上がった。目の焦点が定まらない美登利の手首をつかみ、抱きかかえるようにして店の奥へと連れてゆく。半個室になったブース、彼女が実家から運び込んだル・コルビュジエのシェーズロングに横たえて上から覆い被さり、自分のチノパンの前立てを下ろしながら、孝之は言った。

「どうして今日はこんなスカートなの？」

「……え？」

「昨日の今日でこんな無防備なやつ穿いてきたら、俺にこういうことされるって思わなかった？　それともわざと選んだの？」

「ちが……」

慌てて首を振る美登利のフレアスカートを再び勢いよくめくり上げた。脚を大きく開かせ、狙いを定めていきなり挿入する。彼女は声もなく口を大きく開け、こちらを迎え入れた。

充分すぎるほど潤っているのに、中はおそろしくきつく締まっている。職場でこんなことをしているという緊張と背徳感のせいだろうか、同じく孝之自身も信じがたいほど硬くなっていて、思わず武者震いする。情事には今ひとつ向かない不安定な寝椅子の上で抜き差しするのはなかなかに技術を要したが、美登利の顔がゆきすぎた快楽に歪むのを見ればいくらだって続けたくなる。

男として、牡として、こんなにも充実を覚えたことはあったろうか。楽しい。たまらなく愉しい。しかし、めくるめく興奮の中でも万一の場合に備えて耳をそばだてる余裕はあって、それが孝之にさらなる自信を与えていた。要するに自分は、女に溺れて我を忘れているわけではないのだ。脳裏の隅のほうは冷静に醒めていて、すべては意識のコントロール下にある。今だってティッシュの箱がちゃんと手の届くところにあるかどうかを抜け目なく確かめているくらいだ。

「やだ……恥ずかしい」

美登利が、震える両手で自分の顔を覆う。その手首の腕時計を見て、孝之は彼女の両脚を抱え上げた。

「ごめん。ちょっと早いけど、いくよ」

「早くなんか……」

ぅう、と美登利が半泣きの顔で呻き、息を乱す。左の足首にはまだ丸まった下着がひっかかったままだ。ＡＶの男優にでもなった心地で、腰の動きを速めてゆく。

「ああ、もう駄目、無理……お願い、きて、きて！」

せっかく醜く引き攣れてゆく顔を、もっと見ていたい。彼女がそれ以上顔を隠せないように、両手首をまとめてつかんで黒革張りのヘッドレストに押しつけ、最後の坂を一気に駆けのぼる。身をよじった彼女が背中を弓なりに反り返らせると同時に、破裂する寸前で抜き取り、首尾よくティッシュで受け止めた。

丸めたそれをゴミ箱に投げ入れようとして、思いとどまる。さすがにこればかりは、慎重に始末しなくてはまずかろう。新しいティッシュをもう数枚取って美登利の脚の間にあてがってやり、しばらくの間、二人とも無言で息を整えた。

信じられない。軀を重ねるごとに、ますます良くなってゆく。孝之は、美登利の顔を覗きこんだ。額に、頰に、そして唇に、できる限り優しい口づけを落とす。

「……ひどいよ、店長」

上目遣いで詰られると、ますます甘ったるい気分になる。

「うん。ごめん」

「サイテー」

「悪かったって」

「ほんとに反省してます？」

「してないかな」

「もう！」

眉をつり上げる美登利の顔がおかしくて思わずふきだす。

「だってさ、めちゃめちゃ良かったから」

また怒るだろうと思ったのに、彼女は、後ろめたそうな笑みを浮かべてそっと呟いた。

「私も」

「え」

「絶対流されちゃ駄目って思ったのに、店長ってばよりによってあんなこと……」

「美登利、」

「駄目ですったら。さすがにもう準備しないと」

そうだった。不本意ながら寝椅子から下りる。

「ちょっとトイレお借りします」

そそくさとフレアスカートの裾を下ろした美登利が、律儀にそうことわってから、住居スペースへと通じるドアの向こうへ消えた。階段下のシャワートイレで自分の後始末をするに違いない。いちばん敏感になっている部分に水流が当たるとどんな感じがするのだろうと想像するだけで、またしてももやもやしてくる。

孝之は、半個室のブースを見まわした。ここもいいが次は、レジ奥の準備室で机に手をつかせて後ろからというのもいい。即物的に事だけ済ませるというシチュエーションにそそられる。さすがに二階の自宅へ上げるのは涼子への仁義がなさ過ぎるし、その勇気もないけれども、いま美登利が入っているトイレでなら……それとも階段の途中までなら……。

深呼吸をし、頭を振った。大丈夫、ただの妄想に過ぎない。自分も彼女も含めてすべては、そう、自分のコントロール下にある。

窓のブラインドを上げ、空調を調節していると、美登利が戻ってきた。何ごとも起こらなかったかのようにスタッフの顔に戻っているのを見たら何やら悔しくなって、孝之は言った。

「なあ。これから先のライドって、いつだか知ってる？」

「ちょっと待って下さいね」

床に落ちていたバッグからスマートフォンを出し、サイトを開いた美登利はすぐに答えた。

「来週の日曜日、奥多摩」

「うん。でも土日は無理だろ？　八月の終わりあたりのやつを見てごらん」

え、と顔を上げた彼女が、まじまじと孝之を見つめる。再びスマホの画面に目を落とし、さらにスクロールして指を止めた。

「……平日に一泊で房総の勝浦だって」

「ちょっと先になるけど、都合はどう？」

「え、でもお店は」

「また連休にすればいいよ。今度は最初から、ライドは一日目だけ参加ってことにしといてさ。夕方にはメンバーと別れて、どこかにゆっくり泊まってくるってのはどうかな」

「どうって……めちゃめちゃ嬉しいですけど、でもそんな、」

「二人きりでゆっくりしたくないの？　昨日と違って朝起きる時間とか気にしないでさ」

「行きたいです。すごく行きたいけど、ただ……」美登利がうつむき、下唇を嚙む。「怖いんです。勘違いしちゃいそうで」

「勘違い？」

「そんな幸せなこと言ってもらうと、これからも続いてくみたいな錯覚を起こしちゃうじゃないですか。もともと、一晩だけって決めて無理にお願いしたのに」

白い横顔のいじらしさに、心臓が絞り上げられるようだ。手を伸ばして抱き寄せようとすると、

「それにライドも、私と行ってばっかりだとさすがに涼子さんから変に思われませんか」

孝之は、手を下ろした。

「大丈夫。次は、俺一人で参加するって言うよ」

9

虫の音の変化に、わずかだが夏の翳りを感じるようになってきた。

その日はちょうどアウディを車検に出していたので、夜、孝之に迎えに来てもらうかわりに駅から最終のバスに乗ったのだった。最寄りの停留所で降りてから家までは長い坂道を上らなくてはならない。駅でつい我慢してしまった尿意が予想よりも早く切羽詰まってきて、涼子は玄関の鍵を開けるのももどかしく一階の客用トイレに飛び込んだ。

身体の力が抜けてゆくとともに、ふーっと声までもれる。いつだったか、他は男性ばかりという酒宴の席で矢島広志が「この世に金で買えない快楽はない」などと発言したことがあったが、今なら完

全に否定できると思った。排泄の快感ばかりは金では買えまい。

下着の内側に貼り付けた極薄のナプキンを見おろした。少しよれているが綺麗なまま、もう何の跡も残っていない。今回の生理もようやく完全に終わったらしい。

ぺりぺりと剝がし、床置きのゴミ箱の蓋を開けて、セットしてあるポリ袋ごと引っ張り出した。すでに何か捨ててあるようだ。自分のを放り込み、袋の口を縛ろうとして——手が止まった。

恐るおそる、もう一度ひろげて覗きこむ。中身は、数枚まとめて丸めたティッシュだった。その表面に、薄いピンク色の汚れがじわりと大きく滲んでいる。かすかに立ちのぼる生臭いにおいに、うっとなって息を止めた。紛れもなく、うっすらと血の混じった体液のにおいだ。

使用済みのナプキンであればともかく、これが客の残したものとは思えなかった。ふつうはトイレットペーパーを使った後でさっさと流してしまうはずだし、そもそもこのトイレにティッシュボックスは置かれていない。店のほうからわざわざティッシュを数枚持ち込んで局部を拭い、便器に流すに流せなくてゴミ箱に捨てる、というのは、いったいどういうシチュエーションなのか。

凝視するうち、胃の底が硬くこわばってゆく。貧血の前触れのように手足の指先が冷たく痺れ、涼子は内壁にすがった。

店で、要するに、〈そういうこと〉が行われたのだ。考えたくもないが、夫との情事の後で、彼女が脚の間にティッシュをあてがってトイレに入り、どうせ翌朝ゴミ箱を掃除するのは自分なのだからとここに捨てたか……あるいはいっそ妻に気づかれてもかまわない、むしろ気づいてみろとばかりの示威行為として捨てたか、そのどちらかだろう。

「涼子？」

いきなりの声に飛びあがった。

「帰ってるんだろ？　どうかしたの？」

階段の途中からこちらの様子を窺っているようだ。玄関を上がってすぐのところにバッグを置いたままなのを思い出す。

「ごめん、ちょっと……おなか痛くなっちゃって」

何がごめんなのか、それよりも訊くべきことがあるだろうと思ったが、今この時間から、手の中にある〈証拠〉を鼻先に突きつけて夫を問い詰める気力は、幸か不幸かどこにもないのだった。連日のハードワークに身も心も疲れ切り、そこへこのショックが相まって、口をきくのも億劫だ。

「え、大丈夫？」

孝之の声が心配そうに言う。

「大丈夫。気にしないで」

この瞬間、彼の気遣いが百パーセント本物であることも、涼子にはわかる。それがかえって厭わしい。

「そっか。とりあえずお疲れ。風呂、消してないからゆっくりあったまりな」

「ありがとう」

「俺、先に寝てていいかな。なんか今日はすっごい眠くて」

よけいな運動をしたせいではないのか、と言いたいのをこらえ、どうぞ、と返事する。

「じゃあ、おやすみ」

おやすみ、と涼子は答えた。

ドア越しに、階段を上がってゆく足音が聞こえる。さっき下りてくるそれに気づかなかったのは、よほど気が動転していたせいらしい。

そろそろと息を吐きだした。ポリ袋の口を縛ろうとして手を止める。明日の朝、ゴミ箱からこれがなくなっていることに気づいたら、美登利はどう思うだろう。ぎょっとなって狼狽えるか、それとも開き直って傲然と顎を上げるか。

考えた末、ティッシュの塊をそのままに、袋ごと元どおりゴミ箱に戻した。自分のナプキンは二階で捨てることにする。夫の浮気に勘づいていることを覚られるより、切り札としてこちらが握っていたい。そうでなければ……そうでなければあんまり惨めではないか。

正直なところ、もうどうだっていい、勝手にしてくれ、というのが本音だった。妻として女として、やはり裏切られていたことそのものが悲しいという以上に、互いの間にあったはずの信頼関係をこうも簡単に蔑ろにされたことが虚しくてたまらない。いつだったか一泊二日のライドから帰った孝之が野々村の名前を耳にしたとたんにあれほど気色ばんだのも、結局は後ろ暗さのせいだったかと思うと、あきれてものが言えない。

あえて時間をおいてからトイレを出て、重たいバッグを手に二階へ上がる。顔を合わせたくないのはお互い様なのか、孝之は言葉の通り、すでに寝室へ引き取っていた。

洗面所で化粧を落とし、風呂に浸かって出てくると、タオル類をおさめた棚の奥から薄地の部屋着を取り出した。常に一、二着ここに準備してあるのは、今夜よりも遅く帰宅した場合など、寝室のクローゼットを開け閉めすることで孝之を起こさないようにという配慮からだ。そういう気遣いを、夫はたぶんわかってもいない。髪を乾かし、リビングへ行って、冷蔵庫からペリエを取り出す。いつもと同じことをしているのに、まるで知らない土地で迷子になったような心許なさだ。

涼子は、ソファにもたれ、虎ノ介を抱いて膝ごと抱えこんだ。なめらかな毛並みに顔をうずめて縮こまる。蛹(さなぎ)にでもなってしまいたい。

夫と美登利の間に、たまたま今日の今日、初めて不適切な関係が成立したという可能性は限りなく低い。あのティッシュに沁みていた淡い血の色はおそらく生理直前か直後のもので、そういう状態で抱いたり抱かれたりということ自体、そうとう気安い男女の間にしか起こらないのではないか。大体、あの無類のロマンチストの孝之が、初回から店の中で事に及ぶとは思えない。おそらくは一泊旅行の晩にそういうことになって、その後もなし崩しに続いていると考えるのが自然だ。

あれから二カ月ほどの間に、もう何度抱き合ったのだろう。店のどこか一角、外からは見えにくい物陰で、着衣のまま慌ただしくつながる二人を思い浮かべる。昔、自分と付き合うようになったばかりの頃の孝之がそうだったように、彼女に対してもありとあらゆる手管を駆使して励んでいるのだろうか。美登利の持ち込んだあの寝椅子の存在を思い出すと吐き気がこみ上げてくる。

と、ぴこん、と気の抜けるような音が響いて、傍らに置いたスマートフォンの画面が明るくなった。こんな遅くに誰から、と目をやったとたん、はっとなってソファから背中が浮く。

急いでスマホを手に取り、虎ノ介の上でLINEを開いた。

〈こんばんは。ちょっとご無沙汰してしまいました。かねてから宣言していたとおり、お礼をかねて食事にお誘いしたいんですが、明日か明後日の晩は空いていたりしませんか？　もしくは来週でも。お忙しいことは重々わかっているので、僕が涼子さんのご都合に合わせます〉

フキダシ一つでさらりと書いてよこすところに、野々村一也の涼しい佇まいが感じられる。

しかし、タイミングがいいというのか悪いというのか――。明日は遅い時間に打ち合わせが入っているし、明後日は大事な会食があって、またしても家に帰れそうにない。

いや、そうでなくて、と涼子は思い直した。そういう意味でなくてもタイミングは最悪だ。夫への疑惑が限りなく黒に近いと気づいたその晩に、こうして他の男から誘われてほいほい応じるなど、ただの尻軽女ではないか。

返事を書き綴りながら思い浮かべるのは、柔らかいのに強度のある野々村のまなざしだった。

結局のところ自分は、仕事のできる男にからきし弱いらしい。そう思うと、こんな夜だというのに苦笑が漏れる。孝之を責める資格などないのだった。結婚前のことではあったけれど、自分だって当時は家庭のある男と倫ならぬ関係を続けていた。それこそ真正コルビュジエのシェーズロングの上で、さんざんはしたない姿をさらしたのだ。

あの頃の自分の立場は、今の美登利と同じだった。相手の妻にだってきっと知られていただろう。こうなってみるとわかる。一つ屋根の下で一緒に過ごす時間がどれだけ短くても、夫が外の誰かに気を移している時、妻がまったく気づかないということはまずあり得ない。何かおかしい、これまでと違う、そうした不信感が積もり積もっていった先で、見たくもないものをいきなり突きつけられる気持ちが、今になってようやくわかった。

書きあげた野々村宛のメッセージを読み返す。

〈お誘い、ありがとうございます。でも残念ながらしばらくは仕事が忙しくて、いつ時間が空くかちょっとお約束できない状態なのです。お礼などはどうぞご放念下さい。お気持ちだけ頂きますね〉

思いきって送信し、スマホを置く。時計を見上げると、すでに零時半を回っていた。

ベッドへ行く気になれない。正しくは、孝之の隣でその寝息を聞きながら眠る気がしない。男はどうだか知らないが女は、いや少なくとも自分は、気を許した相手のそばでなければ目をつぶることさえできないのだ。

リビングから続く三畳ばかりの畳スペースに床を延べるのもそれはそれで億劫で、押し入れから客用のタオルケットだけを引っ張り出し、虎ノ介を抱きかかえてソファに横たわった。明日の朝は遅出でもかまわないのだが、起き出してきた夫に寝ている姿を見られたくないというそれだけのために、アラームを六時半にセットする。

小さなリモコンで頭上の灯りをピッと消したとたん、またスマホが震えた。暗がりの中、下にした心臓が不穏に脈打つのを感じる。

〈迅速なご返信に感謝します。ご事情はよくわかりました。しつこい奴と思われるのはあまり嬉しくないので、とりあえず慎ましくしておきますが、せっかくのお礼の機会は手放さずにおきたいと思います。この先も、ご無理な場合は遠慮なく断って下さってかまいません。僕も遠慮なく、またお誘いしますから。では、おやすみなさい〉

相手も今、スマホを見ているのだろう。話者の配置が左右反対なだけで同じ文面の並んでいる画面を。もうこれ以上返信するべきではないとも思ったのに、結局一言だけ、

〈おやすみなさい〉

返すと同時に、既読が付いた。画面の向こう側に佇む彼の息遣いまで感じ取れる気がした。

「髪、あれからまた伸ばしたんですね」

二カ月前にも会っているのに、まるで今気づいたかのような口調で言われた。

「あれからって、いつのことですか」

「もちろん、青山の店の頃ですよ」

「あの頃より短くするほうが難しいでしょ」

「確かに」

野々村が笑った。

「最初は涼子さん、うんと長かったじゃないですか。そう、店に初めて入ってきた時は。それで、たまたま早瀬が担当についてベリーショートにして、結婚式の時も短めのボブで……。なので今ぐらいの長さにしてるあなたを見るのは、僕にとっては新鮮なんですよ。この間スタジオで会った時なんか、初めはちょっとわかんなかったくらい」

そうだった。名刺を交換した後、涼子が挨拶をするまで、野々村はこちらが誰だか気づいていなかったのだ。

「でもまあ、結局は声でわかったと思うなあ」

「そうですか？　私の声なんてべつに」

「何言ってんですか。あの頃、なんで僕が担当でもないのにちょくちょく話しかけてたと思ってるんです？　その声がもっと聞きたかったからですよ」

そんなことを言われると、かえって口がきけなくなる。涼子は困って、夏の終わりにふさわしい色のカクテルにそっと唇を付けた。

ＬＩＮＥでやり取りをした、たった二日後だった。つまりは野々村が最初に提案してよこした〈明後日の晩〉だ。

前もって約束を交わして会ったわけではないのだった。つい先ほどまで、涼子はクライアントとの会食の席にいた。

若手の平井が競合各社とのプレゼンを勝ち抜いて手にした大事な企画だったので、黒田部長ともども同席することは先週の時点で決まっていた。二次会は銀座のバーへ流れ、迎えに呼んだハイヤーを例によって九十度角のお辞儀で見送ったのが二十三時。相手方の部長が明日早くからゴルフの予定を入れていたので助かった。

それぞれ帰宅する皆と別れ、いつものカプセルホテルへ向かおうとしてふとスマホを見ると、少し前に野々村から電話の着信が一件入っていた。心臓が不穏に跳ね、スマホを持つ指先がずくん、と脈打つ。

迷ったものの、急用という場合もあり得る、と自分に言い聞かせてかけ直すと、わずかなコールで相手が出た。涼子は立ち止まり、歩道の端へ寄って耳に当てた。

『どうも、こんばんは』

電話越しに耳もとで響く声は、思った以上に深く温かかった。小さくジャズが流れているのが聞こえる。

『すみません、急に電話したりして。お仕事、大丈夫ですか』

「はい。今、終わりました」

『会食だったんですか。この間みたいな』

「ええ。と言っても、この前よりだいぶお堅い感じでしたけど」

ふっと笑う気配がした。

『それは、お疲れのところすみません。お約束があるのは聞いてましたけど、もしかしたらもう終わったかなと思って、つい、かけちゃいました』

互いに、短い沈黙があった。

『この時間だと、電車はもう終わっちゃったでしょ。こういう日はいつもどうされるんですか?』

「会社の近くに定宿があるんです。今日もこれからそこに」

『ああ、なるほど。だったらよかった、安心しました』

保護者じゃないんだからと思いながらも、気遣われてそう悪い気分はしなかった。野々村の言葉や態度に腹が立たないのは、押しつけがましさがないからだ。逆に言えば、女慣れしているとも取れる。

『あのですね』と、彼は続けた。『この際なので正直に言いますけど、僕いま、すごく迷ってるところなんです』

「え、どのへんで？」

『いやいやいや、何言ってるんですか、違いますって。涼子さんに〈今どこにいるんですか〉って訊くのをです』

息を吞んだ。

『どこにいるか訊いちゃって、それがたとえば銀座あたりだったとしたら絶対、じゃあちょっとだけ一緒に飲みましょうって誘いたくなるにきまってるじゃないですか。や、いま僕がいるの有楽町なんでね。でも、その近さで断られたらさすがに凹むだろうし……いや、凹んでもまた誘うからいいんですけど』

この時点で、上手に断ることはいくらでもできたはずだ。宿がもう目の前なのでとか、明日も早いのでまた改めてとか、角を立てずに断る方法などいくらでもあった。けれど結論から言えば涼子は、まさにその銀座にいることを白状し、ものの十分後にはこのバーのカウンターに座っていたのだった。一杯だけなら、とわざわざ念を押した上で。誰に、何に対しての防御であり言い訳であるのか自分でもわからなかった。

風がそよぐようにさりげなく壮年のバーテンダーが前に来て、空いていた野々村のグラスを下げ、同じものを置く。雇われの身だそうだが、野々村の友人だという店のオーナーも週に一度ほどはカウンターの中に立つと聞いた。バーテンとしては立場が逆で、いまだ修業中の身らしい。

「おかわりは、いかがしましょう」

涼子は迷った。

(——一杯だけなら)

「ラムなんかはお嫌いじゃないですか？」

と、隣から野々村が言う。

「……好きですけど」

「この店のフローズン・ダイキリはかなり美味しいですよ。よかったら」

こだわっているのは自分だけのようで、かえって恥ずかしくなる。

「じゃ、それを」涼子は微笑んだ。「お砂糖は抜いて頂けます？」

バーテンダーが心得たように微笑み返してくる。

「パパ・スタイルですね。承知しました」

クラッシュした氷をミキサーに入れている手もとを眺めやりながら、野々村がこちらに軽く肩を傾けて訊く。

「今、何て？」

嫌味のないコロンがふっと香った。さっきまで着ていた麻のジャケットは、さすがに暑かったのか脱いでいる。半袖にワンポイントの刺繍が入ったポロシャツは鮮やかなブルーで、日本人には難しい色だろうと思うのだが、日に灼けた野々村によく似合っていた。

「フローズンでも甘くないのを、パパ・ダイキリっていうんです」涼子は言った。「作家のヘミングウェイが好んだ飲み方なんですって。彼のあだ名がパパ・ヘミングウェイなので、それで」

「なるほど、へーえ」野々村は頷いた。「すいません。僕、学がないっていうか、一般常識でさえ自信がないもんで。ヘミングウェイも名前は知ってるけど読んだことはないなあ」

涼子は思わず、ふふ、と笑ってしまった。同じことを夫が口にするとどことなく卑屈に響くのに、この男のあっけらかんとした物言いは何なのだろう。

「野々村さんって、いつもそんなふうなんですか？」

「そんなふうとは？」

「率直っていうか、飾らないっていうか。この間も思いましたけど、相手が誰でも態度を変えないでしょう？」

「そうですね、できるだけそうありたいとは思ってます。無理なんかするより、最初から自分サイズで正直に生きてくほうが楽っていうだけですけど」

「でも、それができない人いっぱいいるじゃないですか。とくに男の人は、知らないことを知らないってなかなか言えないみたい。プライドが邪魔して」

「ああ、僕はそれ、もともと持ち合わせがないから」

野々村が笑った。目尻に深い皺が寄る。

「だいたいほら、知ったかぶりしたって結局すぐバレちゃうしね。だったら初めから、『知りません、すいません』って謝って、かわりにいろいろ教えてもらったほうが得じゃないですか。それこそ、カズさんにもよくあれこれ訊いちゃってますよね」

最後はカウンターの中へ話しかける。スクイーザーで生のライムを搾っていたバーテンダーは、黙って笑いながら頷いた。

野々村が肘をつき、こちらをしげしげと見る。

「そういえば……映画ではジム・ジャームッシュが好きだったんですよね」

涼子は驚いて目を上げた。

「ほんとですか？　私も大好きなんです」

「いやいやいや、そうじゃなくて、僕じゃなくて。あの頃、たしか涼子さん、好きだって言ってたなあと思って。……けっこう早とちりの多い人ですね、あなた」

と笑いだす。

しかし話したほうはまるで記憶にないのだった。

「十年以上も前なのに、野々村さんこそよく覚えてますね、そんなこと」

「それだけ印象的だったんですよ。僕、本はほとんど読まないけど映画は好きで、そんな話からだったんだと思うけど」

だが、髪を担当していたのはもっぱら孝之だ。いつ野々村とそんなまとまった話をしたのだろう。

「やっぱり覚えててくれなかったかあ」眉尻を下げた野々村が、いかにも残念そうに言った。「一度、パーマの時に僕が補助に入ったことがあったんですよ。いつも早瀬に付いてるアシスタントの女の子が、その日は風邪ひいたか何かで休んでたのかな。で、たまたま僕の手が空いてたもんで、ロッドを巻いたりはずしたりの手伝いをね」

言われてみると、涼子もうっすらそんなことがあった気がし始めた。記憶が蘇るというより、気配だ。美容室の椅子の斜め後ろ、孝之とは反対側に立っていた野々村の気配に覚えがある。

「あの頃は僕、ハリウッド製の超大作とB級アクションと、せいぜい話題の韓国作品あたりを押さえておけばいっぱしの映画通だと思ってて……。それで涼子さんにも気軽に訊いたんですよ。たぶん意味もなく上から目線でね。そしたら全然知らない監督の名前が出てきて、誰だそれ？　ってなって」

目の前に、とろりと白いフローズン・ダイキリが置かれた。フレッシュライムの爽やかな香りが鼻腔を洗う。

「すみません」涼子は言った。「ちょっと偏ってるって自覚はあるんです」

「でも僕、あの日の帰りにビデオ屋へ行って、探しまくって借りたんですよ」

「え、何を？」

「だからジム・ジャームッシュ作品を。『ストレンジャー・ザン・パラダイス』とか、『ダウン・バイ・ロー』とか。一本観て返しちゃあ、次のを借りたりして」

本気で驚いて、涼子はまじまじと野々村の横顔を見つめた。いくらか見慣れてきたせいで、よけいに知らない人間のように思われてくる。

「ちなみに、どうでした？」

と訊くと、彼は唇を曲げ、肩をすくめてよこした。

「よくわかんなかった」

涼子は思わずふき出し、それから慌てて笑いを収めた。

「ごめんなさい。無理ないとは思います」

「いや、だけどね。夜中に一人でじーっと観てたら、なんか引き込まれるんですよ。観ながらいろいろ考える。どれもこれもストーリーらしいストーリーはほとんどないのに、っていうか、ないからこそ、この主人公はいま何考えてるんだろうなとか、なんでこんなことになってっちゃうんだろうとか、そもそも俺どうしてこんなのを黙って延々観てんだろうなとか。それでいて、退屈っていうのとは違うんだな。あの感覚が不思議でね。そういうことって、ふつうの映画だとまずないじゃないですか。何も考えないでストーリー中心に観る映画って、ずいぶん脳が楽してるんだなあって思ったりして。そんなこんなで、けっこう片っ端から観ましたよ。いくつかはＤＶＤまで買って、今も持ってます」

言いながら野々村がふと涼子を見て、ん、という顔になる。

「あ、すいません。俺ばっ……じゃなくて、僕ばっかり喋ってますね」

「〈俺〉でいいですよ、べつに」涼子は言った。「ただ、なんかちょっとびっくりしちゃって」

「なんで？」

「私が思っていたことを、全部言ってくれたから」

野々村が目を見ひらく。

「だいぶ前のことですけど、あのひとに……早瀬に、見せたことがあったんです。ほら、付き合い始めの頃って、お互いのお薦め映画を一緒に観たりするじゃないですか」

「ああ、ありますね。相手のことをもっと知りたい。自分のことも知ってもらいたい」

「それで——どれをとは言いませんけど、ひとつだけ選んで見せたんです」

野々村は笑って、水割りを口に運んだ。

「早瀬のやつ、何て言いました？　やっぱり『よくわかんなかった』って言ったでしょ」

「いいえ。観終わった後で一言、『なるほど、きみが好きそうなやつだね』って」

野々村が、かすかに眉根を寄せる。

「それは……俺なんかが言うのもあれだけど、何ていうかこう、二重に失礼じゃないかな。映画にも、涼子さん自身にも」

どうしてこのひとの言うことは、こうもシンプルで的確なのだろうと思った。あの時はまさに、映画と一緒に自分の心までも孝之にスルーされた気がして悲しかったのだ。今、思い出した。

「そういえば」

もう一つ思い出して、涼子は再び野々村に向き直った。

「お会いしたら、訊こうと思ってたんです」

「何でしょう」

「野々村さん、早瀬と会ったんですってね。朝のサービスエリアで」

グラスを置いた彼が、落ち着いた顔でこちらを見た。肯定も否定もしない。

涼子は、溶けかけたフローズン・ダイキリの残りをひと息に飲みきった。甘味を排したぶん、ライムの味がまっすぐに味蕾を刺激する。グラスをカウンターに戻す時、くらりと眩暈がした。クライアントとの会食と二次会、そしてこのバー。それほど飲んだつもりはないのだが、寝不足のせいかもしれない。

バーテンダーがさりげなく目で問うてくる。

「同じものを」

頷く男のベストの胸には、KAZUHARAと名札があった。先ほど野々村がカズさんと呼んだ時は下の名前かと思った。

と、隣で口をひらく気配がした。

「早瀬から聞いたんですか？　俺と会ったって」

「……ええ」

「ふうん」

「何ですか？」

「いや。秘密のない夫婦なんだなと思って」

どこかしら揶揄の匂いのする返事だった。

孝之から聞いたといっても、彼が自分から打ち明けてきたわけではない。向こうにしてみれば藪をつついて蛇を絵に描いたような失態だったろうが、今なら――家のトイレで〈あんなもの〉を見つけた今なら、夫があれだけみっともなく狼狽した理由もわかる。わかりやすく過ぎていっそ笑えてくるほどだ。

「ちなみに、夫が一緒にいた女性は、うちのお店のスタッフさんなんです。もともと自転車仲間で、あの日も富士五湖での合宿に」

「うん、聞きましたよ、それは。当人からもね」

新たなダイキリが目の前に置かれる。きんと冷えたグラスの縁が照明を弾いて輝いている。殺傷能力のある凶器のようだ。

「野々村さんこそ、どうして黙ってたんですか」

「え？」

「だって、野々村さんが早瀬とばったり会ったのは、私があのCM撮影のスタジオでお目にかかったすぐ前の日だったわけじゃないですか。ふつうだったら、『じつは昨日早瀬とも会ったんですよ』って……『偶然って続くものですね』とかなんとか、言うだろうと思うんです。でも、黙ってた。他の人たちの前だけじゃなく、そのあと私にショートメールでお礼を送って下さった時にも、そのことについては何も触れなかった。どうしてですか？」

ああ、喋りすぎている、と頭の隅で思う。こんなふうに問い詰めては、野々村に誤解されてしまう。ふだんから夫の身辺にぎらぎらと目を光らせ、嫉妬の炎を燃やす妻であるかのように。

そうではないのだ。決してそういうことではなくて、むしろ腹立たしいのは、阿吽の呼吸でさりげなく庇い合う男同士だ。スタジオでこちらの顔を見たとたん、野々村の脳裏に前日の朝の情景がよぎらなかったはずはない。何も知らない妻として一瞬でも憐れまれたかと思うと、忌々しさに指の骨までぎりぎりと痛む。

と、薄くなった水割りに、野々村が口を付けた。

「必要のないことだと思ったんです」

カウンター正面に並ぶ酒瓶を見やり、ふっと息を吐く。

「正直、下司の勘繰りもしましたよ。早瀬のやつも一生懸命、彼女は店のスタッフで、今日は自転車の集まりがあって、っていろいろ説明してたけど、たとえそうでも奥さん公認で来てるのかどうかなんてこっちにはわかんないじゃないですか。よけいなことをご注進に及んで、後から早瀬に恨まれるのも面倒だし。でも……」

野々村が、身体ごとこちらを向いた。

「へんに気を回したりして、かえって失礼でしたね。それについては謝ります」

「それについては、ですか」

「うん。俺はべつに、早瀬のためを思ったわけじゃない。実際がどうであれ、あなたに嫌な思いをさせたくなかったんです。知らないほうがいいことだって、人生にはあるから」

どきりとした。今の自分には刺さりすぎる言葉だ。

涼子は、カウンターに目を落とした。残り半ばになったグラスの表面を、透明な露が伝い落ちてゆく。

「――そろそろ、出ますか」

と、野々村が言った。

自分が誘ったのだからと支払いは彼が済ませ、外へ出ると真夜中の空気は生ぬるかった。冷えた肌がみるみる湿り気を帯び、髪が重たくなる。街路樹の下を、並んで大通りまで歩いた。路面店のほとんどは灯りが消えている。思った以上に時間はたっており、午前一時をとうに回っていた。

「ちょっとだけって言ったのに、こんなに遅くまで引き留めちゃってすみません」

「いいえ。私のほうこそ、すっかりご馳走になってしまって」

「そうそう、その声」

「え」

「声でわかるって言ったでしょ。涼子さんの声って、何て言うのかなあ、こう、キューティクルが整ってツヤッツヤの髪みたいな感じなんだよな」

思わず笑ってしまった。いつだったか撮ったヘアケア用品のＣＭを思い出す。

「声の質ばかりじゃなくてね。あの頃、青山の店に来てくれるたびに思ってました。スタッフ一人ひとりに必ず目を合わせて礼を言ったり、前の時に話したささいなことも覚えてて体調を気遣ってくれたり。笑顔がまた良くてさ。涼子さんが来るのを店のみんなが楽しみにしてましたよ。まあ、いちばんは俺だったけど」

「……はい？」

「俺ですよ、いちばんは。早瀬じゃなくてね」

言葉が出ない。

「まんまと担当になったあいつに、めちゃくちゃ嫉妬してたくらいです。なのに、しれっと結婚式にまで呼んでくれるんだもんなあ」

真に受けたりしたら笑われるのではと思う一方で、とても冗談には聞こえず、答えを返すことができない。野々村がこちらを見おろし、目もとだけで笑んだ。

「いかん。ちょっと酔ったかな。すみません」

「……いえ」

「ま、そんなわけなので――さっきのあれこれにも、多分に俺のやっかみが含まれてます。それも一緒に謝っておかないと」

大通りに出た。タクシーどころか車自体、たまにしか通らない。とうとう野々村が電話をかけて呼び、待つこと数分、ようやく現れたタクシーはなぜか五メートルばかり手前で急なブレーキを踏み、かくんかくんと揺れて停まった。

「ヘルムートか」

野々村のツッコミに、涼子はぷっと噴きだした。

ヘルムート――なんと懐かしい名前だろう。さっき話していたジム・ジャームッシュ作品のひとつ、『ナイト・オン・ザ・プラネット』に登場する東ドイツ出身のタクシー運転手。深夜のニューヨークのさびれた街角、がっくんがっくんと大きく揺れるばかりで前へ進まないタクシーに、焦れて文句を言う黒人の乗客……。

「代わりに運転しないで済むように祈ってて下さい」

笑いながらこっそり言って、涼子は乗り込んだ。急いで窓を下ろし、野々村を見上げる。

「ありがとうございました」

「いえ、こっちこそ愉しかった。また誘わせて下さい」

答えずに微笑みかけ、運転手に行き先を告げる。野々村が、片手を上げてよこした。

サイドミラーの中で小さくなってゆく影に目をこらし、見えなくなったところで背もたれに身体を預けた。自分で思う以上に酩酊は深いようだが、やたらと荒い運転のおかげで眠気は襲ってこない。たまの赤信号でギュッと止まるたび、身体が前へのめる。

〈ヘルムートか〉

ふふ、と思い出し笑いがもれたとたん、なぜだろう、唐突に涙がこみ上げてきて狼狽えた。鼻と口に手の甲を押しあてて昂ぶりをやり過ごし、車窓へと目をやる。流れる街並みに、灯りはほとんど見えない。

以前、夫に見せたジャームッシュ作品こそ、まさに『ナイト・オン・ザ・プラネット』だった。五つの都市の同じ一夜、タクシードライバーたちそれぞれの一期一会をオムニバスで描く物語だ。ウィノナ・ライダーもジーナ・ローランズもロベルト・ベニーニも出ているから、少しは取っつきやすいだろうと思って選んだのに、

〈なるほど、きみが好きそうなやつだね〉

その一言で片付けられてから、もうどれだけ経つだろう。孝之はもはや、そんな映画を一緒に観たことさえ忘れているに違いない。

空気が抜けるように、吐息が漏れてゆく。

〈愉しかった。また誘わせて下さい〉

あれが社交辞令であればともかく、と涼子は思った。

もう、彼と会ってはいけない。

10

妻以外の誰かと関係を持つなど誓って初めてだが、思っていたよりずっと罪悪感が薄いのが不思議だった。こうして妻の目から見えないようにしている以上、ないも同じなのではという気分が、孝之

にはある。隠すのは妻を傷つけたくないから――つまりは愛情と節度があればこそではないか。

裏切りだとか、不倫だとか、そんな大仰な話ではないのだった。涼子と比べて美登利のほうを多く愛しているわけでもないし、涼子と別れて美登利とやり直したいのでもない。今の生活を変えられないのは自分も美登利もわかっていて、今だけ、ほんのひととき、誰にも言えない秘密を分け合っているに過ぎない。喩えて言うなら、思春期の子どもが親に隠れて、覚えたての大人の遊びにこっそり耽るようなものだ。あるいは猫が互いを舐め合ったり、猿が毛繕いをし合ったりするのと同じ、生きもの同士の親密なグルーミング。それがそんなにいけないことだろうか。

「お先に。空きましたよ」

ハッと我に返ると、萩原がこちらを見おろしていた。

「トイレ。空きましたよ」

そうだった。皆でランチをとるのに、この定食屋に寄ったのだった。

「どうも」

待っていた喫煙者用のベンチから立ち上がり、孝之は一つしかない男子トイレに入った。建物からして古い店で、トイレはいったん入口を出た外にある。

南房総の勝浦――採れたての地魚の刺身や焼きものがこの店の名物だというので、今日参加したメンバー六人ともが同じ定食を頼んだ。店構えからしてさほどの期待はなかったのだが、いやはや、じつに旨かった。トイレの小さな引き違い窓は片側が開いており、そこからも海を望むことができた。ブロッコリーよろしくみっちりと茂る常緑樹が谷あいを埋め、その間がV字に途切れて、紺碧に塗りつぶされている。空と交わる水平線に、大型のタンカーが浮かんでいるのが見えた。

長い小便を終えて外へ出ると、駐車場の最も建物寄りにカラフルなロードバイクが六台並んで陽を弾いていた。奥の端の二台が孝之と美登利のものだ。中では皆、番茶を啜りながら休憩を取っている。あと十五分もすれば午後の部で、先ほどさんざん苦労して登ってきた山道を今度は一気に下ってゆくことになる。

見れば、萩原はまだベンチに腰を下ろし、ぼうっと景色を眺めていた。こちらからはひろびろとした海を見渡せる。きらめく海原の向こうに入道雲がそそり立つ。夏もそろそろ終わりだった。

横を通って店に入ろうとした時、

「早瀬さんたちは、」

と声をかけられた。

立ち止まって萩原をふり向く。

「お二人は今回も、今日だけでお帰りなんですよね」

〈お二人〉とまとめられたのも、〈今回も〉と強調されたのにも苛立ちを覚えたが、美登利との仲を疑われているのならここは冷静に対処しなくてはならない。

「そうなんですよ、残念ながら」孝之は愛想良く言った。「店の都合で、少なくとも僕はしばらく連休が取れなくて。でも、夏の間にいっぺんくらいは海を見たかったんですよね」

「楽しんで頂けてますか」

「それはもう。飯もすごく旨かったですし」

「でしょう。ここは、知る人ぞ知る穴場なんですよ。漁港とか海べりにある店なんかより、だいぶ安いしね」

萩原は頷きながら、ふいに意味ありげな笑みを浮かべてよこした。

彼ほど人生を謳歌している男を、孝之は他に見たことがない。それなのにあまり羨ましく思わないのはどうしてだろう。その顔も腕も、海沿いの道を走っている時に見かけた漁師たちと同じくらい灼けているが、どこかしら嘘くさい匂いが漂っている。

「それにしてもびっくりだなあ」座ったままの萩原が、眩しげに目を眇めて孝之を見上げてくる。「まさかあの小島さんが、早瀬さんのお店で働くようになるなんてねぇ」

何が言いたいのか。

「僕のセリフですよ、それは」笑って受け流してみせる。「ちょうどスタッフの一人に辞められて困ってたところだったんで、ほんと助かりましたけど」

「たしか彼女からネイリストだって聞いた覚えがあるんですけど、お宅ではどういう？」

「ネイリストですよ、主に」

遠回しに訊きやがって、いやらしい奴だ。

「うちの店の一角を使ってもらってるんです。手が塞がってない時は、アシスタント的なことを手伝ってもらう時もありますし。場所を貸しつつ、こちらも協力してもらってるという感じです」

「なるほど。まさしくギヴ・アンド・テイクってわけだ」

「まったくです。ほんとラッキーでしたよ」

ことさら鈍感な男を装うたび、プライドは傷つく。どうしても、一矢報いたくなった。

「何しろね、彼女が来てくれてからお客さんが前以上に増えて、店の経営はじつに順調なんですよ。もう、美登利様々です」

下の名前を口にしたのはわざとだが、事実は事実だった。山崎と男二人で切り回していた頃に比べれば、明らかに新規の客が増え、固定客と合わせて多くが月に一度か二度は店を訪れるようになっている。ネイルのほうが頻繁なケアを必要とするが、どうせ予約を入れるなら髪も一緒にと思うのだろう。伸びかけた毛先、落ちかけたパーマ、目立ち始めた生え際の白髪。日々に紛れて先延ばしにしてしまいがちなあれこれについても、店を訪れたついでに何とかしてもらおうと考える客が増えたおかげで、美登利が通い始めてからこの半年、経営は今までにないほど順調に右肩上がりを続けていた。税理士に驚かれるほどだった。

「なるほどねえ」と、萩原が繰り返す。「彼女の持ち味でしょうね。陽のオーラというのか、関わる人をこう、否応なく惹きつけるものを持ってるもんねえ」

いちいち含みがある。答えずに苦笑していると、

「ちなみに、奥さんは何も言いませんか」

さらに突っ込んできた。

「は？」

「ここだけの話、小島さんて若くて綺麗じゃないですか。奥さんからすれば、旦那さんがふだんから一緒に働いてる若い女性と、休みの日にまで二人で遠出するなんて気にならないのかなあと思って」

下司の勘繰りはよせ、と腹を立てていいのかもしれないが、脛に傷持つ身としては怒るに怒れない。気を落ち着けつつ、孝之は言った。

「いや、かえって安心してるみたいですよ。長距離を運転するにしても、よそ様のお嬢さんを乗せてるほうが気をつけるだろうし、って」

「そうですか。うちの家内とはえらい違いだな」ははは、とわざとらしく萩原は笑った。「うちのは何せ、ひどいやきもち焼きでねえ。僕がこのサークルに熱を入れてるのも、もしや愛人でもいるからじゃないかって常々目を光らせてます」

知ったことではなかった。それはつまり愛されてるってことじゃないですか、などと調子を合わせ

いった。
表情を変えない。黙って向かいに座ると、入れかわりに川村が、俺も便所行っとこ、と席を立って
美登利は、常連の川村や、若い鈴木たちと談笑していた。こちらをちらりと見たものの、ことさら
苦笑してみせながら、じゃあ後ほど、と店の中に戻った。気分がくさくさする。
「そうですか。そりゃ大変だ」
てやるのさえ業腹だ。

それぞれが千円札を出し、萩原が全員分をまとめて支払いを済ませた。外へ出るなり、皆が眩しさに怯んでサングラスを取り出す。午前中は陽が翳る時もあったのだが、もはや頭上には一片の雲もない。海の上に湧き上がる入道雲だけがマシュマロ・マンのように見える。

「じゃ、まいりましょうか」萩原は、チューンナップした愛車にまたがると後ろをふり返った。「登ってくる時はそれほど感じなかったかもしれませんが、なかなかのヘアピンカーブ続きです。スピードとコーナリングに気をつけて下さいよ。くれぐれも無茶しないで、慎重に」

「はーい」

皆の声が揃う。

「すみません、先に行ってもらっていいですか?」

美登利が言った。登りでは孝之がすぐ後ろについて励ましながら来たのだが、

「私、皆さんの後から自分のペースで下ります。そのほうがかえって怖くないので」

孝之は、彼女の表情を窺った。ヘルメットのひさしの下、少しの緊張が感じられるものの、必要以上に恐れている様子はない。

「わかった。無理はしないで、ほんとにゆっくりでいいからね。遅れたとしても焦らないでいいよ。

少し下でちゃんと待ってるし」
チェレステ・グリーンの愛車にまたがり、水平線の入道雲を胸で押すような気持ちで漕ぎ出した。肩越しにちらりとふり返ると、後ろの美登利が嬉しそうに笑いかけてよこす。彼女がこちらの背中を見つめている、そう思うだけで下腹に新鮮な慄きを覚える。

夕方にはサークルの皆と別れて帰路につく。もちろん帰らない。すでに下調べはしてあって、今夜はアクアラインの手前、木更津のラブホテルに泊まるつもりでいる。

前回の河口湖の帰途、わざわざ高速を降りてまで〈休憩〉した時に味を占めたのだった。一般のホテルと違って、壁の薄さを憚ることなく声をあげさせられるというだけで、あんなにも興奮するとは思わなかった。安普請とみえ、上の部屋からあられもない嬌声が漏れ聞こえてきたが、世間から後ろ指をさされる自分たちにはこんな場末の連れ込み宿が似合いだと思うと、おとなしく付いてくる美登利がますます可愛く思え、物狂おしいほど求めた。上の階にもお返しに聞かせてやれとばかりにさんざん苛め倒し、しまいには失神させてしまったほどだった。

あれから後、店では何度つながったかわからないが、いずれも慌ただしく、そろそろストレスがたまっている。今夜はどんなふうに抱こうか。試しに目隠しなどして軽く縛ってやるのもいいかもしれない。彼女はたぶん拒まない。

下り坂、強ばった股間がサドルに当たって痛い。腰を浮かせて気を鎮め、孝之は、先頭をゆく萩原を見おろした。後ろ姿が悔しいほどにきまっている。自分の背中は、美登利の目にどう見えているのだろう。

坂道の斜度がきつくなる。眼下に最初のカーブが迫ってくる。

ブレーキからじわりと指を放し、自然のスピードに身を任せる。たちまち、海の匂いを含んだ風が耳もとで音を立て始めた。

＊

今どきこんなにもわかりやすく〈女をつかう〉女子社員がいるのかと、涼子はむしろ感嘆の思いだった。生まれてから社会に出るまでのどこかで間違った学習をしてしまったタイプ。無意識にか納得ずくでかは知らないが、女が男に対して自分の性を利用するのだ。

このようにふるまえば男は鼻毛を抜かれてこちらの言うことを聞いてくれる、何か失敗をしでかした場合でもキツく叱られずに済む……。たいていの場合〈女の浅知恵〉とセットで用いられるそうした態度は、かつてはある年齢以上の女性に多く見受けられ、涼子も若い頃はうんざりさせられたものだった。

それがまさか、約半年の研修期間を終えてつい昨日配属されてきたばかりの若手女子から、同じ手合いの媚態を見せつけられるとは。

「えーっ、矢島さんって、あの矢島広志さんですか？」

前日に続き、部署内外で世話になる人たちに挨拶に回っている最中だった。たまたま社を訪れていた矢島とすれ違い、こちらアート・ディレクターの……と紹介したとたん、木下七緒(きのしたなな お)は自分の胸を抱きしめるような仕草をして身をよじらせた。

「矢島さんがパッケージをデザインなさったあの煙草、うちの父が吸ってるので、私ずーっと見て育ったんですよ。あと、婚約指輪のポスター・シリーズとかも、かっこよくて大好きです。うっそすごい、こんなところでホンモノに会えるなんて」

〈こんなところ〉とは彼女がこれから働く部署の入口なのだが、矢島は目の前でくねくねしている若い女を相手に目尻を下げて頷いている。

七緒もたいしたものだ。華々しい業績を持つ相手に引き合わせるたび、今の矢島に対するのと同じ態度で賞賛の言葉を贈ってのけた。配属先が決まってからの短期間によくもまあそれだけ調べ上げたものだと、むしろこちらが処世術を教わりたいくらいだった。

「あ、そういえば早瀬」こちらに視線を移すなり、矢島が真顔になる。「明日の会議だけど、クライアントのお歴々も来るわけ？」

「もちろんです」

「げえ。やだなあ俺、そういうとこに顔出すの。ってか、俺はむしろいないほうがいいと思うぞ」

「なに言ってんですか。担当デザイナーがいないんじゃ話が進まないじゃないですか」

「逆だって。それでなくても揉めてんだろ？　俺がへたに同席してたら、その場ですぐやり直しの別案とか要求されるにきまってるんだからさ。そこはあんたらが粘って戦って、それでもどうしようもなかった部分だけ、後から俺にフィードバックしてよ。頼むよ」

悔しいが一理ある。涼子はため息をついた。

「いっつもそうやって、安全圏から言いたいことだけ言って」

「それもこれも、いいものを作るためだろ？　俺だって悪いとは思ってるんだよ。恩に着るって」

こちらを片手で拝んだ矢島が、涼子の後ろに目を移す。

「ははん。まだ、何の話かわかんねえか」

ふり返ると、七緒の顔からは先ほどまでの笑顔が抜け落ち、無表情になっていた。

「せっせと勉強しろよ。この早瀬の下について仕事を覚えられるってのは、とんでもないラッキーなんだぞ」

「はぁい、頑張りまぁす」

七緒が首をすくめて言った。

別件の打ち合わせがあったので小一時間ほど外出し、汗をふきふき戻ってきた。トイレで化粧を直しながら、先ほどの矢島の様子を思い起こす。男というものは、若い女から賞賛を浴びるだけであぁも気分が上がる生きものなのか。矢島ばかりではない、夫もそうだ。満たされるのは彼らの中の何なのか。

主語を大きくするのはよろしくないが、一般的に女は、自分より若い男からの賞賛をあんなに単純には喜ばない。露骨にすり寄ってこられたなら、まず下心を疑う。ろくに疑わずに受け容れる男たちは、自身をよほど高く見積もっているに違いない。幸せなのか間抜けなのかわからない。

部署へ戻ろうとして、ドリンクや軽食の自動販売機が並ぶカフェ・エリアにさしかかった時だ。観葉植物の向こうから、聞き間違えようのない七緒の声がした。

「不思議でしょうがないんですけど。なんであの人だけがあんなに特別扱いされてるんですか？」

「特別扱い？　え、そうかな」

答えた相手は、同じ部署の青木慎一だった。葉陰を透かして見ると二人は丸テーブルを間に挟んで椅子に座り、こちらに半ば背を向けて話していた。

「だって、変ですよ。昨日から一緒に挨拶回りとかしてても、男の人たちがみんな早瀬さんのこと褒めるんですもん。うちの黒田部長だけならまだしも、部署の先輩たちも、取引先の人も、さっきなんかあの矢島さんまで……なんかこう、みんなにチヤホヤされてるっていうか」

「チヤホヤ、ね」ふははっ、と青木が肩を揺らして笑った。「ま、そりゃそうでしょ」

「え?」

「だって早瀬チーフ、それだけの仕事してるもん」

「そりゃ、あの人が広告賞を獲ったことくらいは知ってますけど、そんなのだいぶ前の話じゃないですか」

「いずれわかるよ、きみがここでの仕事をちゃんと覚えたらね。あの人がいったいどれだけ超人的にいろんなことをカバーしてるかってことがさ」

「じゃあどういうことですか。全然わかんないです」

「そういうことじゃないんだな」

足音を忍ばせて、涼子はその場を離れた。

七緒の漏らした筋違いのいちゃもんにも、不思議なほど腹は立たなかった。青木はあんなふうに言ってくれたけれども、そしてそれはありがたい評価だけれども、自分がこれまでしてきた仕事など何ということはない。矢島広志やあるいは三谷雪絵などの花形を傍らからできる限りサポートして、それこそ「いいもの」を作り出してもらうための環境整備に徹してきただけのことだ。

自分のデスクに戻り、席を空けていた間の連絡メモなどチェックしていると、後から戻ってきた木下七緒が通りすがりにこちらを横目で見おろしてツンと顎を上げた。たぶんそれも無意識なのだろうと可笑しくなる。

いいのだ、あれくらいがいっそ頼もしい。ライバル心は、まっすぐに育てれば向上心につながる。ファイトがあるのはいいことだと思おう。

と、デスクの上のスマートフォンが振動した。見たことのない番号だったが、耳に当てる。

「はい、もしもし」

『突然のご連絡すみません。こちら、早瀬涼子さんのお電話で間違いないですか？』

一瞬、勧誘の電話かと思った。なぜかそう思いたがっている自分がいた。しかしそれにしては男の声に商売っ気のかけらもない。おまけに、ピーポーピーポーとサイレンの音がやけに大きい。

「はい、そうですけれど……」

耳を澄ませ、息を呑む。

相手は勝浦市の救急隊員だった。早瀬孝之さんを病院へ搬送中です、という。心臓がばくばくと暴れ始めた。

「何があったんですか？　意識はあるんですか？」

斜め前の席の山本が、ぱっと顔を上げてこちらを見た。

『意識はあります。自転車で、山を下る途中のカーブを曲がりきれずに転倒したとのことで』

詳しいことは検査してみないとわからないので、とにかく搬送先の総合病院まですぐ来てもらいたいと言う救急隊員に、

「わかりました。どこですか、教えて下さい」

メモパッドを引き寄せ、先方の告げる諸々を書き留めてゆく。こういう時、頭の中が真っ白になるなどというが、脳内はおそろしくクリアに澄み渡って一点の曇りもなかった。相手の息遣いまで余さず聞こえ、ボールペンの先が分子レベルにまで拡大されて見える。

と、その時だ。

『もしもし、俺』

電話口に、当の孝之が出た。

「ちょっ……やだ、大丈夫なの？」

思わず声が裏返る。まさか本人の声が聞けるとは思わなかった。

『うん……いや、あんまり大丈夫じゃないかな。ごめん、マズった』

ちっ、と舌打ちが聞こえる。

「いったいどうなっちゃったの」

『腰をさ。倒れた時にだいぶ強く打ってさ。ちょっと今、自分で立てない』

「うそ」

『もしかしたら、どっか折れてるかもしれない』

「どっかって？」

『わかんないけど、背骨かどっか。や、まだわかんないけどさ』

言葉が出ない。

もし……もしも夫が立てなくなるようなことがあったら、美容師としての仕事はどうなるのだろう。万が一寝たきりにでもなれば誰が介護を……自分はますますがむしゃらに働かなければならなくなるのに。いや、今はそんなことを考えている場合ではない。

『仕事あるのに悪いんだけど、ごめん、来てもらえるかな』

そう話す間にも、うっ、と呻き声が挟まる。

「わかった、大丈夫。すぐ行くからね」

『ごめん。サンキュ』

再び救急隊員に代わる。

『いつごろいらっしゃることができそうですか？』

問われて、フロアの壁掛け時計を見上げる時、こわばっていた首の腱がごきりと鳴った。今は午後二時過ぎ、搬送先は房総鴨川にある総合病院だという。このあと三時から予定していた打ち合わせは青木か山本に代わってもらうとして、いくつか申し送りもしておかなくてはならない。

「これから準備して急いで出れば、夕方六時ごろまでには着けるかと思います」

『わかりました。お願いします』

「こちらこそ、よろしくお願いします」

礼を言ってスマートフォンを切り、自分の書きつけたメモの字を見る。こんな時だというのに、少しの乱れもない。目を上げると、部内にいた数人の視線がことごとくこちらに注がれていた。

「どうした。何があったの」と、わずかに離れたデスクから黒田部長が訊く。「旦那さん、事故?」

頷きながら、涼子は立ち上がり、黒田のデスクのそばへ行った。かいつまんで事情を説明し、すでにそばに来ていた青木を見上げる。打ち合わせの件を頼もうとするより早く、

「わかってますって。後のことは俺らに任せといて下さい」

力強く請け合ってくれた。向こうでは山本や平井も頷いている。

涼子は、並んだデスクの端にいる木下七緒を見やった。新人の彼女をいきなりほうり出すことになってしまう。

「ごめん、木下さん」

「え」

「来るなり負担かけちゃってほんっと申し訳ない。どうか留守をお願いします」

驚いたように目を瞠った七緒が、慌てて腰を浮かせる。

「やだ、もちろんですよ。こんな時にそんなこと気にしないで下さい」

「いや、まったくだよ。とにかく早く行きなさい」

黒田に急かされ、バッグに手帳やスマートフォン、先ほど取ったメモなどをほうり込む。

検索してみると、なんと東京駅から鴨川の総合病院まで高速バスが出ているのだった。しかも電車を乗り継ぐよりも早く着き、片道二時間半もかからない。ちなみに地図を見て初めて納得がいった。孝之が事故を起こしたという勝浦の山中と、救急隊員から教えられた鴨川とは、距離にして二十キロちょっとしか離れていない。勝浦にも病院はあるようだが、怪我の状況を見た上での判断だったのだろう。

留守の間に必要となりそうなファイルのいくつかを青木に手渡し、七緒のことも頼み、喫緊の仕事をそれぞれに割り振り、残りのファイルは誰にでもわかるようデスクにきちんと並べる。

「じゃあ、ごめん、みんな。恩に着ます！」

気をつけて、お大事に、との声を背中に受けてエレベーターホールへ向かうと、黒田が立ち上がってついてきた。

「大ごとじゃないことを祈ってるよ」

「ありがとうございます」

「しかし、もしもの話、腰やなんかを骨折してたとなると、入院からリハビリまでだいぶ長丁場になるだろうなあ」

「ええ。覚悟はしておきます」

「きみが向こうへ通うことそのものはかまわない。きみじゃなければどうにもならない仕事に関してだけは少々の無理を聞いてもらうかもしれないけど、それ以外のバックアップはいくらでもするから心配要らないよ」

「すみません。ご迷惑をおかけしてしまって」

「いや、いいんだ。チームというのはそのためにあるんだから」黒田が強い目でこちらを見る。「それより、心配なのはきみだよ。ここから房総だろう？　それだけの距離を頻繁に行き来するのでは身体がもたんだろ。いずれ様子を見て、東京なり家の近くなりに転院という選択肢も考えておいたほうがいいかもしれないね」

自分の考えを押しつけることなく、けれどしっかりと安心させてくれるところはやはり黒田だった。

「とにかく気をつけて。この上、きみにまで何かあったら目も当てられないから」

目の前でエレベーターの扉が静かに開く。ひとり乗り込み、涼子は向き直って、深く頭をさげた。

東京駅八重洲口の売店で小さな弁当を買い、十六時少し前のバスに乗りこむと、平日のせいもあってか客はほんの数人しかいなかった。どんな道をゆくのか想像もつかない。できるだけ揺れが少ないところ、と中ほどの窓際に腰を下ろす。電話を切って以来、どうすれば早く着けるか、他に見落としていることはないかと、先へ先へ急いていた気持ちに今ようやく身体が追いついて、大きなため息が漏れる。

まもなく走りだしたバスは、すぐに首都高に乗って羽田方面へ向かい、やがて東京湾アクアラインの長いながいトンネルに入った。ごうっ、という音が鼓膜を圧してくる。トンネルの内壁は白いタイル張りで、やけに殺風景だ。

それにしてもどうして自分はこう冷静なままなのだろう。急いで駆けつけるにしても、夫が心配で心配で、というのとは違っている。気が急くのはただ、急ぐことを求められているからだ。

これが仮に、夫ではなく子どもだったらどうだろう。子を産んだことのない自分には想像するしかないけれど、おなかを痛めた息子や娘であれば、たとえ命に別状はないとわかっていてももっと切羽詰まった気持ちになるのだろうか。かわいそうに痛いだろう、不自由だろう、その不自由さはまさかこの先も残るのだろうか、できるなら自分が代わってやりたいと、いてもたってもいられない気持ちになるのではないか。もっと言えば、それがペットの犬や猫であったとしても。

しかし今、当の夫の口から立ち上がることもできずにいると聞かされたというのに、気持ちが動かない。事態の深刻さを予想してなお、感情が平板なままなのだ。

痛みだけでも早くましになりますように、とは思う。後遺症など残ることなく快復しますように、と願う。それでも、ここ最近の諸々のせいかどうしても胸の隅に、

(――自業自得)

そう呟きたくなる気持ちが、曲がった棘のように刺さっている。

しばらく走るうちにトンネルの行く手がだんだん明るくなってきて、ある瞬間、音圧が消えた。見ればもう、湾を渡る橋の上だった。

車窓いっぱいに凪いだ海が広がる。手前の水面に海苔の養殖筏が、遠くの水平線には大きなタンカーが浮かび、その上にそそり立つ入道雲はシャンパンを思わせる金色に染まっている。

前や後ろの席からスマートフォンのシャッター音が聞こえてきたが、涼子はただ、窓ガラスに頭をもたせかけてじっとしていた。美しい風景やおいしいものを前にした時、この一瞬を誰かと分かち合いたいと思えることが――分かち合いたいと思える誰かがいてくれるということそのものが、いったいどれほどの幸せか。

木更津、上総、久留里、君津と、時には山道をゆくバスに揺られるうち、いつのまにか意識を手放してしまったらしい。

はっと目を開くと、すでに鴨川市内だった。街並みや松林の向こうに、暮れなずむ海が見える。

涼子のほかに乗客はいない。それでも市役所、駅、シーワールドと律儀に停まったバスは、いよいよ終点にたどり着いた。道路一本隔てて目の前は太平洋、海岸には救助用のヘリポート。どんなリゾートホテルもかなわないほどのロケーションに建つ白亜の大病院だった。

受付を済ませ、まずは外科病棟のナースステーションで名前を告げる。応対してくれた若い女性看護師が、

「早瀬さん……早瀬孝之さん、ですね」

記録をチェックした上で、よろしければまず病室へ、と案内してくれた。消毒液や沢山のリネン類や患者たちの体臭など、様々なにおいの入り混じる廊下を歩きながら早口に説明する。

「この後まだしばらく、いろいろと検査が必要ですのでね。二人部屋にとりあえずお一人でお入り頂いてます」

こちらです、と示された病室は、廊下の曲がり角のすぐ手前だった。ドアの横にはすでに名札が挿してある。

「後ほど担当の松田（まつだ）先生がいらっしゃいますので、詳しい説明はその時にお聞き下さい」

どうも、と会釈して看護師を見送りながら、身内にも敬語をつかうのだな、とぼんやり思った。そっとノックし、スライドドアを引き開けた。手前のベッド、孝之は仰向けで目を閉じている。眠っているらしい。

奥のベッドとの間に腰掛けていた、五十がらみの男が立ち上がった。

「初めまして。サークル主宰の萩原と申します。このたびは、私がついていながらこのような申し訳ないことに……」

「いいえ、そんな」涼子は首を横にふった。「萩原さんが責任をお感じになるようなことは何もあり

ません。子どもの遠足じゃないんですから。ご面倒をおかけして、こちらこそ申し訳ない限りです」

「救急車を追って病院に着いた時にはもう検査中だったので、本人とは話せてないんですが……」

と、背後のスライドドアが開いた。担当の医師かとふり向いて、驚くと同時に、ああなるほど、と思った。とっくに知っていた気がした。

〈今回も、一緒に参加？〉

何日か前にそう尋ねた時、孝之は苦笑まじりに答えたものだ。

〈なわけないじゃん。前の時は、どうしても行きたいって頼まれたからしょうがなかったの。俺は本来、ひとりで行きたいんだよ〉

――ひとりで。

しかし今、小島美登利はぬけぬけとそこに立っている。こちらが到着するまで付き添っているとはいい度胸だ。

どちらから誘ったかなどどうでもよかった。今はすぐ横で萩原が様子を窺っている。顔に出さないようにはしているが、下世話な好奇心がダダ漏れだ。もしかするとサークルの中での二人は公認の仲だったりしたのかもしれない、そう思うと嫌悪感で鳥肌が立った。意地でも醜態をさらすものかと奥歯を嚙みしめる。

「小島さんも、ずっと付いいててくれたんだ」

ぴくりと肩をふるわせた美登利が、目を伏せたまま頷く。

涼子は、艶然と微笑んだ。

「ありがとう。心強い限りだわ」

デスクの上に置かれた大きなモニターに、ＣＴで撮影した孝之の脊椎と骨盤が映し出されている。一昔前と違って、現像されたレントゲン写真を並べて矯めつ眇めつすることはなくなったようだ。

「転倒の際に、腰を強打されたようですね。腰椎と仙椎に骨折、正確に言えば亀裂が複雑に入っている状態です」

松田という担当の医師は、涼子が椅子に腰掛けるまで待ってから切りだした。予想より若く、こちらとほぼ同世代に見える。少しこちらへ向けてもらったモニター画面に、涼子は身を乗り出して見入った。

「ご友人の話では、下り坂の急カーブでガードレールに突っ込んでいったとのことでしたから、これくらいで済んだのは不幸中の……と言いますか、頭や頸を打たずに済んだだけでも奇跡だったと思いますよ」

「どうしてそんなスピードを」

松田は、さあ、と首をかしげた。

「とはいえ、外傷含めてかなりの出血がありましてね。早急な輸血が必要だったものですから、ご本人の承諾を得た上で処置をし、奥さまには後でサインして頂くという形となってしまいました。そこのところはどうかご理解下さい」

「もちろんです」

涼子は慌てて頷いた。その場に居合わせたとしたって反対するわけがないではないか。

「あの、今後のことですけど、どういった心づもりをしておけばいいんでしょうか」

「そうですね。これぱかりは経過を見ないとはっきりしたことは言えませんが、まあ一カ月程度は入院が必要でしょうね」

「一カ月！」

「骨折そのものについては、現時点で手術は必要なさそうです。それでも、固定器具をつけてしばらくは安静にしてもらわないとなりませんしね。怪我の回復の度合いを見ながら、リハビリも同時に進めていくということになるかと思います。目安としては、一週間ほどしたらまずはベッドから起きる練習。それから車椅子に座る、自力で立って歩く、という具合に進めていきます。退院してからも、リハビリには定期的に通って頂かないと、」

「あの……」思わず口を挟んだ。「じつは、自宅が埼玉なんですが」

「伺ってます。ただ、もしも転院を希望される場合であっても、三週間くらいの間はまだ、ここでの検査や治療が必要ですね。ちなみに埼玉でしたら、うちが連携しているリハビリ病院がありますので、よろしければそちらをご紹介することも可能です」

——三週間。気が遠くなるが、それだけの安静が必要だとプロが言うのなら受け容れて対応するしかない。与えられた課題はクリアしなくてはならない。

「よくわかりました。他に何か知っておくことはないですか」

つい、クライアントと話す時の口調になってしまう。松田医師は、どこか物珍しげな目で涼子を見ると、パソコンに向き直った。

「このケースだと、腰から下が完全に麻痺することもまれではありませんが、足に麻痺はなさそうですので、そういう意味でも旦那さんはつくづく強運だったと思いますよ。ただ……」

急に言葉を切る。

「……ただ？」

「これから先、色々な障害が出てくる可能性もあり得ます。それについては検査を進めて詳しくわかり次第お伝えしていきますので」

　涼子は、石のような唾を呑み下した。

「――よろしくお願いします」


　だだっ広い駐車場に、赤いアウディはぽつんと停まっていた。

　救急車で孝之が運ばれた後、サークル仲間たちはそれぞれ自転車で山道を下り、萩原は自分のメルセデスで、美登利はこの車を運転して、病院まで急いだそうだ。そしてつい先ほど、二人一緒に勝浦の宿へと帰っていった。

　廊下で彼らが話していた内容からすると、美登利は当初、日帰りの予定で宿を取っていなかったらしい。となればもちろん、孝之も同じだろう。サークルの仲間と一泊してくる、それも自分一人だと偽って出かけた結果がこのざまか。身体の中にぽっかりと昏い穴が穿たれた思いで、涼子はバックドアを開けた。

　後部座席は倒され、車輪を外した孝之のロードバイクが積まれている。病院での待ち時間に、わざわざ萩原が事故現場まで回収しに行ってくれたらしい。明るいターコイズグリーンの夫の愛車はあちこち歪み、素人目に見てもそのままでは乗れそうになかった。

　運転席に体を滑り込ませる。車内にこもっていたかすかな匂いが耐えがたく、急いでエンジンをかけて窓を下ろす。美登利の使っている香水か、シャンプーか化粧品か。全身の細胞が拒絶して吐きそうだ。震える指でナビを立ち上げ、涼子は先ほど予約したホテルを検索した。何のことはない、ここから歩いて行けるほど近かった。

　できるだけ多くの客室から太平洋を望めるようにという配慮からだろう、建物は浜辺に沿って横に細長かったが、部屋に辿り着いてみれば窓の前は防砂林に暗く覆われて海は見えなかった。設備はどれも少しずつ古びていたものの、とりあえずＷｉ－Ｆｉは問題なく使える。スマートフォンを充電器につなぎ、カーテンを閉めて服をすべて脱ぎ捨てると、涼子はまずバスルームへ直行した。一度でも腰を下ろしてしまうと二度と立ち上がれなくなりそうだった。

つるつるとした壁に両手をつき、頭のてっぺんから熱いシャワーに打たれながら目をつぶる。痛いほどの強さで湯の針が肌に刺さり、鼻先や顎の先へと伝い落ちる。

うつむいて口から呼吸をくり返すことで、嗚咽を逃がす。叩きつけるお湯のおかげで自分の涙の熱さを感じずに済んだ。

泣いてなんかいない、と歯を食いしばる。百歩譲ってこれが涙だとしても、夫が事故に遭ったせいで泣いているのでもなければ、先行きを悲観しているのでもない。怪我をした時そばに付いていたのが他の女だったからでさえ、ない。

ただ――ただ、ただ、情けないのだ。妻に姑息な嘘をついてまで浮気相手と泊まりがけで小旅行に来る、そんな夫の小狡さがいじましく感じられ、鳥肌が立つ。気持ちのどこを逆さに振っても、以前のようには彼のことを尊敬も尊重もできそうにない、この先も元に戻れる気がしない、そのことが、虚しくて哀しくてやりきれない。浮気の事実そのものより、互いの間にそれなりにあったはずの信頼を、まるでどうでもいいもののように杜撰に扱われたのがショックだった。バレさえしなければ何も壊れないとでも思ったのだろうか。それとも、バレたところで初めての浮気くらい許してもらえると高をくくっていた……？

美登利も美登利だ。こちらの出方を見て、少なくとも他人の目のあるところで修羅場に突入する危険はなさそうだと踏んでからは、態度が堂々としたものになった。松田医師から別室に呼ばれた涼子

が、詳しい説明を受けて戻ってもまだ病室にいて、

〈どうなんですか、店長は……〉

青い顔で、いけしゃあしゃあと訊いた。処置の際の麻酔が効いているらしく、孝之はずっと眠ったままだった。

帰りがけに萩原が、明日また寄りますと言ったが、涼子は丁重に辞退した。彼が来れば美登利も付いてくるにきまっている。冗談ではない。

ディスペンサーを乱暴に押し、てのひらに取ったシャンプーを泡立てる。嗅ぎ慣れないフローラル系の香りに少し噎せた。

冷蔵庫からミネラルウォーターを出して半分以上を一気に飲み干すと、ようやく人心地ついた。ベッドの端に座り、黒田部長にメッセージを送る。

〈御心配をおかけしてすみません。おかげさまで夫は処置が済み、今は安静にしています。入院は一カ月程度とのことでした。詳しくは戻ってからご報告しますね〉

こうして文字にしてみても、まだ現実感が薄い。

一カ月――それだけ経ったらどうなるのか、松田医師は明言を避けた。憶測でものは言えない、それは理解できる。が、最後に列挙されたリスクの数々は、涼子を打ちのめすに充分だった。

どうしてこんな目に遭わなくてはならないのか。夫婦関係が壊れてゆくのにどちらか一方だけが悪いわけはない、とはよく言われることだけれども、ここまでの想いをさせられるほどの何かを、自分はしてきただろうか。

〈涼子はいつだって自分が正しいと思ってるんだろ〉

孝之からそう言われたことは何度もある。

〈玄関開けて入ってきた女房が、抜き身の刀ひっさげてたら引くでしょ、普通〉

黒田からそんなふうに言われたこともある。

どちらについても否定はできないけれども、だからといってそれが伴侶を裏切っていい理由になるだろうか。

倒れるようにベッドに横たわる。いつかのバチが当たったんだ、と思った。行いは、必ず自分に返ってくる。かつて、男に家庭があると知りながら溺れた自分に、美登利をどうこう言う資格はない。

ピコン、とスマホが音を立てた。黒田は何と言ってきただろうと伸ばした手が、止まる。

〈こんばんは。その後、調子はどうですか〉

夜中の有楽町。タクシーのサイドミラーの中で小さくなっていった野々村の姿を思い出す。同時に、あの晩の少し華やいだ気分と、ひとりになってから後部座席で唐突にこぼれた涙の味も。

「調子……。調子は、あんまり良くないです」

と呟いてみる。

むろん、そのまま書き送ることはしない。あの日だって思ったのだ。もう彼と会ってはいけない。会えば、何かが始まってしまうかもしれない。短く返した。

〈元気でやってますよ。忙しくて目が回りそうですけど〉

自意識過剰と受け取られても結構だった。とりあえず牽制にさえなればそれでいい。礼儀知らずは承知の上であえて、そちらは？　とも訊かずにおく。

ピコン、と音がした。

〈よかった。元気ならいいんです。またそのうちに〉

少しの間、身構えたまま待ってみたが、それで終わりだった。スタンプを返すのも幼稚に思われて、なんとなく落ち着かないながらも放置する。

部屋の冷房を弱に落とし、備え付けのナイトウェアに着替えてベッドに滑り込むと、涼子は胎児のように丸くなった。孝之は、こんなふうにたやすく寝返りを打つこともできずに痛みと闘っている。付随する事情がどうあれ、現にいま夫が苦しんでいるというのに、別の男からの言葉ひとつに胸の裡を波立たせている自分は何なのだ。

身体の疲労に対して、脳のネジがキリキリと巻きあがったままで、うまく眠れる気がしない。自慰でもすれば眠れるのだろうが、そんな気分にもなれない。

灯りを消すと、カーテンの隙間から月の光がさしているのがわかった。防砂林の向こう、ほんの数十歩の距離に、とてつもない量感をたたえた海を感じる。波の音は聞こえない。凪いだ水面に、銀色の月の道がのびている様を思い描きながら目を閉じる。

遠浅の海に歩いて入ってゆくように、眠りは緩慢に訪れたようだ。薄れてゆく意識の中、孝之や、野々村や、それに黒田や矢島といった男たちが、皆それぞれに勝手なことを言いながら現れては去ってゆく。

＊

麻酔と薬のおかげで痛みはいくらか鈍くなっていた。とはいえ、あくまでも〈転倒した直後に比べれば〉であり、〈じっとしている限りにおいては〉という条件付きだ。

その薬の効力も切れてきたのか、ずわん、ずわん、と疼く。ずっと仰向けの同じ体勢で寝ていると、背中全体の血流が滞って鉛の板のように硬くなって痛むが、ちょっと横を向こうと思っても身じろぎするだけで激痛が走る。

左へ寝返りを打つ時、人は、まず右の足を引き寄せてベッドなり布団なりを踏みつけ、下半身をわずかに浮かせるようにしながらやや勢いを付けてくるりとそちらを向く。そういうものだということを、孝之は今初めて意識した。

そんな複雑な動作を眠ったまま無意識にできていたことが信じられない。そもそも右足を引き寄せようとする段階で痛くて無理なのだ。ある程度自由に動かせるのは両腕だけで、頭ですら、もたげようとすると腰に力が入り、激痛に呻く羽目になるのだった。

右腕に刺さった点滴の針とチューブを気にしながら、孝之は枕の上でゆっくりと頭をめぐらせ、窓を見やった。カーテン越し、明るい月が透けて見える。その下にはたぶん海が広がっているはずで、これから先、窓辺まで歩いて行ってその光景を見下ろせる日はいつ来るのだろう、ほんとうに来るのだろうかと思うとたまらないほどの後悔に駆られる。

涼子が来てくれたのは知っている。まだ麻酔で朦朧としていて、まぶたが鋼鉄の檻のようで、どうしても目を開けることはできなかったが話だけはきれぎれに漏れ聞こえていた。

今さらのように臍をかむ。どこかの時点で何としてでも美登利に、〈先に帰ってくれ〉と伝えるべきだった。

しかし、どだい不可能だったのだ。直後は骨折と外傷によるショックのあまり気絶していたようだし、そもそも激烈な痛みで話などするどころではなかった。まとまった思考すらできなかった。救急隊員の処置のおかげでようやく質問に答えられるくらいになり、電話で涼子の声を聞いたらほっとして、しかし通話が切れた後でぎょっとなった。心拍と血圧の値が激しく乱れ、隊員が腰を浮かせたほどだ。どうか美登利が察して、涼子が到着する前にそっと姿を消してくれたら……そして萩原がよけいなことを漏らさずにいてくれたら。強くつよく願ったものの、そういうふうにはならなかった。

切れぎれのまどろみと、切れぎれの夢をつなぎ合わせ、ようやく眠れたかと思えば看護師に起こされた。

「早瀬さん。……早瀬さん、おはようございます。検温ですよ」

痛む腰や傷をかばって寝ていたために、身体が固まっている。かなり発熱もしているようで、腕を持ち上げて体温計を腋窩にはさむだけでも一苦労だ。

「痛むでしょうけど、身体をひねらないように気をつけながら、なるべく左右に寝返りを打って下さいね」

無茶なことを言う。

「あとで理学療法士が来て、ベッドの上での姿勢や、身体の動かし方について説明しますから。動かないままでいると床ずれができたり、肺炎を起こしたりする危険もありますのでね、手や足も、動かせるところはなるべく動かすようにしていきましょう」

窓のカーテンが開け放たれると、まばゆい陽射しが白い病室を満たし、孝之は目を眇めた。昨夜の月明かりを思いだす。月も太陽も、ここでは海から昇るのか。

今日はさらに詳しい検査があるというので、朝食は出なかった。たとえ出されたところで熱のせいで食欲はないし、起き上がれるようになるまでは横向きに寝たまま食べることになるらしい。

一物の先からは管が挿入されていた。ひどい違和感があるが、抜かれてからもこれからしばらく、もよおすたびに看護師を呼んでは尿瓶や便器をあてがってもらわねばならないのかと思うと暗澹たる気持ちになる。尊厳も何もあったものではない。

それでも、相手が看護師ならばまだ割り切ることもできるのだった。これでもし、下の世話をするのが妻だったらと想像するととても耐えられない。結婚して十数年、ここ何年か前まではセックスも普通にあったから、互いの性器はもちろん、尻の穴まで見せたこともある。それなのに、排泄となるとどうしてこうも抵抗を覚えるのか。

そうしてふと、そのことに気づいた。

まるで想像できないのだ。涼子との老後が。一緒に歳を重ね、お互いに衰えて、いつかどちらかが相手の介護をするような生活が、どうしてもイメージできない。

どちらもがまだ若いせいだろうか。といってもすでに四十を過ぎ、人生も後半戦だ。子どものない自分たちが頼れる相手はお互いしかいないのだからなおさら、身体がきかなくなった後のことを真剣に考え、備えておかなくてはならないはずなのに——歳を取り皺の寄った自分と、三つ年上の涼子が、仲睦まじく寄り添っている光景がうまく思い浮かべられない。

もしも、相手が涼子ではなくて美登利だったら、どうだったのだろう。ぼんやり想像しかけたところでドアがノックされた。看護師が入ってきて、体温計をチェックする。

「発熱は自然なことですからね」

美登利と同じ年格好の看護師だった。

「痛みはどうですか」

「痛いです」

「ですよね」

「なるべく動けって言われても、ちょっと無理っていうか……足を動かすだけでも激痛が走るんですけど」

「わかります。でも、できるだけ頑張ってみて下さいね。ベッドの柵につかまりながら動くと、少しましかもしれません。ゆっくりでかまいませんから」

今日、これから後の段取りや、しばらくは腰にはめることになる医療用コルセットについてなど、細かいことをあれこれ説明してから看護師が出て行ってしまうと、病室はつかのま静かになった。隣のベッドが空いていてよかった。ろくに身動きもできないこの状態で、知らない誰かの気配やお喋りなどに煩わされるのは相当しんどい。

空いたベッドの向こうの窓は、もうさほど眩しくない。陽は先ほどよりだいぶ高く昇り、時計の針を見ると九時過ぎを指している。面会時間は十時からだ。それを思うと、また動悸が速くなった。ベッド脇に据えられたモニター画面上、波の数がてきめんに増える。

涼子は昨夜、ここ鴨川のどこかのホテルに泊まったはずだ。彼女だけではない、美登利までが萩原と一緒に帰って、勝浦の宿に泊まったようだ。昨夜、ベッドの上で目をつぶったまま、そのような話を切れぎれに聞いた。実際には朦朧としていて無理だったが、たとえ目を開けられるとしても開けなかったろう。自分の寝ているベッドを挟んで妻と愛人が向かい合っている、そんなさなかに目を開けたい男がどこにいるものか。

涼子は今日、もちろん面会に来るに違いない。彼女のことだから午前中にさっさと来て、必要なあれこれをきびきびと片付け、午後にはとっとと東京へ帰って仕事をすると言いだすかもしれない。

そばにずっと付き添っていられても気詰まりなだけだから、帰ってくれるのはむしろありがたいくらいだが、しかしその前に、どうやってこの未曽有の危機をくぐり抜ければいいのだろう。小島美登利がここにいる理由を何としようか。やたらと勘の鋭い涼子をきっちり納得させるような筋立てが、夢の中でまで無意識に脳みそを絞っていたのに思い浮かばない。

たぶん、こういう場合の常として、こちらからは何も言わないほうがいいのだろう。向こうが先にしびれをきらして問い詰めにかかるように仕向けて、いざ訊かれたら、〈亭主が身動きもできない状態だっていうのに今それを訊くのか〉とか何とか反論し、詳しい話はできるだけ先へ延ばす。涼子はプライドが高くて賢い女だから、たとえ浮気を疑っていたとしても、事実を明らかにするよりは水に流したほうが得策だと考えるのではなかろうか。退院する頃には今さら蒸し返すほどのことでもなくなり、リハビリを重ねるうちにうやむやになり、いつしかお互いの意識にもほとんど上らなくなる。そんなふうにフェードアウトしていけるならそれがいちばんいい。

とにかく、今日明日にでも涼子が一旦帰ったら、美登利に連絡を取って、これからの作戦を練らなくてはならない。入院中は美登利がひとりで涼子と会うような機会もあるだろうから、口裏を合わせておく必要がある――。

点滴がゆっくりと落ちるのを見上げながら、とつおいつ考えていると、担当の松田医師がやって来て、現状とこれからの一応の見通しについて説明してくれた。その後から療法士も来た。骨折した部位になるべく無理のかからない寝返りの方法を教えてくれたが、無理がかかっていないとはとうてい思えないくらい痛かった。

涼子が来たのは、その少し後だった。

ベッドのそばに立つと、彼女はこちらを見おろして言った。

「おはよう」

服から、かすかに海風の匂いがする。表情の読めない顔に不安を覚え、

「……おはよう」

孝之はあえて弱々しく苦笑してみせた。

「どう、痛い？　……って、当たり前か」

「まあね」

「ゆうべは、眠れた？」

「イマイチ。でも、ここにいればいつでも寝られるしさ」

今度は涼子が苦笑する。少しほっとして、孝之は言った。

「座れば？」

ようやく涼子が荷物を置き、パイプ椅子に腰掛ける。

「ごめんな。心配かけて」

「びっくりしたよ。いきなり救急車から電話だもの。あなたの声が聞けて、ちょっと安心したけど」

「ダメ元で言ってみたら、ほんとに代わってくれたんだよ」

涼子が頷く。沈黙が怖ろしい。

「さっき、担当の医者が来てさ」

「松田先生？　ゆうべ、いろいろ説明して頂いたよ」

「そっか。なんか、腰を固定するのに医療用コルセットを着けるのと……あと、じっと寝てる間の血栓予防に弾性ストッキングってのを穿くんだってさ」

「そう」

大変そうだね、と涼子は呟いた。他人事のように聞こえたのは気のせいだろうか。

「でも先生、あなたの場合はまだ幸運じゃないかって言ってらしたよ。事故の時点で下半身麻痺ってことだってあり得たわけだし」

口をつぐんでから、涼子はこちらの目をじっと見た。ぎくっとなるのを押し隠すが、モニターの波は乱れる。

「どうして飛ばしたりしたの」

「え？」

「下り坂の急カーブだったんでしょう？　ガードレールに突っ込んでいったって聞いたけど、いったい何だってそんなスピード……」

　孝之は、目を伏せた。まさか、ほんとうのことなど言えるわけがない。無茶なコーナリングを決めようとしたのは、後ろの美登利にいいところを見せたかったからだ、などと。

「なんか、途中でブレーキの調子がおかしくなってさ」

「え？　メーカーのせいってこと？」

「や、そうじゃなくて、俺の整備が甘かったんだ」

　慌てて打ち消した。自転車メーカーを訴えるなどと言いだされては面倒だ。

「要するに自業自得ってことだもんな。誰も恨めないよ」

　涼子の眉が片方、ぴくりと跳ねるように動いた。何やら奇妙な目でこちらを見たものの、何も言おうとしない。明るい病室の空気が張りつめてゆく。

　どうして肝腎のことを訊こうとしないのだ。昨日ここで美登利と鉢合わせをしたあの瞬間、何ひとつ疑わなかったなどということはあり得ない。にもかかわらず、なぜ黙っているのか……。

「何か欲しいものある？　飲みものとか」

「いや。今いい」

「じゃあ、今のうちに少しでも眠ったら？」

「涼子は？」

「入院のリストにあるものを買いそろえたりして……そのあと、一度向こうへ帰らないと」

「だよな。仕事あるもんな」

「うん。急だったから」

再び、濃い沈黙が下りてくる。

ややあって涼子が立ち上がり、バッグを手に取った。

「とりあえず売店行ってくるね」

肩の長さで切りそろえた髪を耳にかけるいつもの仕草を見たら、なぜかこらえきれなくなって、

「あのさ」孝之は言った。「何ていうかこう、誤解があるんじゃないかと思うんだけど」

「……誤解って？」

「だから、その……小島さんのこととか」

涼子の眉根がわずかに寄る。

「小島さんがどうかしたの？」

「え。どうってその、」

「よくわからないけど、今そんな話はいいよ。元気になってからゆっくり聞くし」

「いや、でも、変に誤解されたまんまだと気分悪いしさ。そっちが帰っちゃってからも、なんか落ち着かないじゃん」

ガラス玉のような目でこちらを見おろした涼子が、ちらりとモニターへ視線を投げた。バッグを置き、腰を下ろす。

「話したいなら聞くけど」

う、と詰まった拍子に思わず、

「違うんだよ」

口をついて出た。

「ほんとに一人で参加するつもりだったんだよ。隠してたわけじゃない。小島さんは今回、用事があって来られないはずだったけど、急に参加できることになってさ。それがわかったのが、っていうか彼女から連絡があったのが、昨日の朝、俺が家を出てすぐだったわけ」

涼子が、薄い微笑を浮かべた。

「それで、お宅まで迎えに行って一緒に来たわけね」

「だってさ、参加するなら自転車積んでこなきゃならないし」

「そうね」

「『今回は俺一人ってことになってるから来ないでほしい』とかって断るのも変だろ」

「そうだね」

「だけど、何しろ急だったたし、小島さんのぶんまでは宿がもう取れないみたいで……しょうがないから俺も泊まらずに彼女を送って帰ろうと思ってたんだ」

「そうだったの」

「うん」

「萩原さんの話だと、あなたも最初から日帰りの予定だったそうだけど」

ぎゅっと身体に力が入ったとたん、腰に激痛が走る。あの野郎、またよけいなことを、と奥歯を噛みしめたとたん、看護師が「どうしました？」と飛んできた。ナースセンターでもモニターをチェックしているせいだ。

何でもないからと答える間も、妻の視線が痛い。看護師が行ってしまうのを待って、

「涼子もゆうべ会ったなら、何となくわかるだろ」苦しまぎれに孝之は言った。「萩原さんってさ、悪い人じゃないけどクセが強いっていうか、ちょっと難しいとこがあってさ」

「そう？　でも昨日はずっとあなたに付いてて下さったんだよ」

「それはありがたいけど、そういうことじゃなくてさ。これまでにも、昼間のライド次第ではちょっと一緒に泊まる気になれないことも結構あったから……だから今回も、宿はその時の流れで決めようと思って」

「一緒に泊まると他の人たちと飲めるのが愉しいって言ってなかったっけ」

「飲むぐらい、同じ宿じゃなくてもできるよ」

「なるほど、そうね。たしかに」

それきり、涼子は黙っている。

孝之は、横目で妻の顔を盗み見た。相変わらず、彼女のほうから訊いてこようとはしない。不安が募り、

「――何か言うことはないの？」

おもねるような問いかけになってしまった。

「別にないよ」涼子が口もとだけで微笑む。「あなたがそう言うなら、そうなんでしょうし。とにかく今は、早く良くなることを考えて。私もできるだけ来るようにするから」

バッグを手に立ち上がる。

「売店、行ってくるね」

人並み以上に仕事の忙しい妻が、片道二時間以上もかけて南房総の病院まで通えないのは無理から

ぬことだ。にもかかわらず、その日、孝之が受けたいくつかの検査結果を医師から聞き終えて帰る段になると、涼子はひどく申し訳なさそうに言った。

「ごめんね、次に来られるのはたぶん週末になっちゃうと思う」

どういう顔で答えればいいものか、孝之は迷った。あからさまにほっとした態度を見せるわけにはいかないが、かといってあまり残念そうにすれば、彼女のことだから無理を押してでも来ようとするかもしれない。

「大丈夫だよ。完全看護なんだからさ」

あえて淡々と言った。いつもどおり普通にしているべきなのに、そう思えば思うほど、その〈普通〉がわからなくなる。

「とりあえず手術はしなくて済みそうな感じだし、このまましばらくは様子見だろうしさ。今後の治療方針や何かは、またそのつど先生からそっちへも連絡あるんだろ？」

「うん、そうして下さるって」

「じゃあ、問題ないよ。俺からもＬＩＮＥするから。この週末だって、仕事があれだったら大丈夫だからね。もともと、こんなとこで怪我なんかした俺が悪いんだから」

すると彼女は、うっすらと苦笑いを浮かべた。

「怪我は、しょうがないよ。誰だって怪我しようと思ってするわけじゃないもの」

慰めてもらったわりに、どうにも引っかかった。怪我はともかく浮気のほうは、しようと思ってしたんだろうと言われている気がする。

鈍感なふりを決め込んで言った。

「そっちこそ、あんまり無理しないようにな。俺が家にいないからって、徹夜仕事ばっかしてちゃ駄目だぞ」

「はい。気をつけます」

じゃあね、と軽く手を振って、涼子が病室を出てゆく。

「あら、お帰りですか？」

入れ違いにやってきた四十代の看護師長が訊いた。

「はい、今日はこれで。また週末にまいりますので、すみませんけどどうぞよろしくお願いします」

遠ざかる足音は、やがて廊下の物音に紛れて聞こえなくなった。

病室に入ってきた看護師長が、

「奥さま、雰囲気のある方ですねえ。女優さんかと思っちゃった」

言いながら点滴の具合をチェックし、次いでベッドサイドのモニターに目をやる。

心拍数に心電図の波形、血圧、酸素飽和度、呼吸回数。じっくり見つめた後、何やら意味深な間をおいて言った。

「よかった、だいぶ落ち着いてきましたね」

暗に、奥さんがいるといないとでは違いますね、とでも言いたいのだろうか。モニターの値をネタに、ナースステーションでどんな憶測がささやかれているかを思うとげんなりする。

「お食事は今日の夕食から出ますのでね。横になったままでも食べやすいようにはしておきますけど、難しいようでしたら言って下さいね」

「あの、」

「はい」

「この……この管は、いつ抜いてもらえるんでしょうか」

薄い布団の下から、ベッドの柵にぶらさげられた袋へとつながるチューブを指し示す。

「我慢できない感じですか？」

「できないわけじゃないですけど、かなりつらいです」

尿道にこのカテーテルが入ったままのせいで、身動きするたびに一物の先端が引っぱられるばかりか尿意のような違和感に四六時中苛まれている。抜くときはさぞかし痛かろうが、この感覚を我慢し続けるよりはまだましだ。

「先生に相談してみましょうね」

看護師長が病室を出てゆく。

ようやく独りになると、長いながいため息が漏れた。我知らず強ばっていた身体から力が抜け、背中がベッドに沈み込んでゆく。

苦労して枕の下からスマートフォンを引っ張り出した。案の定、美登利からＬＩＮＥのメッセージがまた何件も届いていた。

事故から一夜明けた今朝、検温と採血が済んでから見たスマホにはこちらを案じるメッセージが三件入っていて、だから急いで返事を書き送ったのだ。とりあえず大丈夫だから、今日は見舞いに来たりせずに家へ帰り、こちらからの連絡を待っていて欲しい、と。

それに対する返答が、小一時間ごとに合計五件。妻の来ている間、通知オフにしておいて正解だった。

こういう時、涼子なら、どんなに心配でも連絡があるまでは沈黙を貫くだろうなと思ってみる。怪我の状態や互いの関係について、今後の見通しが立つまでは何を訊かれようと返事のしようがないという事情を、彼女だったら説明しなくても察知してくれるだろう。

勝手なものだ。結婚生活の中で、そうした妻のクールなところがだんだん冷淡に感じられ、言うなれば置いてきぼりの寂しさからこちらを一心に求めてくる美登利に惹かれたのに、いざとなるとその依存心や幼さを面倒くさく思ってしまう。美登利の気持ちを慮ってやりたいのはやまやまだが、よりによってチンコの先から管なんか突っ込まれたこの状態で、そんな余裕がどこにあるというのか。

とはいうものの、と未読の数を見つめた。これ以上溜まってゆけば、またよけいな心配をさせることになる。一言くらいは返そうと、まとめて読んだ。

〈そんな、大丈夫なわけないじゃないですか。痛いでしょ？　無理して返事しなくていいから、少しでも休んで下さい〉

その一時間後から断続的に、

〈手術はしなきゃいけないのかな。わかったらそれだけでも教えてほしいです〉

〈今日、顔だけでも見に行っちゃダメですか？　涼子さんが帰ったら知らせてもらえませんか〉

〈せめて状況だけでも教えてほしいです。心配でたまらない〉

〈ごめんなさい、わがまま言っちゃいけないのはわかってるけど、どうしても心配で。今日は会えない状態かな。だとしたら私、今夜もこっちに宿を取ります。明日でもいいので、顔が見たいです〉

やれやれ、頼むからしばらくそっとしておいてくれ、とスマホの画面をオフにしかけた瞬間、ぱっと吹き出しが一つ増えた。

短いメッセージに、目の奥が痛くなるほど真っ青な空と海の画像が添えられている。

〈心配で、せつなくて、泣きそう〉

ゆるやかに湾曲する砂浜。広いひろい海と空。岩場の多い勝浦ではない、これはどう見ても鴨川の海だ。今この瞬間も、彼女は病院のすぐそばで待っているということなのか。

面倒くさいのも道理だ。こんなに誰かから一途に想われたことなど人生で初めてかもしれない。画面の向こう側はじっと沈黙している。かなり自分本位ともいえる彼女のひたむきさを重たく感じる一方、愛しいと思う気持ちもやはりあって、孝之は返事を打とうとしては何度か迷った末に、思いきって親指を走らせた。

〈泊まる必要はないよ。今からおいで〉

ものの数秒で、号泣しながら走っているウサギのスタンプが返ってきた。

11

ひとりきりの時間には慣れているつもりだったが、この家が静まりかえっていると妙に落ち着かない。ふだんは会社が休みの日でさえ、階下の店には人の気配がある。それが今は、訪れる客もなければ夫が立てる物音さえ聞こえない。足の下に大きな空洞があるようで、夜中など少し怖く感じられ、店との間をつなぐ一階トイレ奥のドアには昨日今日と内側からしっかり鍵をかけたままだった。

孝之の事故から三日後の早朝、涼子はそれ以上眠るのをあきらめてベッドを抜け出し、インスタントのカップスープに湯を注ぎながらトーストを一枚焼いた。あまり早く会社へ行ってもどうせ誰もいないのだが、書類仕事ならかえって集中して片付けることができる。

現実問題として、夫が入院したからといって週末以外に仕事を休むのは難しいけれど、たとえぽっかり予定がなくなった場合でも、予告無しに病院へ行くのはやめようと決めていた。妻と愛人が鉢合わせして、夫の心臓が破れそうになったところでどうでもいい。ただ単にこちらが嫌な思いをしたくないだけだ。

一昨日、孝之の病室を出た時に、

〈あら、お帰りですか?〉

そう訊いてきた看護師長の視線が忘れられない。目がぴかぴかしていた。ベッドサイドのモニターの数値だけでも、さぞかし鬼嫁扱いされているのだろうと業腹だが、もしや小島美登利からナースステーション宛てに、早瀬孝之のその後の容態を問い合わせる電話でもあったのではないだろうか。若い上にあの性格で、身の程をわきまえた我慢ができるとは思えない。よくもまあ愛人の分際であんなに堂々と狼狽え、青い顔をしてみせられたものだ。

――身の程。

――分際。

ふだんは頭に浮かびもしない言葉が、胃袋の底の黒い沼からあぶくのようにボコボコと湧き出てくるのがしんどくてたまらない。誰に対してであれ積極的に負の感情を抱き続けるのが苦手で、神経をすり減らしてまで憎んだり恨んだりするくらいなら心の中で〈なかったこと〉にしてしまうほうがよほど楽で、だから矢島広志のつく嘘もぜんぶ見て見ぬふりをするよう努め、結果として男を増長させた。

人を食ったようなとぼけた顔を思い浮かべた拍子に、うっかりよけいなことまで思い出してしまった。

あの頃……全身全霊で矢島だけを好きだったあの頃、辛いことは沢山あったけれど、中でもいちばん苦しかったのは、彼の身に何か起こっても自分のところには報せが来ないという冷酷な事実だった。もしかして、彼からの連絡が数日途切れたなと思っていたら、人づてに葬式が終わったことを知らされたりするのかもしれない。そんな時にも決して取り乱してはならない。愛人の分際とはそういうものだ、そう覚悟していた。どれだけ覚悟しても辛かった。

ふっ、と鼻から息が漏れた。そうとう嫌味よね、と思ってみる。夫が若い女と浮気をしているとわかった今の状況で、相手の女の境遇に同情を覚えるなんて、嫌味以外の何だろう。

スープとパンの皿を洗い上げ、身支度をととのえた。外はまだ暑いものの、半袖一枚ではもう季節にそぐわない。七分袖のワンピースとゴールドのピアスを選ぶ。

今日は午後と晩にそれぞれ、人と会う約束が入っている。午後のほうは親しいイラストレーターとの打ち合わせだが、晩はウェブ雑誌のインタビューだった。ただし、質問を受けるのは涼子ではなく野々村一也だ。

例の賃貸住宅情報誌のCMは、オンエアされるやいなや大きな話題を呼んだ。恋に仕事に頑張る主人公への共感はもとより、トレードマークの長い髪をばっさり切ってみせた宝力麻衣の、その勇気と根性に対する視聴者の反応は予想以上で、彼女の好感度はたちまち跳ね上がり、さっそく第二弾のCMも企画されつつある。と同時に、本筋とはまったく別のところで意外な反応もあった。カメラの前で麻衣の髪にハサミを入れた、あのイケメン美容師はいったい何者なのか。女性たちの関心がその一点に集中したのだ。

じつのところ当初の絵コンテでは鏡の中の麻衣だけを映す予定で、美容師が映るとしても手元のみということになっており、野々村もそのつもりで引き受けてくれていた。それを、横顔だけでも映り込んでいたほうがいいと主張したのはカメラマンだ。

〈もったいねえってば、せっかく雰囲気あんのに。二人合わせて映画のワンシーンみたいだもんさ。これ、手元だけにしたらそのへんのどこにでもある画(え)になっちゃうよ？　いいの？〉

大ベテランのカメラマンに諄々と説得され、演出担当の山本が首を縦に振った、その結果がこれだった。

女性誌や週刊誌を中心に、インタビューの依頼はすでに幾つかあったらしい。面倒だからと避け続けていた野々村が今回に限り承諾したのは、宝力麻衣の事務所から頼まれて断りきれなかったからだ。全三回にわたるロング・インタビューの二回目までは麻衣、最後の一回は野々村に是非——例の住宅情報誌を発行する大手広告会社が、自ら運営しているウェブサイトの企画だった。

『責任取って下さいよ』

LINEではなく、野々村はじかに電話をかけてきた。

『俺、お客さん相手なら仕事だから喋りますけど、インタビューなんか何答えていいかわかんないんですよ。頼むから付いてきて下さいよ、涼子さん』

口調こそ冗談めかしていたが、声は切実だった。

あくまで仕事、と自分に言い聞かせながら、涼子は洗面所の鏡に向かった。もう会うべきではないと心に決めていたが、仕事ならば仕方がない。断るほうが公私混同になってしまう。

ワンピースでは少しフェミニン過ぎるだろうか。急いで寝室へとって返し、クローゼットから真珠色のシャツブラウスとブルーグレーのスカートを選び直して身につけた時だ。玄関の呼び鈴が鳴った。

時計を見上げるとまだ七時半、郵便や宅配便にしてはずいぶん早い。ベッド脇の子機を取り、息を呑む。小さな液晶画面の中から、小島美登利の思い詰めたまなざしがこちらを注視していた。

いったい何の用だ。店のほうの合鍵は持っているくせに、わざわざ自宅の呼び鈴を押すなんて。

インターフォンの子機に映し出される美登利の顔を、涼子はまともに見ることができなかった。こちらの姿は向こうに見えていないとわかっているのに、視線の合うのが怖ろしい。逆でしょうが、と自分に腹が立つ。目をそらすべきは、ひとの亭主と深い仲になった彼女のほうであって、何の疚しいこともないはずの自分がどうして気圧(けお)される必要がある。

液晶画面の奥から美登利の人差し指が伸びてきて、再びピンポーン、と音が鳴る。画面の中の美登利が迷うような顔で数歩下がり、前庭越しにこの二階を見上げている。さっき開けた窓辺のカーテンがそよいでいるのを見れば在宅なのは明らかだろうが、知ったことかと思った。こんな朝早くからのアポなし訪問に、いちいち応じる筋合いはない。

うつむいた美登利が、アウディの停まっているカーポートを眺め渡し、ひとつため息をつく。あきらめたように肩を落として踵(きびす)を返すのを見たとたん、よせばいいのに思わず、

「……はい」

引き留めるように応じてしまっていた。ぱっとふり向いた彼女が小走りに近付いてくる。

「あの、おはようございます、小島です。朝早くからすみません」

「どうしたの」

「ちょっと、その……折り入ってご相談したいことがあって。お時間は取らせませんから」

もう一度、時計に目を走らせる。

「そう。じゃ悪いけど、お店のほうから入って、ちょっと待っててもらえる?」

わかりました、と美登利がインターフォンの視界から消える。前庭のアプローチを歩く足音、店のドアの鍵を開ける物音。

涼子は子機を置いて寝室を出ると、階段を下りた。もうそこは玄関ホールで、どちらから入ってもらっても同じのようだが、やはり違うのだ。一階客用トイレの前を通り過ぎ、店へと通じるドアの向

こうにいる美登利に、内鍵をはずす音をわざと聞かせる。本来、このドアは結界であるべきだ。

開けると、美登利はブラインドの下りた薄暗い店の中にぽつんと立っていた。こちらを見るなり会釈する。

「急にうかがってすみません」

「出なくちゃいけないから小一時間しかないけど、どうぞ」

先に立って階段を上がり、キッチンで湯を沸かし始める。ややあってからスリッパに履き替えた美登利が上がってきて、おずおずとリビングに顔を覗かせた。

「お邪魔します……」

ブルー系のろうけつ染めのワンピースにオーバーサイズの麻のセーターを重ね、ほとんどむき出しになった片方の肩からはカゴバッグをさげている。若者はまだまだ夏の気分らしい。

「わ、すごい。こちら側ってこんなに眺めがいいんですね」

窓辺に寄り、遠くの川と山並みを見渡す彼女の背中を、涼子はカウンター越しに見やった。この二階に足を踏み入れるのはほんとうに初めてなのだろうか。演技だとしたらたいした役者ぶりだ。

ティーバッグやインスタントコーヒーでよかったのに何か妙な意地が働いて、茶葉から丁寧に紅茶を淹れてしまった。蒸らしている間にようやく気持ちが落ち着いてくる。ここは自分の縄張りだ、と肚を据える。

濃紺と金のストライプが美しいジノリのカップに注ぎ分け、その一つをダイニングテーブルの向かい側に座る美登利の前に置いて、自分も腰を下ろした。

「どうぞ」

「ありがとうございます。おかまいなく」

ふっと、いきなり激昂した夫とこうして向かい合った時のことを思い出す。今からすれば、よほど後ろめたかったのだとわかる。カマをかけたつもりなどなかったのに気の毒なことをしてしまった。

紅茶を熱そうにすすった美登利が、おいしい、と呟く。

「アールグレイですよね。すごくいい香り。どこのですか？」

律儀に答えそうになってやめ、涼子は言った。

「用件はなあに？」

美登利がカップを置き、座り直す。

「じつは、お店のことなんですけど」

「あら、だったら私にはわからないな。あのひとに訊いたほうが早いんじゃない？」

「いえ、そうじゃなくて。店長がいない間のことについて、折り入って涼子さんに相談したかったんです」

「折り入って？」

「店長の入院は、かなり長くなるんですよね？」

「それは、あのひとから聞いたの？」

「……はい」

「そう。電話で？」

「いえ、」

「ああ、お見舞いに行ってくれたんだ。どうもありがとう」

美登利は黙っている。

「あの次の日にまた来てくれたの？」

「……はい」

「じゃあ、私が帰るのと入れ違いになっちゃったのね。どうだった？　けっこう元気そうで拍子抜けしたでしょ」

「そうでしょうか。店長、すごく疲れて見えました。当たり前ですけど」

「それはほら、相手があなただから弱いところも見せられたってことじゃない？」

ぴくっと肩をふるわせた美登利が、上目遣いで探るようにこちらを見る。どういう意味ですか、と訊いてくるかと思ったのに、違うことを言った。

「もしそうなら、嬉しいです」

こちらから水を向けておきながら、思わずカチンときた。

「嬉しいんだ」

「それは、ええ。私なんかでも、ちょっとは店長の役に立ててるんならと思って」

ご謙遜ね、と皮肉を言いたいのをこらえる。

「それで、退院はまだ一カ月くらいは後になりそうだって聞きました」

「そうみたいね」

「リハビリにはもっとかかるだろうし、元通りお店に立って仕事できるのはだいぶ先になるかもしれないって……。ほんとですか？」

「どうだろ。お医者様はそんなふうにおっしゃってたけど、これからの回復次第で良くも悪くも変わるでしょうし、ちょっとわからない」

「まあ、そうですよね」

「どうして？」

「いえ。入院中も、ずっとお店は閉めたままなんでしょうか」

涼子は、向かいに座る美登利をじっと見た。

「なるほどね。ここが開けられないままだと、あなたの収入にも関わるってことね」

「誤解しないで下さい。そういう意味で言ってるんじゃないんです」

「でも実際、その通りでしょう？」

「そうですけど、私はほら、前と違って今はもう実家に帰ってますから、ありがたいことに仕事がないとたちまち生活に困るとかってわけじゃないんです。ただ、お店をずっと閉めたままだと予約の電話がかかってきても出られないし……。今は新規の予約を受けられなくても、せめて事情を説明して復帰の目処くらいは伝えておくべきだと思うんです。いざ店長が帰ってきてお店に立てるようになった時に、お客さんがちゃんと戻ってきてくれるようにフォローしておかないと」

「あなたが電話番をしてくれるってこと？」

「涼子さんさえ嫌じゃなかったらの話ですけど。あと、なんならネイルの予約だけは受けてもいいかなって。そうしたら、とくに常連のお客さんは引き留めておけるんじゃないかと思ったんです」

頭の中が、すーっと冷静になってゆくのを感じた。

美登利に心配されるまでもなく、予約客にはすでに連絡を入れて事情を話してある。ただ、再開については夫が回復してからの話であって、その時に今現在の顧客がどうなっているかなどということまで想像をめぐらせる余裕はまだなかった。

「ちなみに、訊いていい？」

「はい、もちろん」

「どうして私が嫌がるかもしれないって思ったの？」

美登利は、初めてそれらしく言いよどんだ。

「それは、だって……下のお店だけとはいえ、留守中のご自宅を私みたいな他人に任せるっていうのは、なんか微妙かなって」

ふっと笑ってしまった。

「まあ、そうね。けっこう微妙よね」

「ですよね。なので、無理そうでしたら何か他の方法を考えます。せめて、お店にかかってくる電話を私の携帯に転送するとか」

共同経営者気取りか、と言いたくなる。

「ちなみに、あのひとは何て言ってるの？」

まっすぐ見やると、美登利は、ほとんど飲んでいない紅茶に目を落とした。

「店長にはまだ話してないです」

「は？」

「店長が良くたって、涼子さんが嫌だって言うなら私もやりにくいので」

――やりにくい。ずいぶんな言い草だ、と思ってから気づいた。先ほどここに座った当初よりも、美登利の物言いが不躾（ぶしつけ）なものに変わってきたのは気のせいではない。彼女はたぶん、わざとそうしている。

黙っていると、美登利が目を上げた。挑むようにこちらを見つめ返してくる。

突然、遠回しな会話に耐えられなくなった。静かに息を吸い込んで、涼子は言った。

「この際だから、はっきり訊くけど――夫とは、いつからなの？」

美登利が目を丸くする。わざとらしく天井を見上げて言った。

「いつだったかなあ。……ああ、群馬でのライドの時にお目にかかったのが最初だったと思います。私だけ下手くそだったから、皆さんすごく親切にして下さって」

「そうじゃなくて。今さらとぼけないで」

きつく言うと、美登利は真顔になった。

「べつに、とぼけてませんけど」

「訊いてるのがそういうことじゃないのはわかってるでしょ」

感情的になったら負けだ、と努めて声を抑えながら、こんな場合に勝ちも負けもないだろうとも思う。

「下のトイレなんだけど」涼子は続けた。「ずいぶん前に、ちょっと信じがたいものを発見したの。あれは、あなたのしわざよね？」

美登利は黙っている。黙っていることが答えに違いなかった。心当たりがないのなら、何のことかとすぐさま訊き返すはずだ。生理用品を捨てるための備え付けのゴミ箱に、丸めて押し込んであったごわごわのティッシュの塊(かたまり)。茶色がかった薄ピンクのシミと、そしてあの生臭い匂い。

「なかなかに強烈なマウンティングだったよね」思い起こして吐きそうになりながら言った。「あなたはどう思ってるか知らないけど、嫉妬とかそういう感情で言ってるんじゃないの。ただ、なんで私がこんなことされなきゃいけないんだろうって、それが本当にわからないだけ。とりあえず、あれはあなたからの宣戦布告だというふうに受け取ったんだけど、どう？　それで合ってる？」

美登利はまだ答えない。親の仇とばかりに紅茶を見つめている。

涼子は、壁の時計を見やった。出かける時間がそう迫っているわけではないが、このまま待っていても埒(らち)があかない。

「どちらから誘ったの？」

するると、美登利がゆっくり視線を上げた。小さな顔の中、そこだけ肉感的な唇に、皮肉な微笑を浮かべる。

「気になるのって、そこですか」

プライドの在処(ありか)を指摘された気がして、かっと身体が熱くなった。

「口のきき方に気をつけてね」

「わ、出た。涼子さんの本性」

「え？」

「外でバリバリ仕事してきたエリート女性にはけっこうありがちなんですよね。パワハラ丸出しで、同性の部下を力で押さえつける感じ」

あまりの豹変ぶりにあっけにとられる。

「何を言ってるの？　あなたは私の部下じゃないでしょう」

「ええ、でも旦那さんの雇ったスタッフだからって、自分にとっても召使いみたいな感覚でいるんじゃないですか？　それ、まったくの勘違いですからね。私はただ、お店が自宅と一緒になってるから仕方なくこうして話を通しに来ただけで、奥さんに使われてるわけじゃないですから」

言い捨てて、美登利は鼻から息を吐いた。

「だいたい、そうやってあのひとのことほっとくからですよ」

「だから亭主がよそ見してもしょうがないって言いたいの？」

「いいえ。だから私が、これならいけるかもって思っちゃったんです」

「いける？」

「あんなに優しくて頼れて仕事もできるひとなのに、その奥さんときたら、何かと彼を見下して軽く扱ってる」

「そんなことな、」

「いいえ、そうですよ。いくら涼子さんがデキる女だからって、会社だけのことでしょ？　広告業界で働く男の人たちと、店長と、仕事の内容も全然違うのに比べること自体がおかしくないですか？」

「比べてなんか、」

「比べてるじゃないですか！　涼子さんが気がついてないだけで、いつだって！」

こちらを睨み上げる目が、うっすらと濡れて冷たく光っている。

「いけるかも、って思ったのはそういう意味です。店長のことを奥さんがこんなにほっとくなら、いけるかも……本気でぶつかったら私のものにできるかも、って」

涼子は、あっけにとられて美登利を見つめた。

以前、三谷雪絵は言った。ひとのものだと欲しくなる女が、この世にはいるのだと。けれど、この目はどうだろう。どうしてこんなにも一直線でいられるのだろう。不倫関係に陥った孝之側の事情はもとよりその連れ合いの気持ちも眼中になく、ただひたすら自分の情熱のままに突っ走ることができるのは、たぶん若さのせいではなくて個人の資質の問題だ。羨ましくさえ思えてくる。

「店長がかわいそう。私だったら絶対寂しくなんかさせないのに」

涙をためた美登利の目を見ながら、涼子は、夫の顔を思い浮かべた。美登利の見ている〈店長〉と、自分の見てきた〈夫〉とは、ほんとうに同じ人物なのだろうか。じつはまるきり別の誰かの話をしていて、だからこんなに嚙み合わないのではないか。

「……ねえ、小島さん」

「何ですか」

「あなた、本気で彼のことが好きなの？」

美登利が眉をひそめてこちらを見た。

「当たり前じゃないですか」

「そう。もしかしてゲームみたいな気分でいるのかと思ってたんだけど」

「ひどい。なんでそんなこと言われなきゃいけないんですか」

「だってあなた、若いし綺麗だし、何もわざわざ結婚してる男なんかと付き合わなくてもチャンスはいっぱいあるでしょう？　遊びじゃないとしたら気の迷いっていうか……要するに、周りが見えてないだけだったりするんじゃないのかなって」

真向かいに座る彼女の目が、ひんやりと青みを帯びた感じがした。

「ほら、やっぱりね」と呟く。「そうやって、いつも旦那さんのこと下に見てるじゃないですか」

「下とか上とかじゃなくて、」

「店長は、奥さんが思ってるよりずっとかっこいいですよ。ちゃんとした頼りがいのある男のひとです。美容師としても高い技術があって、お客さんとのやり取りからも誠実さや気遣いが伝わってくる。それなのになんであんなに自信がないのかわからない」

「何の話？」

「気づいてないんですか？　店長、自分をやたらと低く見積もる癖があるじゃないですか」

「そ……そういう傾向はあるかもしれないけど、それって謙虚さの表れだし、むしろ美徳でしょ」

「違いますよ。あのひとは謙虚なんじゃなくて卑屈なんです」美登利が切って捨てる。「気の毒に……ああいう癖って、もともとあったんですか？　私は、長年の間に奥さんがそう仕向けてきた気がするんですよね」

「馬鹿なこと言わないで」

「馬鹿なことかなあ？　奥さんが『私はデキる女よ』って感じをふだんからむんむん漂わせてるせいで、彼のほうは自信を失っていっちゃったんじゃないですか。無理ないと思うけど」

一方的に勝手なことばかり、と腹の底から憤りながらも、反論できない。美登利の言葉が、たとえば黒田部長や矢島広志からこれまで指摘されてきたこととどこかで通じているせいだ。

美登利が腕時計をちらりと覗いた。両手を膝に置き、すっと背筋を伸ばす。

「ひとつだけ」と、それまでよりも少し低い声で言った。「ひとさまの旦那さんと、っていう、その一点についてだけは謝ります。全面的に私の責任です。店長じゃなくて私の」

息を継ぎ、でも、と涼子を見据える。

「あのひとを好きになってしまったことについては、謝るつもりはありません」

睨むように、じっとこちらを見ている。返事のしようがなくて、涼子は仕方なく口をひらいた。

「謝れとは言ってないけど」

「そうですか。じゃあいいです」

「ただ、どうしてそこまで自信満々でいられるのかがわからない。彼を好きだっていう、その自分の気持ちを疑ったりはしないわけ？　少し頭を冷やしてから、もう一度考えてみたほうがいいと思うよ」

するとと美登利は、ひどく老成した笑いを浮かべた。

「必要ないですね」

「なんで言い切れるの」

「意味ないですもん。もしも時間を巻き戻せたとしても、私はきっとまるっきり今回とおんなじことを繰り返すにきまってるし」

「だから、それこそがあなたの思い込みっていうか、」

「どうだっていいです。人からどう思われるとか、ほんとにどうだっていい。――ねえ、涼子さん。店長を……孝之さんを、私に下さいよ。値打ちがわからないんなら惜しくもないでしょ？」

さすがに腹が煮えた。

「何それ、どういう言い草なの？　人をモノみたいに」

美登利が、言い返しかけて口をつぐみ、膝に目を落とす。

「……すみません。今のは言葉が過ぎました」

陽の燦々と射し込むリビングに重苦しい沈黙が立ちこめる。時計の針が、ち、ち、ち、と音を立てている。

ふっと、今ごろになって思い至った。美登利をこの二階に通してからの一部始終を、録音しておくべきだったのかもしれない。後々もしも第三者を入れての話し合いに発展した場合、今日のこの会話は重要な証拠となったことだろう。

仕事でならばいくらでも機転が働くはずなのに、それだけ動顛(どうてん)していたのか――。

そうではなかった。たとえ思いついていたとしても、自分は録音ボタンを押さなかったろう。はなから夫と別れるつもりであれば事を有利に運ぶための証拠も必要と思えたろうが、そこまでのことはまだ……。

「帰ります」

美登利の声に、物思いを破られる。

「朝早くから押しかけて、どうもすみませんでした」

隣の椅子に置いていたカゴバッグの中から、美登利はカジュアルブランドのチャームがついたキーケースを取り出し、中の一つをはずしてテーブルに置いた。

「これ、お店の鍵です。とりあえずお返ししておきます」

「――どうして？　必要だから渡されてるんじゃないの？」

「そうですけど、孝ゆ……店長が入院されてる間じゅう私が持ってるのも、奥さんとしては気分良くないかなと思うので」

それはそれ、これはこれだから持っておけば――などと笑って鍵を押しやるほどの寛容さは、自分にはどうやら持ち合わせがないらしい。

黙ったままでいる涼子の目の前で、美登利は再びキーケースを手に取った。中から、丸いコイン形のキーホルダーが一つ、ぽろりとこぼれ出て揺れる。〈河口湖〉と刻まれた面の裏側に、富士山と桜の花びらのレリーフがあしらわれていた。


会社に出ると午後一番でイラストレーターとの打ち合わせを済ませ、デスクに戻って絵コンテに目を通したり、企画会議に顔を出したりしているうちに、気がつけばもう夕暮れだった。

まとめた書類を提出しに経理部へ行くと、同期の三枝美奈は席におらず、かわりに矢島尚美が受け取ってくれた。

一枚一枚きびきびと確認する。その指先に見入る。この手が矢島との日常を支えてきたのか。

「じゃ、よろしくお願いします」

「はい。確かに」

当たり前に言葉を交わし合って背中を向ける。視線が注がれているように思うのは錯覚かどうか、ふりむく勇気はなかった。

戻ってみると、窓の外のケヤキは紫色の薄闇に沈んでいた。美登利と向かい合っていたのが今朝の出来事だったとは信じられない。

「あれ、早瀬さん、まだいたんスか。もう出ないとやばいっしょ」

声をかけてきたのは山本だった。

「そうなんだけど青木くんがまだ戻ってこなくて」

「さっきの会議の件なら、俺が申し送りしときますから」

「ほんとに？　助かる」

それならとばかりに急いでデスクの上を片付けていると、あ、そういえば、と山本が言った。

「さっき、野々村さんから電話もらいましたよ」

驚いて顔を上げる。「いつ？」

「早瀬さんが経理部行ってる間。今日のインタビューで、こういうことは言ってもらっちゃ困るとか、逆にこっちから話題にしたほうがいいこととか、もしあるなら教えといてほしいって」

「あら。へーえ」

「あの人にもわかってんでしょ。万が一にも向こうの事務所を怒らせたりするのはまずいって。宝力麻衣は彼の店にとっても太い客でしょうしね」

例のCMを形にする際、山本は企画から出演交渉、さらには演出まで担当した。それなのに野々村はなぜ、今夜のインタビューへの同行を最初から彼に頼まなかったのだろう。わかりきっているけれど、わかりたくない。

「よろしく言っといて下さいよ。なんていうかこう、カッコいいっすよね、あの人」

「そう？　女性からはずいぶん人気みたいだけど、同性から見てもそうなの？」

「や、マジ感じいいっすよ。最初に顔見た時は、よくいるスカしたナルシストじゃないかと思ったけど、話してみたら全然そんなことなさそうだし」

もっと詳しく訊いてみたいのに時間がなかった。後のことを頼み、洗面所で手早く化粧直しをして飛び出す。

くだんの住宅情報誌の編集部は、銀座のはずれにそびえる親会社のビルに入っている。インタビューはそのビルの上階にある応接室で行われることになっていた。

十分ほど早く着いて一階のロビーで待っていると、まもなく野々村が現れた。ブルーのストライプのシャツに紺のジャケット。ノーネクタイでも充分に颯爽として見える。

「お疲れのところ、わざわざすみません」

涼子が頭を下げると、野々村は慌てたように顔の前で手を振った。

「何言ってんですか。こっちのセリフでしょ、それ」

受付からの連絡で下りてきた男性編集者と一緒に、エレベーターで上がる。通された応接室は一流ホテルのスイートかと錯覚するほど豪華だった。名刺の交換をしながら互いに相手の間合いを測るようなやり取りをする間、涼子は率先して編集者や女性のライターやカメラマンに話しかけ、座を和ませることに注力した。ふだんの業務とそこは変わらない。

インタビュー中も撮影していいかと訊かれた野々村が、もちろんかまいませんよと頷く。自分のことをいろいろ訊かれるのに慣れていない彼の受け答えも、滑り出しこそ一問一答のようだったが途中からは滑らかになっていった。

最後に正面からのバストアップを撮影したカメラマンが、はいOKです、と声を張って終了となる。

「おかげさまで、いいお話をたくさん聞かせて頂けて……」

女性ライターの言葉もけしてお世辞ではなさそうだ。

「原稿が上がりましたらチェックして頂きたいんですが、どちらへお送りしましょうか」

訊かれた野々村が、涼子へと顔を振り向ける。

「では、わたくし宛に送って下さいますか？　野々村さんと、あと念のため宝力麻衣さんの事務所にも目を通して頂けたらと思いますので」

「かしこまりました。来週明けにはお送り致しますね」

下まで見送ってくれた男性編集者に入館証を返し、ビルの外へ出ると、一時期よりはいくらか暑さの和らいだ夜気が身体を包んだ。

「いやあ、肩こっちゃったな」野々村がふうっと息を吐く。「すごいなあ、涼子さん」

「何がです？」

「噂には聞いてたけど、ほんとに仕事のできる人なんですね」

「何言ってるんですか。野々村さんこそ、私の付き添いなんか全然必要なかったじゃないですか」

「いやあ、駄目です。ああいうのほんとに苦手で、最初のほうなんかいったい何を話していいかわかんなかったから、ちょこちょこ涼子さんに助け船を出してもらえて助かりました」

「これでまたファンが増えちゃいますね」

「勘弁して下さいよ。もう二度とはやりませんからね、これっきりです。俺はただ静かに暮らしたいのに」

その口ぶりがまるで隠居する老人のように聞こえて思わず噴き出すと、野々村は情けない顔で涼子を見おろした。

「自分で言うのも何ですけど、今日は俺、けっこう頑張ったと思いませんか」

「思いますとも。ありがとうございました」

「それだけですか」

「え？」

「ご褒美はないんですか」

「……はい？」

「『はい？』じゃないですよ。いったい誰のために一肌脱いだと思ってるんですか。クライアント直々の依頼まで断ったら、さすがに涼子さんの立場がないかなと思ったから俺……」

口調が、こんどは駄々をこねる中学生男子のようになっている。

ぽかんとしている涼子に、野々村は言った。

「まずはどっかでメシ食いましょうよ。腹減ったし。それから、この前のバーでせめて一杯くらい付き合ってもらってもバチは当たらないと思うんだけどな」

そういえばここは銀座なのだった。有楽町のあのバーまでは歩いてすぐだ。

「それとも、このあと何か用事があったりしますか」

用事は――ない。ただ帰って寝るだけだし、野々村との時間はきっとまた愉しいに違いない。だからこそ、

「ごめんなさい」

涼子は言った。腕時計を覗くふりで付け加える。

「今日はちょっと、家に早く帰らなくちゃいけなくて」

「なんで？」と、野々村がこちらに向き直る。「帰ったって、誰もいないのに？」

びっくりして見上げると、彼はわずかに微笑して言った。

「すいません、さっき山本さんから聞きました。――早瀬のやつ、入院してるそうですね」

とっさに返事が出てこず、涼子は気まずく目を逸らした。

大通りに面した歩道を仕事帰りの人々が行き来する。涼子を促してもう少し端に寄った野々村が、軽く腕組みをしてこちらを見おろしてくる。

「どうして教えてくれなかったんですか」

「……わざわざお知らせするようなことじゃ、」

「どうして。LINEででも電話でも、言ってくれればよかったのに」

咎めるというよりはむしろ気遣いのようだ。

「だって……仕事の件でやり取りしてるのに、『じつは早瀬が』なんて切りだすのも変じゃないですか」

「変じゃないですよ。俺にとっても大事な友人のことなんだから。ったく、涼子さんてそういうとこお堅いっていうかさ」

これまでより口調が砕けているのも、わざとではないようだ。

「俺から言わなかったら、ずっと黙ってるつもりだったんですか」

信号待ちで停まっていた車の列がゆるやかに動き始めた。流れるヘッドライトやテールランプが目に眩しい。遠くで響くクラクションの音がどこかもの悲しく聞こえ、ますます夏の終わりを意識させられる。

「ともあれ、話は移動してからにしましょう」

野々村が言った。こちらが付き合うものと決め込んでいる。

観念して、涼子も並んで歩き出した。今夜の野々村は役割を完璧に果たしてくれたのだ。

「涼子さん、何が食べたいですか？」

「ええと……」

「俺は肉だな」

思わず噴き出した。「じゃあそれで」

頷きながら、彼のやんちゃな強引さをだんだん心地よく思い始めている自分を、斜め上空から別の自分が目を眇めて見おろしている気がした。


二丁目の並木通り沿い、ビルの上階に入っている鉄板焼の店に席を確保した。がっつりと肉、というよりは上品な、洋風懐石のコースで有名な店だ。

衝立に囲われた半個室のようなブースに腰を落ち着け、互いに最初はシャンパンを頼むと、野々村はあたりを眺めまわした。

「すごいな。こういうお店、たくさん知ってるんでしょうね」

「まあ、そうですね。仕事柄、必要に迫られてですけど」

「接待って効果あるんですか？」

「あると信じたいですね。でも実際、一つの食卓を囲んで食事するって、お互いに敵意がないことを示すいちばん手っ取り早い方法だと思うんです。手料理を食べてもらうのにはかなわないけど、それに準ずるみたいな」

「なるほど。今日のこれも接待？」

「そりゃ、お仕事で関わった方ですからね」

「涼子さんが俺に敵意を抱いてないことぐらいとっくに知ってるんだけどな」

「あら、そうでした？　おかしいな」

野々村がニヤリとする。

「だって何しろ、髪まで触らせてもらってますからね」

「え？」

「特殊な仕事だなって思いますよ、美容師って。普通だったらあり得ないでしょ。そんな親しくもない人間がハサミ持って真後ろに立ってるのに、平気で自分の髪を触らせるなんてさ」

言われてみれば、と頷くしかなかった。女性にとっては特にそうかもしれない。自分の髪を切らせるというのは、それこそ、根底に無言の了解と信頼がなければ難しいことなのだろう。

ふと思った。もしかすると、そのせいで錯覚してしまったのかもしれない。狡い男との恋に傷ついてぼろぼろになっていたあの時期に、自分の真後ろに立ち、髪までゆだねた孝之に対しての信頼を、別の特別なものだと勘違いしてしまった可能性は、ある。そのあと付き合うようになって育っていった愛情まで疑うつもりはないけれど、あの日初めて入った青山の美容室でもしも野々村が担当になっていたら……という妄想は、じつは少しも的はずれではないのかもしれない。極端な言い方をするなら、あの時期であれば誰が夫になっていても不思議はなかったということなのでは——。

最初に出てきたアミューズは但馬牛（たじまうし）の生ハムで、フォアグラと柑橘系のジャムののった薄切りパンが添えられていた。続いて蒸し物の椀。シャンパンをワインに変えて、野菜のグリル、揚げ物と続き、箸休めをはさんでメインの炭火焼ステーキが出てくるまでの間、野々村との間に会話が尽きることはなかった。

話の続きは移動してからと言ったわりに、彼は孝之の入院のことに触れようとせず、もっぱら涼子の最近の仕事について訊いたり、有名なＣＭの舞台裏に感心したり、あるいは自分の店のこと、そこで修業中の山崎のことなどを話した。前回と同じく映画についても話題に上ったし、そこから派生して、よく聴く音楽の話も飛び出した。

炊き込みご飯と赤だしの味噌汁のあと、デザートは二人とも、ワインに合うチーズと、季節のシャーベットを選んだ。味覚の好みまで似ているようだった。

ご褒美が欲しいと自分から言い出したくせに、いざ支払いの段になると野々村は恐縮したが、あくまで〈接待〉ですから大丈夫、と涼子は笑い、バッグを手に席を立った。

ついでにトイレを済ませ、洗面台の鏡に向かって軽く化粧を直してからスマートフォンをチェックする。案の定だった。夫からのＬＩＮＥは、例によって夥しい数のフキダシに分かれて届いていた。

ざっと流して見たところ、今朝早く美登利が乗り込んできた一件は彼の耳には届いていないらしく、一日の病院での出来事がまったく呑気に綴られている。今のところ検査で新たに重大な異状が見つかるといったことはないようで、それだけはほっとしたが、画面にずらずらと並んだとりとめのない呟きを今ここで丁寧に読んでいるわけには——。

〈離れてみてわかることって、あるもんだな〉

ふと、目がとまった。

〈今さら恥ずかしいけど〉

〈気が弱くなってるせいもあるかもしれないけど〉

〈やっぱ、涼子に会えない毎日は、寂しいもんです〉

洗面台の前で画面に見入りながら、一拍遅れて、

「はあ？」

大きな声が出てしまった。

いったいどの口がそれを言うのか。スマホを持つ手がおかしいくらいわなわなと震え、危うく取り落としそうになる。はっ、と強い息がもれる。なんて馬鹿ばかしい。もう笑うしかない。

その他の細かいフキダシなど見るのも業腹で、このままスルーしてしまおうかと思ったものの、後の時間を邪魔されたくなさにとりあえず打ち返す。

〈詳しい報告をありがとう。こちらは接待中で終わりが見えないので、また明日にでも返信します〉

読み返さずに送信ボタンを押し、スマホをバッグに滑り込ませて席に戻った。

「ごめんなさい、お待たせして」

「あれ、大丈夫？　涼子さん」野々村が気遣わしげに覗きこんでくる。「体調悪いとかじゃない？」

「いいえ」

「そっか。照明のせいかな」

顔色がよほど悪く見えるようだ。涼子はきゅっと口角を上げてみせた。

「野々村さんこそ、お時間いいんですか？　明日もお店でしょうに」

「そんなのは何とでもなります」

堂々と言い切るので、つい笑ってしまった。あんな酷い気分の後で、こうして笑えるのがありがたい。

「じゃあ、せっかくだし付き合ってもらおうかな。いま電話したら、カズさんも喜んで待ってるって」

カウンターの中に立つバーテンダーの物静かな佇まいを思い出す。野々村が気に入って通うだけあって、じつに居心地のよい店だった。

「またこないだみたいに予防線張らないで下さいよ」

「予防線？」

「『一杯だけなら』とかさ。ほんと堅いんだよ、このひとは」

まるで酔っているふうもなく立ち上がった野々村の後から、スタッフに礼を言って店を出る時、バッグの中でスマホが一度だけ振動した。見なくとも、夫からだとわかる。

〈接待中で終わりが見えないので――〉

嘘は、ひとつも、ついていない。


どの時点が分かれ道だったのかわからなかった。並木通りの店から有楽町まで歩く道すがら、彼の左側というポジションが妙にしっくり馴染んで感じられた時だろうか。それとも、以前と同じあのバーに入って、ああ落ち着く、と深呼吸した時か。いや、それよりも――。

「なに考えてるの」

間近に見おろされる。

「……べつに何も」

「もしかして、後悔してる？」

涼子は黙っていた。

頷くことも否定することもできなかった。後悔がまったくないといえば嘘になるものの、今、上にのしかかっている彼の重みがふいに取りのけられたとしても、自分はこの部屋を出ていったりはしないだろう。

〈まさかあなたをラブホへ連れ込めるわけないっしょ〉

そう言って野々村は、銀座のシティホテルに部屋を取った。窓から見おろす街の夜景は美しかったが、わずかしか見ていない。あっという間にベッドへ押し倒されたからだ。口づけをくり返し、だんだん深くしながら彼は、涼子の髪を指に絡め、無言で撫でた。

そうだ。分かれ道があったとすれば、あの時だ。バーで水割りを飲んでいた野々村が、涼子の髪型について評したのだった。

〈前から言おうと思ってたんだけど、今度いっぺん、ベリーショートにしてみたら？〉

右隣のスツールに掛けた彼は、身体ごとこちらを向いて言った。

〈頭の形がいいからすごく似合うと思うんだよなあ。今も早瀬のやつがカットしてるんでしょ？　なのになんで薦めないんだろ。あいつ、趣味じゃないのかね、髪の短い女って〉

たったそれだけの言葉に、どうして涙が溢れたりしたものか……。

嗚咽を漏らすまいとすると身体に力が入り、石のように強ばった。両手で口もとを押さえてぼろぼろと涙をこぼすばかりの涼子の前に、やがて〈カズさん〉がホットのカルーア・ミルクを置いてくれた。涙が尽きたとき、自分が空き家になった気がした。孝之と過ごした歳月が急に重みを失い、まるで長い夢であったように思えた。

すぐには事情を問い詰めもせずに見守ってくれていた野々村が、いま、再び唇を重ねてくる。キスなどもうずっと誰とも交わしていなかったせいで、息の仕方さえ忘れてしまっている。胸が苦しいのはそのせいに違いない。逞(たくま)しい体つきにそぐわない、そこだけ細長く優しげな指先が、ブラウスのボタンを一つずつはずしてゆく。

今朝はワンピースをやめてこの真珠色のブラウスとブルーグレーのスカートに着替えたのだった。彼に誤解されたくなかった。今晩会うからといって、必要以上に女っぽく装ってきたかのように思われるのが嫌だった。尻の軽い女に見られたくなかった。裏返せば、それだけこの男の視線を意識していたのだと、今さらのように思い知る。

「お願い、シャワー浴びさせて」

「駄目です。せっかくの涼子さんの匂いが消えちゃうでしょうが」

耳のすぐ下に、冷たい鼻先が押し当てられる。首筋の匂いを犬のように嗅がれ、涼子はこみ上げる羞恥に身をよじった。

「ねえ、お願いだから……」

この歳にもなれば、いくら気をつけていたって身体のメリハリや肌の張りなどは失われている。せめてシャワーを浴びて清潔にと思うのに、野々村はどこうとしてくれない。

「なんでそんなに気にするかな」

「だってほら、狭い場所でお肉食べたから。自分で自分の髪から脂っぽい匂いがしてるもの」

「それはお互い様でしょ。だいたいシャンプーの匂いなんかしたら俺、全然興奮できないよ」

真顔だった。

その間にも着実にブラウスのボタンをはずした彼が、露わになった下着を見おろして呻く。

「うわ、やば……鼻血出そう」

「冗談はやめて」

「いや、マジで。涼子さん、ふだんからこんなゴージャスなの着けてんの？」

ミルクブラウンのサテン地に、繊細なベージュのレースが施された下着だった。キャミソールとブラ、じつのところショーツまでお揃いになっている。もっと言うならインポートのフランス製だ。

「べつに、普通っていうか」

「あのねえ」ベッドサイドの薄明かりを反射して、野々村の目が光る。「俺だってこの歳になるまでそれなりに経験は積んできたけど、こんな趣味のいい下着を身に着けてるひとなんて一人もいなかったよ。それとも、」

すっと胸もとに唇を寄せてくる。

「俺と会うから意識してくれたとか？」

「ち、違……。服に透けると困るから、」

「ふうん」

「なに？」

「前に付き合ってた彼女は、透けると困る時はユニクロのブラだったけどね。素っ気ないベージュ色の、段差が付かないやつ」

違うのだ、少なくともこれはそういうことではないのだと力説したかった。女の下着は男のためにあるものではない。仕事で勝負をかけたい日や、沈みがちな気分を引き上げたい時、見えないところの贅沢は洋服のお洒落以上に大きな効果がある。

けれど今朝これを身に着けた時点で、晩に予定されている野々村との約束が微塵も脳裏をよぎらなかったといえばそんなことはないのだった。ユニクロのブラとは別の抽斗にしまってある一張羅を選んだあの時、とっくに自分の中で答えは出てしまっていたのかもしれない。

ブラウスの裾が引っぱり出され、肩から脱がされる。浮かせた腰の下でスカートのホックがはずされ、ちりちりとチャックが下げられて、足の先へとゆっくり引き抜かれてゆく。慣れている、と思ったとたん、キャミソールをたくし上げた彼がへそのあたりにキスを落とした。ひゅっと息を吸い込む涼子を、やけに満足そうに見つめてくる。

肌とショーツとのぎりぎりの境界を唇でなぞるように愛撫されると、どうしても息が乱れた。あんなに食べた後だけにお腹が出っ張っているのではないか、汗が臭うのではないかと気になって集中できずにいると、

「もう、しょうがないなあ」

野々村がようやく身体を起こした。呆れ顔でやれやれとばかりに涼子を見る。

「そんなに気になるんだったら浴びてきたらどうですか？」

どんなにかほっとして、

「ありがとう、恩に着る！」

「恩……って、ヘンでしょそれ」

仰向けに転がって笑いだした野々村をベッドに残し、ブラウスの前をかき合わせながら立ちあがった拍子に、すとんと足もとにスカートが落ちた。慌てて拾い上げ、バスルームへ直行する。

裸以上にすっぴんには自信がない。メイクが落ちてしまわないようシャワーに背を向けて髪を洗う。熱い湯が地肌を叩き、背中を流れ落ちてゆく。

そういえば今、ドアの内鍵を掛けなかった。万一いまここへ入ってきたとしても、相手が野々村であれば許せる——お互い裸で睦み合うことでなし崩しに許せてしまう。孝之とはそれができない。ただそれだけの、唯一にして決定的な違いだ。

洗い髪を軽く乾かし、バスローブをまとって戻ると、

「涼子さんだけってわけにはいかないもんね」

入れかわりにシャワーを浴びた野々村はあっという間に出てきて、もはや遠慮はしてくれなかった。

再び押し倒され、バスローブをはだけられる。愛撫よりも、口づけのほうがむしろ遠慮がちなのは好もしかった。そっと唇を重ね、確かめるように角度を変える。まだ濡れている彼の前髪が、閉じたまぶたに触れてくすぐったい。

舌先が滑り込んでくる。互いの口から同じミントの味がするのに、その冷涼さとはそぐわない舌の熱さに脳が混乱する。とろけるような、けれど少しざらりとした感触が口の中を満たす。彼が出てくる前にベッドサイドの灯りを絞っておいてよかった。自分が今からどれだけ乱れてしまうか、キスだけで予想がつく。

ほどかれた唇が、顎の先、喉もと、鎖骨の窪みと下りていって、ふいに右胸の先端が熱いものにくるまれた。吸われて腰が浮く。彼の指が脚の間に滑り込んでくる。

そのとたん、とっさに腿をきつく閉じてしまった。

「……いや？」野々村の声が低く掠れる。「やっぱり、決心がつかない？」

そうではない。お堅いなどと彼は言うけれど、そんなに清く正しい女じゃない。そろりと力をゆるめると、彼の腕がもう抵抗など許さないというように腿の間に滑り込み、こじ開けてきた。指先で敏感な部分をこすり上げられる。

やけに甘ったるい喉声がもれ、涼子は手の甲を口に押し当てた。恥ずかしい。まるで、物慣れないふうを装って媚びているみたいだ。

けれど野々村の頭がするすると滑り降りてゆき、脚を大きく両側に押し分けられたが最後、こらえる余裕などなくなった。ついさっきまで口の中にあった彼の舌が、軀の中心を舐め上げ、含んで、優しく吸い立てる。頭のねじが飛ぶほど気持ちがいい。

痒いところをかいてもらうかのようなこの刺激を、自分の指ではなく他人の舌によって与えられるのはいったい何年ぶりだろう。孝之と抱き合ったのは一昨年の結婚記念日が最後だが、あの時ですら夫は指で少しまさぐっただけですぐに軀をつなげようとした。まだ待って、と言ったのに、濡れてるから大丈夫だよ、と返された。

大丈夫だよ？　大丈夫かどうか、なぜあなたが勝手に決めつけるのだ、と腹が立ったのを覚えている。孝之が途中でだめになったのは、彼の気分が乗らなかったというより先に、こちらの怒りが肌から伝わってしまったせいかもしれない。

野々村は愛撫をやめない。熱がそこ一点に集まってゆくようで、もっと強い刺激が欲しくてたまらなくなる。

と、指が一本、滑り込んできた。条件反射で中が収縮する。奥まで許すのが怖い。自分で異物を入れることまではしなかったから、あまりに久しぶりで軀が硬くなる。

「力、抜いて」

下のほうから聞こえる声が湿っているのは、指を入れながらも舌先での愛撫をやめないからだ。恥ずかしい部分に吹きかけられる野々村の吐息が熱い。彼のほうも、ちゃんと興奮しているのだ。

「大丈夫。涼子さんの嫌がることはしないから」

——大丈夫。

同じ言葉でこうも違うのかと、涙が出そうになる。

止めていた息を吐くと、そこが弛んで、指が奥へと入ってきた。ゆるゆると抜き差しされたのち二本に増やされ、内部をくまなく探られる。軀が、中での快感を思い出してきたらしい。無意識のうちに腰が浮いて、ねだるような動きをしてしまう。

やがて野々村が身体を起こし、真上へ戻ってきた。目と目を合わせ、脚の間に腰を割り込ませる。濡れそぼった部分に固い先端が滑り、前後にこすりつけられる。入口を探り当てたそれが、沈み込むように入ってくる。

「いっ……」

こちらの顔を見て、野々村が動きを止めた。

「痛い？」

「だ……いじょうぶ……だけど、ゆっくり動いて」

頷いた彼が、気分をほぐそうとしてか、

「俺、そこまで大きくないと思うんだけどな」

軽口を叩く。涼子はかろうじて苦笑してみせた。

「久しぶりだから」

「え。どれくらい？」

「わかんないけど、かなり」

無言になった後、野々村は額同士をくっつけてきた。

「もったいない。なんであいつはそう……」

皆までは言わず、ゆっくりと軀を進めてくる。ようやく奥まで辿り着くと、彼は長い息を吐いた。

「痛くない？」

「今は、うん、平気」

「なんか、処女を抱いてる気分だよ」

「またそういう冗談」

「マジだって」

人体の一部が、こんなにも硬くなれることが不思議だった。少し引いてはまた押し入る動きが繰り返されるうち、涼子の内部が、煮込んだ餅のように柔らかくこなれてゆく。もはや中途半端な浅さで止められるほうがもどかしい。下腹も腰もじんわり痺れ、もっと強く抜き差しされたくて息があがる。


感じ取った野々村が、動きを速めた。涼子の片脚を抱えて肩にのせ、体重をかけてくる。たまらずに、もう一方の脚を彼の腰に絡ませると、

「なに煽ってんの」額に汗を浮かべて呻いた。「そういうことすると、ひどい目に遭うんだよ」

遭わせてほしい。何も考えられなくなるくらい、めちゃめちゃに抱きつぶしてほしい。

口には出さず、野々村の背中に腕を回してしがみつく。細身の夫とも、ずんぐりとした矢島広志とも違う圧倒的な肩幅と筋肉に、それだけで陶然と酔わされる。

男の尻に踵(かかと)をこすりつけるようにして引き寄せると、内側に呑み込んでいたものがさらに量感を増しながら先へと進み、突きあたりの壁が押されて内臓にまで重たい衝撃が走った。痛いといえば痛いのに、その痛みが甘い。

うつぶせに体勢を変えては抜き差しを繰り返され、こね回されて、口からもれる声を抑えきれない。最奥を突かれるたび、まぶたの裏側でちかちかと光が明滅する。

「ちゃんと、外で出すから、安心して」

野々村が切れぎれに呻きながら、後ろから激しく腰を叩きつける。

「どの体勢でいきたい？」

「……の……ま、」

「え？」

「こ……のまま、がいい。このまま、き……」

「わかった」

いきなり片膝を立てて突かれ、涼子は叫んだ。

深い。こんな深さは知らない。背筋がぞくぞくと粟立つ。まっすぐに追い上げられてゆく。枕に顔を埋め、声を押しつぶしながら上りつめてゆき、ついに弾けた。がくがくと腰が揺れて崩れ落ちると同時に、自身を引き抜いた野々村がわずかに遅れて達する。生温かいものが涼子の尻の上、尾てい骨よりも少し上のあたりに滴ってきた。

夫が骨折したあたりだ……。

痺れた頭でそんなことを思っていると、野々村がティッシュで丁寧に後始末をしてくれた。向かい合わせに抱き合い、横たわる。互いの呼吸が落ち着くまでしばらくかかった。

部屋の冷房に、汗が冷えてゆく。めくってあった布団を涼子の肩にかけ、ぽつりと野々村が呟いた。

「思うんだけど……利用すればいいんじゃないかな」

「りよう？」

声が掠れてしまう。必死に押し殺していたせいだ。

「利用って、何を？」

「俺を」

「え？」

「俺を使えばいいんだ。早瀬の浮気への仕返しに、涼子さんもさ」

「ちょっと待って」慌てて半身を起こす。「私、そんなつもりであなたに打ち明けたわけじゃ、」

「わかってる。こっちが無理に聞き出しただけだよ。だけどさ」なだめるようにもう一度抱き寄せながら言葉を継ぐ。「実際、傷ついてるじゃない」

「べつにそれほどは、」

「じゃあ、なんであんなふうに泣いたの」

ぐっと詰まった涼子の顔を、探るように覗きこんでくる。指の背で頬を撫でながら言った。

「やられっぱなしはよくないよ、ちゃんとやり返さなくちゃ。でないと心が荒んでくから」

とんでもない理屈だ。それなのに妙な説得力があって、思わず苦笑してしまう。

「あなたに打ち明けたのも、こうなったのも、そんなつもりじゃなかったけど……その理屈でいくなら、もうこれでおあいこってことよね」

「まだでしょ。あいつのは一回こっきりじゃないんだし」

「そうだけど、回数の問題じゃないでしょう？　こちらも同じだけ浮気したら、家の中は丸く収まるって言いたいの？」

「微妙に違うな。そもそも涼子さんは、家の中を丸く収めたいの？」

質問に質問で返すのは反則だ。そう思いながら、涼子は何も言えなかった。

＊

夢の中で妻を抱いていた。相手が妻であると気づいたとたん、また萎えてしまうのではないかと緊張したが、夢なので大丈夫だった。

孝之自身も涼子も若返り、出会って間もない頃に時間が巻き戻っているらしい。組み伏せた彼女の肉体は、全体のフォルムこそそんなに変わらないが今よりずっと弾力があって肌もなめらかだ。

そして何より、貪欲だった。脚を孝之の尻に絡ませ、踵で引き寄せるようにして、もっと、もっとと欲しがる。こちらの律動を迎え撃つかのように腰を衝き上げながらも、はしたない声をあげまいと片手の甲を口もとに押し当ててこらえる様が色っぽく、苦しげに寄せられた眉間の皺を見たくて髪をかきあげると、いやいやと首を振る。たまらずに、こちらもさらに腰を使った。軀の中心が、彼女の内部へ向けて尖りきっていく心地がした。

そこは孝之の借りていた六畳一間のアパートだった。何しろ夢だから細部はところどころ違っているのだが、漂う空気は同じだから違和感はない。散らかっていて埃っぽく、鴨居からモノトーンの服ばかりがぶら下がっている部屋。彼女と抱き合うのは常に、そこに敷かれたままの布団の上で——。

カシャン、キュルキュル……。意識のどこか遠くで音が響く。もう耳に馴染んだ、リノリウムの廊下をストレッチャーかワゴンが移動してゆく音だ。入院してからすでに半月ほどが過ぎ、病棟で起こる日々の出来事のほとんどは物音で判断できるようになった。

いつのまに眠っていたのだろう。電動ベッドを半分起こして昼食をとった後、再び横になったところまでは覚えているのだが、そのままうたた寝をしてどれくらい時間が経ったものか……。目を開けることで全部消えてしまうのがもったいなく思えて、孝之はまぶたを閉じたまま布団をかぶり直した。

細部までリアルな夢だった。夢の中でさえ、妻を相手に興奮するなど何年ぶりかわからない。まだ痺れが残っているような下半身に、そっと手を伸ばしてみる。あれほど激しく勃起し、張りつめた痛みさえ感じていたはずなのに、意外にも一物はふんにゃりとしおたれたままだ。中途半端にまさぐり、その指を半ば無意識に鼻へ持っていって嗅ぐ。当然ながら涼子の匂いはなく、汗ばんで蒸れた自身の体臭に妙な安心感を覚えた。

ゆっくりと目を開ける。ベッドサイドの時計は午後二時をわずかに回っている。ということは、と頭をもたげた時、ちょうど病室の引戸が開いて担当の療法士が顔を覗かせた。

「早瀬さん、こんにちは。準備はよろしいですか？」

慌てて謝った。

「すみません、ちょっとうたた寝しちゃってて。トイレとか、まだなんですけど」

「全然かまいませんよ。ゆっくりでいいです、これも練習ですから」

前日と同じように、介助を受けて上半身を起こし、ベッドに座ったまま床に足を下ろす。実際の痛みもあるがそれ以上に、また酷い痛みが走るのではないかという恐怖で身体が縮こまってしまう。

歩行器の使い方を教わったのもつい昨日のことだ。足腰が信用ならないので、全体重の負荷が腕と肩にかかる。病室の隅にあるトイレまで、幼児以下のよちよち歩きでたどり着き、腰を下ろす際には歩行器にすがりながら歯を食いしばり、あたかも懸垂のようにしてまた立ち上がる。

それでも、いちいち看護師を呼んで尿瓶をあてがってもらうのに比べれば、どんなに時間がかかろうが痛かろうが、こちらのほうがよほどましだった。排泄だけではない。ベッドに半身を起こせるだけで、おにぎりではなく茶碗からご飯が食べられるし、汁物も寝たままスプーンですくわなくてもお椀に口を付けてすすることができる。そのようにして日を追うごとにだんだん治癒してゆく自分の身体が、これまでになく愛おしく思えた。

療法士から、まだしてはいけない動作や、逆に一人でもできるストレッチを教わり、これからのスケジュールなどを説明してもらって、この日のリハビリは終わりとなった。自転車でヒルクライムをしてのけた後ほどの疲労感に包まれ、這々の体で再びベッドに横たわる。

窓の外は曇天だが、病室はかえって均一な明るさに包まれていた。この光の感じには覚えがある。結婚前に涼子が暮らしていたマンションが、ちょうどこんな具合の明るさだった。北東側の窓に磨りガラスがはまっていて、そのせいで室内に光が柔らかく回るのだ。

あの頃――涼子は自分の部屋に他人を招きたがらなかった。恋人であってもそれは同じだった。いや、どうだろう、前の恋人は違ったのかもしれないが、少なくとも孝之は、涼子の部屋で服を脱いだことがない。ほんの一度か二度、玄関を入ってすぐの小さなダイニングテーブルで紅茶を飲ませてもらったことがある程度だ。たしか互いの休みを合わせ、海かどこかへ出かけるために車で迎えに行ったのだった。

そんな時も、奥の私室のドアはきっちりと閉まっていた。自分の部屋だというのに彼女はどこか緊張していて、その原因がこちらにあるのかと思うと、出かけるのなんか止めにしてこの部屋で抱き合っていようなどとはとても言い出せなかった。上の階の住人が掃除機をかける音と、対抗するように吠えたてる小型犬の声がずっと聞こえていたのを覚えている。それだけ、あの部屋では会話が弾まなかったということだろう。

ある意味、象徴的だったのかもしれない。恋人時代はもとより、それなりに長く結婚生活を営んできた間も、妻は夫がプライベート・スペースの奥深く入り込むことを許してくれなかった。本人が意識しているかどうかはわからないが、とにかく殻が硬いのだった。

人あたりは柔らかいほうだし、姐御肌で明るく包容力もあり、めったなことでは声を荒らげて怒ったりしないけれども、ほんの時折、微笑みながら人を切り捨てるようなところが覗いてみえる。そういう瞬間を何度か目撃したり体感したりするうちに、孝之はだんだんと彼女を抱けなくなっていった。

とはいえ、涼子という一人の女性の中にクールさとともに相反するような情の濃さが同居しているあたりは大きな魅力でもあって、孝之自身、いまだに彼女の外見も内面も好きだし、ましてや積極的に離婚して別々の人生を歩みたいと願ったことなど一度もない。思いがけず始まってしまった小島美登利との関係にどれだけ溺れているようでも、自分で自分をコントロールできていると思える根拠はそこにある。

美登利との仲はどこまでいっても一時的なものであって、いつかは終わる。終わるものだからこそ今これだけ燃えあがるのだし、そのことは美登利だってよくわかっている。だから、こちらの結婚生活を脅かすような愚かな真似はしない。彼女にとっても孝之との恋はひとときの寄り道であり、後になってふり返った時の人生の彩りに過ぎないはずだ。

今回の事故によって、涼子がいくら夫の浮気を疑いだしたとしても、あるのはあくまで状況証拠に過ぎない。若くて格下の女を相手に真っ向から腹を立てるのは自尊心が許さないだろうし、妻としてのプライドを守り通すためにも、この一件をできる限りスルーしようとするのでは――。

「こんにちは」

ふいに声がして、孝之はびくっとなった。予想外の動きに痛みが走る。やはりまだ全快には程遠いようだ。

細く開いたドアの隙間がするすると広くなり、顔を覗かせたのはやはり美登利だった。

「ごめんなさい、また来ちゃった」

首をすくめてよこす仕草がいたずらを見つかった子どものようで、孝之は思わず苦笑した。

「謝ることはないでしょ。どうぞ、入って」

「誰かお客さまは？」

首を横にふってみせる。見舞い客などいないし、平日に涼子が訪れることはまずあり得ない。

美登利が入ってきて、ベッドの横に立った。白い七分袖のカットソーと、見覚えのあるフレアスカート。そう、いつだったか、初めて店で狼藉に及んだあの時に彼女が穿いていたスカートだ。このふんわりした裾をたくし上げ、中に頭を突っ込んで……。

「来てくれるのはありがたいけど、大丈夫なの？」

孝之が訊くと、美登利はパイプ椅子に小ぶりのボストンバッグを置きながらこちらへ顔を向けた。

「大丈夫って？」

「いや、こんなに毎週、泊まりがけで来てさ。おうちの人、何か言わない？」

「言いませんよ別に。もういいかげん大人ですもん」

おかしそうに笑う。

「恋人でもできたんだろうなって、思ってはいるでしょうけど深く訊かれたりはしません」

「ふうん。慣れてるのかな、親御さん」

「え？」

「娘に恋人ができることにさ」

みるみるふくれっ面になった美登利が、

「……帰ろっかなあ」

口を尖らせて呟くのを見て、孝之は笑った。

「ごめんごめん、冗談だよ。たとえ歴代の恋人がたくさんいたとしたって、それこそ大人なんだから当たり前だしね」

「なんでそんな意地悪ばっかり言うんですか」ますますむくれる。「事故の時、ほんとは頭も打ったんじゃないですか？　それで性格変わっちゃったとか」

「あー、そうかも」

美登利がため息をついた。

「ま、今のうちは許してあげますけどね。かわいそうだから」

「俺が？　かわいそう？」

「だってあれからまだ全然動けてないんでしょ」

「それがさ」孝之はニヤリとしてみせた。「歩いてるんだなあ」

「えっ」

美登利が息を呑む。

「昨日からだから、さすがにまだ歩行器は必要だけどね。さっきも一人でトイレ行ったよ」

話だけ聞くとまるですたすたと自由に闊歩しているかのようだが、気持ちの上ではそれくらい大きく違うのだ。多少おおげさでもかまうまい。

見れば、こちらを見おろす美登利の両目がゆらゆらと揺れ始めていた。あっという間に涙がたまり、下睫毛のふちを越えて溢れ出す。

「どうしよう……。嬉しい」

「や、何も泣かんでも」

「泣きますよ、そりゃ。当たり前じゃないですか」洟をすすり上げ、片手で口もとを覆ってしゃくり上げる。「よかった……ほんとによかった」

もう片方の指の先を、孝之はそっと握った。

「もしかしてさ。俺がこのまま一生寝たきりになったら、とか思ってた？」

美登利が、少し迷った末に、こくんと頷く。口に当てた指の上を、新たな涙が流れて落ちる。

「思った。私のせいで車椅子とかになったらどうしようって」

「万一そうなってたとしたって、きみのせいじゃないだろ」

「私のせいですよ」

「なんで」

「私が調子に乗ってたから……だから、神様のバチが当たったんですよ」こらえきれずに泣きじゃくる。「どうして店長だったんだろう。悪いのは私なんだから、怪我だって私がすればよかったのに」

「馬鹿なこと言わない」孝之は、ぎゅっと彼女の指先を握りしめた。「こんなしんどい思い、美登利にさせられるわけないだろ。俺でよかったんだって」

うっ、うっ、としゃくり上げた美登利が、しゃがみこんでベッドに顔を伏せる。すぐそばにあるショートヘアの小さい頭がすすり泣きに震えるのを見ていたら我慢できなくなってきた。引き寄せて促し、口づける。塩辛い唇から、熱い息と泣き声がもれる。その頭を抱え、優しく撫でながら孝之は言った。

「こんな話、今聞きたくないかもしれないけど――たとえばこれから先、俺らのことを涼子が知って、何か言われるようなことがあったとしてもさ」

すすり泣きが、ふっと止む。

「とにかく美登利は、知らん顔してればいいから。なんにも心配することないよ。きみのせいなんかじゃない、全部の責任は俺にあるんだから、俺に任せておけばいいんだから。ね」

美登利は黙っている。

「わかった?」

念を押すと、ややあって彼女が顔を上げた。赤らんだ目の縁を親指で拭い、何かを決意したように孝之の目を見つめる。

「ごめんなさい。勝手なことして」

美登利は言った。

「え、どした?」

「涼子さんに会ってきたの」

驚いて声も出ない孝之に向かって、美登利は神妙な顔で頷いてよこした。

「聞いて、ないですか?」

「知らないよ、そんなの」

「……やっぱり。毎日LINEしてても、孝之さんが何も言わないから、たぶんそうじゃないかなとは思ってたんですよね」

「それって、いつの話?」

「最初に私がここから帰ってすぐです」

——最初。つまりは、入院したその週のうちにということか。もう十日ほども前ではないか。

「どこで会ったの」

「お宅です。二階で美味しい紅茶まで頂いちゃいました」

いったいどうしてなんだ、と孝之は思った。涼子はあれから週末ごとに二度ここへ来ているし、それこそLINEのやり取りだってしている。それなのに彼女は、美登利と家で会ったことなどひとことも言おうとしなかった。何か思惑があるのか、それとも、話すのを忘れるくらい何も感じていないのか……。

と、ふいに美登利の眉尻が情けなく下がった。

「今まで黙っててごめんなさい。この前は、顔を見てたら言えなくなっちゃったの」

その表情を見ると、咎めることができなくなった。

「まあ、もう会っちゃったんだからしょうがないけどさ。ちょっとは事前に相談してくれてもよかったんじゃないの」

「相談したら止めたでしょ？」

それはそうだ。

「いったい何をしに行ったんだよ」

ようやく訊くと、美登利は身体を起こし、ベッドのそばにパイプ椅子を寄せて腰を下ろした。

「預かってたお店の鍵を、とりあえずお返ししておこうと思って。だって、奥さんの立場からしてみたら他人が持ってるなんて嫌でしょう？」

「だったら俺に返しとけばよかったじゃないか」

「そうなんだけど、入院したあの時は、家に持って帰ってから気がついたんです。とうていお店のことまで気が回らなくて」

無理はないかもしれない。事故の時の美登利は、涼子以上に狼狽えて、どうにかしてそばに来ようと必死だった。涼子が東京へ帰ってしまうなり、病室に飛び込んできて身も世もなく泣き崩れた彼女を思い出す。

「それで、どうだった？　俺とのことで何かこう、嫌味とか言われなかった？」

わずかな間があって、美登利は首を横にふった。

「ほんとに？　え、じゃあやっぱり彼女、俺らのこと本気で疑ってるってほどじゃないのかな」

美登利はそれには答えず、困ったように微笑んだだけで、そっと差し伸べた手をまるで溺れる者のように握りしめてきた。

「大丈夫だよ。何とかなるし、何とかするから」

何のあてもないが、とりあえず慰めてみる。美登利にというより、自分への言葉だ。

「それより、今回はいつまでいられるの？」

「孝之さんさえ迷惑じゃなかったら、二泊くらいと思ってます」

「迷惑なもんか」

「ほんと？」

頷いて、細い指を握り返す。

「しかしおかしな子だね。俺なんかのそばに付いていたって退屈なだけだろうに」

「いいの。顔を見てると安心するの。欲しいものがあったら言って下さい、お菓子でも本でも、下着の替えとかでも。駅のほうまで行けばわりと何でも揃うから」

ふっと苦笑が漏れる。

「なんか、どっちが奥さんかわかんないな」

つい不用意に口からこぼれた言葉に、美登利はまた泣きだしそうな顔になり、かろうじて微笑みを返してよこした。

夏から続くハイシーズンもそろそろ終わりとはいえ、ホテルはまだ高いので、近くで手頃なペンションを探して部屋を取ったらしい。面会時間の終わるぎりぎりまでいた美登利は、明日また来ますと言って帰っていった。

消灯時間をとうに過ぎても、孝之は眠れなかった。頭の中にスポットライトが当たっているかのようで、目をつぶったほうが眩しく感じられる。

担当の療法士に教わったとおり、亀裂が入ったままの骨盤にできるだけ負担をかけない方法で寝返りを打ち、サイドボードに置いてあるスマートフォンに手を伸ばした。顔認証と暗証番号、二重のセキュリティロックを解除し、目的のファイルを開く。

万が一、このスマホをなくして他人の手に渡ったとしても、あるいは今回よりもっと悲惨な出来事が自分の身に降りかかって涼子がこれを手にするようなことがあっても、よほどのプロがいじらない限りは誰の目にも触れることのないよう、そのファイルは階層の奥の奥にさらに鍵をかけて注意深く隠してあった。同じくサイドボードの引き出しからイヤフォンを取り、スマホにつないで両耳に挿し入れる。

再生ボタンを押すと、あえかな声がこぼれ出た。音漏れがないかを確認しながら、ゆっくりと音量を上げてゆく。

〈やだ、恥ずかしい〉
〈いいから、ちゃんと見せて〉
〈だってこれ、全部映ってるんですよね？〉
〈そうだよ。美登利の恥ずかしいとこも全部〉
〈いや。そんなの困る〉
〈大丈夫だって。俺だけしか見ないから〉

〈絶対？　他の誰にも見せたりしない？〉

〈見せるわけないだろ〉

〈ほんとに？　ねえ、ほんとに絶対ですか？〉

こうして、ただ声を聞くだけでブルッと身震いしてしまう。

何本か保存してある動画のうち、これは初めて撮った記念すべきものだ。刺激に慣れて感覚が麻痺してしまうのがもったいないから、じつのところまだ二度くらいしか再生していない。

初めて身体を重ねることとなった河口湖からの帰り道、我慢できずに高速道を降り、途中のラブホテルでまた抱き合ったあの時――たぶん二人とも頭がどうかしていたのだろう。始まったばかりの関係だというのに、孝之のほうは長年連れ添った妻にさえどうしても言い出せなかった頼みを口に出し、美登利は美登利で、さんざん躊躇いながらもそれに応えてくれた。愛おしかった。くびり殺したくなるくらい愛おしかった。

〈見せてたまるかよ、美登利のこんな格好……〉

やっと目を開け、スマホの画面に見入る。ベッドの上、両脚を大きく開いた彼女の上に乗り、思わせぶりに腰をグラインドさせている自分。時折強く突き上げれば、美登利の背中が弓なりに反る。

〈だって、俺だけだろ？　こんなこと、俺の頼みだから聞いてくれるんだろ？〉

〈あ……当たり前じゃないですか。他のひとだったら絶対にいや。怖いし〉

〈俺のことは怖くないの？〉

〈ほんとはちょっとだけ……。でも、いいんです〉

〈何が。何で〉

〈だって店長、〉

〈名前で呼んでよ〉

〈……孝之さん、ひとりの時に、これ観るんでしょ？〉

〈うん。観る〉

〈私がそばにいない時も、私のこと考えて興奮してくれるんでしょ？　そのためのものでしょ？〉

〈そうだよ。美登利のこと想いながら自分でする。何べんだって〉

〈だったらいいの。恥ずかしいし、ほんとは怖いけど、信じてるし……〉

〈うん〉

〈何より、私でしてくれるのが嬉しいから、いいの〉

〈美登利〉

〈そのかわり、いっぱいして。私のいやらしいところ見ながら、いっぱい……〉


　互いに意味のある言葉が消え失せ、獣の唸り声がそれに取って代わる。孝之ばかりではなく、あの時は彼女のほうも、スマホで撮られていることで確かに興奮していた。口では〈いや〉〈恥ずかしい〉とくり返しながらも、自ら挑発するかのような刺激的な体勢を取ってみせ、こちらが促すとおりにいやらしくて可愛らしい言葉を口走った。最後には自分が上になり、孝之の中心にそそり立つ一本の柱を頼りに腰を振り立て、ついには昇り詰めて気を失ったのだ。ここにはその一部始終がある。

　イヤフォンのおかげで、まるで今このベッドの上に彼女がいるかのような臨場感だ。喘ぐ声も、湿った音も、すべてが耳の奥に直接届く。画面のほとんどを濃淡の肌色が覆い尽くし、肉と肉のぶつかる音や、皮膚とシーツのこすれる音、ベッドの軋む音が響く。

　口を開け、熱い息を続けざまに吐いた。

　だめだ、我慢できない。久しぶりの快楽をできるだけ長く引き延ばすべく、自身に触れるのはもっと後まで取っておこうと思っていたのに、もうたまらない。

ついさっきまで、実物の美登利がここに座っていたのだ、口づけだって交わしたのだと思いながら、左手でスマホを握りしめ、右手を上掛けの中へと伸ばしてゆく。つい先日まではぞろりと裾の長い前ボタンの寝間着だったが、歩行器を頼りに立てるようになったので、ようやく普通のパジャマが許された。そのズボンのゴムの間から手を差し入れ、すでにどうしようもなく猛(たけ)り立っている一物を握り込もうとして――、

「ん？」

思わず声が出た。

急に起きあがろうとしたせいで痛みが走り、うっ、と呻く。

「え、なんで？」

左肘をつき、体重を支えながらそろりそろりと身体を起こして、上掛けをめくってみた。

耳の中の美登利の喘ぎ声にかき消され、自分の呟きが遠い。イヤフォンを耳からむしり取る。もう一度、改めてしっかりと握り込み、さすったり扱いたりしてみても、一物は柔らかくうなだれたままだ。

「……うそだろ」

思いきって、てのひらを強く握り込む。指で触れている感覚はもとより、圧迫される痛みもはっきりとわかるのに、そして脳はこんなにも興奮を覚えているというのに――どうして勃たない？

ドッ、ドッ、と心臓が暴れる。なだめるように深呼吸をする。妻を相手に途中で駄目になったことはあっても、最初からぴくりともしないのは初めてのことだけにショックだった。

が、考えてみれば、死んでいてもおかしくなかったほどの事故に遭い、痛みと闘いながらリハビリ

に努めてきたのだ。そこへ持ってきて妻と愛人に挟まれて、自分で思う以上に参っていたとしてもおかしくはない。精神的なストレスによって本当にここまでのことが起ころうとは……今はこれが、美登利の上にいる時に起こったのでなくてよかったと思っておくべきなのだろう。

カーテン越しの淡い月明かりに照らされたベッドの上、スマホの四角い画面が光っている。裸で四つん這いになった美登利が発情期の猫のように尻を高く上げ、後ろをふり返って何か懇願している。ばらけたイヤフォンから、かすかに互いの声が漏れ聞こえる。

孝之は手を伸ばし、停止ボタンを押した。股間がやけに頼りない。

12

会社の自分のデスクで、とくに急ぎでもない仕事まで先取りして片付けていると、黒田部長が声をかけてきた。

「早瀬さん、メシは？」

「いえ、まだです」

「僕は今から帰るとこだけど、一緒にどう」

「いいですね」

そういえば最近、会食以外で人と食事をしていない。夫が入院して以来、たいてい一人で食べて、週の半分は定宿のカプセルホテルに泊まってしまう。片道一時間半かけて電車に揺られて帰ったところで、家にはどうせ誰もいないのだ。いっそ本当に自分一人の暮らしなら、あの家をもっと愛しく思えるようになるのかもしれない。

「山本くんは？　食べた？」

同じくフロアに残っていた同僚に声をかけてみたが断られた。

「今日はもう食ってきちゃったんで」

「じゃあごめん、お先に失礼させてもらっていいかな」

「もちろん。どうも、お疲れ様っす」

黒田と二人で出ようとした時だった。

「あれっ。なんだあ、出かけちゃうのかあ？」

のしのしと入ってきたのは矢島広志だった。スタバのコーヒーを二つ手にしているところを見ると、またちょっかいをかけにきたらしい。顔を合わせるのは久しぶりだ。

「ここしばらく忙しくてな、さっぱり動けなかったんだよ」矢島は言った。「部長、これからメシですか？　早瀬も？　しょうがないな、じゃあ俺も付き合いますよ」

「頼んでませんよ！」涼子は呆れて言った。「だいいち、そこに持ってるの、食後のコーヒーじゃないんですか？」

「うまいものなら何べんだって食えるのさ」

わかったわかった、と黒田が笑いだし、結局三人で移動することになった。

なぜか矢島のリクエストが通って会社近くの中華料理店に入り、小さめのテーブルを囲む。接待の時に比べればはるかに慎ましやかに、それぞれ好みのものを頼み、中央の円卓を回しながら分け合って食べた。

「こんくらいがちょうどいいよ」ぷりぷりのエビチリを口に運びながら、矢島がひとりごちる。「好きなものをちょっとずつ食うのがいいんだよな。歳とってくるとやっぱ量より質っていうかさ」

「何言ってんですか、さっきハンバーグとエビフライ定食を平らげてきたって人が」

「だってエビ好きなんだもん」

「だもん、じゃなくて」

きみたちうるさいよ、と黒田が苦笑しながら自分のグラスにビールを注ぐ。豚肉と青梗菜(チンゲンサイ)の炒めものを口に運んでいる涼子に向かって、彼は切りだした。

「それで、旦那さんの具合はどうなの」

え、というふうに矢島がこちらを見る。

「おかげさまでだいぶ回復してきたみたいです」

「そりゃよかった。もう起きあがれるようにはなったのかな」

「はい。週末に会いに行った時は、歩行器なしで歩く訓練をしてました。まあ、まだ心許ない感じではありますけど」

「寝たきりの間に足腰の筋力が落ちちゃったんだろうね。退院はいつ頃になりそうなの」

「たぶん月末ごろには。リハビリだけは家から通えるところを紹介して頂く予定です」

「ちょ、待った待った」

案の定、横から矢島が口をはさんできた。

「え、何の話？　旦那、交通事故にでもあったわけ？」

「まあ、はい。そんなようなものです」

口の重い涼子に代わって、黒田部長がざっと説明をすると、

「何だよそれ。俺、聞いてないよ」

矢島は唇を尖らせた。

「しばらく会ってませんでしたからね」

「それにしたってさあ、そんな大ごとなら教えてくれたっていいじゃんか」

誰かと同じようなことを言う。

涼子は黙って、搾菜(ザーサイ)ののっている小皿に目を落とした。夫が怪我をして入院したからといって、わざわざ昔の男に連絡する？　あり得ない。何かを期待しているかのように誤解でもされては迷惑も甚だしい。

「で？」と、再び黒田が水を向けた。「退院してリハビリに通って……その後は、どんな感じなんだろう」

「どんな、とは？」

「仕事はふつうに続けられそうなのかな」

ビールに続く飲みものが運ばれてくる。男二人は紹興酒のお湯割りとオンザロック、涼子は桂花陳酒のソーダ割りだ。ウェイターが行ってしまってから、涼子は口をひらいた。

「しばらくは足を引きずって歩くことになりそうですし、最初から一日じゅう立ってるとかは厳しいと思いますけど、一応、助手の女性スタッフもいないわけではないので……。まあ、何とかなるんじゃないでしょうか」

自分の耳にさえ、まるで他人事のように響いた。男たち二人も同じらしい。引いたような目でこちらを見ている。

どうしようもなかった。これまでも自宅一階の店は孝之だけの城で、こちらはほぼまったくタッチしていなかったが、今では二階で寝ている間も、背中の下にうつろで巨大な穴があいている心地がする。結婚前にマンションで独り暮らしをしていた頃は、下の階に誰が住んでいようと何も感じなかったのに、今は店に通じるドアの鍵を閉めていてさえ、黒い瘴気が漏れ出し、階段を伝わってじわじわと上がってくるようで——。家に帰りたくないのはそのせいもある。

ふいに矢島が、オンザロックのグラスを置いて言った。

「なんで別れねえのさ」

ぎょっとなって顔を上げると、無精ひげの目立つ顔がまっすぐにこちらへ向けられていた。

「とっとと別れりゃいいんだよ」

その乱暴な物言いを、なぜか黒田部長もたしなめようとはしない。かすかに眉根を寄せ、旧知の男を横目で見ているだけだ。

「……どうしたんですか、いきなり」

「いきなりじゃねえよ。前から思ってたさ、どうせうまくいきっこないって」

「そんな。何を根拠にそんなこと」

「根拠なんかねえけどさ。強いて言うなら、お前さんが亭主の話題で愉しそうにしてんのを見たことねえから、かな」

涼子は箸を置いた。

「お言葉ですけど、矢島さんが奥様の話題で愉しそうにしているのも見たことないですけどね」

「俺はいいんだよ、お互い納得した上でのことなんだから。けど、お前は違うもん」

「またそうやって勝手に決めつける。私の何を知ってるっていうんですか」

「ばっかじゃねえの？　なんだって知ってるさ。お前の結婚なんか、俺への当てつけみたいなもんだったってこともな」

口から心臓を吐き出しそうになった。

なんということを言うのだ、よりによって黒田の前で。

「そんな顔すんなって」矢島がいけしゃあしゃあと言ってのける。「俺らの間のことなんか、この人はとっくの昔に知ってるよ」

「な……！」

激しい狼狽と、それよりも強い怒りの向かい風にあって、言葉が出てこない。目が乾くほど見ひらいたまま身体を震わせていると、やがて円卓の向かい側で、ふう、とため息が聞こえた。

黒田が、小指の先で太い眉の上あたりを掻く。

「そうだな。まあ、うん。知ってはいた」

なぜかすまなそうに言う。

「……この人が喋ったんですか」

絞り出した声は、地を這うようなものになった。

「いや、僕が訊いたんだよ。『お前さんたち、何かあったんじゃないのか』って」

「いつです？」

「矢島が独立した後、いろいろと相談受けてた頃だったかな」

ぽかんと、勝手に口が大きくあいてしまった。だとすればもう十五年ほども前、矢島との関係を引きちぎるように終わらせた頃の話ではないか。

「……それで、訊かれた矢島さんは素直に認めたわけですか」

「しょうがねえじゃんか。黒田さんに隠し事なんかできるわけねえだろ」

「要するに、私だけ蚊帳の外だったってことですね」

「いや、それは悪かったけどよ」

「ちなみに、他に誰が知ってるんです？」

「他とは？」と黒田。

「うちの部の誰が、このことを知ってるんですか？」

「まさか。誰も知らないよ。あの当時からの人間なんかみんな異動して残ってないし、もともと僕だけだ。というか、最近じゃもう、お前さんたち二人を前にしても思い出さなかったくらいだぞ」

まったく勘弁してくれよ今さら、と黒田が矢島を見やる。心から迷惑そうなその顔を見て、涼子はようやく息を吐いた。

あの時——こちらから言いだして無理やり別れたあの時、矢島には、子どもを身ごもったことも、もちろん堕ろしたことも告げなかった。告げずにいてよかった。もしうっかり打ち明けていたら、それすらも黒田に知られる羽目になっていたかもしれない。

しかし、いずれにしても不適切な関係に陥ったのは自分たちなのだ。涼子は静かに頭を下げた。

「すみません、取り乱したりして。部長に怒るようなことじゃありませんでした」

「いや、それはいいけど……ただね、僕としても、矢島の言ってることはわからないじゃないんだ」

グラスの紹興酒に魔法瓶から湯を注ぎながら、黒田は続けた。

「きみの能力を考えたら、たとえば海外での仕事なんかももっと任せたいところだし、このさき女性役員だって増えていくべきでね。いずれそういうふうになっていった時に、旦那さんとの関係は果たしてどうなるんだろう——というか、きみ自身、どういう選択をするんだろうな、とは思う。今のような形で共同生活を続けることに、はたして意味はあるんだろうか、とかね。失礼ながら、きみのところは子どもがいるわけでもないんだし」

「子ども……」

思わず呟いていた。

「ああ、いや。勝手なことを言って申し訳ない」

「いえ」

微笑しようとして、苦笑いになった。

前に三谷雪絵に話したように、せめて一度くらい、自ら産んで育ててみたかった。皮肉なことだが夫と一緒にいる限りは無理だ。彼はもう、妻以外の女しか抱かない。

物思いに沈んでいた数秒間を、自分の発言のせいと受け取ったらしく、黒田は重ねて謝った。

「ごめん、今言うようなことじゃなかった。僕なんか、多くを知ってるわけじゃないのに。旦那さんとのことだってせいぜい、前にちょっと打ち明けてもらった話から判断するくらいでね」

矢島が、ちらりとこちらを見るのがわかった。

初夏の昼下がりに連れて行かれた、隠れ家のようなあの蕎麦屋でのやり取りを思い出す。夫のことを〈中身はおばちゃん〉と評されて妙に納得がいったことも。

しかし矢島を前にして、自分だけが知っている話があるという事実をさりげなくアピールしてくるあたり、黒田もやはり男だなと思う。こちらをことさら女として見ているわけでもないくせに、男同士、どんな細かいことでもいいから相手に優位を示したいらしい。わざわざ過去の関係について持ち出してみせた矢島と、どっちもどっちかもしれない。

「そうだ、忘れるところでした」

涼子は矢島に冷たい一瞥（いちべつ）をくれて言った。

「ひとつだけはっきりさせておきますけど——夫との結婚は当てつけなんかじゃありませんから。完全に、私と彼との意思によるものですから、誤解のないようにお願いします」

横目で強く睨みつけると、

「はーい、すいませぇん」

軽薄に謝った矢島が、口だけ動かして（こっわ）と言った。


店を出て二人と別れ、いつものカプセルホテルへ向かっていると、バッグの中でスマートフォンが振動した。野々村からのＬＩＮＥだった。

すぐには開く勇気がなかった。じつのところあの夜以来、顔を合わせていない。関係を持ったのは誓って一度きりだ。

その後、野々村のほうからまた食事に誘われた時、

〈ごめんなさい、もう会いません〉涼子は言った。〈私が間違ってました。あんなことをするべきじゃなかった〉

〈それってつまり……俺とはメシ食いに行くのも無しっていうこと？〉

〈そのほうがいいと思います。少なくとも、二人きりではもう〉

〈後悔、してるわけ？〉

訊かれて、初めて言葉に詰まった。していると言えばおそろしく深くしているし、していないと言えば我ながらおそろしくなるほどしていなかった。

〈……そういう意味ではないの〉

迷いながらも短く答えを返すと、野々村もそれ以上は訊かなかった。長いこと黙っていた後、

〈わかった〉

低い声で言い、それでも折々にこうして連絡を取ることだけは許してほしいと言った。

涼子なりに、さんざん思い悩んだ末にたどりついた答えだった。先にこちらを裏切ったのが夫のほうであったにせよ、同じことをして溜飲が下がるなどといったことはまったくなかった。野々村と一緒にいた間はまだしも、翌日になって一人で家に帰り、誰もいない真っ暗な部屋の灯りをつけたとたん砂を嚙んだような虚しさが胸に満ちてきて、ああ、間違っていた、とわかった。

しかしいっぽうで、肉体はとことん満たされているのだった。茶色に枯れ果てていた山苔（やまごけ）がたった一度の雨でみずみずしい緑を取り戻すように、長いこと渇ききっていた軀は、野々村と交わした久々の行為によってたっぷりと潤っていた。鏡の前に立つと、肌ばかりか髪や爪の先までツヤツヤしていた。それがさもしく思えて泣きそうになり、いや、そうではない、と思い直した。正しくはなくとも、自分にとっては確かに必要なことだったのだろう。

ただ、だからといってこのままずるずると関係を続けて、それで何になるのか。人に言えない隠し事を抱えて病んでゆく苦しさを、もう一度味わいたいとは思わなかった。もし誰かとそういうふうに抱き合いたいのなら、独り身に戻ってからでなければ——過去に失敗しているからこそ、強くそう思う。かつて妻ある身の矢島広志と付き合っていた当時の辛さを、今度は野々村に味わわせるようなことがあってはいけない。それだけは肝に銘じなくてはならない。

思いきってＬＩＮＥを開く。

〈ちょっと勝手なことをしたかもしれないけど、できれば怒らないでほしいなと思います。よかったら、何時でもかまわないので連絡下さい〉

ひとつ深く息を吸い込み、

〈こちら、終わりました。いつでも大丈夫です〉

書き送るとほぼ瞬時に既読がつき、電話がかかってきた。

『お疲れさま』

低い声で囁かれ、思わず気がゆるむ。その安堵を声に表さないよう気をつけながら、同じねぎらいを返した。

『ちゃんと晩飯食った？』

耳もとの声が言う。

「ええ。ちょうど今、美味しい中華をお腹がはちきれるほど食べてきたところ」

『いいなあ』

心底羨ましそうだ。

「それより、勝手なことをしたって何？　私が怒るようなことなの？」

すると野々村は、どうだかわからないけど、と口ごもりながら言った。

『じつは今日、早瀬の見舞いに行ってきた』

涼子は耳を疑った。

「まさか、鴨川まで？」

『うん。俺一人だとやっぱ不自然かなと思ったから、山崎くんと二人でね。彼、早瀬が怪我したことを話したらすごく心配してさ、ちょうど今日はうち定休日だったから、じゃあ一緒に行こうかってことになって。道が空いてたから二時間もかからないで着いたよ』

なるほど車なら、バスのように途中で回り道をしないぶん、ずっと早かったろう。

「あのひと、びっくりしてたでしょう」

『さすがにね。なんで自分の入院のことを知ってるのかって訊くから、この間のＣＭの件で涼子さんの会社の人と会ってて、ついでに出た話でたまたまっていうふうに言っておいた。あなたと直接話したことは言ってないから、そこは安心して下さい』

涼子は、スマホにかからないように息を吐いた。今の一言でどれほど安堵したか、野々村には覚られたくなかった。

『それでね。勝手だったけど、ひとつ早瀬に提案をしてみたわけです。山崎くんを貸すよ、って』

「え？　貸す？」

『このさき早瀬が退院したって、いきなり長時間、万全の状態で店に立てるわけじゃないでしょ。やっぱ手伝いが要るじゃない』

「それはそうでしょうけど……でも、野々村さんのお店のほうはどうするの？　山崎くんが抜けてしまったらそれなりに困ることもあるんじゃ」

『〈それなりに〉じゃなくて、〈かなり〉かな』

野々村は言った。真面目な声だった。

『前はどうだったかわからないけど、彼、うちへ来てくれてからすごく伸びてきて力を付けてるんですよ。もちろん本人の努力の賜物だけど、人間関係がうまくいってるのもあるんじゃないかと思う。僕のすぐ下のチーフにも可愛がられてて、とてものびのびやってるし、そろそろカットまで任せてもよさそうだねって、ついこの間も相談してたとこでね』

うそでしょ、という言葉を、涼子は呑み込んだ。カットを任されるとはつまり、担当のお客が付くということだ。あの頼りなかった山崎が、短期間にそこまで成長しようだなんてちょっと信じられない。何しろ夫の孝之などは陰で涼子に向かって、彼の力では何年頑張っても独り立ちは無理なんじゃないかとこぼしていたくらいなのだ。

『神経の細いとこはあるけど、そのぶん細かい気遣いもできる子だと思うんです。気が利かないってふうに早瀬が思ってたんだとしたら、そっちにいる間は山崎くん、萎縮してたところがあるんじゃないかな。これはけして悪口とかじゃなく言うけど、早瀬のやつって、技術はすごくきっちりしてるいっぽうで、人を育てるのはあんまり得意なほうじゃないでしょ』

そうなのか、と涼子は思った。自分は孝之に何かを教わる立場になったことがないのでよくわからない。

『山崎くんにとってみれば、早瀬のところが初めての就職先だったわけでさ。静岡から出てきて美容学校を卒業してすぐのことで、遠慮とか気後れもあったろうし……何か気働きしようとするより前に、店長の目を気にして縮こまっちゃってたんじゃないかと思う。今うちでうまくいってるのは、彼自身に余裕が出てきたのと、チーフが褒めて伸ばすタイプだからでね。どっちがいいとか悪いとかじゃなく、まあ結局は相性なんじゃないかと思いますよ』

敬語とタメ口の入り混じる話し方から、野々村の戸惑いが伝わってくるようだった。正しい距離の取り方がつかめず、彼もまた困惑しているのだろう。同じ戸惑いと困惑は、涼子の側にもあった。彼と違うのは、それが自分で選んだことだという一点だ。

「お気持ちはほんとに嬉しいんですけど」

気を取り直して、涼子は言った。

「そんな山崎くんをうちでお借りして、果たしてうまくいくものでしょうか。せっかくの彼の自信をまた奪うようなことになったら……」

『うん、そこはむしろ、だからこその提案なんです』野々村がちょっと笑った。『ここだけの話ですけど、早瀬自身が本調子じゃない今、わざわざ助っ人に来てくれる山崎くんに向かって偉そうにできると思う？』

「……あ」

『ね？　早瀬のやつは現実的に助かる。山崎くんは〈駄目だった自分〉っていう記憶を払拭して自信を回復できる。ウィンウィンってやつです』

なるほど、と思わず呟く。

野々村が、どこかほっとしたように言った。

『勝手に動いた上に事後承諾になっちゃって申し訳ないけど、早瀬からはとりあえずＯＫもらいました。大事なお客さんのカットとかはこれまでどおり早瀬が担当するとして、その他の業務を山崎くんが一手に引き受けるってことでね。少なくとも、例のネイリストさんと比べたら、今の山崎くんができることははるかに多いと思うんです。まあこれは早瀬には言わなかったけど』

答えられなかった。もろもろの想いが一緒くたになって、胸から喉元へとせり上がってくる。

「ありがとうございます」ようやく言った。「それであの、山崎くんへのお給料の話は具体的にして頂けました？」

『要りませんよ、そんなもの』

「え？」

『給料はうちから払ってますから、ダブルでは必要ない。交通費だけ実費で頂きます。早瀬が全快するまでの間だから、そっちに部屋を借りるよりは安上がりだと思ったんで」

「でもそれじゃ、」

『あのね。店を続けられるかどうかの瀬戸際にいる相手の出費を、わざわざ増やしたりしてどうするの。それじゃ山崎くんを行かせる意味がないじゃないですか』

「そんな……いくら何でもそこまでして頂くわけには、」

『いいんです』野々村はきっぱりと遮った。『早瀬には、いつかこの先うちの店で何かあったらその時は助けてもらうからと話して納得してもらいました』

涼子は口をつぐんだ。店の経営に関することはすべて、孝之の管轄だ。夫婦だからといって自分がしゃしゃり出るようなことではない。けれど、これではあまりに……。

『いいんですよ』と、野々村が繰り返す。『でも――そうか、はっきり言ったほうがあなたは安心するのかな』

「……え」

『正直なとこ、あなたへの下心みたいなものは今もあります。俺は往生際が悪くてですね、いまだにあなたとのことを諦めてはいないです。だけど、そのこととこれとはまったく別なんですよ。友人としても、かつて切磋琢磨したライバルとしても、早瀬を助けたい。俺はそれだけだし、山崎くんにしたって色々な思いはあるにせよ、自分を一から引き受けてくれた店長に恩返ししたいと心から思ってる。困った時はお互い様、その気持ちに表も裏もない。それだけはまっすぐ信じてもらえると嬉しいです』

なるほどほんとうだ、と思った。自分は、浮世のあれこれを事を分けて説明してもらうよりも、シンプルな事実をぽんと伝えてもらうほうが納得のいくタイプらしい。

ゆっくりと、静かな感動が満ちてくる。何より、嬉しかった。たとえこの先二度と抱き合うことがなくても、野々村とのあの一夜は、思い返すたび自分がすり減るような後悔とはならずに済みそうだ。

心からの謝意を告げ、電話を切ってあたりを見まわすと、まるで見知らぬ街に立っている心地がした。どこへ行くんだっけ、と思ってみる。家に……いや、違う。帰っても誰もいないから、いつものカプセルホテルに向かっているところだった。

　ほとほとと夜道を歩きながら、切ったばかりのスマホの画面を確認する。孝之からのメッセージが、

〈お疲れ〉

〈今日は寝るよ。おやすみ〉

　その二つきりなのは、昼間のうちに野々村たちの訪問を受けて疲れたからだろうか、それとも美登利がそばにいるのだろうか。

　涼子は、星のない夜空を見上げた。

　もしかすると、夫の浮気などなくても、いつかは気づいてしまっていたのかもしれない。このまま一緒にいても、もはや何も生まれないことに。

　これまでは経済事情こそが一緒にいる主な理由の一つだった。夫の収入だけで店舗ぶんのローンを返済することは難しく、家のローンと合わせてどうしても涼子が多く負担することになり、そして夫はそのことに遠慮していた。けれど皮肉にも最近は、美登利のおかげもあって経営が上向きらしい。

　お互い、怪我さえなければ健康な身体だ。自分も充分働けるのだから、余分に慰謝料をもぎ取ろうとは思わない。それこそこちらにだって落ち度や過ちはあり、言えない秘密も作ってしまったわけで、ここはもう、互いの取り分を取って穏やかに別れるのがいいのかもしれない……。

　歩道にこぼれた灯りに目を上げ、馴染みの宿に入る。スタッフの声が、「お帰りなさい」と出迎えた。

＊

入院生活があまりにも暇だ、と訴えると、美登利に叱られた。

「何を贅沢なこと言ってるんですか。あと何日かの我慢でしょ」

「そりゃわかってるけどさ」

わかってはいるけれども、リハビリと食事以外にほとんどすることがない毎日はなかなかにしんどいのだ。雑誌は読み飽きたし、ネットの動画も見飽きた。昨日から四人部屋へ移ったはいいが、同室の患者はみな年寄りばかりで会話にならない。

「このままじゃ退屈で気がおかしくなりそうだよ」

「だからこうやって来てあげてるじゃないですか」

「うん。けど、早くひとの頭を触りたい」

すると美登利はようやく眉尻を下げて笑った。

「店長がそこまで仕事熱心だったなんて知りませんでした」

鼻に皺を寄せた表情が、憎たらしくて可愛らしい。

人前でうっかり口を滑らせてはいけないからと、彼女はベッドの中以外では名前を呼ばないと決めたらしい。それもいい、と孝之は思った。かえってそのほうが、いざという時に燃える。

「まあでも、気持ちはわかります。これが温泉だとしたって、一カ月近くも寝てたら飽きますもんね」

言いながら、美登利はベッドの脇で編物をしている。両端とも尖った細い棒針四本を器用にあやつって、いま編んでいるのは指無し手袋だそうだ。ロードバイクに乗るくらい活動的な一方で、細やかな手仕事はやはり得意らしい。今日も綺麗に彩られている爪の先を、孝之は間近に眺めやった。

彼女だって早く〈ひとの爪〉を触りたいだろうに、と思う。妻の涼子さえウンと言ってくれていたら、自分が不在の間、美登利だけでも店を開けることができたのに。

その涼子は仕事で週末しか見舞いに来られず、代わりにしょっちゅう美登利が現れるというこの状況が、ナースステーションではすっかり噂の種になっているらしい。中でも親しく喋るようになった女性看護師が、世間話の合間にちらちらと探りを入れてくるのが面倒だった。

そうした微妙な空気は、来るたび涼子にも伝わるものだろう。それなのに今もって、ほとんど態度が変わらない。

「それで、その山崎くんて人はいつから来てくれるんですか?」

棒針一本分を編み終えて隣の棒に移りながら、美登利が訊く。

「そこまではまだ決めてないよ。来週退院したら二、三日は家で休むとして、まあ再来週あたりからかな。どうして?」

「いえ。正直、ほっとしたんです。こんな時、私だけじゃやっぱり、いくら気持ちがあっても追いつかないところがあるから」

「それはだって、当たり前だよ。美容師の勉強をきっちりしたわけじゃないんだからさ。その気持ちがあるってことのほうがありがたいな」

美登利は黙って微笑み、手もとに目を落とすと、するすると二十目ほどを編み終えてまた隣の棒へ移った。

前触れもなしに野々村と山崎がやってきたのは一昨日だった。こちらが事故に遭って入院していることを、涼子の会社の誰やらから聞いたのだと言う。

〈そういうこと、あの奥さんはたとえじかに会って話してても教えてくれなさそうだもんね。秘密主

義らしくて、その同僚の人もあんまり詳しく知らないみたいだった〉

野々村に言われ、そうか、外での妻はそんなふうなのか、と初めて知る思いがした。

〈あのCMのせいで、望んだわけでもないのに身辺忙しくなっちゃってさ〉野々村は苦笑気味に言った。〈せっかく来てくれる新規のお客さんはもとより、常連さんの予約までが渋滞しちゃうもんでね。店を広げる気なんかなかったんだけど、しょうがない、どうせ出すんなら少しでも早いほうがいいかってことになって〉

スタッフを何人か新たに採用し、今いるチーフに二号店を任せるつもりなのだと彼は言った。

〈その準備も真っ只中の今だからかえって、一時的に山崎くんが抜けても何とかなるんだよ。遠慮なく頼ってよ。それで俺に借りができたとか思うんなら、早瀬のとこでまた山崎くんみたいな優秀なのを育てて、うちへ紹介してくれればいい。ほんと、即戦力になってくれてどんなに助かったか〉

いささか信じがたい話だったが、当人の前で否定するわけにもいかないし、実際、身体がきかない間は手が欲しいのも事実だ。申し出はありがたかった。

途中、スマホが鳴って山崎が中座した間のことだ。そういえば、と野々村が言った。

〈前にほら、河口湖の近くのサービスエリアで、ばったり会ったじゃん〉

ぎくりとした。

〈あの時、一緒だった女性スタッフ……。彼女まだいるの？〉

〈いるよ〉

かろうじて、さりげなく答えた。

〈そっか、了解。いや、その人の仕事を取っちゃうと申し訳ないなと思ってさ。山崎くんにさりげなく言っとくよ。うまく分担できるに越したことはないでしょ〉

相変わらず周到なやつだ、と思いながら、逆に訊いてみた。

〈野々村、あの時さ。彼女を知ってるみたいなこと言ってなかったっけ〉

サービスエリア、と野々村の口からこぼれたとたん思い出したというのに、〈そうだったっけ？〉旧知の友人は目を丸くした。〈ごめん、覚えてないや。わりとしょっちゅうなんだ俺、そういう勘違いばっかしては周りから怒られてさ。まだ二度目のお客さんを常連さんと勘違いしちゃったりね〉

客商売には致命的だよね、と嘆息するのを見て、拍子抜けしてしまった。昔、青山の店で一緒に働いていた頃は、彼の記憶力の確かさに幾度も感心させられた記憶があるのだが、

〈忙しすぎるんじゃないか？〉

そう言ってやると、野々村はごもっともとばかりに口をへの字に曲げ、肩をすぼめたのだった。

その時も晴れていたが、今もいい天気だ。ベッドの周囲にはカーテンが引いてあり、すぐ横の窓の向こうには今日もひたすら青い空と海が広がっている。布地越しにもその眩しさが透けてくる。

美登利の人差し指がすいすいと動き、筒状の手袋をひと目たりともゆるむことなく編み上げてゆく。細い毛糸は、孝之の愛車のチェレステ・グリーンに似た美しい色だ。もしかすると、完成したらプレゼントしてくれるつもりかもしれない。

一周編み終えてひと息ついた美登利が、気遣わしげに言った。

「腰、つらくないですか」

「うん……腰より、尻っぺたがちょっと痛くなってきたかな」

手もとのスイッチを操作して、背もたれにしていたベッドを倒してゆく。横になってばかりいないでできるだけ院内を歩くように言われているのだが、どうせ退院したら嫌でも身体をタテにしていなくてはならないのだと思うとついサボってしまう。

「背中とか脚とか、ちょっと揉みましょうか」

いいよ、と遠慮するより前に、美登利は編物をサイドボードの上に置いて立ち上がっていた。

「や、いいよいいよ」

「大丈夫、ほんのちょっとだけですってば」

耳もとにさっと口を寄せてきて、ごく小さな声でささやく。

「店長に触りたいだけです。合法的に」

愛しさに胸がぎゅっとなるのと、苦笑が漏れるのは同時だった。

「……合法的に、ね」

「そうですよ。期待しないで下さいよね」

孝之は笑いながら寝返りを打ち、美登利に背中を向けた。以前より痛みはましだが、まだ少しばかり動きがぎくしゃくする。

寝間着越し、肩甲骨のあたりに美登利の指先がぐいっと押し込まれ、それが背骨を伝わってだんだん腰のほうへと下りてくる。こちらの反応を即座に読み取っては加えられる力の按配が絶妙で、合法的でも充分に気持ちがいい。マッサージの上手下手とベッドでのそれは比例するものなのだろうか。

早く退院して、また美登利を抱きたい。しばらくは激しく腰を使うことなどできないだろうから、その間は彼女にそっと上になってもらうか、指や道具を用いて喜ばせてやるしかなさそうだ。彼女のあられもない乱れぶりを想像すると、つい鼻息が荒くなりかけ、慌てて息を止める。背中に力が入ったせいか、美登利が揉む手を止めて、こちらの横顔を覗きこんできた。閉まっているカーテンをちらりと確認した上で、無言の口づけが下りてくる。

横向きに寝返りを打つよりは、仰向けに戻るほうが楽だった。細い首の後ろに手を回し、引き寄せるようにして唇をついばむと、彼女の喉がこくりと鳴った。

今の今まで意識の外にあった物音が、いっぺんに近くに迫って聞こえる。隣のベッドに横たわる患者のいびき。足もと、向かい側の患者が聴いているラジオ番組。対角線にいるはずの患者が何をしているかは知らないが、いきなり覗きに来ることはまずあり得ないし、看護師の足音が近付いてくればすぐわかる。

そっと舌を絡めると、美登利が息を乱した。カットソーの裾から手を差し入れても何も言わない。大胆な気分になり、ブラをやや乱暴にかき分けるようにして、乳房をじかにつかんだ。美登利が眉をひそめ、いやいやと首を振る。

「だめです」

小声での抵抗がたまらない。よけいな声がもれないようになおさら口づけを深くしながら、親指と人差し指で乳首をつまんでやると、

「んっ」

鼻に抜けるかすかな喘ぎとともに美登利の肩が跳ね、同時に、彼女のほうから舌をきつく絡めてきた。二人ともが耳を澄ませながら、互いの唇を貪る。

実質、個室も同じだった前の二人部屋でも何度か口づけは交わしたが、孝之自身、まだ退院がいつになるかもわからないような状況では、快楽よりも苦痛のほうが先に立って集中できなかった。怪我が癒え、体力が戻ってきたのもさることながら、こうして周囲の耳を気にしながらの盗み食いのようなキスが興奮をなおさら煽る。

今度はどこか外で彼女をいたぶってみたい。夜の公園のベンチとか、昼日中の建物の陰など、いつ人が来てもおかしくないような場所で下着の中をまさぐったなら、美登利はどんな反応を示すだろ

う。

つまんだ乳首をこりこりと揉みながら引っぱり、ちぎり取るように放す。うっと息を止めた彼女が、倒れかかるように孝之の上に覆い被さってきた。

「だめだって、言ってるのに」

孝之以外の誰にも聞こえない声でささやいたくせに、毛布の中に手が滑り込んできて、孝之のパジャマの裾を握りしめた。外はまだ暑いのに、指先は冷たい。こんな冷たい指で手袋を編んでいたのかと、なんだか胸が痛くなる。

「……抱きたい。もっと、めちゃめちゃにしたい」

同じく小声でささやきかける。こくこくと頷いた美登利の指が、パジャマのズボン、ゴムの間からそろりと中へ忍び込んできて、下着の上からそれを握りこんだ。何度かさすり上げながら、ふと、けげんな面持ちでこちらの顔を見る。

孝之は、かろうじて苦笑してみせた。

「――さすがに、気が散っちゃってダメだな」

顔が引き攣っている気がした。秘密の行為のせいでなく、心臓が不穏に高鳴っていた。

もしもこれが、もっと前であったなら――。

いびきのうるさい隣のベッドに背を向け、孝之は毛布の中で自身の一物を握りこんだ。

そう、もしも美登利を知る以前にこんなふうになっていたなら、今ほどショックではなかったかもしれない。涼子との性生活は、とうに失われていた。人生の同伴者としての妻にはおおむね満足していたが、男と女として今さら睦み合いたいわけではなかったし、もっと言うなら、誰かと抱き合いたいという欲望そのものが涸れたのだと思っていた。ふとしたきっかけで生理的な欲求が頭をもたげたなら、ネットで好みの動画でも拾ってその時だけ処理すれば済む話だったのだ。妻ともども、このまだんだん歳を取ってゆくのだと思い、それを当然と感じて諦めていた。

それが、河口湖でのあの晩から変わってしまった。こんなに気持ちいいことをどうして何年もしないでいられたのだろうと、自分が不思議でたまらなかった。

下腹のあたりにもやもやとしたむず痒さが渦を巻き、股間にはしょっちゅう勝手に力が漲り、頭の中はといえば、次に美登利と二人きりになったらどうしてやろうかと妄想でぱんぱんだった。心も身体も十代の頃に戻ったかのようで、自分もまだまだいけると感じたとたん、周囲に対する言動まで変わるのをはっきりと自覚した。性生活の充実というのはこれほどまでに、男としての自信回復に直結するものなのかと苦笑する思いだった。

それなのに……。

ほんとうにこんなことが、自分の身に起ころうとは信じられなかった。担当の松田医師から入院当初に受けた説明を、今さらながらに思い出す。

考えられる後遺症についても一応すべてご説明しておかなくてはなりませんので、という前置きとともに聞かされた中に、たしかに、〈勃起不全〉という言葉もあったような気はするのだが、あの時点では何しろ、身じろぎするだけで全身に激痛が走る状態だったし、もう一度自分の足で立って歩けるかどうかが気がかりでならず、些末なことはどうでもいいといった気持ちだった。

些末なことなんかじゃないじゃないか、と舌打ちが漏れる。

先週だったか、美登利との行為を撮った秘密の映像を見返しても下半身が反応しなかった時は、いやいや、まだ身体が本調子ではないからだと思うようにした。しかし一昨日の午後のことはそれとは違う。生身の美登利にあのように触れてなお、まったく勃たないというのはどう考えてもおかしい。白昼の病室、周囲には人がいて、薄いカーテン一枚で隔てられた中、妻以外の女と舌をからませながら乳房を弄ぶ……およそ男にとってはたまらないシチュエーションだったというのに、にもかかわらず美登利に触れられた股間は萎えたままだったのだ。

恥ずかしさよりも不安のほうがはるかに上回り、思いきって松田医師に相談をした。おかげで今日、最も聞きたくない診断を聞かされる羽目になった。

〈――仙髄損傷による勃起不全〉

まともに受け止めることができなかった。原因が完全に機能面にあるかどうかはわからない、もしかするとメンタル面での問題という場合も……そんなふうなことを説明されたが、言葉が耳をつるつると上滑りするだけだった。

あれからずっと、頭の中が痺れている。もはや生きる気力もないなどと言ったら、大袈裟なと笑われるだろうか。しかしそれが本音だ。これから先もう二度と、自然な欲望から美登利を抱くことはできないのかと思うと、この世に楽しみなどない気がする。

美登利ばかりではない、妻に対してもそうだ。こうなって初めて気づいたが、〈必要とあらばこの女を抱いてやることだってできるのだ〉と思えるかどうかは非常に大きな違いだった。そう思うことで、彼女に対して強く出ることもできていたらしい。

とりあえず、捨てられるのは時間の問題かな、と思ってみる。とくに美登利とは、もともとが道ならぬ関係だ。一緒になれないばかりか抱き合うことすらできないとなったら、見放されるのは当然だろう。どう考えたところで不能の男との不倫などにメリットはないのだから。

どうせいつかは別れなくてはならないなら、むしろ現状を正直に打ち明けて、愛想を尽かしてもらったほうがいいのかもしれない。その一方で、いやだ、絶対に言いたくない、と思ってしまう。たとえ別れるにしても、男らしかった自分をそのまま覚えていてほしかった。もう二度と抱くことがかなわないのならなおさら、最後の雄々しいセックスの記憶を美登利の中に永遠に留めておいてもらいたかった。

思わず漏れた深いため息が、隣のいびきと重なる。古漬けの胡瓜(きゅうり)のようにしんなりと萎んだままの一物から手を放し、仰向けになる。

昨日よりもまた一段階、寝返りの痛みが薄らいだようだ。内部の損傷はもうどうすることもできないというのに、怪我はこうして順調に癒えてゆくのだと思うと、とうとう泣けてきた。

13

気がつけば秋だった。デスクで仕事中にふと目を上げ、窓の外に枝を広げる街路樹の葉がわずかに黄ばんでいるのを見た時、涼子はびっくりした。

あのケヤキの大枝が青葉を茂らせていたのは、黒田部長と蕎麦を食べに出かけた頃だ。まるで何年も前のことのように思える。とくに夏の後半からの二カ月近くはごっそりと失われ、時を飛び越してしまったかのようだった。

夫の転倒事故と入院があり、平日は忙しく働いて週末になれば南房総まで見舞いに通う日々は、涼子の体力も奪ったが、それ以上に神経を削った。事ごとにちらつく浮気の気配そのものよりも、夫がそれをとても軽く考えていることに傷ついた。妻である自分は彼にとって、そのように杜撰に扱ってもかまわない存在なのだ。

　野々村一也と一夜を過ごしたのは、孝之への腹いせという以上に、ないがしろにされた自尊心を回復するための手段だった。だから仕方なかった、などとは口が裂けても言わない。ただ、あの一夜があったおかげで、自分だけを可哀想な被害者のように憐れまずに済んでいる。その一点において、涼子は素直に野々村に感謝していた。

　もうひとつありがたいのは、日中、店に山崎がいてくれることだ。夫と美登利が二人きりにならないと思えるだけでストレスがいくらか薄まる。

　美登利は、退院した孝之が一週間後に店を開けると何ごともなかったかのように晴れやかにやってきて、

〈これからどうぞよろしくお願いします〉

　山崎に挨拶をしたばかりか、こちらに対しても、

〈退院おめでとうございますぅ。良かったですねえ、一時はどうなることかと〉

　などと笑ってよこした。

　たいした牝狐(めぎつね)だが、山崎の手前、完璧な笑顔でそれに応じる自分もまた狸(たぬき)かもしれない。入院中、美登利がいけしゃあしゃあとこの家へ乗り込んできたことを、夫は聞かされているのだろうか。どうであろうと、自分の口からは意地でも漏らしてやるものかと思った。

　孝之は最近、身体が疲れると言ってはやばやと寝床に入る。こちらが仕事を終えて帰宅する頃には寝入っていることもある。

　そうまでして対話を拒みたいのか。愉しい不倫旅行であれほどの大怪我を負ったというのに、自分のしでかしたことを清算するどころか相も変わらずその女を自宅の一階に出入りさせ、妻からは顔を

背け続ける夫。そんな相手に向かって、何を言う気にもなれなかった。

毎晩、彼の待つ家に帰ってゆくのは、夫婦だからではない。今はまだ、自分の家でもあるからだ。次々に舞い込んでくる日々の仕事が、この先どこかで一段落するようなことがあれば、孝之とは一度きっちり話をして、別れるなら別れると結論を出さなくてはならない。

そんなことを思いながら、夜中にひとり、虎ノ介を抱えてダイニングのテーブルでハーブティーなど飲んでいると、すぐ向かい側に美登利が座ってこちらを睨んでいるような心地がした。

〈もしも時間を巻き戻せたとしても、私はきっとまるっきり今回とおんなじことを繰り返すにきまってるし……〉

時間を巻き戻せたとしたら、と涼子は思った。

孝之とは、たぶんもう一緒にはならない気がする。幸せだった時代も確かにあったけれども、結局のところ自分たち二人は合わなかったのだ。認めるしかない。これは、間違った結婚だった。

世間の夫婦はどうなのだろう。修正がきく程度の小さな行き違いならともかく、互いの間に大きな川をはさんで対岸を見つめながら日々を過ごす夫婦は、もはや他人よりも遠い存在だと言えはしないか。それぞれに自分の仕事や趣味を持ち、相手がそばにいなくても現実的な支障はないけれども、もしもの時には頼れる相手がいたほうが不安が少ない――そんな消極的な理由でとりあえず婚姻関係を解消せずに同居を続けている夫婦が、自分たち以外にどれくらいいることだろう。

と、デスクの上でスマホが振動した。見ると野々村だった。

席を立ち、フロアを出て廊下の窓際に寄る。耳に当てると、馴染んだ深い声が言った。

『仕事中にごめん。今、いいですか』

「ええ、少しなら」

『急ぎってわけじゃないんだけど、ちょっと話しておきたいことがあって』

野々村は続けて、今日は平日だが接待ゴルフがあり、帰りに山崎の様子を見に寄ったのだと言った。

「え、うちへですか」

『すいません、留守中に。車も停められなかったから、ちょっと彼と早瀬の顔だけ見て五分ほどで失礼したんですけどね』

やや言いにくそうに口ごもる。

『ここからはまったくよけいなことかもしれないんで、そう思ったら聞かなかったことにしてもらいたいんですけども』

「……ええ」

『俺ね。一度会った相手の顔はまず忘れないんです』

それは涼子にも覚えがある。青山の店にいた頃から、彼はそうだった。

『だから、あの朝ばったり会った時、初対面じゃないはずなのになんで否定するんだろうと思ってね』

「何の話です？」

『でも今回、確信が持てました。俺、彼女と会ったことありますよ』

「彼女？」

『小島美登利さんです』

思わず息を呑んだ。

「いつ。どこで」

『二年くらい前だったか、多摩川べりでバーベキューやったんです。業界のつながりっていうか、美容師同士、友だちが友だちを誘うみたいな適当な交流会でね。俺の友だちの、そのまた知り合いだっていう美容師が彼女を連れて来てたんですけど』

「よく覚えてますね。そんな縁もゆかりもない相手の顔なんか」

いささかあきれて涼子が言うと、野々村は電話口で苦笑した。

『何せ、友だちが内緒で耳打ちしてくれたもんでね。〈あの子、せっかく可愛いのに妻子持ちに目がないんだよ〉って』

とっさに声が出なかった。三谷雪絵の言葉が甦り、めまいがした。

それが本当なら、ロックオンされてたやすく落とされた亭主がいよいよ情けなくてたまらない。オフィスの天井がゆっくり回転しながら落ちてくるような錯覚に、スマートフォンを耳に当てたまま目をつぶる。

『涼子さん？』向こう側で、野々村が気遣わしげに言った。『大丈夫ですか？』

あまり大丈夫ではなかったが、弱っていると気取らせたくはない。

「ええ。どうぞお気遣いなく」

あえて硬い言葉を返した涼子に、彼は、やや鼻白んだようだ。

『……すみません。もしかして、知っといたほうが少し楽になるかなと思って話したんだけど、かえって逆だったかな』

「いえ、いいんです。よくわかりました」

『ねえ、涼子さん』ふいに真剣な声で呼ばれた。『早瀬のやつと、そういう話はまだしてないんですか』

「そういう話？」

『つまり、別れるとか別れないとか』

暗い窓の外を見やる。隣のビルが近いばかりで、何も見えない。

「ええ」

『ええ、ってどっち』

「してません」

『そうなんだ……』焦れたように野々村は唸った。『早くすればいいのに』

「そんなに簡単に言われても」

『いや、ごめん、わかってるんです。これはあなたがた夫婦の問題だし、俺が口出しするようなことじゃない。だけどね、早瀬の場合、そもそもあなたを欺いて出かけた先で事故ったんだから、何も遠慮することないでしょ。この先、日常生活に介護が必要になったとかでもないんだしさ。あなたはもっと、自分のことだけ考えていいと思うけどな』

涼子が黙っていると、やがて、ふうっ、と息の吹きかけられる音がした。苦笑したようにも、ため息をついたようにも聞こえた。

『すいません。いつも勝手なことばっか言って』

涼子は答えなかった。

『じゃあ、また』

それにも同じ言葉を返せず逡巡しているうちに、電話は向こうから切れた。

熱を帯びたスマホを握りしめ、しばらく動けなかった。唇を真一文字に結んだままようやく部署に戻ると、デスクで書きものをしていた黒田部長がちらりと上目遣いにこちらを見た。そばを通った涼子に、低い声で訊く。

「もしかして、矢島？」

電話の相手について訊かれているとわかるのに数秒かかった。

「いいえ」ちょっとびっくりして言った。「個人的な知り合いからです。すみません」

「それはかまわないんだけど」

「でも、どうしてです？」

「いや……うん」

黒田はなおも何か言いかけたものの結局、

「いい。何でもない」

それきり口をつぐんだ。

怪訝な思いで席に戻り、スリープモードになっていたパソコンに手を伸ばした。とたんに、はっとなった。

暗い画面に自分の顔が映っている。およそ仕事をする者の顔ではなかった。混乱と憤りがむき出しになった、深く傷ついている女の顔だった。頬に手の甲を押しあてる。驚くほど熱い。この顔を見て黒田は、相手を矢島ではないかと思ったのか……。

あまりの羞恥に、頭の中がスッと醒めるのがわかった。指先までみるみる冷えてゆく。涼子は、片手で顔を覆うようにして深い息をついた。

ほんとうに美登利が〈妻子持ちに目がない女〉だとして、だったら何なのか。そうした女の側からのアプローチに対して、応えるか踏みとどまるか、男の側にも選択肢はある。女だけでは不倫の関係は成立しない。応える男がいて初めて成り立つのだ。

私だって、と涼子は思った。かつての矢島との関係を他人が見れば、〈妻子持ちと平気で付き合う女〉と断じられても仕方ない。不倫には確かに、不倫ならではの醍醐味のようなものがある。誰からも祝福されない二人だけの秘密の関係——男と女がこっそり分け合うのにそれほど甘露な美酒が他にあるだろうか。愚かなのは、どちらも同じだ。

黒田部長と目が合わないよう、デスクに顔を伏せてパソコンを起ち上げる。

画面に自分の顔が映らなくなってほっとしながら、涼子は漠然と、今度独り暮らしをするのなら、猫の飼える部屋がいい、などと考えていた。

*

〈もしかすると、何かしらの強いストレスが一つの原因ということも、まあ考えられなくはありません〉

現実を受け容れるのがこれほどまでに辛いとは知らなかった。検査の後で医者が漏らしたほんの気休めのような言葉にすがり、可能な限りストレスの少ない環境、というのを考える。

相手がいたのではどうしたって緊張する。また勃たなかったらどうしようと先回りして気にするのがいちばんいけない。といって、自分一人でするにしても、自宅ではいつ妻がひょっこり帰ってくるかわからないし、宅配便などに邪魔されることもあり得る。美登利と関係を持ってからは、物音に耳をそばだてながらの自慰にむしろ興奮した時期もあったが、それも今は昔……という情けない気分だ。

結局、店が休みの日にこっそり自分だけラブホテルへ出かけて行き、リラックスのためにビールを一缶開けて、好みのアダルト動画を手当たり次第に観た。——駄目だった。

モザイクやボカシがかかっているから興奮しないのかと、ネットに上がっている無修正のものもさんざん試した。――駄目だった。

果ては、通販で手に入れたＥＤ治療薬も服用してみた。わずかに兆すような感覚はあるのだが、喜び勇んで握ってみるとやはり、駄目だった。どんなにこすり立てても萎びたままなのだ。触れた時の感触はわかるし、それなりの快感もあるのに、どうしても勃起まで辿り着けない。

こんなことならいっそ下半身不随のほうがまだましだった、などと罰当たりなことを思ってみる。それならかえって諦めがついたかもしれない。防音設備のおかげで外の誰にも何も聞こえない部屋で、孝之は、声をあげて泣いた。根っこから引き抜いてしまいたかった。

同じ家で寝起きしている妻には、たぶん一生でも隠し通せる。しかし愛人には隠しようがない。事故で痛めた腰が完治していないうちはまだしも、治ってしまったら、セックスをしない何らかの理由が必要になる。

どれだけ考えても、こういう軀になってしまったことを美登利に打ち明ける決心はつかなかった。なぜなら、勲章だったのだ。若くて綺麗で、男なら腹の底ではきっと抱いてみたいと願うような彼女を、組み伏せて泣かせ、いじめて悦ばせ、自分から「欲しい」と懇願させるほどのセックス――それは、牡としての自分の勲章だった。もう二度と同じことはかなわないとしても……いや、だからこそ、いったん獲得したそのしるしを失うなどまっぴらだ。

十月に入って二度目の土曜日、最後の客が帰ったのは七時近かった。

このところ手伝いに通ってくれている山崎は、例によってじつに入念に後始末をし、レジ奥にある準備室の整理整頓を済ませ、窓のブラインドを端から順に下ろし終えた後で、じゃ、お先に失礼します、と帰っていった。

お疲れさまー、と見送った美登利が、ドアの閉まるのを待って、感心したように言った。

「よくやってくれますねえ、彼」

彼女はといえば、鏡まわりや椅子などの什器を拭き終え、今はホウキで床を掃いている。美容専門の用具については山崎、それ以外は自分という具合に取り決めて、うまく棲み分けているようだ。もちろん奥にある半個室のブースは、そこでネイルケアをする彼女の管轄だった。

「山崎くんって、わりと反応薄いっていうか表情ないから、最初はちょっとやりにくい人なのかなって思ってたんですよ。けど、そんなことなかった。すごくよく気がつくし、お客さんにもウケがいいみたい。あの植物っぽいとこがたまらないんですって」

「へえ。誰が言ってた？」

「柴田さん。今日、ネイルでいらしてたでしょ」

……柴田美也子か。身体の線も露わな服と濃い化粧、量を間違えたとしか思えない香水のにおいを思い浮かべたとたん、ふっ、と苦笑いがもれた。以前はあれだけ露骨な秋波を送ってよこしたくせに、若手の山崎が腕を上げて戻ってきたとみればさっそく乗り換えようってわけだ。

もとより面倒くさい客だった。迷惑していた。なのに、くさくさする。山崎のおかげでこちらはずいぶん助かったはずなのに、そんな些細なことまでが男としての自信をさらに奪ってゆく。

首をねじり、レジの後ろの壁を見上げた。星のような形をした北欧クラフトの時計が七時半を指している。涼子は帰りが遅くなると言っていた。彼女の〈遅くなる〉は終電か、せいぜいその前。時間は充分ある。

ばくばくと暴れる心臓をなだめながら、孝之は、どうにか声を張って言った。

「美登利」

「はぁい」

ホウキを手にふり返った彼女が、あ、という顔になる。

「ちょっと、駄目じゃないですか店長。お店にいる時の私は〈小島〉です」

めっ、とこっちを睨む。胸が締めつけられるようだ。

「美登利」

「だからぁ。もう、山崎くんの前でぽろっと出ちゃったらどうするんですか」

「わかった。——じゃあ、〈小島さん〉」

重ねて呼ぶと、また何か言おうとした彼女が、口をつぐんだ。すーっと笑いを引っこめて真顔になる。

「……やだ」小声で呟く。「なんで、そんな怖い顔してるんですか」

「話したいことがあって」

「聞きたくありません」

「大事なことなんだよ」

「いやです。今はいや」

「今しかないんだ」

「やだったら、やだ!」駄々っ子のように激しくかぶりを振る。「だってそれ、絶対良くない話でしょ? でなきゃ、そんな顔するわけない。孝之さんのそんな顔、見たことないもの」

いつかと同じように、指が白くなるほどホウキの柄を握りしめている彼女に向かって、孝之は言葉を絞り出した。

「聞いて、美登利。……別れよう」

「た、孝……」

「もう、続けられないよ」

「なんで急にそんなこと言うの？」

「しょうがないだろ。きみとのことはとっくに涼子にも、」

「わかってる！　それくらいわかってるけど、やだ！」

身を揉むようにして叫ぶと、美登利はホウキを放りだし、半泣きの顔でこちらへ駆け寄ってきた。身体ごとぶつかってくるかに見えたが、寸前でハッとなって踏みとどまる。

こんな時でも怪我のことを考えてくれるのかと、こちらのほうが泣きたい気持ちになってしまう。駄目だ、ここで挫(くじ)けてどうする。

「ごめん」奥歯を噛みしめて言った。「だけど、今ならきみもまだ引き返せるだろ。こんな、将来のない中年男にかかずらわってたって何にもいいことないんだしさ」

美登利が全身を揺らしていやいやをする。抱きついたりしては腰が痛むと思ってか、こちらのシャツの端を握りしめたまましゃくりあげている。

「ごめんな」もらい泣きしそうになりながら孝之は言った。「でも、どうかわかってほしい。これ以上、彼女もきみも傷つけたくないんだ」

「……うそだ、そんなの」美登利が掠れ声でつぶやく。「ひどいよ、孝之さん。ほんとに傷つけたくないなら、別れるなんて言わないで」

あふれる涙がぽろりぽろりと頬の上を滑り、顎の先にたまっては落ちるのを、孝之は見つめた。こんな時だというのに、鬱陶しいどころかしみじみ可愛いと感じてしまう自分はどうかしている。この女は、こんなに泣くほど俺のことが好きなのだ。

初めて美登利から告白を受けたのも、思えば今夜と同じく客のいない時だった。あの時は昼間だったが、彼女はやはり無防備に泣いた。男にはなかなかできない……というより、性別には関係ないのかもしれない。こんなふうに手放しで泣きながら思いのたけを吐露するなど、涼子にはとうてい無理な相談だろう。

妻の顔を思い浮かべたとたん、冷静さが戻ってきた。ほだされている場合ではない。この涙に流されてしまうようでは、別れを切りだした意味がない。

「聞いて、美登利」

こちらのシャツの裾を握りしめている彼女の指を、優しく、けれどきっぱりともぎ離し、その手を両手で押し包む。

「今つらいのはわかる。俺もおんなじだよ」

「そんなのうそ」

「うそじゃない。だけど、このまま続けていったらどんどん傷が大きく深くなって、いつか別れる時は今よりもっとしんどいことになる。わかるだろ?」

「わかんない」美登利がかぶりを振る。「わかんないです。どうして、いつか別れることが大前提になってるんですか?」

「え? だってさ……」

「孝之さんが離婚するつもりはないってことくらい、最初からわかってます。そんなの、どうだっていいの」

「や、よくはないでしょ」

「私は別に、奥さんと別れて結婚してほしいなんて言ってないじゃない。そうでしょ? 一度でもそんなふうに言ったことありました？」

「そ……れはそうだけど」

「私がここで働いてることで、涼子さんに何か言われたんですか？　孝之さんがつらい思いするんなら、すぐにだって辞めます。明日からもう来ない。でも、別れるのだけはいや」

やだよ、やだ、とくり返した美登利の口が、半開きのままへの字になって、また涙の粒がこぼれ落ちる。

「お願いだから、そんなひどいこと言わないで。時々、ほんの時々、逢ってくれればいいんです。それ以上のわがままなんて言わないから」

「それは無理だって」

「どうして」

「現時点で涼子が何も気づいてないならともかく、たぶんそうじゃないわけだからさ。この上、バレないように逢い続けるなんて無理だって」

「もう、お休みの日にライド行ったりとかしないんですか？」

「そりゃ、腰が快復すればまた行くこともあるだろうけど、」

「あたしのほうはサークルをやめたって言っておけばいいじゃないですか。あの事故を見たら自転車に乗るのが怖くなったらしいよって。実際、ほんとのことだし。そう言っておいて、どこかで待ち合わせて逢うくらいのこと、できませんか？　すぐにじゃなくてもいい、待つくらいいくらだってできるから」

かきくどくように食い下がった美登利が、ふっと、眉間に皺を寄せてうつむいた。

「ああ、もう……なんでこんなこと言ってるんだろ」完全に詰まってしまった鼻声でつぶやく。「私、今すっごくしつこくして孝之さんのこと困らせてますよね」

「いや……」

「顔見ればわかります。いくらすがりついても、答えなんかわかりきってるのに。孝之さんがここまで言うってことは、私なんかが今さら何を言っても無駄だってことなのに」

「や……無駄とかそういうことじゃ、ないんだけどさ」

「じゃあ何なんですか？　だって孝之さん、もう決めちゃってるじゃないですか！」

顔を上げて、キッとこちらを睨みつける。目の周りや鼻のあたまが真っ赤なので、ちっとも迫力がない。

「そう、だな」孝之は言った。「決めてるっていうなら、そういうことになるのかな。どっちかが言いださないといけないことだと思っただけなんだけど」

「要するにそれって、涼子さんを傷つけないようにするために、今のうちに私を切り捨てようってことですよね」

「違うよ」孝之は懸命に言った。「そうじゃない。むしろ、俺が今本当に傷つけたくないのは美登利だよ。だからこそこうやって……」

するとと美登利は、眉尻を下げ、ゆっくりと首を横にふりながら苦笑した。

「だからあの時言ったのに」

「あの時？」

「一度だけでいいんだって。もうこれで充分だって」

「う……」

「あの最初の晩だけで終わらせてたら、私だってもうちょっとくらいは楽に諦められて、ここまで情けないところを見せなくて済んだはずなんです」

「美登利」

「ね、あの時言いましたよね、私。孝之さんが甘い言葉ばっかりかけてくれた時、そんなふうにしちゃ駄目だって、私ばかだからつい本気にしちゃうんだって、ちゃんと言いましたよね」

「……うん」

「孝之さんがいけないんですよ。本気にしていいとか、俺がそんないいかげんに見えるかとか、もっと抱き合ってたいとか……私のいちばん欲しかった言葉ばっかり次々にくれるから」

そうだ、確かに言った。たった一夜抱き合っただけなのに、すごく嬉しかった、もう充分です、と無理に微笑もうとする彼女があまりにけなげで愛しくて、何より自分こそがもっと軀をつなげたくて、懸命に口説いた。嘘を並べたわけではない。いくらかオーバーに表現した部分はあるにせよ、あの時は本気だったし、今だって気持ちは同じなのだ。ただ単に、いろいろな要因が合わさって事情が許さなくなったというだけで。

「残酷過ぎますよ、孝之さんのしたことは。そりゃ私だって同罪だけど、あんなふうに激しく愛してもらったら、どうしたって期待しちゃうじゃないですか」

「……うん」

「孝之さんが怪我してからだってそうです。入院中も私がそばに付き添ってるのを許してくれたから、だから私、ナースステーションでどんなふうに言われてても気にしないようにして通ってたんです。てっきり孝之さんも私のこと、奥さんとは別のところで想ってくれてるんだって……」

「そうだよ、それは否定してないだろ」

「だったら、このままでいいじゃないですか。私がどれほど孝之さんを好きで、どんな思いで付き合ってるかってことくらい、涼子さんはもう全部知ってるんだし、」

「――え？」

「それでも私にこのお店を辞めろとか言わなかったもん」

「ちょっと待って」

「ほんとに旦那さんが大事だったら、とっくに弁護士さんでも雇って私を訴えるくらいのことしてますよ」

「ちょっと待ってくれってば」

「なのに、いまだに孝之さんには言おうとしないんでしょ？　私といつ会ったかとか、何を話したかとか。それってつまり、夫がどこで何をしてても黙認するって言ってるようなものじゃないですか」

「ちょっ、美登利。頼むから待てって」

強く言うと、ようやく彼女は黙った。

「俺にわかるように言ってほしい。……何の話をしてる？」

美登利が見つめ返してくる。

「もしかして、ここへ鍵を返しに来たっていう時のこと？　あの時に涼子とそんな話までしたの？」

彼女は答えない。口をつぐんでいるせいで、荒い息をつくたび小鼻がわずかにふくらむ。

頭がズキズキしてきた。入院中からずっと不思議には思っていたのだ。いくら鍵を受け取っただけだとしても、なぜ涼子の口から、美登利と会った話が出ないのかを。

「教えてくれないか。涼子に、何を言ったの」

美登利の喉が、ごくりと音を立てた。

「ごめんなさい」

「謝ってほしいわけじゃない」

「ごめんなさい、怒らないで」

「怒ってないよ。ただ事実を訊いてるだけだから、隠さずに教えて。これからの対処のためにも」

美登利は、どうにか泣くのをこらえ、鼻からすうっと息を吸い込んだ。

「いつから付き合ってるのかって、涼子さんに訊かれたんです」

心臓が跳ねた。

「それで」

「誘ったのはどちらからかとも訊かれて……それには答えませんでしたけど、奥さんがほっとくからですって言いました。私だったら絶対寂しくなんかさせないのに、って」

「……そしたら？」

「どうせゲームだろうと思ってた、って。本気で孝之さんのことを欲しいと思うなんて信じられないし、どうして自分の気持ちに自信満々でいられるのかわからない、頭を冷やしたほうがいいって」

「涼子が？　ほんとにそう言ったの？」

こくんと美登利が頷く。

「せっかく若いのに結婚してる男と付き合うなんて、気の迷いか周りが見えてないかのどっちかだとも……。私、そんなんじゃないって言ったんです。孝之さんのことがほんとうに好きだし、人からどう思われるかなんてどうでもいいって。なんで……なんであの人、孝之さんのこと下に見るんだろう。それなのに、なんで結婚したんだろう。私……とうとう言っちゃいました。『孝之さんを私に下さい』って」

「は？」

「『値打ちがわからないんなら惜しくもないでしょ？』って」

言いながら気が高ぶったか、また涙があふれ出す。

「ごめんなさい……勝手にそんな失礼なこと言って、ほんとにごめんなさい。でも、我慢できなかったの。悔しくてたまらなかったの。だって涼子さん、ちっとも孝之さんのこと大事にしてない。孝之さんが人としてどれだけ凄いかとか、男としてもどんなに逞しくて頼りがいがあるかとか、全然わかってないくせに、いっつも上から目線で、まるで自分だけが偉いみたいな顔して……」

ううう、うう、と泣きじゃくる声が、誰もいない店の静けさを縫うように響く。

さんざん衝撃的なことを聞かされたはずなのだが、最も鋭く突き刺さったのは、

〈男としてもどんなに逞しくて頼りがいがあるか……〉

その一言だった。

孝之は、背後のレジ台に寄りかかった。頭が痺れて、ぼんやりと霞がかかったようだった。

夫の浮気を知った妻というものは、もっと取り乱したり怒り狂ったりするものではないのか。当の愛人から堂々と不倫の事実を告白されたとは思えないほど、涼子の態度は前と変わらない。夜など、こちらが諸々の気まずさから先に寝たふりをしていると、かえって安心したように寝室のドアを閉め、居間で薄気味の悪いぬいぐるみなんか抱きながら長い時間を過ごしている。どうやら本を読んだり茶を飲んだりして寛いでいるようだ。

妻が何を考えているかわからない。美登利の言っていたように、亭主がどこで何をしようと黙認するつもりなのか、それとも水面下で着々と離婚の準備でも進めているのだろうか。非はおもにこちらにあるには違いないが、法外な慰謝料でも請求された暁には、店を維持できなくなる。またどこかの美容室で雇われの身となるにせよ、それも身体が完全に復調していなければ無理な相談だ。

孝之の沈黙をどう受け取ったか、ようやく泣きやんだ美登利が洟をすすり上げ、自分の袖で涙を拭いた。口をひらき、いくつか浅い息を吐いた後、小さな声で言った。

「明日から、来ません」

「え。いや、そんなに急にとは言ってないけど」

「いいんです。きっと、そのほうがいいんです」

「美登……小島さん」

「ほらね」ふっと顔を歪める。「私と距離を置きたいのがバレバレじゃないですか」

そうじゃない、と言うべきでないのはわかりきっていた。

「奥のブースの、ネイルの道具とか長椅子とかは、業者でも手配して、できるだけ早く引き取りに来ますから。それまでの間だけ置かせて下さい」

「だけど、予約のお客さんは？」

「ちゃんと連絡しておきます。そういうことは最後まで責任を持ってやりますから、安心して下さい。——お世話になりました、店長」

ぺこりと頭を下げると、美登利は床に倒れていたホウキを拾って戸棚に片付けた。身支度を整え、もう一度頭を下げて出て行く。もう、ひとことも口をきかなかった。

やがて、孝之は再び時計を見上げた。

八時三分過ぎ。永遠とも思えるほどの時間が過ぎたように感じていたのに、別れ話を始めてから、たったの三十分しかたっていなかった。

＊

水曜日の朝、涼子は駅のホームで電車を待っていた。

このところ休日出勤や残業が続いていたが、面倒な案件がひとつ片付き、いつもよりはいくらかゆっくり起きて家を出ることができた。夫が退院してからも、駅までの往復はバスを利用している。

〈送り迎えの運転くらい余裕でできるよ〉

孝之は半ば意地になって言ったが、

〈やめて。万が一の時にブレーキが思いきり踏みこめなかったりしたら、他人様の命にもかかわるでしょう？〉

涼子が諭すと、不服そうではあったが引き下がった。

腰の故障を爆弾のように抱えての運転が心配だったのは事実だ。しかしそれ以上に、車という小さな密室で夫婦二人きりになりたくなかった。若い女に溺れ、不倫旅行で事故に遭うような間抜けな夫と、肩が触れそうな距離で並んで座りたくなんかない。正直言って、同じ空気すら吸いたくない。自分の側も他の男と一夜の関係を持ったことで、罪悪感から夫を赦せるようになるかと思ったが、それはどうやら難しそうだった。

ホームの頭上の電光掲示板に、新宿行きの電車の到着時刻が表示されている。じきに来るのは各駅停車で、急行はその後だ。

ごうっと音がして、同じホームの二番線に反対方面の電車が滑り込んできた。乗り降りの様子を見るともなく眺めているうち、お互い同時に気づいた。

「あれっ、涼子さん」

「山崎くん」

電車から降りてきた山崎は、全身黒ずくめだった。ブラックデニムに黒のカットソー、その上から薄手の黒いジャケット。美容師の仕事は案外と服が汚れるから、どうしても濃い色をまとうことが多くなる。

「今日はゆっくりなんですね」

と、山崎は人なつっこく話しかけてきた。今は野々村の厚意もあって店を手伝いに来てくれているが、前に見習いとして通っていた時も、孝之よりは涼子のほうに心を開いてくれていた気がする。

「そうなのよ、こんなのけっこう久々」涼子は微笑んだ。「そっちは逆に、いつもより早いんじゃない？　時間外のお客さんでも？」

「そうじゃないんですけど、手が足りなくなっちゃったからしょうがないです」

「え？」

「小島さんがいないだけで、地味に忙しいんですよね」

「ちょっと待って。彼女、辞めちゃったの？」

思わず動揺も露わに訊き返してから、はっとなった。まだ若い山崎にまで、夫婦のいろいろを覚られたくない。

各駅停車が到着し、何人かが乗り込む。降りる客はほとんどいなかったが、涼子は山崎と階段の脇へとよけた。

「それって、いつの話？」

あくまでも通常の好奇心といった体で訊くと、山崎はうーんと首をかしげた。

「こないだの日曜日……なのかな。ちょっとよくわかんないんですけど」

「わかんないとは？」

「や、日曜日、朝から小島さん来なかったんですよ。休むとは聞いてなかったけど、店長も何も言わないし、僕の勘違いかと思ってその日は終わったんです。でも、定休日をはさんで火曜になっても来なくて……いよいよ訊いてみたら、『ああ、彼女辞めることになったから』って。──涼子さんも知らなかったんですか」

「うん。まあ、お店のことはノータッチだからね。このところ私も忙しくて、家で彼とぜんぜん話せてなかったし」

努めて何でもないことのように言ってみせる。

「それにしても小島さん、ネイルのお仕事とかあんなに熱心だったのにね。理由は聞いてる？」

「さあ。店長は、『ちょっといろいろ』としか」

「そう」

「奥のブースのあれやこれやは後から引き上げに来るそうですけど」山崎が顔をしかめた。「なにも、こんな時に辞めなくてもなーって思いますよ。店長の大変な時にわざわざ」

「うん……でも、みんなそれぞれ自分の事情があるから」

「そりゃそうですけど」

駅の自動アナウンスが、一番線に急行電車がまいります、と告げる。

「ごめんね、山崎くん」若い顔を見上げて、これは本心から言った。「それこそあなたにだっていろいろ事情や予定があるのに、すっかり助けてもらっちゃってて」

「や、それは単に、僕がそうしたかっただけなんで」

「無理してもらってるんじゃない？　ほんとにありがとう」

照れたように笑った山崎が、電車の滑り込んできたのを機に、じゃ、と階段を下りてゆく。その背中を見送り、涼子は乗客のいちばん後から急行に乗り込んだ。

午前中にメールや電話で必要な連絡を済ませ、午後は打ち合わせや試写や会議でつぶれ、七時を過ぎて、さあ今日は早く帰ろうと腰を上げかけたところへ、山本が荒々しく電話を切った。

「ざけんなよ、ったく」

バサッと書類をデスクに叩きつける。

「どうしたの？」

「いやもう、どうもこうもないっすよ。こないだのクラフトビールのＣＭ、改訂の依頼が入ったんですけどね」

「いつまでに？」

「明日中だそうです」

は？　と訊き返してしまった。

「しかもクライアントがねじ込んできた案ってのがもう、あれもこれも情報てんこ盛りでぐっちゃぐちゃ。こんなの全部盛り込んだら十五秒じゃおさまらないし逆に何にも伝わらないですよ、って言ってんのに、とにかくこれでいってくれの一点張りで」

「オンエアされたあれの何が気に食わなかったんだろう」

「商品の映ってる時間をもっと長くしろって」

「え、でもそれはプレゼンの時からさんざん、」

「そうですよ。こっちの意図をさんざ説明して、試写の段階でもまた説得して、やっとこ首を縦に振らせたんですよ。おかげで売れ行きだってじわじわ伸びてたのに、欲が出たんじゃないですか？　商品の映る尺を伸ばしたらもっと売れるだろうって。ったくこれだから素人さんはよう！」

ちきしょう、と文字通り歯ぎしりをしている山本を、どうにかなだめて頭を切り替えさせた。明日の編集作業のためのスタジオをおさえ、当初の演出家に改訂の了承を取りつけ、素材の映像を確保しながらナレーターにも連絡を取るなどしているうちに、気がつけば十時を回っていた。

フロアに残る社員はまばらになり、ホワイトボードを見ると黒田部長も接待から直帰になっている。

「すいません、早瀬さん」山本が詫びた。「もう帰って下さい。ってか、俺も帰ります。今日できることはもうないんで」

このあとは、明日一番からのスタジオ作業が勝負だ。そこから先は山本の仕事であって、自分の出る幕はない。

「そうさせてもらおうかな」

「お疲れっす。マジで助かりました」

エレベーターの下向きのボタンを押しながら、いつもの宿に泊まってしまおうかと思った。どうせ今から家に帰ったところで夫はまた先に寝ているか、もしくは寝たふりをしているに違いないのだ。しかしこうして残業や休日出勤で家を空けてばかりいる自分もまた、逃げているという意味では大差ない。今夜でなくとも、一度は彼ときっちり向き合って話をしなくては……。

とりあえず帰れる日には帰ろうと、上着を腕にかけたまま外へ出ると、涼しいと言うには冷たい風が吹きつけてきた。バッグを肩からおろし、ジャケットに片方ずつ袖を通す。

と、スマホが振動した。一瞬でいろいろな顔が浮かんだことにうんざりしながら見ると、矢島からの電話の着信だった。

歩道の端に立ち尽くし、画面を見つめる。この時間だから遅い食事か飲みの誘いだろう。いつもの店にいるから来いよ、とか何とか。どうせ断るのだし、出るのも面倒で、早く諦めて切ってくれないかと思うのに、手の中でスマホは振動を続けている。

しつこい。これだけ粘るということはもしかして仕事がらみの急用だろうか。仕方なく応答ボタンを押して耳にあてる。応えるより先に、

『遅ぇよ。なにスマホ睨んでグズグズ迷ってんだよ』

えっ、と顔を上げ、視線をさまよわせると、横断歩道の向こう側から当の矢島が手を振っていた。真上の街灯に照らされて、へらへらと笑う顔まではっきり見える。

『なあ、俺からだとわかってて出ねえってことはさあ、』

よっぽど嫌われてるんだな、とでも言うのかと思ったら、

『よっぽど意識してるってことじゃねえの？』

涼子は、思いきりため息をついてやった。

「……違います」

『ありゃ、違いましたか。そうですか』

げらげらと矢島が笑う。笑っている様子が見えるものだから、なおさら腹が立つ。

「で、ご用件は何なんですか」

『ご用件はそりゃあ、電話じゃ言えねえよ』

「じゃ、切りますね」

『待て待て、俺がそっち行くわ』

「結構です、ご遠慮下さい」

『お前なあ、ここは天下の公道だぞ。どこを歩こうが俺の勝手だろうが』

点滅し始めた信号を、矢島はひょいひょいと小走りに渡ってきた。あきれて踵を返した涼子の隣に、さもあたりまえのように並び、さもあたりまえのように言った。

「で、どこ行く？」

べつに今すぐ離婚したってかまわないのだと思い始めると、その発想が雪だるま式にふくれあがり、坂道を転がるように加速度がついて、いつのまにか別れた後のことを夢想する時間が長くなってゆく。最近では不動産情報のサイトをよく眺める。女ひとり、いざマンションでも買うとなったら熟考が必要だし融資の条件も厳しいかもしれないが、とりあえず賃貸だったら収入証明書さえあればすぐにでも借りられるはずだ。そうして時間的猶予を確保した上で、良い物件をじっくり探せばいい。

今の住まいから運び出したいものなど、突きつめて考えてゆくとそんなにたくさんはない。むしろ、夫と一緒に選んだものや、彼との生活の匂いが染みこんだものなどは後ろに振り捨てて、全部をまっさらな状態から始めたほうがずっといい。とても気に入ったのに夫に反対された照明器具や、義両親が泊まる部屋を確保するためにあきらめた書棚など、ひとりになったら少しずつ集めて自分だけの巣を作りたい。ほんとうに気に入ったものだけに囲まれた安全な場所。誰にも邪魔されない秘密基地、そして猫……。

「そこまで気持ちが固まってんのに、何をグズグズしてんだよ」

心底あきれたといったふうにこちらを見ながら、矢島は安ワインをあおった。

「何べんでも言ってやるけど、ほんっと頭でっかちだよなあ、おめえは」

「何べんも言われなくたってわかってます」

「俺が女だったらさっさと家出してホテル住まいでもして、それから考えるぞ」

「そんな行き当たりばったりな」

「バーカ。だからお前はバカなんだよ。でっかい決断ってのはな、慣れた場所にいたんじゃいつまでたってもできねえもんなのよ。いっぺんガラッと環境を変えてみな、そうしたら初めて見えてくるから」

「何が？」

「え？」

「ほんとのことがだよ」

「自分がほんとに欲しいものと捨てられないものの、両方がだよ」

「……なるほど」

「なーにが『ナルホド？』だバーカ」

「そんな言い方してません」

涼子は、自分のウーロンハイをすすった。

この男は、誰よりちゃらんぽらんに見えて、たまに的を射たことを言う。そうでもなければとっくの昔に付き合いなど絶っていただろう。

二十四時間営業のイタリアン・レストランだった。安いのが売りのようでいながらじつはけっこう美味いものを出す。早い時間は高校生や学生で賑わっているが、これだけ遅くなると大人しかいない。それもだらしのない大人ばかりだ。

どうしてこの店を選んだかといえば、疲れていたからだった。疲れ過ぎて、矢島の誘いを振り切ることもできず、かといって行きつけの飲み屋で声を張りあげながら話す元気もなかった。その点ここなら、四人掛けや六人掛けのファミリー席がそれぞれブースのように囲われているから、呟く程度の声でも話せる。というより、呟くようにしか話せないことを、今夜の自分は吐き出したかったのだと後から覚った。

「そもそもの落ち度は亭主のほうにあるんだろ？　何もこっちが許してやる義務はねえんだからさ、気持ちのまんまに動きゃいいじゃねえか。何を迷ってんだ」

答えずに、安っぽいビニール張りの背もたれによりかかる。わずかなアルコールで全身が弛緩して、もう二度と立ち上がれる気がしない。今夜は帰れませんと報告せずに外泊をするのは、結婚以来これが初めてだった。

「その、いっぺんだけ寝たっていう男……」

わざわざなぞるように言われて、涼子は目を伏せた。

「そいつはお前のこと、どう思ってんだよ。亭主と別れたら一緒になる気はあんのかよ」

「思ってるわけないじゃないですか、そんなこと」

苦笑まじりに答えた涼子に、

「なんで。向こうは独身なんだろ？」

矢島が食い下がる。

「だからこそですよ。独身貴族を貫いてきた人が、なんで今さらこんな年上のオバサンと……」

すると矢島は、けっ、と笑った。

「おめえが自分を『オバサン』呼ばわりするとはな」

「だって事実でしょ。いったい幾つになったと思ってるんですか」

「そろそろゾロ目だろ？」

即答されて、ぐっと詰まる。そう、来月には四十四だ。

「あの頃よりか、ますますいい女になったぞ」

「ばかなことを」

「いや、マジでさ。お前のこと見てるといっつも思うもん。やりてえなー、昔よりもっとキモチイイんだろうなーって」

「ふざけないでよ、もう」

ついタメ口で応えてしまい、涼子は口をつぐんだ。

いけない。うっかりすると、矢島との間にせっかく営々と築いてきた壁が崩れてしまう。この男と別れて十四年——孝之との結婚生活に一を足すと、その年数になる。

「ちなみにさ、お前のほうはどうなんだよ。亭主のは不倫で、自分のはロマンスだとか思ってんじゃねえだろうな」

「思ってません」

「やってることは同じだぞ」

「わかってますってば、しつこい」

自分のだって、打算だらけの情事に過ぎない。あの時はほんとうに心が弱っていて、ちょうど手を差し伸べてくれた野々村に寄りかかってしまっただけだ。

「けど、その男のことは好きなんだろ？　そいつに惚れたから寝たのか、寝たから惚れたのかは知らねえけどさ、そのせいで亭主と別れたくなったんじゃねえのかよ」

「違うったらもう！」

言い切ったのに、矢島が疑わしそうに片方の眉を上げてよこす。

野々村に惹かれる気持ちがあったかどうかを訊かれれば、あった、と答えるしかない。そうでなかったら、たとえ遊びでだって一夜をともにする気にはなれなかっただろう。矢島の言う〈寝たから惚れた〉もまるきり的はずれというわけではなく、長いこと眠っていた官能を揺り起こされてしまったせいで、ひとりでこらえるのが辛い夜もある。それでも、逢わないと決めたのだ。矢島にとやかく言われる筋合いはない。

押し黙っている涼子を見て、

「ったく、変わらねえよなあ」

矢島は薄く笑った。すっかり冷めたエスカルゴを口に放り込み、赤ワインで胃袋に流し込む。

「結局のところお前は、浮気した亭主が許せないっていうよりか、自分が許せないんだよ。亭主の間抜けぶりに腹を立てれば立てるほど、そういう亭主を選んで連れ添ってきた自分の馬鹿さ加減が見えてきて、恥ずかしさに身をよじりたくなる。穴でも掘って隠れたくなる。そうして、こんな思いをさせる亭主がなおさらイヤになるって寸法だ」

「それはまあ、そうかもしれませんけど、」

「かもしれないじゃなくて、そうなんだよ」

「そう、かもしれませんけど、その『変わらない』っていうのは何なんですか」

「俺との時もそうだったからさ」

「え?」

「おめえが俺と別れようとしたのは、俺に女房がいるのが耐えられなかったからじゃねえだろ。女房持ちの男に、そうとわかってて執着しちまう自分が許せなかったんだ。要するに、昔も今も、お前が後生大事に守ってるのは自分のちっぽけなプライドってことだよ」

一瞬で頭の中が沸騰した。と同時に、こうまで怒りが湧くということはそれが図星だからだとも思った。

ふ、と苦笑をもらした涼子を、矢島がじっと見つめる。再びワインで口を湿らせて言った。

「けどさ、嫌いじゃねえよ、俺は。プライドの高い女は、いいよ。少なくともプライドのない女よりずっといい」

「でも矢島さんの場合はあれでしょ。そういう女のプライドをへし折ってやるのが好きだっていうだけでしょ」

「わかってねえなあ」さも傷ついたように眉根を寄せる。「そうじゃねえんだよ。鼻っ柱とプライドは違うんだ。ええと、おめえんとこの部署のあの新人、何つったたっけかな」

「木下七緒のことですか？」

「そうそう。ああいう鼻っ柱だけの若い女が自分の立ち位置もわからねえで生意気言って来やがった時は、そりゃ俺だってガツンと言わせてもらうよ。ま、無理ねえんだけどな、プライドの土台になるだけの実績がまだ何にもねえんだから」

そばを通ったスタッフを呼び止めた矢島が、グラスの赤ワインを勝手に二人ぶん追加する。

「要するに俺は、プライドの高い女が好きっていうよりか、仕事のできる女が好きなんだよ。十五年も前、今の木下七緒といくらも年の変わらなかったお前さんにぞっこん参っちまったのもそれでだよ」

――ぞっこん。

顔色を変えまいとすると、そのぶん無表情になる。

「そんな怖い顔すんなって」矢島が苦笑いした。「そっちがどう思ってるかは知らねえけどさ。俺はお前さんのことを、今となっちゃあその……何つうかこう、特別な相手だと思ってるんだよ。夜更けにこんな安い店に入ってさあ、お互いの昔のことから今の情事に至るまでこんだけ明け透けに話していろいろ共有できるような女、他にいねえっつうの。女房にだって無理だよ。いや、女に限らず男だって無理だわ」

涼子は、テーブルから目を上げられなかった。ほとんどは矢島が食べ散らかした残りもの――と言いたいところだが、こちらもまた、最近ではめずらしく食が進んだ。最初のうちは矢島の強引さに、その後は彼の物言いにいちいち腹を立てながらも、ペンネやニョッキやプロシュートをつまみにワインを飲み、ピザを分け合って口に運んだ。接待で訪れるような一流のレストランよりもはるかに美味しく感じられるのが不思議だった。

かつて躯ごと馴染んだ男というのは、二種類に分かれるのかもしれない。二度と顔も見たくない相手となるか、またとない友人同士になれるか。矢島と別れた当初はてっきり前者だと思っていたし、仕事でたまに顔を合わせることさえ苦痛でたまらなかったのに、今や、彼の言葉を借りるなら「何つうかこう、特別な相手」となっている。十五年という歳月の効果だろうか。

「日にち薬、ってのはけっこう本当でさ」

まるで同じことを考えていたかのように言いながら、矢島は運ばれてきたワインを受け取り、ほいよ、と片方を涼子の前に置いた。

「今それだけ亭主にムカついて、同じ空気を吸うのさえイヤだと思ってても、ずっとそのまんまかっていえば先のことはわかんねえもんだよ。また何年か一緒にいるうちには案外と平気になったり、何かの出来事をきっかけにまた相手を見直したり、愛情が戻ったりすることもあってさ」

「矢島さんもそうだったんですか？」

「俺んとこはほれ、あっちがもう亭主になんか興味ねえから」

答えになっていない。

「だからまあ、そんなに急いで結論を出す必要もねえとは思うけどさ」

「早く別れちまえとか言ったくせに」

「言ったよ、言ったけど、結局はなるようにしかならねえしさ。ただ、勝手に俺の意見を言わせてもらうなら、俺はお前さんに東京へ戻ってきてもらいたいね」

「……え？」

「仕事の相談をしてて、だんだんエンジンがあったまってきてさ。さあこれからだって時に、終電を気にしてテーブルの下で時計ばっか覗いてるお前を見ると、なんか情けなくなるんだよ」

「それは……申し訳ないと思いますけど、」

「家に小さい子どもとか年寄りがいるってんなら、そりゃしょうがねえよ、俺だってこんなこた言わねえけど、お前の場合は違うだろ。亭主に店ぇ出さしてやるためにはド田舎に住むしかなかったってだけだろ」

「ド田舎じゃないですし、私が店を出させてあげたわけでもないですから」

「似たようなもんじゃねえか」

「どっちが」

「どっちもだよ」

ぶすっとした顔の矢島が、乾き始めたプロシュートをつつく。皿に貼りついたそれをこそげ取るようにして口へ運ぶと、彼は、上目遣いに涼子を見た。

「もっぺん訊くけど、その相手の男との将来はねえのか？　未練はねえのかよ」

涼子は、ワインを口に運んだ。

逢えば愉しかった。何の文句もなかった。容姿は申し分なく、映画の趣味も合い、思う以上に誠実で、軀の相性も良かった。しかし、もう逢わないと決めた後もそれほどの心痛は覚えずに済んでいる。目覚めてしまった軀の欲求を満たすだけなら、極端な話、三谷雪絵に頼んで口の堅い誰かを紹介してもらえばいい。心にせよ軀にせよ、ただひとりの相手を求めて焦がれ死ぬというほどでないのなら、それはやはり恋ではないのだ。

「どうなんだよ」

せっつく矢島に向かって、黙って首を横にふってみせると、

「よっしゃ、わかった」

なぜか嬉しそうに破顔した。

「そういうことなら、涼子。俺と寝ようぜ」

久々に下の名前を呼ばれた驚きにまぎれて、一瞬、意味がわからなかった。

「……はい？」

「お前さんに好きな男ができたんなら、邪魔しちゃ申し訳ねえと思ったけどよ。そうじゃないんなら遠慮することたねえもんな」

「あの……なんで今さら？」

「そういうこと言うなよ、冷てぇな」大仰に眉をしかめて、矢島はどさりと後ろの背もたれに寄りかかった。「俺だって一応の遠慮はあったんだよ。昔さんざん傷つけちまった女が、その後は曲がりなりにも幸せな結婚生活を続けてる。もういいかげんそっとしといてやれ、って自分に言い聞かせてさ」

どの口が言うか。しょっちゅうコーヒー片手にちょっかいをかけてきたし、酔っぱらえば手首をつかんだりもしたではないか。

「正直、黒田さんからも釘刺されてたしな」

言われてぎょっとなった。

「……部長が、何て」

「人妻に手を出すなって。せっかく俺みたいなクズと別れて幸せになったんだから、平和な家庭を壊すような真似だけはするな、ってさ」

言葉が出ない。

「だけど、こうなったら事情が違うだろ。今のお前さんちは『幸せ』でもなきゃ『平和な家庭』でもない。だからって、亭主に見切りをつけるのにそのイケメンをテコに使うみたいな真似はしたくないんだろ？」

そう、それは断じて嫌だ。

「だったら俺と寝ようぜ」

「待って下さい。どうしてそこへつながるのかわからない」

「アッタマ悪いな、お前。自由になるためだよ」

「……自由」

「ってか、自分がほんとは自由だってことを思い出すためだよ」

安いワインで悪酔いしたようには見えなかった。口調もはっきりしている。

「そわそわとテーブルの下で時計覗いたり、いちいち亭主の顔色を気に病んだりしなくたって、お前は本来ひとりで堂々と生きられる女だったろ。好きで男に尽くしてるなら俺だって文句言わねえけどな、お前がチンケな亭主に気ぃ遣って縮こまってんの見てっと、ほんっと苛々すんだよ」

背もたれから身体を起こし、テーブルに両肘をついて身を乗り出すようにすると、矢島は真顔で言った。

「俺の惚れた〈滝川涼子〉は、そんな臆病な女じゃなかった。少なくとも、若い女に亭主寝取られた末に、自分のこと『オバサン』とか卑下するようなバカ女じゃなかったはずだぞ。違うかよ、え?」

積み上げられた雑誌や、写真集や、パンフレットなどの紙の匂い。空中に漂う埃が、つけっぱなしのパソコンその他の熱に温められる匂い。本革張りのソファと、床に敷かれたアンティークのキリムと、流しの三角コーナーに捨てられたコーヒー滓(かす)の湿った匂い。——矢島の事務所の匂いを久しぶりに吸い込んだとたん、十五年の時が一気に巻き戻り、涼子は立っていられなくなった。

奥の仮眠部屋にはベッドがあるのに、矢島は手を引いて仕事場の寝椅子に横たえようとする。例のコルビュジエのシェーズロングだ。

抗うと、

「何だよ、ここじゃ駄目か?」唇を貪りながら矢島がにやにやした。「いろいろ思い出すからか?」

そんなことより、さすがに本物の革の手触りは違う、と思う。肌にしっとり吸いついてくる。

「忘れたなんて言わせねえぞ。ここで、さんざん乱れたろ?」

ワンピースのジッパーをちりちりと下ろされ、そこから滑り込んできた熱い手に背中を撫でさすられて、涼子は喘いだ。

狎(な)れた男の手が心地いい。体温も感触も力加減もただ懐かしい。後腐れのない見知らぬホストなどより、結局は昔の男と抱き合うほうを選ぶあたり、自分はやはり〈臆病なバカ女〉なのだ。そう思うと笑いだしたくなる。

馴染んだ男とは、別れたらそれっきりにしておくべきだと思っていた。当時と比べればどうしたって幻滅するし、それは相手も同じだろう。腹が出て、乳は垂れ、肌も艶と張りがなくなって、勃ちも悪くなれば潤いも足りなくなる。

がっかり、したくなかった。思い出はそのまま凍結して取っておきたかった。言い換えれば、取っておきたいくらいの思い出だったということなのだろうか。あの頃は毛穴から血が噴き出るほど辛くて、矢島のヤの字も聞きたくなかったのに、自分の来し方をふり返った時に彼との付き合いが初めから一切なかったらと仮定するとなんだかとてもつまらない人生のようにも思えてくる。

「おいこら、集中しろよ」

上にのしかかった矢島が言った。

「え」

「今、他のこと考えてたろ」

涼子が目をそらすと、矢島は苦笑した。

「そういうとこも変わんねえなあ、おめえは。抱いてても腕ん中にいるんだかどうなんだか……」

「あの頃もそう思ってたの？」

「そうさ。付き合った中にそんな女いなかったから、ほんっと憎たらしくてな。つい躍起になっちゃったよ」

急にシェーズロングから身体を起こし、涼子の手を引っぱる。

「やっぱベッド行こうぜ」

奥の仮眠部屋は、手前の仕事場以上に昔のままだった。せいぜい寝具の柄が違う程度で、もともと黒いカーテンは今も黒だし、壁に寄せて置かれたベッドも、本棚の位置もサイドテーブルの上のスタンドも変わっていない。むせ返るような矢島の匂いもだ。

「長椅子よりはマシだろ」

わずかな時間、無理な体勢でいただけでも腰が痛くなったらしい。情けなさそうにぼやく。

「最近とみに、身体が硬くなってさあ。昔はアクロバットみたいな体位もへっちゃらだったのによ」

ぷ、とふき出した涼子を、矢島は口を尖らせて見た。

「笑うな。てか、労れよ、おめえより年寄りなんだから」

「はいはい、ごめんなさい」

おかしくて笑ったのではなかった。男がそうして平気で弱みを見せるものだから、こちらまで気がゆるんだのだ。

再び押し倒されながら、セミダブルのベッドが情事には少し窮屈だったことまで思い出す。矢島はいそいそとワンピースを脱がせ、自分のほうもポール・スミスのストライプシャツとその下に着ていたTシャツを脱いだ。胸板がみっしりと肉厚なのは変わらないが、腋の下あたりに皺が寄り、腹はぽっこり出て、肌にはシミが増えている。それを見ても、幻滅より安堵のほうが勝っていた。かえって愛おしさにも似た思いがこみあげてきたことに、涼子は狼狽えた。

今さらのようにおずおずと上に乗ってきた男の軀を、そっと抱きとめる。

「何だよ、妙に優しいじゃねえか。調子狂うなあ」

黙って微笑を返す。

どんなにケアをしても年々みずみずしさを失ってゆく自分の身体を、最近はとみに価値のないもののように感じていた。夫婦仲は良くてもセックスレスで、稀に抱き合っても最後まで出来なかったは

ずの夫の浮気によって突きつけられたのは、

〈なんだ、若い女なら抱けるのか〉

という身も蓋もない現実だった。野々村と抱き合ったくらいでは、胸の奥深く穿たれた傷が癒えることはなかった。

それなのに、この心安さはどうだろう。

「やれやれ。改めてこうなると、なかなか照れくさいもんだね」

拗ねたような顔で矢島が手を伸ばし、スタンドの灯りを小さくする。オレンジ色の光が互いの上半身を包み、合わせた肌と肌がたちまち親密さを増してゆく。

キスの一つひとつもまるでロマンティックではなく、仲のいい犬ころが挨拶がわりに口もとを舐め合うのと大差ない。シャワーも、どうでも浴びなければとは思わない。むしろ互いの匂いをくんくん嗅ぎ合い、舐め合って安心したい。

唇をほどいた矢島が、いきなり耳の中へ舌先をつっこんでくる。びくっと跳ねた涼子がよけようとするのを、両手で頭を押さえつけてなおも奥まで挿し入れる。ぴちゃぴちゃという水音が脳に直接響き、涼子は思わず声をあげた。

「そうそう、お前ここ弱いんだよなあ」矢島が含み笑いをする。「どんどん思い出してきたぞ」

「いいから、思い出さなくて」

「お前とのセックスはほんっと愉しくてさ、めっちゃ気持ちよかったんだよ。何回抱き合っても、反応がいちいち初心（うぶ）なのがまたおかしくってさ」

「そ……そんなはず、」

「今はどうだろうな。さすがに練れたか。何せ人妻だもんなあ」

わざと偽悪的な物言いをして乳房をぎゅっとつかみ、先端を強く吸い立てる。声も出せずに、涼子は背中を反り返らせた。

前歯を剃刀（かみそり）のように乳首の上にあて、素早く舐め上げるように舌先を躍らされると、皮膚のすぐ下を電気が走る。刺激されているのはただ一点なのに、チリチリとむず痒いような感触が全身に伝わって、我知らず足の指が反り返る。

以前の手順を、矢島は忠実に再現した。もしかすると相手が誰であれ同じように抱くのかもしれないが、涼子にとっては全部が特別だった。そもそもの初めから、彼のやり方で開発された軀だ。いつか来た道をたどるのは、初めての男との情事とは比べものにならないほど心丈夫で、驚きはないかわりに快楽はがぜん深くなる。

うつぶせにされ、両手両膝をつけと言われてそうすると、背中と背骨を執拗に舐め上げられる。尾てい骨から上へと脊椎を順繰りになぞっていった舌が、首筋までたどりついて耳をしゃぶりたてる。耳朶やうなじ、肩先に肩甲骨、あちこちに歯を立てられるたびに声がもれ、がくがくと腰が揺れた。脚の間にするりと指を滑り込ませた矢島が、言わずもがなの感想を述べて涼子を辱める。

やがて彼は、ベッド脇の壁にもたれて両膝を立て、後ろから涼子を抱きかかえた。一人掛けソファよろしく自分によりかからせ、同じように脚を立てて開かせ、右手で最も敏感な部分を愛撫する。潤いを塗り込めては円を描くように刺激する。

「……だめ。やだ、やめて」

返事はない。左手は乳房の先端をつまんで転がしながら、舌はうなじを舐めたかと思うと、いきなり耳ごとすっぽり口に含んだ。

たまらずに悲鳴をあげる。甘く鋭い危機感がじりじりと募っていき、軀の中が揺れ、脳みそまで煮える。沸騰したやかんのように、甲高い音をたてながら湯気を噴きあげてしまいそうだ。

あれもこれもと同時に仕掛けられる愛撫のどれか一つでもやめさせたくて、矢島の手を払いのけようとするのに叶わない。指先で秘所の外も中も刺激され、今にも爆ぜそうなのをこらえると、かわりに溢れてしまいそうになる。

「ねえ、シーツ……」

「あん？」

「シーツが、駄目になっちゃう」

「駄目になっちゃってんのはお前だろうがよ」

「お願いだから、待って。せめて何か敷くもの、」

「くだらねえこと気にすんな。洗えば済むって」

記憶が確かなら、この事務所に洗濯機はない。

「だ……誰が洗うのよ」

「うるせえなあ、もう」

苛立った矢島が耳朶を強くかじった。

「やっ」

「いくら俺が鬼畜だって、こんなもん持って帰って女房に洗わせるわけねえだろう。すぐ下にコインランドリーがあるっての」

それを聞いたとたん——懸命に踏みとどまっていた足もとが崩れた。きつく閉じたまぶたの裏側で、蛍光色の光が明滅する。

「そろそろ、来そうか」

久々の言葉に泣きそうになる。

「ようし、来い。お前の好きな時に思いっきり来い」

矢島は、〈いけ〉とは言わない。〈来い〉と言う。

立てて広げた両脚のすぐ外側、矢島の腿をそれぞれ肘掛けのように握りしめながら腰を浮かす。全身を強ばらせ、後頭部を矢島の鎖骨に押し当てる。

「もっとか」

小刻みに頷くことしかできない。

「ちゃんと言わねえとやめるぞ」

「やだ、もっと、もっと……」

「気持ちいいか」

「いい、気持ちいい、だからやめないで、やめちゃやだ」

年甲斐もなく舌足らずに乱れる自分が信じられない。恥ずかしさで死んでしまいそうだ。矢島の中指が奥まで潜り込み、絶妙の力加減で中を揺さぶると、瞬間、ダムが決壊するように限界が来た。溢れる、こらえても止まらない、だらしない声がもれる、尻まで濡れそぼって潮のような香りが鼻をつく。

「おいおい、恥ずかしいなあ、涼子。こーんなおもらししちゃってよう」

「や……っ、離して、お願い」

「嘘だよ。遠慮すんな、どんどん溢れろ。もっとだ、ほら、もっとおいで、ほぉら」

だくだくと溢れるものが潤みまで洗い流す。矢島の指がようやく中から抜かれたかと思うと、もはや小さな男根のごとくそそり立った花芯をこすり始めた。わずかに軋むような感触が、新たに塗りつけられた潤滑油でなだめられ、入れかわりに中とはまったく違う尖った快感が突き上げてくる。

「もうやだ、もう……もう、」

入れて、と恥を忍んで頼んだのに、矢島は耳もとで笑った。

「相変わらず、バカだなあ涼子。俺がそんなお願いを聞いてやった例しがあったか？」

ささやかれて身悶えしたかと思うといきなり、

「そら、来い」

ぐいっと粒を押し込まれ、とたんに爆ぜた。弾け散った。

上昇と墜落が同時に来て、軀の中の気圧がおかしくなる。矢島の指はそのまま動かず、そのかわり力もゆるまない。押し込まれた粒がひしゃげ、涼子は、声をあげながら続けて再び達した。

内側が激しく収縮し、その痙攣が全身を震わせる。目尻から涙があふれ、唾液までが糸を引いて、後ろから回されている矢島の二の腕に落ちる。

気がつけば、耳もとでずっと声がしていた。

「ようし、いい子だったな……ようし」

まるで拘束具のようだった腕の力がやがてゆるみ、矢島はようやく涼子を横たえてのしかかってきた。

焦らされるだけ焦らされていたものが中に押し入ってきた時、涼子は思わず彼の背中に腕をまわし、きつく抱きついていた。そうしていないと溺れそうだった。

「こら。離せって」

わざと動けないようにさせていると思ったか、苦笑しながら覗きこんできた矢島が、真顔になる。

「なんだお前」

「……なんでもない」

「なんでもなかぁねえだろう。なに泣いてんだよ」

涼子は、壁のほうへと顔を背けた。

「ほっといて」

「……ふうん」

唸った男は、数秒ほど黙っていたかと思うと、何を考えたかふいに手を伸ばしてきて頭を撫でた。思わず振り払う。

「やめてよ、子ども扱いしないで」

「してねえって。子どもにこんなことするかっての」

片脚を抱えあげ、ぐいと軀を進めて最奥の壁を突く。甘い疼痛(とうつう)に、涼子は呻いた。いやらしく腰を動かしながら、矢島は相変わらず髪を撫でようとする。

「だから、やめてったら、なんでそんなこと」

「可愛いからだよ」

「はあ?」

「お前はさあ、いつだって最高にいい女でさ」

いったい何を言いだすのか。

「会社とかで見てっと、俺なんかには眩し過ぎたりもするんだけどさ。たまーに、ほんとにごくごくたまぁーに、めっちゃ可愛い顔すンだよ。ギャップに腹立つぐらいに」

頭がおかしくなったのではないかと本気で疑いながら見上げていると、どうやら機嫌を損ねたらしい。

ふん、と鼻を鳴らした矢島が、やけのように唇を重ねてきた。
「もう、いい」

疲れきって横になり、目覚めて時計を見ると六時だった。

黒い遮光カーテンの隙間から朝の光が漏れている。秋らしいさらさらとした光の粒子が壁にこぼれ、部屋の中を柔らかく照らしているのを、涼子はしばらくぼんやりと眺めた。

眠ったり起きたりしながら、何度交わったかわからない。さすがにこの歳では回復に時間がかかるからと言って、矢島自身がいよいよ最後まで達したのは明け方だった。復活力はともかく、少なくとも持久力に関しては思ったより衰えていないようだ。正直びっくりしたが、言えば喜ぶと思ったので言わなかった。

半開きのドアの向こうから、芳しいコーヒーの香りが漂ってくる。目が覚めたのはそのせいだ。

起き上がり、乱れてほとんど床に落ちてしまっていたシーツを身体に巻きつけて出てゆくと、ちょうど玄関ドアを開けて入ってきた矢島がこちらを見て笑った。階下の集合郵便受から新聞を取ってきたらしい。

涼子を抱き寄せ、無精髭の伸びた頬をこすりつけてくる。
「なあ、またしようか」
「え。ちょっともう無理」
矢島がくっくっと笑った。
「冗談だよ。コーヒー飲んだら、朝飯はどっかへ食べに出ようぜ」
「ばかなこと言わないの。そんなところを誰かに見られたら……」

言い終わらないうちにまた玄関が開いた。

思わず悲鳴をあげた涼子を、矢島が慌てて背中に隠そうとする。

ごおっと吹き込んできた外の空気がコーヒーメーカーの上の換気扇をからからと回し、ドアが閉まると、しんと静かになった。

「……どういうことなのか説明してもらえます？」

と、矢島の妻は言った。

14

美登利に別れ話をしてから五日後の、木曜日の朝。

目が覚めても妻の姿はなかった。仕事が終わらずに泊まってくることはたびたびあるが、一言もなかったのは初めてだった。

〈大丈夫？〉

〈ちょっと心配してます〉

〈仕事だったらいいんだけど〉

〈まさか事故とかじゃないよね〉

昨夜遅くに送ったＬＩＮＥに、明け方、一言だけ返事が来ていた。

〈ごめんなさい。ばたばたしていて連絡できませんでした。今夜は帰ります〉

返事を書き送るのは何だか癪だった。浮気がバレた側として遠慮はあるのだが、妻の無断外泊にはやはり腹が立つ。美登利と外で会っていた時も、一応の連絡くらいはしたじゃないか、と思う。

着替えた後、一階の店に下りてみる。野々村の店のほうの都合で山崎が来られないというので、今日は臨時休にしてあった。野々村も本人もしきりに謝っていたが、疲れが溜まった腰や背中を休ませるにはちょうどよかったかもしれない。

店の奥のブースはまだそのままだ。ちょうど昨夜、荷物引き上げの業者などはいつ来るのだろうかと考えていたところへ、美登利からLINEが届いた。

〈少しでいいから、時間を取ってもらえませんか?〉

絵文字もスタンプもなかった。

断るのも角が立つ。承諾の返事を送りながら、会うのはずいぶん久しぶりだ、と思った。

約束した通り、美登利は午後一時に訪ねてきた。

「二階で話そうか」

と促すと、彼女は驚いた顔をしたが、おとなしく後について階段を上ってきた。

店の中では、うまく話せない気がした。人目につかない奥のブースはもちろんのこと、入口ドアのすぐ内側、バックヤード、レジの物陰……どこを取っても彼女と抱き合った記憶がこびりついている。そんなに前のことではない。すべてはこの夏の間の出来事だったのだ。

「コーヒーでいいかな」

「いえ、どうぞお構いなく」

「そのへんでちょっと待ってて」

「じゃあの、すみません、お茶か紅茶を頂いてもいいですか」

自分からそちらを選ぶのはめずらしいなと思いながら、孝之は戸棚を開けた。涼子がいつも買ってくる紅茶の缶を取り出し、ポットに茶葉を入れる。その間、ダイニングの椅子にバッグを置いた美登利は窓辺に立ち、眩しい陽射しに目を細めながら遠くの川を眺めていた。

「どうぞ。入ったよ」

マグカップに注ぎ分けた紅茶の一つを、孝之はその椅子の前に置いた。涼子と向かい合って話した時も、美登利はおそらくこの席に座ったのだろう。失礼します、と小さく言って、美登利が腰を下ろす。白磁にブルーオニオンの描かれたマグカップにそっと触れ、微笑を浮かべる。

「なに？」

「いえ。孝ゆ……店長と奥さんとでは、つくづく好みが違うんだなと思って」

孝之は苦笑した。

「で、話っていうのは？」

とたんに美登利の表情が硬くなった。

一つ大きく息をつき、おもむろにバッグからスマートフォンを取り出す。一枚の画像を表示させ、孝之のほうへ向けてテーブルの上を滑らせてよこした。

体温計のようなものが写っていた。見たことがある。昔、涼子が使っていた。月のものが少し遅れるとそれを握ってトイレに籠もり、そのつど、しょんぼりした顔で出てきた。

スマホの画像を凝視する。小窓の部分に、縦の赤い線が二本並んでいる。

「……これは？」

口の中が渇いて、声が掠れた。

「妊娠判定薬です」

「それは知ってる」

「何もなければ、左側の線が浮き出てくることはないんです」

孝之は、紅茶を飲んだ。おそろしく熱いものが、喉と食道を灼きながら落ちてゆく。

「こういうのって……その、間違いとかはないの？」

「そうですね。これだけくっきり出ちゃうとさすがに……。でも百パーセントってことはないと思って、お医者さんへも行きました」

財布から真新しい診察券を取り出して見せる顔が、ひどく青白い。

「生理が遅れてるのはわかってたんですけど、わりとよくあるからって自分に言い聞かせて、つい先延ばしにしちゃってたんです」伏し目がちに答えながら、悲愴な声で呟く。「ごめんなさい」

「いや……なんできみが謝るの」

「だって、あの時も、あの時も、私が大丈夫な日だなんて言ったから」

勢いに流されて交わってしまった最初の河口湖での一夜も、その翌日の帰り道、高速を途中で下りた時もそうだった。ラブホテルの枕元にはゴムが用意されていたが、すぐ前の晩に何度も精を放ったくせに今から付けるのもナンセンスに思え、美登利の言葉に甘えてつい無防備に交わってしまった。そう、何度もだ。

その後はできるだけ気をつけていたつもりだが、美登利が基礎体温をつけていると聞けば甘えてしまっていたし、店の隅で慌ただしく交わるのにいちいち万全の防備でのぞんだわけではない。どの一発が〈当たり〉だったのかと思いをめぐらすと、おそろしいほどの後悔がこみ上げる。

「わかってて嘘をついたわけじゃないんです。ほんとに大丈夫だと思ってたの。お願い、それだけは信じて」

消え入るように、美登利が呟いた。うつむいたまま肩を縮こまらせるようにして、ごめんなさい、とくり返す。

「信じるよ」孝之は言った。「っていうか、そんなこと最初から疑ってなんかいないよ」

美登利がとうとう、涙をこぼした。

相変わらず片手でつかめそうなほど小さな頭だ。つむじのてっぺんがこちらを向いている。下の店でアッシュ系のブラウンに染めてやったのはつい半月ほど前のことだが、根もとにはすでに黒い地毛が覗き始めていて、若い生命力をそんなところにも感じる。

そうだ、彼女はまだ若くて、しかも未婚なのだ……。孝之は茫然とした。背骨から力が抜けてゆく思いがする。充分な代償は、すでに支払ったはずではなかったか。たしかに浮気は褒められたことではないけれども、あれだけひどい事故に遭って、激烈な痛みに耐え、長い入院とリハビリを経た果てに男性機能をほぼ喪う羽目になったのだ。その上このざまとは、犯した罪に対する罰としてはいくらなんでも大き過ぎる。

「私……なにも孝之さんに認知して欲しいとか、そんなつもりで話しに来たんじゃないんです」

いつもよりずっと低い声で、美登利が言った。

「え。違うの？」

「じゃあ、何で？」

こくんと頷く。

「聞かないでいたほうがよかったですか？」

「そうじゃないけどさ」

「失敗した、って思ってます？　もうきっぱり別れたんだから、黙ってさっさと堕ろしてくれればよかったのに、って」

「思ってないよ」しどろもどろで答えた。「そんなひどいこと、思うわけないだろ。ただちょっと……びっくりしただけだよ」

ちょっと、どころの騒ぎではなかった。涼子とは子どもを作るつもりで努力してもできなかっただけに、美登利と関係を持っても、まさかの可能性についてはあまり真剣に考えていなかった。子どもができないのは、たぶんこちら側の精子に何らかの原因があるのだろうとあきらめていたせいもある。妻もそう思っていたろうが、遠慮してか口に出そうとはしなかった。

「お話ししたのはただ……大事なことだと思ったからです」こくりと何かを飲み下して、美登利は続けた。「望まれている命かどうかは別として、今、私のお腹に赤ちゃんがいることは確かだし、これからどうするにしてもやっぱり父親である人には伝えておかなくちゃいけないんじゃないかって。私一人で勝手に決めていいことじゃないと思ったんです。それだけです」

孝之は、美登利の表情を探った。思い詰めたような目の色に、胸を衝かれる。

「きみ自身は、どうしたいの？」

「それを訊くんですか」

「もし俺が今日、会わないって言ったらどうするつもりだった？　それか今ここで、あきらめて欲しいって言ったとしたら」

「孝ゆ……孝之さんが、堕ろして欲しいって言うなら」

「——言うなら、そうする？」

新たな涙がこぼれる。はっきりとは答えない。

思わず、深いため息がもれてしまった。

「ご……ごめんなさい。私また、すごく困らせてますよね」

「まあ正直、そんなことないとは言えないけど、それだってきみだけのせいじゃないから」どうにか苦笑いを浮かべてみせる。「だけどさ、前から思ってたけど、どうしてきみみたいな子が、そこまで俺なんかにこだわるんだろう」

「え」

「そんなに若くてさ、可愛くって性格も良くってさ。これから先、もっとかっこよくて稼ぎもいい恋人をつかまえたりして、人生いくらでもやり直せるじゃない。何も今ここで意地にならなくていいよ。こんな悪条件、そのまんま呑む必要ないよ」

「違います、そうじゃなくて！」美登利は言った。「べつに赤ちゃんができたから意地になってるわけじゃないもの。私はただ孝之さんが好きだから、」

「だからなんでそんな」

「わかんない！　どこが好きとか、そんなのって、箇条書きにできるものですか？　みんな、そんなふうに条件並べて人のこと好きになるものなの？　わかんないです、どうしてこだわるかなんて。私はただ、今お腹にいるこの子を守りたいの。もし、内緒ででも産んで育てることを許してもらえるんならそうしたい」

「内緒？　どういうこと？」

「だからつまり……奥さんには秘密にしておくとか」

「は？　どうやって」

「駄目ですか？　私も孝之さんも絶対言わなかったら、バレないんじゃないですか」

「いや、何言ってんだよ。だいたい、きみのところは御両親と一緒だろ。誰の子どもか内緒にできるわけが、」

「私は絶対、口が裂けても言わない。どんなに訊かれたって私さえ言わなかったら大丈夫じゃないですか。そういうひと、実際にいるでしょ？　女優さんとか、父親が誰か絶対に言わないまんま子ども産んで育てたひとだって」

「それは生活が保証されてのことじゃないか。俺だって充分な財力があったらそうしてあげたいけど、きみも知ってるだろ、うちの財政事情。とうてい充分なことはしてあげられないし、」

「だから、そんなのどうでもいいって言ってるじゃないですか！」

身を揉むようにして、美登利が叫んだ。それまでいちばん大きな声だった。

涙をこぼしながらも目を見ひらき、挑むように孝之を見据える。

「子ども扱いしないでよ。私にだって、今まで働いて貯めたお金が少しはあるんだから。親も、自営業で余裕がないわけじゃないし、どれだけ怒ったって反対したって私を家から追い出したりはしないと思うし、産んだら、あとは母に預けて働きます。必死に頑張って育てられないってことは……」

感情が激しすぎて咳き込んだ美登利が、うっ、ううっ、と唸り、両手で顔を覆う。

「……だから、お願い。堕ろせなんて言わないで」

しゃくり上げながらも、長々と洟をすすり上げる音がする。

「たとえ孝之さんにそう言われても産みたいけど……そこまで否定されちゃったら、私よりこの子が可哀想だよ」

泣きじゃくるたびに肩が揺れ、スカートの上に涙が落ちる。

何か言ってやろうとして、孝之は言葉が出なかった。

美登利の主張は子どもが駄々をこねるのと大差ない。人の子一人を、それも結婚もせず父親も抜きで育てるのにどれだけの覚悟が要るか、ほんとうにはわかっていないのだ。一時の感情に流されて後から悔やむのでは、それこそ生まれてくる赤ん坊が可哀想ではないか。

ここは大人である自分の側が冷静に対処しなくてはいけない。——そう思うのに、身体は勝手に動いて立ち上がり、気づいた時にはテーブルをぐるりと回っていた。

椅子のすぐ脇に立つ孝之を、涙と鼻水に濡れた顔がぽかんと見上げてくる。

「ごめん」

「……え？」

「俺のほうこそ、ごめんな。ひとりで抱えて、苦しかったよな」

そっと抱き寄せ、小さな頭を抱え込んだその瞬間、こわばっていた美登利の身体から力が抜け、声をあげて泣きながらすがりついてきた。よしよし、と背中を撫でさする。

「こういうことは、早まっちゃ駄目だよ。そりゃタイムリミットはあるだろうけど、だからこそ二人でちゃんと考えよう」

「うん。……うん」

頷いた美登利が、孝之の腰に腕を回して抱きついてくる。額がちょうどこちらの臍の下に押し当てられている。以前であればたまらずに前立てのチャックを下ろしていたところだろうが、今となっては——。

「でも、お願い、無理はしないで下さい」美登利が見上げてくる。「孝之さんが苦しい思いするんだったら、わ……私なんか……」

「わかってる。わかってるから」

その場に膝をつき、真近に顔を見たら唇を重ねてしまった。しょっぱいキスを交わしながら、ああ何をやっているんだ俺は、と思う。背後から野犬が迫ってくるような焦燥とともに、諦めや自棄にも似た感情が腹の底に凝る。

〈もうどうにもならない〉と〈どうにでもなれ〉とは紙一重だった。自分をこんなところへ追い込んだ女が憎らしくて愛しくて、それ以上に、何もかもを投げ出してどこかへ消えてしまいたかった。


その晩、涼子が帰ってきたのは八時過ぎだった。ふだんに比べるとかなり早い。

ダイニングから孝之が声をかけると、涼子はこちらをちらりと見て、ただいま、と言った。

「お帰り」

「ゆうべはごめんなさい」

「いや、ちょっと心配だっただけだからさ。着替えておいでよ」

頷いて、踵を返す。ひどく疲れた顔をしていた。仕事でまた何かトラブルでもあったのだろうか。

ふと思いつき、孝之は立ちあがって、キッチンカウンターの端に置かれていたステレオのリモコンを手に取った。それでなくとも気詰まりな話をするのに、せめて音楽くらいはほしい。スマートフォンと同期し、洋楽のリストの中からできるだけ穏やかそうなものを選んでかける。リモコンを戻そうとして、最近では涼子しか運転しない車のキーに気づき、孝之は何とも言えない気分になった。

富士山と桜のあしらわれたコイン型のキーホルダー。河口湖のライドに出かけた時、美登利と揃いで買ったものだ。

妻が、不気味に思えた。何も知らずにいた間ならまだしも、夫の不倫をそれも愛人の口からはっきり知らされた後でも、このキーホルダーをはずさないでいられる神経がわからない。もし自分が同じ立場だったら、妻が他の男との不倫旅行で浮かれて買ってきたキーホルダーなど、発覚した時点で引きちぎって窓から投げ捨てている。

洗面所から水音が聞こえる。うがいの音が止み、しばらくすると、涼子が再び戻ってきた。キッチンの棚からマグカップを取る。白地に深紅で繊細な絵付けの施されたエルメスのカップだ。

「紅茶、あなたも飲む？」

「うん」

彼女が続いて手に取ったのは、ブルーオニオンのマグカップだった。昼間、まさにこの席に座った美登利がそのカップで紅茶を飲んだと知ったら、涼子は何と言うだろう。キーホルダーと同じく気にもしないのだろうか。

ガスに乗せたケトルのお湯が、しゅんしゅんと沸いてくる。音楽があってさえ沈黙が気詰まりで、

「疲れて帰ってきたのに、俺のぶんまでごめんな」

と言ってみると、涼子は目を上げずにかぶりを振った。

「私が飲みたかったの」

「仕事、かなり大変だったみたいだね。目の下に隈ができてる」

うつむいたまま、黙って眉根を寄せたようだ。丁寧に紅茶を淹れ、マグカップを二つテーブルまで運んできた彼女は、少し躊躇った末に居間のほうを目で示した。

「あっちに座らない？」

立ちあがり、孝之も移動する。向かい合うよりソファに並んで掛けたほうが落ち着いて話せるかもしれない。

三人掛けのソファの両端に腰を下ろすと、涼子は猫のぬいぐるみを一度だけ撫でてから紅茶に口をつけた。間には、互いの心の距離を象徴するかのような空間がある。

何から切りだすか、と考えただけで動悸が速くなり、孝之は熱い紅茶をすすって気を落ち着けよう

とした。先送りにするわけにはいかない。美登利のお腹にいる子どもは、今も刻一刻と育っているのだ。

息を吸い込んだところで、涼子が言った。

「話したいことがあるの」

いよいよ来たか、と身構える。今に至るまで、彼女が何も訊いてこないほうが不自然だったのだ。

「ごめん。その前に俺の話を聞いてもらえるかな」

「え」

白い顔がこちらを向く。黙っていると寂しげに見える顔だ。

「いい？　きみの話も後でちゃんと聞くから」

涼子は何か言いたげだったが、結局、うなずいてよこした。

「ありがとう」ごくりと唾を飲み下す。「いくつかあるんだけど、まずはその……つまり、俺の、浮気のことです」

あえてズバリとその言葉を口に出した。逃げ隠れしません、という意思表示のつもりだったが、涼子の反応は薄い。出だしから当てがはずれる。

「いや、わかってるよ。とっくに気がついてたとは思う。なのに俺、ごまかそうとして酷いこといろいろ言ったじゃん。今からふり返るとほんと恥ずかしくて、申し訳なくてさ。だから、まずは謝らなきゃ。——ばかなことしてごめん。本当に悪かった」

涼子は黙って前を向いている。正面の壁には、正方形の木組みが連なる棚があり、美術書や写真集のほか互いの所有する書物に交じって、花瓶やキャンドルホルダーなどが飾られている。両端に組み込まれたスピーカーからは、今はスティングの歌が流れている。たしか殺し屋と少女の出てくる古い映画の主題曲だ。

と、ようやく涼子が口をひらいた。

「お店、辞めたんだってね、小島さん」

「え、なんで知ってるの」

「山崎くんから聞いたの。昨日の朝、駅でばったり」

「ああ……そういえば、会ったって言ってたっけ。うん、俺から言って、しばらく前に辞めてもらったんだ。別れようって話もちゃんとして」

「向こうは、何て？」

「納得してくれたよ。だから辞めてったわけだし。だけど……何ていうかこう、ちょっと別の事情ができて……」

「なあに？　赤ちゃんでもできちゃったとか？」

動揺のあまりマグカップが揺れ、紅茶が膝にこぼれた。

「あッつぅ……」

部屋着のスウェットをつまみ、濡れた部分を腿から離す。まるで漫画だ。

「……え？　ほんとにそうなの？」

震える声で涼子が言う。黙っているこちらを見るまなざしはさすがに傷ついた様子だ。

「できたのはいつ？　あの、事故った時の旅行？」

「ちょ、」

「それとももっと前？　ううん答えなくていい、それであなたはどうしたいわけ？」

「ちょっと待ってくれよ！」思わず声が大きくなった。「ちゃんと順番に話すから……だから、悪いけど頼む、口を挟まないで俺の話を聞いてくれないかな」

涼子が、短い吐息をもらした。「どうぞ。続けて」

「いつだったかは、正直よくわからない。どうしてもっとちゃんと避妊しなかったのかって言われたら何も言い訳できないけど、それも何ていうかこう、雰囲気に流されたっていうか、要するに俺が悪いんだけどさ、とにかく彼女が妊娠してるってことだけは確かなんだ。俺の子だって彼女は言うし、俺もそれは疑ってない。で……問題はつまり、彼女が産みたがってるってことでさ。もちろん俺、説得したよ。まだ若いんだし人生を棒にふる必要はないって。だけど彼女、たとえ奥さんに隠れてでも、俺が許さなくても、一人で産んで育てたいって泣くし……そこまで言われたら、俺のほうからはどうしても堕ろしてほしいなんて言えないじゃん。だって、そんな簡単なことじゃないだろ？　小さくても人ひとりの命のことだし、」

「もういい」

突然、遮られた。涼子が身体ごとこちらを向く。

「もうたくさん。とにかくあなたはどうしたいの。言い訳はいらないから、結論だけ聞かせて」

「……そう言われても」

「お願い。どんな結論でもいい、正直に言って。もう、ちょっとやそっとじゃ驚かないから。私と離婚したいの？」

「そうじゃないよ」孝之は首を横にふった。「そうじゃないんだ」

「じゃあ何なの？　私に許してほしいの？　全部水に流して、これからも夫婦を続けようって言ってもらいたいわけ？　だけどそれじゃ彼女のお腹の子はどうなるの？　どうやって責任取るつもりなのよ」

目を上げて見やると、涼子がようやく口をつぐんだ。

「……ほんとに、正直に言っていいかな」

「言いなさいよ、はっきり」

孝之は、大きく息を吸った。

「俺は、自分の子どもが欲しい。どうしても。涼子だってそうだったろ？　だからこの際――彼女の産む子どもをうちで引き取って、俺たち二人で育てるっていうのじゃ駄目かな」

*

ちょっとやそっとじゃ驚かない、と豪語した自分を背中から突き転がして嗤ってやりたかった。頭の中が真っ白になり、あらゆる思考と感情がフリーズしている。

「無茶なこと言ってるのはわかってるよ」

と、夫が言う。いや、少しもわかっていない、と思うのに声が出ない。

「そりゃ客観的に考えたらさ、愛人の産んだ子をなんて、昔ならともかく今の時代、ちょっとあり得ないよなっていうのはわかってる。理屈ではほんと、わかるんだよ。ただ……なんていうか、どうにもならない事情があって」

「やめて」

涼子はようやく声を押し出した。

「聞きたくない。もうやめて」

「いや、これだけは聞いてもらわないと困る」

「勝手に困ればいいでしょう。私の知ったことじゃない」

言い切ったとたん、こみ上げてきた虚しさに呻いた。夫婦生活、山もあれば谷もあったが、それなりに仲良くやってきた。互いの間の溝を感じたことは幾度もあるにせよ、愉しい時だって沢山あったはずだ。それなのにここへきて、夫のことがこんなにもわからない。まるで隣に宇宙人が座っているようだ。顔だけは夫とそっくりの、けれど中身は見知らぬ他人。いつの間に乗っ取られたのか、それともそもそもの最初から、彼のことを〈知っている〉と思っていた自分の感覚が誤りだったのか。

「涼子」

孝之がソファの上にあぐらをかくかたちで、こちらにまっすぐ向き直る。

「頼むから聞いてほしい。これはまだ、彼女にも誰にも言ってない。医者と俺しか知らない」

ぎょっとなって思わず彼の顔を見やる。まさか、命にかかわる病気だとでも……？

拒絶しないのを、許されたと思ったらしい。孝之は言った。

「俺……俺さ。じつは、不能になった」

「——え？」

「あの事故で、神経系統がやられたらしくて。あっちの機能が駄目になったんだ」

「……あっち」

「触れば一応、感覚はあるよ。だけど、勃起しない。何をどう試してみても勃たない。男じゃなくなったってことだよ。残念ながらこの先もずっとね」

まるで他人事のような口ぶりで淡々と言い捨て、ふっと苦笑さえ漏らす。しかし目の色はおそろしく昏い。

一瞬、脳裏を、

（バチが当たったのだ）

という思いがよぎり、涼子は狼狽えた。反射的にそう思ってしまう自分と、彼の落胆や憔悴をまのあたりにして可哀想に思ってしまう自分とが同時にここにいる。何と言葉をかければいいのかわからない。そんなことくらいで男でなくなるわけがない、と軽々しく慰めることさえできない。

「……他には、ないの？」

ささやくような声になる。

「他って？」

「それ以外に、ずっと痛んでるところとか、うまく動かせないところとか……」

孝之が真顔になり、優しいんだな、と呟いた。

「大丈夫。まだあちこち痛いことは痛いけど、それはたぶんリハビリで恢復するはずだから。考えようによっちゃ、命を落とさなかっただけで御の字なんだろうな。問題があるのが一カ所だけで済んだなんてさ」

また苦笑いを浮かべる。

「バチが当たったんだ、って思うだろ」

「そ……」

「思ってあたりまえだよ。俺だって思うもん。誰が聞いても自業自得、同情の余地なし。だけど――だけどさ、涼子。いざこうなってみたら、なんか、どうしても納得いかなくてさ。これまで涼子と夫婦でいる間、そりゃ子どもが欲しくて努力した時期はあったけど、何が何でも、たとえ体外受精とかでも作るんだっていうほどのあれじゃなかったじゃん。授かればラッキー、授からなくてもそれはそれで夫婦仲良くやっていければいいって思ってた。その気持ちに嘘なんかなかったよ。だけど、いざ自分のこれが勃たなくなって、自然に女のひとを妊娠させることができなくなってみたらさ。正直、ものすごい喪失感があるんだよ。いや、わかんない、もし美登……小島さんから妊娠の話を聞かされなかったら、俺は静かにあきらめてたのかもしれない。勃たないことのショックのほうがでかくて、子どものことなんて考えもしなかったかもしれないよ。だけど今、実際に、俺のほとんど最後に放った種が育ってる。それを堕ろせって言うのは、この世から完全に俺の遺伝子を消し去ってしまうってことだろ？　とても言えないよ。てか、言いたくない。……こんなこと、聞かせること自体がどれだけ残酷か、そりゃもちろんわかってるけど、俺はどうしても、自分の血を引き継いだ子どもを育てたいんだってことがようやくわかったっていうか……」

息継ぎもせず、前のめりにそこまで言うと、孝之は黙った。

最後にぽつりと付け加える。「ごめんな」

議論の時、相手が興奮すればするほどこちらは醒めてゆく、というのが自分の癖なのは知っていた。ただ、それがこんな特殊な場面でも発揮されるとは思わなかった。

「話は一応わかりました」

と、涼子は言った。

「でも、だったら何も私に遠慮しなくたって、彼女と一緒になってその子を育てればいいじゃない。そうすれば全部丸く収まる話なんじゃないの？」

するとと孝之は激しくかぶりを振り、すがりつくように言った。

「イメージできないんだよ、彼女と暮らしてる自分の姿が。あの子はさ、若いだけにわかってないんだ。一人ででも産んで育てるなんて言うけど、世の中甘くない。いくら親を味方に付けたって、女がそうそう一人で赤ん坊なんか育てられるわけないのに、いっときの感情で大丈夫だ、できるって言い張っちゃってさ。そういうところ一つとってみても、どれだけ幼いかわかるだろ？」

　涼子は、ものが言えなかった。ありとあらゆる感情が身体の中で渦を巻き、しかしどれもが言葉にならない。

「俺、間違ってたよ。今になってみると、どうしてあんな馬鹿なことしでかしたか自分でもわからない。いや、言い訳はできないよ、確かに俺自身、彼女に惹かれてそういうことになったんだし、その場の盛り上がりに流されたりもしちゃったわけで、だから悪いのは全部俺なんだけど……でも、涼子がほんとに俺から離れていっちゃうのかとかさ。この腰が治った後でも、駅まで送り迎えしたり、休みの日に旨い飯作ってもらったり、一緒に映画観たりできなくなっちゃうのかって想像したら……なんかもう、自己嫌悪でどうにかなりそうだよ。なんで俺、あの時踏みとどまって引き返さなかったんだろう。どうしてこんな、お互いにいちばん居心地のよかった場所を失うような馬鹿なことをしでかしたんだろうって、」

「よくない」

「……え？」

　遮られた孝之がぽかんとしている。涼子は、声を絞り出した。

「私は、居心地よくなかった。家の中のどこにも、私の居場所なんてなかった」

「え、ちょ、何それ」

「あなたには店があるけど私には、」

「待てよ。俺、この家建てる時、最初に言ったじゃん。俺の書斎とかは要らないから、キッチンやリビングなんかを涼子の部屋だと思っていいよって」

「思っていいよって、なんであなたが許可するの？　いくら言われても私は、ここが自分の巣だっていうふうには感じられなかった。何年暮らしても家が私によそよそしくて、どうしても大事に思えなかった。外で仕事して帰ってきた時、私がほっとできるのはお風呂に入ってる時だけ。それだって、もしあなたが洗面所に入ってきたらと思ったら安心できないしね」

ショックを受けた様子の孝之がこちらを見つめている。

「たぶん私のそういう態度も、あなたがよそ見をする原因の一つだったんでしょう。私がもっと、あなたの店に対して協力的だったり、それこそ小島さんみたいに庭やアプローチに花を植えたりガーデンライトをしつらえたり、それとかお互いに休みの日を合わせて共通の趣味を持ったり……そういうふうなことをあなたは望んでたんでしょ？　たとえセックスレスでも仲のいい夫婦はいっぱいいるもんね。妻としてそういう期待に添えなかったことは申し訳ないと思うけど、」

「違うよ」今度は孝之が遮った。「俺はただ、認めてもらいたかったんだ」

「何を」

「何をじゃなくて、きみに。俺は、誰よりもきみに認められたかった。生活能力って意味ではとうてい敵わなくても、一人前の美容師として店を維持して立派にやってる……そんなふうに、亭主を誇りに思ってもらいたかった」

「思ってるよ」

「いいや」孝之が首を横にふる。「俺のことも、俺の店のことも、きみはいつだって他人事みたいだったよ。独立独歩で干渉し合わないって言えば聞こえはいいけど、俺は虚しかった。きみが会社で大きな仕事を任されたり、立派にやり遂げて賞をもらったり昇進したりするたんびに、ほんとは羨ましかったな」

「羨ましい？」

「そうだよ。だって、客観的に評価してもらえるじゃん。成果を上げれば誰かに見ててもらえる。俺らの仕事はなかなかそうはいかないからさ。よっぽど都会の第一線で店を構えられるような運と才能に恵まれてるならともかく、こんな田舎の駅で、住宅街のおばさん連中ばっか相手にして、それでもローン返すだけでヒィヒィ言ってるような俺なんか、そりゃしょうがないよな、女房に尊敬してもらえなくたって」

「だからそんなことないって言ってるでしょう！」

涼子は思わず声を荒らげた。こみ上げる苛立ちに胃が捻(ねじ)れそうだ。

「どうしてそうやって卑屈なことばっかり言うの？」

「卑屈にもなるって。当たり前だろ？」孝之の声も大きくなる。「自分で自分がいやになるよ。出世払いとかいってても実質は女房の稼ぎに頼るしかなくて、引け目があるもんだから夜も満足させてやれない」

「え、そこ？」

「悪いかよ。男はデリケートなんだよ」

「……はあ、そうですか」

「何だよその言い方！　っとに腹立つなあ」

「その果てが、若い女とふらふら浮気して、案の定バレて？」

「そうだよ。それでいざ別れようと思ったら妊娠だとか言われてさ。この期に及んでわざわざ言ってくるっていうのは、まあ駆け引きみたいなのもあったかもしれないけど、そうなったら男に逃げ場はないもんな。責任取るしかないじゃん」

「――ちょっともう、いいかげんにしてくれる？」

我ながら驚くほど冷淡な声が出た。

　気圧されたように、孝之が黙る。

「これ以上、あなたのこと軽蔑させないで」

「ハッ」孝之の声が甲高く裏返る。「ほらな、やっぱ俺のこと見下してるんじゃん」

「いいえ。プロフェッショナルとしてはちゃんと尊敬してきました。でも、人として、今のあなたは最低」

　涼子はソファから立ち上がり、キッチンの流しの中にマグカップを置いた。せっかく淹れたのに口を付けるどころではなかった紅茶が、そっくりそのまま冷めて色ばかり濃くなっている。

「さっきあなた、小島さんは若いからわかってないとか言ってたけど、わかってないのはあなたのほうじゃないの？　妊娠したのが本当なら、それを打ち明けるのに、彼女がどれほどの勇気をふりしぼったかちょっとでも本気で考えてみた？　自分の身体の中にべつの命が宿ってて、今この瞬間も育っていってる。曲がりなりにも好きな相手の子どもでしょ？　その命を守れるのは、この世界に母親の自分以外いないんだって覚った時の、おそろしさと嬉しさがわかる？」

「そんなの、涼子にだって経験ないだろ」

　ぐっと詰まったものの、

「なくたってわかるよ」

　かろうじて言い返す。

「や、だけどそれはきみが女だからでさ、俺は、」

「男だから無理とか言わないでよね。あくまで想像力の問題」流し台に両手をついて、夫を睨みつける。「いくら若くたって、彼女だって子どもじゃないんだから、人ひとり育てるっていうのがどういうことかぐらいわかってるにきまってるでしょう。自分の身体がどう変化して、これから先どうやって生活していくか、よっぽど真剣に考えたはずだし、打ち明けることでかえってあなたを遠ざける可能性だって覚悟の上で話したはずだよ」

孝之が、目を伏せる。

「ねえ、私こそわかんないよ」涼子は続けた。「どうしてそんな、それこそ他人事みたいな態度でいられるの？　浮気とはいえ、曲がりなりにも好きになって関係した相手なんじゃなかったの？　そのひとに対して、駆け引きがどうとか、男は逃げ場がないとか、よくも言えたものだよね。逃げ場がないところにまで追いつめられてるのは、あなたよりむしろ彼女のほうでしょ。そんなこともわかんないの？　だとしたらあまりにも無神経すぎるよ。今のあなたを軽蔑するって言ったのはそういう意味」

孝之は眉根を寄せてうつむいたままだ。少しは反省しているかに見えて、傷ついているのは自分だと言いたげな表情を見ていると、なおさらむかむかと腹が立ってくる。

「さっきの話に戻るけど……」涼子は言った。「無理だから」

「え」

と、ようやく彼が目を上げる。

「赤ちゃんを引き取るとか、ほんと無理だから。そんな提案、受け容れられると思うほうが不思議。あなた、自分がどれだけ無茶なこと言ってるかわかってる？」

「無茶なのは承知の上だよ。その上で頼んでるんじゃないか」

「だとしたら私、よっぽど甘く見られてるってことだよね」

「違うよ、涼子だったらせめて、理解しようとはしてくれるんじゃないかって、」

「ふざけないでよ！」

　自分でも信じられないくらいの大声が出た。

「私はあなたの母親じゃない！」

「ちょ、落ち着けって。そんなふうには思ってないよ」

「ううん、意識してないだけで、あなたはもうずっと私を母親扱いしてる。だってそうでしょ？　あれもこれも全部欲しい、妻も愛人も手放したくない、そう言って地団駄踏んで駄々こねてるのが今のあなたなんだよ。とどめが、彼女の産む赤ちゃんを引き取って二人で育てる？　それで私に何のメリットがあるの？」

「メリットって」

「嬉しいのはあなただけでしょ。私になら何でも許してもらえると思ってた？　それって妻じゃなくて母親に対するワガママだよね。ねえ、こうなったらはっきり言わせてもらうけど、勃つとか勃たないとか、私には関係ないよ。どっちだっておんなじだよねえ、どうせ夫婦のことなんてずっとなかったんだから。自然に女を妊娠させられる？　最後に放った自分の種が育ってる？　何それ。あらそうなの可哀想ねって、慰めてさしあげなきゃいけないの？　いったいどれだけご丁寧に私を傷つけたら気が済むわけ？　ばかなの？　それとも天然……」

　とうとう息が続かなくなり、口をつぐむ。酸欠のあまりくらくらとめまいがして、危ういところで流しのふちにつかまる。

　孝之が、ぽかんとした顔でこちらを見ている。間の抜けた声で言った。

「初めてだな」

「え？」

「涼子がそんなに怒るとこ、俺、初めて見たわ」

膝が萎えて、その場に崩れ落ちそうになった。伝わったのは怒りだけか。いつからだろう、帰ってくる前と、今頃になって、小さな音で洋楽が流れていることに気づいた。いつからだろうか。夫の用意周到さと小物ぶりに苦笑が漏れ、同時に自分もまた緊張のあまり気もそぞろだったことを知る。

何を言おうと、この人にはどうせ伝わらないのだろう。すっかり諦めながらも、涼子は半ば惰性のように言葉を押し出した。

「これでも、信じてたんだよ」

「……うん。ごめん」

「あなたのことをって言うよりね、お互いの間にある関係を信じてたの。スキンシップはなくなっても、同志みたいな信頼関係さえあったら大丈夫なんじゃないか、って。とてつもなく寂しいけど、そういう寂しさを抱えてる女は私だけじゃない。たぶん世の中にいっぱいいるんだから、私だってきっと我慢できる……そう思ってた」

「だからそれはごめんって」

「うん。もしこれが、ただの浮気だったら、私も我慢してたかもしれない。男の浮気を一度許したら、ますます妻じゃなくて母親になっちゃうって言うけど、それでもね」

「でもその、ただの浮気だよ？」

最後の細い糸が、ぷつんと切れる音がした。

ゆっくりと、しかしきっぱりと首を横にふる。

「無理だよ。もう、壊れちゃった。何を言われても、どれだけ謝られても、元には戻れないよ」

「待ってよ、それってつまり、」

「それがいちばんいいと思う」

「ちょ、待てって涼子、そんなに急いで答えを出さなくたって」

「急ぐ理由があるでしょう！　まだわかんないの？」

うっ、と呻いたきり、孝之が黙り込む。さすがにそれ以上の反論は思いつかないようだ。ソファにあぐらをかいたまま、ローテーブルの上のマグカップを茫然と眺めている。

涼子は、静かに息を吐いた。自分でも気づかないうちに流しのふちを強く握りしめていたせいで、指の節が痛い。苦労して引き剝がし、手をこすり合わせて揉みほぐしていると、

「なあ」

と孝之が言った。

「ゆうべさ。黙って帰ってこなかったじゃん」

心臓が跳ねた。矢島の顔とともに、今朝になって鉢合わせした彼の妻の顔が脳裏をよぎる。

「もしかしてゆうべも、ずっとそういうこと考えてたわけ？　帰ってきたのは、俺に『別れよう』って言うため？　妊娠のことがなくても別れるつもりだったの？」

懇願のような夫の声が遠い。かわりに昨夜の痴態が、頭の中のビデオを巻き戻すかのように思い起こされ、恥ずかしさと情けなさのあまり舌を咬みちぎってしまいたい気持ちになる。

帰ってきた時までは、すべてを孝之に打ち明けるつもりだった。別れを切りだす以上、そうでなければフェアではないと思っていた。

しかし、今話せば彼の思考はおそらくまた振り出しに戻ってしまうに違いない。

「そうだよ」と、涼子は言った。「もう、そうするしかないねって言うつもりで帰ってきたの」

終章

結局のところ、自ら招いた結果なのだ——そう思い定めると、少しだけ楽になった。

夫に対して本当の自分を見せず、独りよがりの〈良くできた妻〉を演じては勝手にストレスを溜めていたツケが、とうとう回ってきたのだ。

何かを我慢している空気は相手にも伝わる。どんなに周到に隠しているつもりでも、少しずつ匂って漏れてゆく。満たされてもいないのに、かたちだけ幸せそうにふるまっている妻のそばで、夫も苦しかったのだろう。彼の言いぐさに対してはいまだに腹が立つけれども、恨みや憎しみといった負の感情は持続しなかった。

「どうぞ。後の約束がないならゆっくりしてってって」

涼子の前にコーヒーのおかわりを置いてくれた三谷雪絵が、向かいに腰を下ろす。

表参道のアトリエだった。雪絵にスタイリングを頼んだポスター撮りの仕事がようやく一段落つき、たまにはお茶でも飲んでいかない？　と誘われたのだ。

師走の午後、ケヤキ並木のイルミネーションが美しい表通りは行き交う人々でにぎわっていたが、奥まった場所にあるこのアトリエは相変わらず世間と隔絶されたように静かだった。

「それにしても、苗字まで元に戻すとはね。びっくりしたわよ」

コーヒーを熱そうにすすり、淡い色合いのマカロンをすすめてくれる。ありがたく一粒つまんで、涼子は言った。

「これからも仕事はもちろん続けていくつもりですし……しばらくは周りから色々訊かれたり、好奇の目で見られたりするかもしれませんけど、それもいっときのことでしょう？　だったら、自分が自分でいられる名前を名乗りたかったんです」

「気持ちはわかる。でも、そこまで思い切るなら、慰謝料だって遠慮なくぶんどってやればよかったのに」

つくづくもったいなさそうに言われ、思わず笑ってしまった。

「いいんです、それはもう。私と別れた後、あのひとがお金に汲々として気持ちが荒んでいくみたいなのもいやだから。要するに、ええかっこしいの自己満足なんですよ」

にっこり微笑んでみせると、雪絵は、あきれた、と苦笑して肩をすくめた。

覚悟していた以上に、離婚への道筋はしんどいものだった。相手の美点ではなく、あえて人間的欠落のほうへ目を向けて数えあげない限り、長年連れ添った夫婦が別れることなどできない。とことん疲弊した。恨み節とも哀願ともつかない向こうの言い分を呑めずにいる自分が狭量な人間のように思えてきて、最後のほうはもう、ただただ早く終わらせることだけを望んでいた気がする。

平行線を辿る話し合いの果てに、

〈とにかくまずはちゃんと頼んでみたら？　小島さんに、自分と一緒になって下さいって〉

とうとう孝之にそう言うと、彼は縋るような情けない面持ちでこちらを見た。

〈でも涼子は、ほんとにそれでいいの？　嫌じゃないの？〉

嫌なのは、夫を愛人に譲ることではなく、この期に及んでそういう訊き方をする男とこれから先も一緒にいる人生だ——そう言いたかったが呑み込んだ。

〈目先の感情だけで決めちゃ駄目だと思うの〉涼子は辛抱強く言った。〈よく考えてみて。これまで、私の収入に少しずつ頼っていることが、あなたの自尊心を削いできたわけでしょう？　だったら、あの人にお店を手伝ってもらって、その収入で食べていけるほうが健全だし、やり甲斐もあるんじゃないの？　腰さえ痛まなくなれば、山崎くんにも元のお店のほうへ戻ってもらって、彼女と二人で回していけるんだろうし〉

〈それはまあ……うん〉

〈そのかわり、彼女に相談する時点で、あなたの男性機能については打ち明けないと駄目だよ〉

〈……やっぱりそうかな〉

〈当たり前でしょう。そんな大事なことを隠しておくなんて相手に失礼だと思わないの？　子どもを産んだからセックスレスになったんだなんて思わせて、また傷つけるつもり？〉

〈や、そういうわけじゃないけど〉

〈彼女にとっても一生のことなんだから、誠心誠意ほんとうのことを伝えて、その上で判断してもらうのでないと〉

〈……わかったよ〉

すっかり自分の判断を放棄してしまった孝之を眺めながら、改めて、どうしてあのとき彼を好きになってしまったのだろうと思った。自分にとっても、彼にとっても、これは正しくない結婚だった。今さら悲しくはないが虚しかった。

その後、幾度かの話し合いを経て、美登利はこの先の人生を孝之と共にすることを受け容れたようだ。身体の問題についての反応は、孝之が拍子抜けするほどだったらしい。

〈むしろほっとしました、って言われたよ。一度浮気した男は二度目もきっとするっていうけど、その心配がないってことですもんね、って〉

セックスに関しては他にいくらでも愉しみようがあるし、二人目の子どもが欲しくなればそれに関してても方法はある、と美登利は言ったそうだ。

内心あっけにとられながらも涼子は、孝之のような鈍くて繊細な男にはおそらく、美登利の持つ逞しさこそが救いになるのかもしれないと思った。美登利の親というのは、少なくともあのコルビュジエの椅子を本物と信じて知り合いから譲ってもらう程度にはお人好しで、しかも金銭的にそこそこ余裕のある家庭なのだろう。娘の愛した相手が妻と別れてまで筋を通そうとしていると聞いたなら、絆されて二人の仲を認めるのではないか。そこから先はこちらの知ったことではない。

弁護士や司法書士に間に入ってもらい、最終的に夫婦の貯金は折半、土地家屋に関してはすべて孝之に譲ることにした。

彼にとってはこの先の人生を支える大切な場所だが、自分には必要のないものだ。要らないものによけいな金を払ってもらいたくなかった。

「やれやれ。オトコマエなんだか、おばかさんなんだかわかんないわ」

雪絵が苦笑いしながら首を振る。

「さっきからあなたの話を聞きながら、もしかしてその愛人の妊娠自体が狂言だった、なんてオチが付くんじゃないかとつい疑ってたけど、そこは本当だったわけね」

同じことを、じつは涼子も考えたのだ。しかし、あれから二カ月、美登利のお腹の子は順調に育っているらしい。そうとなれば、あとは元夫が彼女にまで愛想を尽かされないことを祈るしかない。

「ちなみに、彼はどうなの、子ども好きなの？」

「ずっと欲しがってはいましたね」

「そう。じゃあ何よりじゃない。可愛がってくれる父親がいつでも家にいるっていうのは、子どもにとってはたぶんいいことだろうから」

思わず笑ってしまった。その視点は自分の中にはなかった、と思う。

妻に隠し事をしたり、物事のうまくいかなさに苛立ったりしていない限りは、穏やかで真面目な男なのだ。生まれてくる子どものこともきっと、父親の鑑（かがみ）のごとく可愛がるのではないか。

そう思っても、哀しみは感じなかった。子どものいる人生には、そうでなければ味わえない類いの幸せがあるだろうけれども、同じことは子どもを持たない人生にも言える。自分の場合は後者だったと思うだけだ。

「ねえ、もうひとつだけ訊いてもいい？」

「もちろんどうぞ」

少し湿りかけたマカロンをもう一つ口に入れながら応じると、雪絵が言った。

「あなたの側には、何もなかったのかしら」

不意を衝かれ、涼子は思わず目を伏せた。口の中のマカロンのかけらが喉に引っかかる。気まずく咳払いをすると、

「へえ、ふうん、そうだったんだ」ふふっと微笑む気配がした。「よかったじゃないの」

「よくは、ないです」

「どうして。彼のことを言えないから？」

「まあ、そうですね」

「だったらなおさらよかったのよ。済んでしまったことを責め合ったって、なんにもいいことない。

自分の言葉に自分の胸が抉られるだけだもの」

「そうかもしれませんけど」

「だって、彼にはそのこと言ってないんでしょ？　ちゃんと知られないようにしてたなら礼儀は守っったってことよ」

涼子は黙っていた。

「……え、うそ。まさか、喋っちゃったの？」

雪絵の声がめずらしく裏返る。

話すつもりはなかった。最後まで黙っておこうと決めていた。

孝之の浮気を糾弾しておきながら、こちらは清廉潔白であるかのようにふるまうのはあまりにも汚い。まっすぐに求愛してくる野々村との一夜の情事も、昔なじみの矢島との懐かしいような睦み合いも、そして矢島の妻との間で交わされた脂汗の滲むやり取りも、まだ誰にも話せずにいるその後の顚末も——ほんとうは洗いざらい告白してしまいたかった。

けれど、いま罪を告白していくらかでも気が楽になるのは自分の側だけだ。これから夫婦別れしようとしている相手は、告解を聴く神父などではない。彼に不貞を詫びて許してもらいたいわけでないのなら、そしてせっかく進んでいる事態を逆行させたいのでないのなら、この秘密と自己嫌悪を腹の底に抱えて生きてゆくほうを選ぶべきだ、そう思ったから黙っていた。

それなのに、最後の最後、二人揃って離婚届を提出しに行き、役所の建物を出ていよいよ別れようとした時だ。

涼子、と呼び止められた。

ふり向くと、孝之は目の縁を赤くしながらぼそぼそと言った。

〈ごめんな〉

〈……何が〉

〈いろいろだけど……ずいぶん傷つけたから〉

〈それは、お互い様でしょ？〉

彼の知らない大きな裏切りを別にしても、話し合いの中でひどい言葉をぶつけてしまったのはこちらも同じだ。殊勝な気持ちで微笑んでみせたのだが、

〈いや、それ以外にもさ。なんていうかこう……歳ばっかり重ねさせちゃって申し訳なかったなあと思ってさ〉

〈は？〉

〈や、こんなふうに言うとまた怒るかもしれないけど、女としてちゃんと満足させてもやれなかったし、いちばんいい時期を、俺なんかといることで無駄にさせちゃったからさ。ほんとにごめん。けどさ、まだ大丈夫だよ。涼子はまだまだ充分魅力的だから、すぐにまた誰か現れるよ。俺なんかよりずっといい男がさ。だから、自信持ちなよ。な？〉

言い返そうとして、言葉が見つからなかった。謎としか言いようのない上から目線に、これまで一、二を争うくらいに腹が煮え、逆に手足の先は急速に冷たくなってゆく。

〈……心配して頂かなくて結構です〉ようやく口から出た声は、抑えきれずに震えていた。〈私にだって、とっくに相手ぐらいいますので〉

ああ、馬鹿だった、と今になってつくづく思う。独りよがりの男に痛烈な一矢を報いてやったつもりが、孝之の表情を見て膝が萎えた。彼は、明らかにほっとしていた。罪悪感が半分になった者の顔だった。

「想像の斜め上をいくわねえ」

雪絵が、天井を仰いでげらげらと容赦なく笑う。

「死ぬまでそのまんまだわよ、そういう男は。今のうちに離れられてよかったと思いなさいな」

涼子のほうも苦笑で応えるしかなかった。

「ま、何はともあれ、あなたが元気ならそれでいいのよ。今はどこに住んでるの？」

「とりあえず、会社の近くに部屋を借りて暮らしてます。狭いところですけど、日当たりのいいのが気に入ってて」

隣は小さな公園で、休みの日の夕方は子どもたちの声が聞こえる。春には桜も楽しめそうだ。そのうちに、賃貸でなく、永く落ち着ける物件を探すつもりでいる。もちろん、猫を飼えるような部屋を。女性の独り身で果たして銀行からすんなり融資が下りるかどうかは微妙だが、くよくよしても始まらないので、今はあまり考えないようにしている。

雪絵が頰杖をつき、瞳をきらめかせてこちらを見た。

「こんなこと言うのもどうかと思うけど、私にとっては朗報だわ。おかげで前より気軽に会えるもの」

確かにそうだ。

「あなたも、気が向いたらいつでも誘って。美味しいものいろいろ食べにいきましょ」

ありがとうございます、と涼子は頭を下げた。

人と会うにも仕事をするにも、これからはもう終電や宿のことを気に病まなくていいのだ。そう思うだけで、まるで拘束具から解き放たれるかのような心地がした。

一度、野々村から連絡があった。まだ住む部屋も決まらず、いつものカプセルホテルに滞在しながら探していた頃だ。

『山崎くんから、別れることになったって聞いてびっくりしてさ。まさか、俺のせいとかじゃないよね？』

いきなりそう言われた涼子のほうこそ、びっくりした。

曲がりなりにも十数年連れ添った夫婦が別れると聞いて、たった一夜を共にしただけの男が、原因は自分では？　などと思える理屈がよくわからない。

「そんなはずないでしょう。あれから会ってもいないのに」

電話の向こうにそう言うと、

『うん、まあないだろうとは思ったんだけどさ』

野々村は苦笑まじりに答えた。こちらの声から何かを察知したらしい。

『ただ、早瀬のやつもまだ本調子じゃないだろうに、こういうことになったら無理してでも頑張っちゃいそうだからさ。山崎くんなら、まだ大丈夫だよ。〈恩返しと修業を兼ねてるつもりです〉って言ってたから、早瀬もせめてあとひと月かふた月は、身体のほうを優先して、彼に頼れるとこは頼ってくれるといいなと思って。万が一にも離婚の原因にあなたと俺のことが混ざってたら、そういうの全部だめになっちゃうでしょ？　そういう意味もあって、念のために訊いてみただけ』

穴があったら入りたいとはこのことだった。自分の悪い癖だ。ひとの善意をまっすぐ受け止められないところがある。

「ごめんなさい」心から言った。「離婚の原因は、一つじゃないし、どっちかだけのせいでもないの。もちろん彼には、あなたとのことなんて何も話してないから、できればこれまでどおり力を貸してあげてもらえるとありがたいです」

本当はこんなこと、私が言える立場じゃないんだけどね。そう付け加えると、野々村がかすかに笑う気配がした。

『了解。じゃあ、できればあなたも、友人として俺と付き合ってくれるとありがたいな。面倒なことは言わないって約束するから』

涼子も、思わず苦笑する。もう一度感謝を伝えて、通話を切った。

確かに、男友だちとしてなら、野々村は得難い相手ではあるのだった。お互い自由の身なのだから、これからは成り行き次第で立ち位置を決めればいい。

――自由。その感覚に、まだ慣れない。そもそも呑気にそんなことを言っていられるのは、今も職があるからだ。

命拾いを、させてもらったのだと思った。

〈早瀬さんほどのひとが、どうしてあんな男に引っかかっちゃったのかわかんない〉

服を着た涼子を座らせ、あの朝、矢島尚美はため息まじりに言った。

事務所からほど近い、二十四時間営業のカフェ。あなたは来ないでと妻に言われた矢島は部屋に残り、女二人だけが向かい合っていた。

定期的にジムやエステに通っているのか、小柄で引き締まった身体も肌も若々しく、三つ年上とは思えない。一人娘は、夫婦の問題に関しては完全に母親の味方だそうだ。たしか今年高校二年生だったはず、とすぐにわかるということは、それだけ矢島の口から彼女の話題がよく出ていたということで、彼にとっては妻よりも娘に責められるほうがよほど堪えるかもしれない。言い訳のできないことをしてしまった、とこれほど強く責任を感じたのは初めてだった。

現場を押さえられた以上、何を口にしても言い訳にしかならない。生活感の乏しい男と、そもそもの初めから互いの家庭の外側で関係を紡いできただけのつもりでいたけれども、見たくないものから目を背けていたに過ぎない。自分と矢島の十五年など、この人の前ではおままごとでしかない。すべてにおいて負けた気持ちで、涼子は顔も上げられずに座っていた。

やがて、尚美が言った。

〈離婚します。矢島と〉

するつもりです、ではなく〈します〉なのか、と思った。

〈もともと、その話をしようと思って事務所を訪ねたんです。今日のことがなくても、もう長いこと別居が続いてて……って、きっとあなたのほうがよくご存じよね。この先は娘と二人で生きていかなくちゃいけませんから、私は、今の会社を辞めるつもりはありません〉

だからこちらに辞めろと言うのだろう。無理もない、と涼子は思った。自分の夫と過ちを犯した女が、同じ会社でのうのうと仕事をしている姿を毎日見るなど、苦行以外の何ものでもない。

しかし、こちらにも生活がある。言えた義理ではないけれども、せめて転職先が見つかるまで待ってほしいと頼むしか――。

意を決して息を吸い込んだ時、尚美が再び口をひらいた。

〈ねえ、早瀬さん〉

はい、と答える声が情けなく掠れた。

〈私ね。あなたがまだ滝川さんだった頃から、憧れてたんですよ〉

〈……そんな〉

〈年下のあなたに対しておかしいと思うかもしれないけど、本当なの。私は事務職での採用だから、クリエイティヴな部署へ配属されることはないでしょ。毎日毎日数字を睨んで、何もしないくせにえらそうな男どもの尻拭いをするのが仕事。だけどあなたを見てると、同じ女性であそこまでやれるんだ、あんなふうに堂々と階段を上っていけるんだと思えてね。羨ましいとか妬ましいとかを通り越して、ただ眩しかった。だからこそ、矢島とのことがわかった時はものすごく腹が立ったんです。今朝のことも矢島は、お酒の上の過ちだとか、あなたとそういうことになったのはゆうべが初めてだとか、およそバカみたいな言い訳をしてたけど、違うでしょ？　けっこう長いブランクがあったのも、その間あのひとに短い付き合いの女がわんさといたのも知ってますけど、もうずっと昔から、矢島にとっていちばん馴染みの深い相手はあなただったでしょ？〉

答えられなかった。ここまで確信を持って言われてしまっては、しらじらしい否定など侮辱と変わらない。

茫然としている涼子を見て、尚美はわずかに笑った。

〈さっき事務所であなたが、ローマ時代か！　ってツッコみたくなるような格好でいるのを見た時はさすがに頭に血がのぼったけど、うんと正直なことを言えばね……。相手がやっぱりあなただったとわかって、夫をうっかり見直してしまったのも事実なんです。おかしいと思うでしょ？　ほんとばかみたい、自分でもどうかしてると思うんだけど、でもどういうわけか、あなたへの怒りがさっぱり湧いてこないの。まあ、この先のことはわからない。今は自分が傷つかないように防御してるだけで、後になったらだんだん腸（はらわた）が煮えくりかえってくるのかもしれないけど、それはそれとして……〉

尚美は、真顔でこちらを見つめた。

〈私は、会社を辞めません。だから、あなたも辞めないでほしいんです〉

一瞬、頭が混乱した。逆のことを言おうとして間違えたのだろうと思った。

〈矢島はね、けして悪い人間じゃないけど、人生を懸けるほどの男でもないですよ〉
微笑の欠片（かけら）も見せずに、尚美は言った。
〈ああいう、物事をあまり深く考えた例しのないお馬鹿さんのために、私たち女がキャリアを棒に振ることはないと思うんだけど。あなたはどう思います？〉

慰謝料はもちろん俺が払うから安心しろ、と、後になって矢島は言った。法律では、配偶者から相応の金額が支払われた場合、不倫相手に対して二重に慰謝料を請求することはできないと定められているらしい。

離婚に際し、矢島の妻はほとんど無茶を言わず、娘との面会も許した。こうなることなんてとっくにわかってたから、と宣う娘は、会うたび父親から遠慮なく小遣いをむしり取って行くらしい。

とはいえ矢島は、家族と過ごした家をひとり離れたのだ。彼だけが償いをするのは申し訳なく思えて、涼子はせめて慰謝料を折半させてほしいと申し出たのだが、

「要らないって言ってるだろ」

矢島は頑として受け取らなかった。

「金なんてもんはあっても邪魔になんねえんだから、貯められるうちに貯めとけ。住むとこだってこれから探すんだろ？　だいたいお前、いつまでも元気でいられると思うなよ、あと十年もすりゃだんだん身体も利かなくなってくるし、女ひとり病気でもして働けなくなったりしたらどうすんだよ」

誰に言われるより、妙な説得力があった。

「それより、なあ涼子。晴れてどっちもフリーになったことだし、そのうちほとぼりが冷めて落ち着いたら、俺と暮らしてみるか？」

めずらしく茶化すことなく言われたので、こちらも真面目に答えた。

「絶対やだ。ひとりがいい」

ぷ、と矢島が笑った。

「まあな、そう言うだろうと思ったよ。黒田さんにも予言されてたしな」

「は？」

「今さら俺なんかにかかずらわってるほど彼女は暇じゃない、って。迷惑かけるのもいいかげんにしろ、って怒られたわ」

何でもかんでも報告するな阿呆、と思った。

「ま、それはともかく、なあ涼子。時々はさ、ヤろうぜ。周りにバレなきゃいいんだろ？　だって、めちゃめちゃ良くなかったか、こないだのやつ。俺なんかお前のイキ顔を反芻するだけで、昼間だってびんびんに勃っちゃうもんな」

「……矢島さん」

「おん？」

「馬鹿なの？」

「何を今さら」ニヤリと笑う。「あ、そういえば事務所には洗濯機入れたから安心しろな。シーツでも毛布でも洗える、容量のでっかいやつ」

けっこうな痛手をこうむったくせに、まるで懲りた様子がない。

あきれながら、しかしこちらの側も、矢島とのあの懐かしいような新しいような一夜に深々と満たされたのは確かなのだ。彼との一つひとつを思い起こしながら自分でする夜もある。ふしぎと惨めにはならず、ぐっすり眠れる。馬鹿はお互い様のようだった。

赤ん坊が無事に生まれた時、孝之からは報告のＬＩＮＥがぴこんぴこんと幾つも届いたが、涼子は返事を送らなかった。おめでとう、とわざわざ言うのも違う気がした。

今は、できるだけ家賃の安い部屋を選んで暮らしている。もちろん虎ノ介も一緒だ。いずれ気に入った物件を見つけて落ち着いたなら、保護猫を迎えたかった。これからは誰と暮らすかを自分で選べる、その幸せを思った時、初めてほんとうの意味で、自由だ、と実感した。

しかし、今どき都内のマンションは高い。いくばくかの蓄えはあるものの、引っ越しにまつわるあれやこれやで出費がかさんでしまったし、担保にできる家も土地もないのに、離婚女性のひとり暮らしに融資が下りるものかどうか……。

「そこまで悲観することもないわよ」

三谷雪絵は笑って言った。

「勤め先に関しては信用あるんだし、稼ぎだって悪くないじゃないの。保証人が必要になったら遠慮なく言って。女同士、連帯を図っていけば大概のことは何とかなるものよ」

一度、彼女と連れ立って、よさそうな物件を内覧に行き、ローンのシミュレーションをしてもらったことがある。それくらいの頭金と収入があるなら、審査はおそらく通ると思いますよ、と言われたとたん、頭の上から重石が取りのけられた気持ちになった。

〈滝川涼子〉という人間には、とりあえず小さな中古マンションの購入に踏み切れる程度の信用は担保されているのだ。

そう思うと、我ながら現金だとは思うが、天に向かって胸を張りたい気持ちになった。ささやかながらこれまでの仕事の積み重ねで培ってきた、生きるための力と信用だ。

会社に出るとさっそく、部下の木下七緒から羨ましそうに言われた。

「早……じゃなかった滝川さん、なんだか前よりお肌がつやっつやしてませんか？　いいことでもありました？」

いっそ正直に、そうねえ、離婚って最高よね、と答えようかとも思ったがやめておいた。

若い彼女には、一旦失ってようやくこの手に取り戻した自由のありがたみはまだ実感できまいし、できなくていい。そうでなければ誰も、結婚などという不用意なことをするわけがない。

昔は、何かを間違えるのが怖かった。

今はあまり怖くない。気づいた時に潔く認める勇気さえあるなら、間違っていいのだ、何度だって。続けてゆくことにくたびれ果てているのに、どうにかして認めまいとばかり、互いの間を隔てる川へ舟を出す日々は虚しい。せっかく両手にオールがあるのなら、すれ違うしかない相手より、本当に行きたい方角へ漕ぎ進まなくてはもったいないではないか。

自信を積み重ねてゆけるような働き方をしたい、と思ってみる。そして自分自身と、できれば周りをも幸せにするために時間を遣いたい。

健康で、食うに困らないだけの仕事があり、その仕事を好きでいられる。ひとりで孤独と向き合える空間があり、たまに美味しい酒を飲みながら話せる女友達や男友達と、その気になれば愉しく肌を合わせられる相手がいる。誰かと無理に空間を分け合っていちいち気持ちを乱されたり、過剰に気を遣ったりしなくて済む。幸も不幸も誰かのせいにせず、何であれ妥協せずに決められる……。

そうした一つひとつが、自分にとっての具体的な幸せのかたちだ、と涼子は思う。

朝、玄関を出て、戸締まりをしてから会社へ向かう。帰ってくる時もひとりきり、駅まで車で迎えに来てくれる人はいない。いきなり寂しさに襲われたり、声をあげて泣きたくなる時がないわけではないけれども、手の中には今、どんな宝石よりも愛しい宝物がある。

それは、一本の鍵だ。

もう金輪際、誰かの手でキーホルダーを付け替えられたりすることのない鍵。柔らかなファーのケースにくるまれて鈍い光を放つ、ひんやりと冷たい鍵。この世でただひとつの穴にだけするりと滑り込み、小さな巣穴を守ってくれる――自分だけの、魔法の鍵だ。

カバー写真
Miss Bean

装丁
albireo

初出
「サンデー毎日」
2021年1月3-10日号～2022年4月24日号

単行本化にあたり、加筆・修正を行いました。
本作品はフィクションであり、
実在の人物、団体等とは一切関係ありません。

村山由佳　むらやま ゆか

1964年東京都生まれ。
93年『天使の卵——エンジェルス・エッグ』で
小説すばる新人賞を受賞。2003年『星々の舟』で直木賞、
09年『ダブル・ファンタジー』で
中央公論文芸賞、柴田錬三郎賞、島清恋愛文学賞を、
21年『風よ あらしよ』で吉川英治文学賞を受賞。
近著に『星屑』『ある愛の寓話』など。

印　刷　2023年3月10日
発　行　2023年3月20日

著　者　村山由佳（むらやまゆか）
発行人　小島明日奈
発行所　毎日新聞出版
〒102-0074
東京都千代田区九段南1-6-17
千代田会館5階
営業本部：03（6265）6941
図書第一編集部：03（6265）6745

印　刷　精文堂印刷
製　本　大口製本

乱丁・落丁本はお取り替えします。
 ISBN978-4-620-10863-6